死と乙女たち

ファニー・ウルストンクラフトとシェリー・サークル

ジャネット・トッド 著
平倉 菜摘子 訳

音羽書房鶴見書店

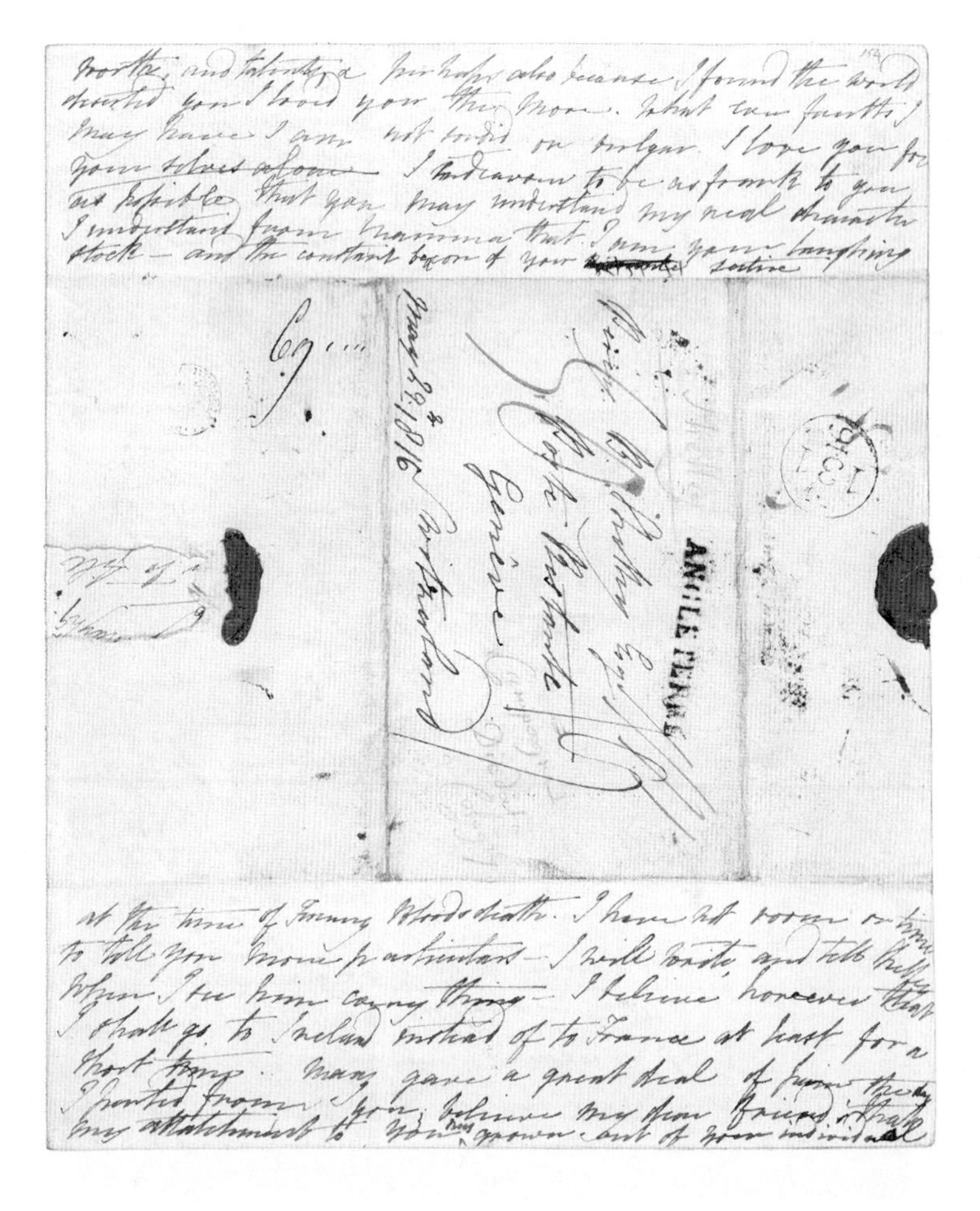

worth and talents, & perhaps also because I found the world
deserted you I loved you the more. What ever faults I
may have I am not sordid or vulgar. I love you for
your selves alone — I endeavour to be as frank to you
as possible that you may understand my real character
I understand from Mamma that I am your laughing
stock — and the constant [illegible] of your ~~[illegible]~~ satire

May 29 1816

Percy B. Shelley Esqr
Poste Restante
Genève
Switzerland

ANGLE TERRE

at the time of Fanny Bloods death. I have not room or time
to tell you more particulars — I will write, and tell [illegible]
when I see him any thing — I believe however that
I shall go to Ireland instead of to France at least for a
short time. Mary gave a great deal of [illegible]
parted from you. Believe me my dear friend that
my attachment to you has grown out of your individual

1. ファニー・ウルストンクラフト (Fanny Wollstonecraft) の自筆書簡。死を迎える数か月前に綴られたもの。ジュネーヴ滞在中の異父妹メアリとパーシー・ビッシュ・シェリー宛てにロンドンから郵送された。オックスフォード大学ボドリアン図書館蔵。Reproduced by kind permission of the Bodleian Library, University of Oxford (MS. Shelley, C. 1, fol. 154).

2. メアリ・ウルストンクラフト (Mary Wollstonecraft)。ジョン・オピー画（1797 年頃）。
ロンドン、ナショナル・ポートレート・ギャラリー蔵。

3. ウィリアム・ゴドウィン (William Godwin)。ジェイムズ・ノースコート画 (1802 年)。
ロンドン、ナショナル・ポートレート・ギャラリー蔵。

4. メアリ・ウルストンクラフト・シェリー (Mary Wollstonecraft Shelley)。リチャード・ロスウェル画（1840 年）。ロンドン、ナショナル・ポートレート・ギャラリー蔵。

5. パーシー・ビッシュ・シェリー (Percy Bysshe Shelley)。アミーリア・カラン画（1819年）。ロンドン、ナショナル・ポートレート・ギャラリー蔵。

6. ヴィラ・ディオダーティ (Villa Diodati)。1816 年夏にバイロンが借りたレマン湖畔の邸宅。メアリはシェリー、クレアとこの邸宅滞在中に『フランケンシュタイン』を着想した。ジョン・R・マレイ蔵。

7. ウィリアム・シェリー (William Shelley)。シェリーとメアリの愛息子。3 歳で亡くなる。アミーリア・カラン画（1819 年）。ニューヨーク公共図書館蔵。

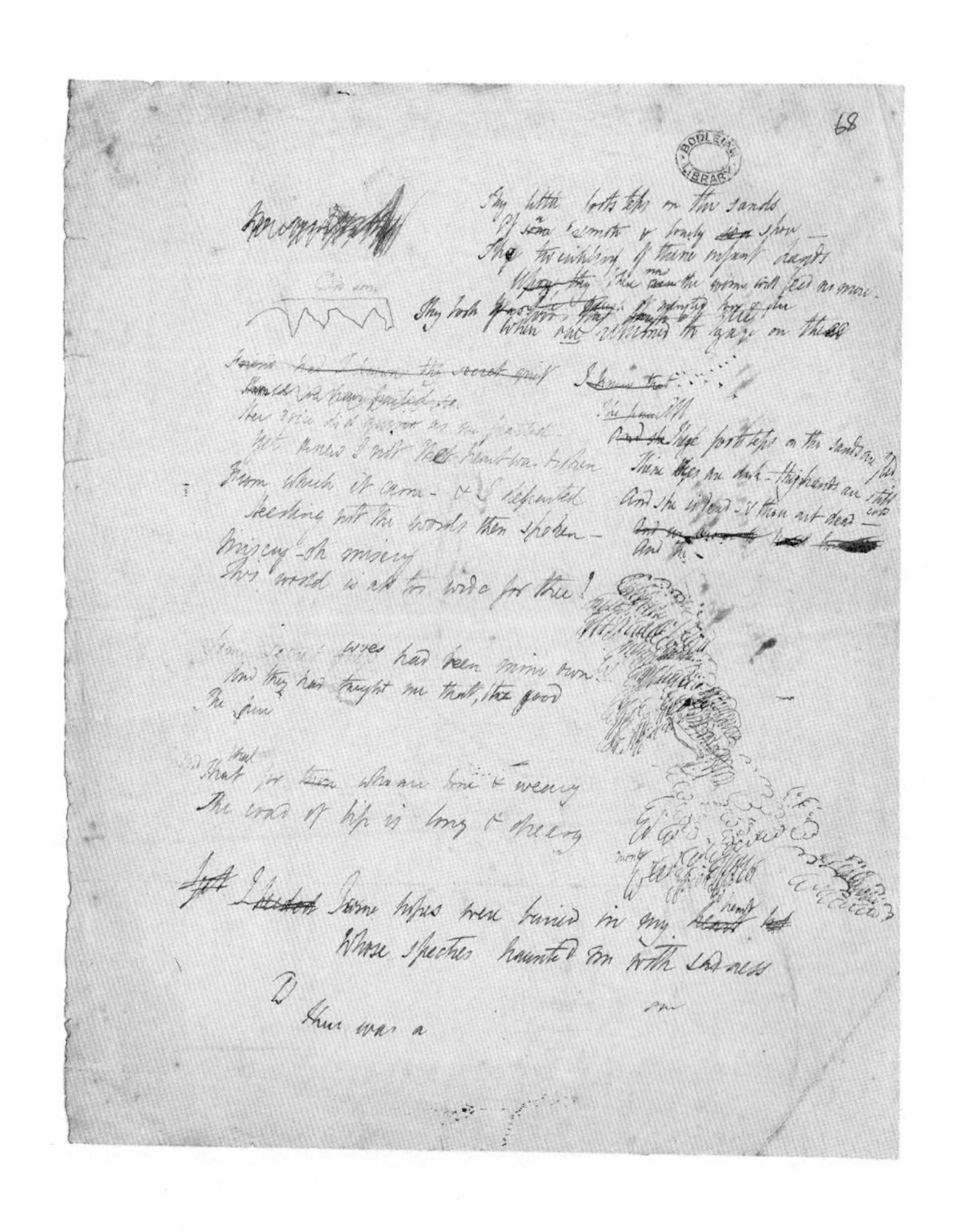

8. ファニーの自殺後、シェリーが書いた三つの詩の断片。「砂上の君の小さな足跡……」「彼女の声は震えた／僕たちが別れたとき……」「孤独で疲弊した人たちには……」。オックスフォード大学ボドリアン図書館蔵。Reproduced by kind permission of the Bodleian Library, University of Oxford (MS. Shelley, adds C. 4, fol. 68r).

9. シェリーによる階段の素描。おそらく墓と植木鉢に通じるもの。言葉は次のように読める。「僕はこの植木鉢を 1816 年 10 月に描いた。そして今は 1817 年だ」。オックスフォード大学ボドリアン図書館蔵。Reproduced by kind permission of the Bodleian Library, University of Oxford (MS Shelley, adds C. 4, fol. 68v).

死と乙女たち

ファニー・ウルストンクラフトとシェリー・サークル

日本語版の出版に際して

日本の音羽書房が私の『死と乙女たち』を平倉菜摘子氏の翻訳で出版してくださることを大変嬉しく思います。私が学寮長を務めるケンブリッジ大学ルーシー・キャヴェンディシュ・コレッジに、菜摘子は少し前、研究員として滞在していました。『死と乙女たち』は、私がここ数年進めてきた伝記的研究——一八世紀半ばから一九世紀初頭に生きたある家族に関する——の集大成となるものです。最初の伝記はフェミニストであるメアリ・ウルストンクラフト、次の作品は彼女の生徒だったアイルランド貴族の女性たち（そのうちの一人はマウント・カシェル令夫人で、革命期の政治に重要な役割を果たそうとしました）、そして本作品ではウルストンクラフトの二人の娘、ファニーとメアリが主人公です。私はこの本を通じて、幾世代にも渡って繰り広げられる家族の心理というものを解き明かそうとしました。また、急進的でロマン主義的な思想が、この怒涛の時代に生を受けた「ものを考える人たち」にどのようなインパクトを与えたのかを読み取ろうとしました。

こうした伝記的研究に手を染めるようになったきっかけは、一八世紀以前の女性作家との出会いに恵まれたこと、そして彼女たちが英文学史から締め出されている実情に強い関心を抱いたことです。この状況は一九六〇年代、一九七〇年代に起こったフェミニズム運動によって少しずつ変化していきました。当時アメリカで研究生活を送っていた私はこの運動に深く関わり、これに刺激を得て一八世紀以前の女性作家に焦点を合わせた初の学術誌を創刊し、絶版作品の編集や事典の編纂にも携わりました。こうした無名の女性作家を何年にも渡って発掘した後で、二〇世紀を通じてあらゆる専門家に認められてきたある女性作家に目を向けるのは心地よいことでした。ただしこの作家――ジェイン・オースティン――は、私たちの研究によって初めて前世代や同世代の女性作家の流れの中に正確に位置づけられ、大変多くを得たのです。

この先もウルストンクラフト・サークルに関する伝記的研究を続けたいと思っていますが、現在のところ、私は第一作となる小説を執筆中で、リージェンシー時代に関する学術的な知識を随所に織り込んでいます。二、三年ほど前、オースティン研究の副産物として *Lady Susan Plays the Game* というタイトルの軽い本を書きましたが、現在執筆中の *A Man of Genius* は私の独創作品であり、ロマン主義的な強迫観念(オブセッション)、相互依存、そして家庭内暴力の複雑な様相をナポレオン戦争終結直後のヴェネツィアとロンドンを舞台に語ったものです。出版は二〇一六年三月の予定です。

私の作品を初めて日本語にして出版してくださる音羽書房と菜摘子に心から感謝を捧げます。私自身は日本語を読むことができませんが、出来上がった本を「見る」ことができる日を楽しみにしています。

二〇一五年九月

ジャネット・トッド

目次

第三部

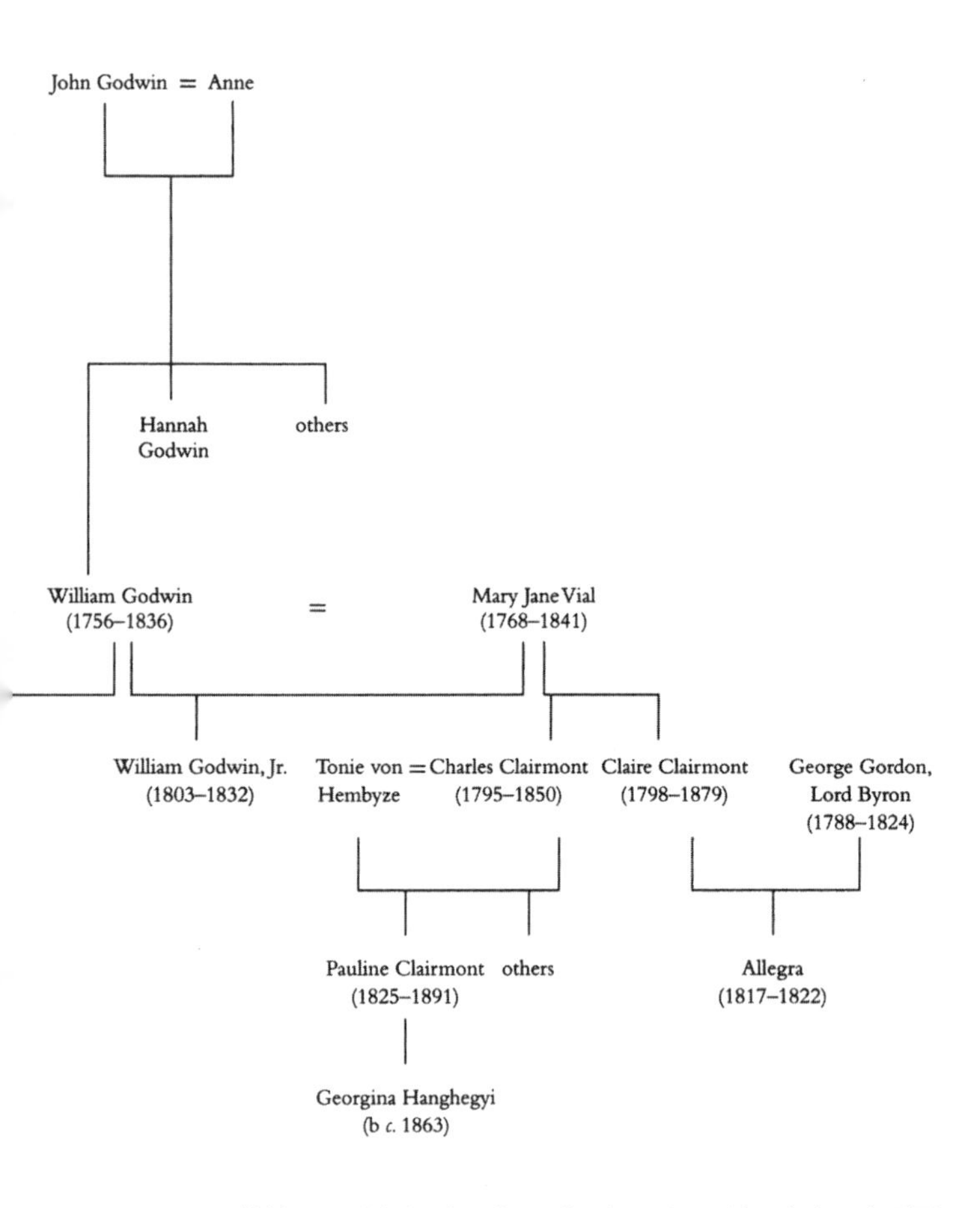

ゴドウィン／ウルストンクラフト／シェリー・サークル　家系図

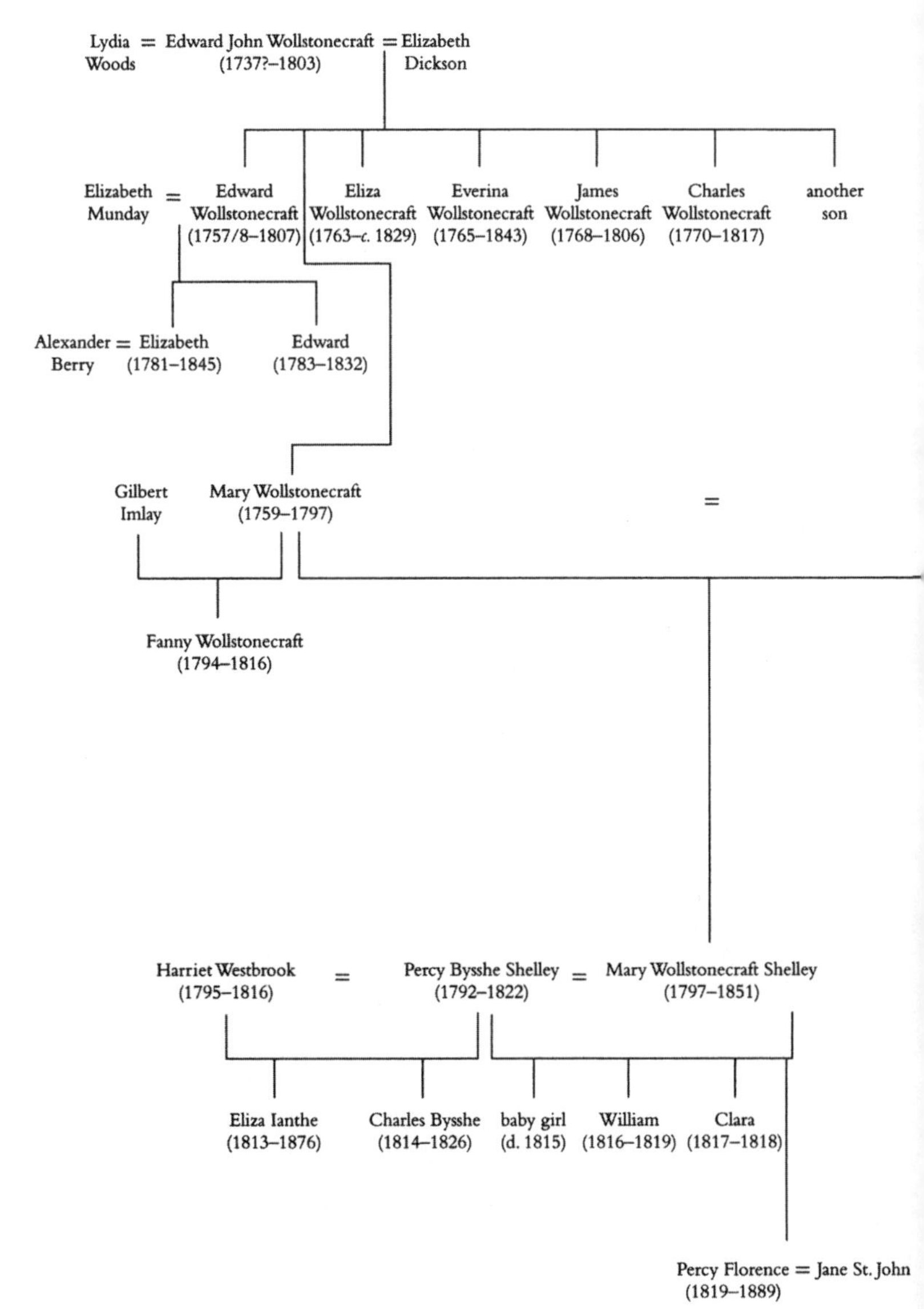
Lydia Woods
Edward John Wollstonecraft (1737?–1803)
Elizabeth Dickson
Elizabeth Munday
Edward Wollstonecraft (1757/8–1807)
Eliza Wollstonecraft (1763–c. 1829)
Everina Wollstonecraft (1765–1843)
James Wollstonecraft (1768–1806)
Charles Wollstonecraft (1770–1817)
another son
Alexander Berry
Elizabeth (1781–1845)
Edward (1783–1832)
Gilbert Imlay
Mary Wollstonecraft (1759–1797)
Fanny Wollstonecraft (1794–1816)
Harriet Westbrook (1795–1816)
Percy Bysshe Shelley (1792–1822)
Mary Wollstonecraft Shelley (1797–1851)
Eliza Ianthe (1813–1876)
Charles Bysshe (1814–1826)
baby girl (d. 1815)
William (1816–1819)
Clara (1817–1818)
Percy Florence (1819–1889)
Jane St. John

ロイ・ティルブルックの思い出に

ファニーは可愛らしくて、私にとってほんとうに救いだわ。母親としての愛情はちょっと脇に置いておくにしても（その愛情は深まるばかりで、あの聡明な笑顔は心にぐっとくるの）、あの子は驚くほどの感受性と観察眼を備えています。……生命力ではちきれんばかりの女の子よ。……彼女の目は常に私を追いかけていて、私の方もあの子を愛する力にかけては専制的と言ってもいいくらい。

メアリ・ウルストンクラフトがファニーについて述べた言葉

義務感が彼女を我々のもとに留めていました。しかし残念ながら、彼女の愛情は彼らの側にあったのです。

ウィリアム・ゴドウィンがファニーについて述べた言葉

彼女の声は震えた　僕たちが別れたとき
けれど僕は気づかなかった　その心が傷ついていたことに
その心からあの声が現れたのだ——そして僕は出発した——
その折に語られた言葉を心に留めることなく

苦悩よ――おお苦悩よ
この世は君にとってあまりにも広過ぎたのだ！

パーシー・ビッシュ・シェリーがファニーについて詠んだ詩

彼の存在のすべてが幻想的でした。彼の行動に、彼の表情に、そして彼の態度に、人間を超える存在のみが持つ、あの気高く超自然的な雰囲気が息づいていたのです……

クレア・クレアモントがシェリーについて述べた言葉

シェリーは間違いなく天賦の才と偉大な感情に恵まれていました。しかし心の不幸な飛翔のためにその二つとも堕落し、近親者に多大な不幸をもたらすことになったのです。

エヴェリーナ・ウルストンクラフトがシェリーについて述べた言葉

序文

長年の間、メアリ・ウルストンクラフトの長女ファニーの面影にとり憑かれていた。母とともにノルウェー、スウェーデン、デンマークを旅し、母の最晩年の著作にあれほど力強く描かれたファニーの面影に。パーシー・ビッシュ・シェリー、メアリ・シェリー、そしてウィリアム・ゴドウィンの伝記作家がそれぞれの物語に彼女を登場させることはあったが、彼らによればファニーはいつも憂鬱で病的なほど不安で、母ウルストンクラフトの持つエネルギーに欠ける存在だった。こうした伝記ではファニーはとるに足らない、悲劇的人物として描かれ、ウルストンクラフト・ゴドウィン・シェリー一族の物語の余白に生きることを運命づけられていた。彼女は子どもの頃から従順で物静かで憂鬱だったという判決が下されたのである。しかし私にとってのファニーは、メアリ・ウルストンクラフトが描いた通り、元気で生命力あふれる、弾むような女の子だった。ファニーがいつも憂鬱で、早逝はほぼ必然の運命だったという憶測は、いかなるものであれ受け入れ難い。

一八一四年から一八一六年にかけてのゴドウィン家及びシェリー家の人々ほど記録として残されている一族はない。ファニーはその両方に関わっていた。彼女にまつわる記録は矛盾しており、誠実に見えて実は秘匿と偽証に満ちていることが多い。間違いなくウェールズにいたにもかかわらずアイルランドにいたと公表されたり、死が明らかになった後でも親戚の家に滞在中であるかのように示されたりしたのである。彼女の書いた手紙の多くは破棄されており、残されたものは巧妙に操作されたり、上書きされたりしている。可能な限りの事実を整理したが、いくつかの繋がりに関しては推論に拠らざるを得ない。

手紙や日記の他に依拠するものとしては文学作品がある。ウィリアム・ゴドウィンの小説及び哲学書、ゴドウィンの娘でファニーの異父妹メアリ・シェリーの小説、そしてメアリの夫パーシー・ビッシュ・シェリーの詩作品。これらの中に実人生のヒントを探そうとする姿勢は、伝記というジャンルにはそぐわないとされることが多いが、若く非凡な彼らの人生の特徴はまさにその文学性にあり、人生と文学を不可分と考えるその生き方にある。彼らは互いの作品によって自己を創り上げ、自分や他者の人生をもぎ取って創作に生かした。生にあってファニーは母の偉大な著作に圧倒され、死にあってその影に隠されてしまったのである。

ファニーの肖像画は現存していない。本書に再現された肖像画はファニーを取り巻く人々、すなわちメアリ・ウルストンクラフト、ゴドウィン、そしてシェリー一家のものである。彼らの人生はファニーに強い影響を与え、人生のあらゆる分岐点で彼女を照らすと同時にその行く手を阻んだ。従って彼女の物語はある集団の物語となる。ロマン主義時代を生きた最初の一家族の物語に。

謝辞

　多くの研究者が私の問いに対し、計り知れない助力を与えてくれた。本書の結論を彼らに結びつけることは望まないが、以下の方々に感謝を捧げたい。B・C・バーカー・ベンフィールド、パメラ・クレミット、ノラ・クルック、モーリス・ヒンドル、アビゲイル・メイスン、ニコラス・ロウ、ウィル・フェアホーヴェン、アン・ロウ。次の方々にも感謝を。ディヴィッド・ブラウンリッジ、ダフネ・ジョンソン、ノエル・キングは家系図及び地理の観点から助言を与えてくれ、エリザベス・スピアリング、ダイアナ・バーシャル、デレク・ヒューズは原稿を辛抱強く読んでくれた。アンティエ・ブランクはいつも通り注意深く情熱を込めてサポートしてくれ、アバディーン大学は本書の企画を進めるための時間を与えてくれた。

　大英図書館及びケンブリッジ大学図書館員諸氏にも感謝を捧げる。次の方々にも謝意を表したい。オックスフォード大学ボドリアン図書館のウィリアム・ホッジズ、ニュー・サウス・ウェールズ州立図書館のヘレン・ハリソン、グラモーガン公文書局のリチャード・モーガン、ウェスト・グラモーガン公文書サーヴィスのキム・コリス、カーディフ国立歴史博物館セント・フラガンズのニクラス・L・ウォーカー、カンブリアン・インデックス・プロジェクトのキャロライン・メイスン、そしてシルスビー家文書に関してはアレックス・エフゲンに。

　次の機関からは文献の引用許可をいただいた。御礼を申し上げる。オックスフォード大学ボドリアン図書館のアビンジャー文献、マサチューセッツ州セイレム、ピーボディ・エセックス博物館のシルスビー家文書、ニュー・サウス・ウェールズ州立図書館ミッチェル書庫のベリー、ウルストンクラフト、ヘイ文献。

挿画に関する寛大な助力については以下の方々に感謝を捧げる。バリー・クレアモント卿夫人、バーニス・カーディ、チャールズ・C・カーター、クレアモント・フォン・ゴンツェンバッハ卿夫人、ヘレン・ドリンクウォーター、ハイディ・ジャクソン。

第一部

第一部

第一章　死

一八一六年一〇月一二日、ウェールズの『カンブリアン』紙が身元不明の若い女性の自殺を報じた。現場はスウォンジーのウィンド通り、マックワース・アームズという馬車宿の上階部屋。この女性は事件三日前にブリストルから夜行便で到着し、翌朝死んでいるのがメイドによって発見された。死体の横には書置きが残されていたが、署名が引きちぎられていたため、身元を示すものは何もない。ただ明らかなのは、これが女性によくある気の毒な自殺――家族の体面を汚したことによる――ではなく、「きわめてまっとうな」種類の女性の自殺だったことである。

前述の新聞は記事の一部として書置きを掲載した。読者は自殺の話が好きだったのだ。

> ずっと前から決めていました。最善の方法は私という存在をこの世から断ち切ってしまうことだと。不幸にも誕生してしまった私を幸せにしようと手を差し伸べてくださった方々が、そのために健康を害しました。私の人生は彼らにとって苦痛の連続でしかなかったのです。私の死はあなたがたに苦痛を与えるかもしれません。でも幸いなことにすぐお忘れになるでしょう。このような人間が存在したということを

言葉はここで突然引きちぎられている。

誰も死体確認に現れなかった。彼女は、おそらく教会区の費用持ちで、貧民墓地に葬られた。

このようにしてファニー・ウルストンクラフトは短い生を閉じた。メアリ・シェリーの異父姉、ウィリアム・ゴドウィンの義理の娘、そして音に聞こえたフェミニズム思想家メアリ・ウルストンクラフトの長女ファニー。いったい誰が遺書の署名を引きちぎり、死体の身元を隠そうとしたのか。そして何の目的で？

シェリー及びゴドウィンの伝記作家による一説は、自殺の悪評を恐れた宿屋の主人がメイドに命じて署名を引きちぎったというものである。しかしこの説はピントがずれているように思われる。遺書とアヘンチンキの壜によって、何が起こったかは明白なのだから。

ひょっとしたら、ファニー自身が署名を引きちぎったのかもしれない。自分にれっきとしたアイデンティティがないことを急に感じて――妹メアリが後に書くことになる『フランケンシュタイン』の創造物の如く、ファニーは確固たる名を持っていなかった。メアリ・ウルストンクラフトの非嫡出子である彼女は、厳密に言えばファニー・ウルストンクラフトである。しかし生誕地フランスでは父の姓をとってフランソワーズ・イムレイと登録され、短い人生のほとんどの間は義理の父の好意でファニー・ゴドウィンと呼ばれた。しかし彼の再婚相手、二人目のゴドウィン夫人はファニーがゴドウィン姓を名乗ることを嫌がり、ファニーもその事実をよく知っていた。

あるいは、ファニーはゴドウィン家に迷惑をかけたくないと考えたのかもしれない。この一家がスキャンダルにつきまとわれていたことを誰よりよく知っていたから。しかし書置きに残された、ゴドウィン家でファニーが耳にしたに違いない言葉――「私を幸せにしようとして彼らは健康を害した」――には苦い響きがある。そして彼女は疑い深い人々に対し、自分が何者であるかを伝え得る品々とともに死んだ。被害者めいた書置きのほかに、ＭＷと記された細い帯とスイス製金時計。自分で書いた署名を自ら引きちぎったとは考えにくい。

他の可能性もある。署名を引きちぎったのはパーシー・ビッシュ・シェリー、つまりファニーの妹メアリの恋人ではないか。

本書はファニー・ウルストンクラフト／イムレイ／ゴドウィンがなぜ自殺しなければならなかったのか、なぜあの書置きを残したのか、そしてなぜシェリーが、おそらくゴドウィンとメアリの代わりに、ファニーの遺書を破ったのかを理解しようとする一つの試みである。

第二章　天才

ファニーの死は不可避なものではなく、確固たる意志をもって計画されたものだった。身を隠すための場所を探すには長い旅が必要で、道すがら考え直す機会はいくらでもあったはずだ。自殺への旅の前日、彼女はバース滞在中のシェリーと言葉を交わしたと思われる。とすれば、彼は生前のファニーと最後に会った近親者・友人ということになる。記録には残っていないが、この折の彼の言葉によってファニーが決心を固めたことはほぼ間違いない。一八一四年以来二年間、ファニーはシェリーに軽んじられ、拒絶されて精神的に不安定になり、強い望みも挫かれてしまっていた。そして今、彼の答えが新たな、そして致命的な重圧をもたらしたのである。

ファニーの苦痛は特異なものではなかった。それはある関わり――彼女の望みよりは周辺的なものに留まったが――ヨーロッパ文化の性質上、決定的な重要性を持つ変遷との関わりから生まれたもので、その変遷とは天才を崇拝する風潮の誕生である。人々は天賦の才を崇め、その才に恵まれた人物は日常生活における道徳・社会的規則を免除された。天才は新たな貴族となったのである。ベートーヴェンは貴族階級に服従するゲーテの姿勢を戒めたが、それは彼の考えるところ、ゲーテが貴族よりはるかに偉大な存在だったためである。

逆説的なことに、英国に現れた流星の如き天才のうち、最初の二人――バイロンとシェリー――は上流階級出身で、ロマン主義芸術家としての彼らの輝きは、貴族の持つ古来の輝きと不可分だった。シェリーは平等主義者で、彼とブルジョワ階級間の社会的・情緒的もつれは、この要素を抜きにしては考えられなかっただろう。しかし彼の平等主義は高い社会的身分の特権の一つでもあった。上流階級出身で平等主義者という組み合わせがシェリーにもたらした道徳的実験は、ゴドウィンのようなブルジョワ急進主義者には考えの及ばないものだった。シェリーはゴドウィンから多くの思想を吸収したのだが。

四人の天才がファニーの短い人生を支配していた。上の世代から順に、亡き母メアリ・ウルストンクラフトと義理の父ウィリアム・ゴドウィン、この二人は一八世紀の啓蒙思想家であり、次の世代、一九世紀ロマン主義においては異父妹メアリ、そして彼女の恋人であり後に夫となるパーシー・ビッシュ・シェリーである。

ファニーの母メアリ・ウルストンクラフトは『女性の権利の擁護』(一七九二年)という大胆なフェミニズム思想書で一躍名を馳せた。この書でウルストンクラフトは、当時流行していた感情的な女性像に代わる凛とした理性的な女性像を打ち出し、適切な教育を受ければ女性は男性と同等の知性を持つことを証明できると説いた。これはまったく新しい考えというわけではなかったが、フランス革命論争の修辞によって劇的に表現されていた。女性は男性ではなく自らをコントロールすることを目指すべきであり、手練手管に長けた恋人や愛人といった慣習的な役割に留まるのではなく、一人の自立した社会的存在として生きるべきだとウルストンクラフトは宣言したのである。

この書はしばらくの間、社会の熱狂的な反応を呼び起こした。アナ・スィワードのようなキリスト教自由主義者はこの作品を「素晴らしい本」と呼び、家父長社会に「イスリエルの槍」を当てるものだと讃えた。著名な劇作家ハナ・カウリーは、政治はいかなるものであれ「女性的でない」と考えたが、この書には「今までほとんど出会ったことのない知性」を見出している。巡回図書館の予約購読者は、『女性の権利の擁護』の人気があまりにも高く、常に貸し出し中のため、「ゆっくり読みたいのにすぐ返却しなければならない」と不平をこぼす。[1] しかしこの風潮は長く続かず、特にウルストンクラフトの死後、その私生活が明らかになると、人々は急激に態度を変えた。メアリ・ウルストンクラフトは「哲学者ぶったふしだら女」、礼儀作法に欠けた、女でない女と見なされるようになったのである。人間が理性のみによって生きるわけにはいかないのは明らかだった。性と嫉妬は人生を引っ掻き回すものだ。

ファニーの父は、母ほど世に知られた人物でなかった。『女性の権利の擁護』出版の翌年、ウルストンクラフトはパリで背が高くハンサムなアメリカ人起業家、ニュージャージー州出身のギルバート・イムレイと情熱的な恋に落ちる。イムレイは彼女に、財産ができ次第、ヨーロッパの堕落に染まっていない未開拓地アメリカで夢のような家庭を築こうと約束した。実際のところ、彼はアメリカ独立戦争にほんの少し関わり——そのおかげで「イムレイ大尉」と名乗れることになったのだが——ケンタッキー州の悪名高きジェイムズ・ウィルキンソン主導の胡散臭い土地投機ビジネスに従事した後、借金の山を残し、法廷への召喚状を無視してアメリカを去っていたのである。[1] 一七八〇年代には奴隷貿易に関与した過去を持ちながら、ヨーロッパでは非の打ちどころのない自由主義的視点——反奴隷制度、反結婚制度、反宗教——を持つケンタッキーの共和原始主義者として自身を売り込む。あるときはフランス王党派の銀貿易に乗り出し、あるときは自らが所有してもいないフロンティア地所ビジネスに関わる。アレゲーニー山脈ほとりの生活がいかに牧歌的（しかも裕福）であるかを著作で示したイムレイは、革命によって目覚めたヨーロッパ人を（おそらく時折は自身をも）別天地という夢で誘惑する。この手でウルストンクラフトのことも誘惑したのだろう。娘ファニーの人生を後に支配することになる天才たちとイムレイは多くの点で異なっていたが、存在しない目的地と絵空事のユートピアを夢見、人々を巻き込む才能は共有していた。

イムレイと対照的に、ウルストンクラフトの二人目のパートナー、ウィリアム・ゴドウィンは当時最も著名な思想家の一人だった。ノーフォークの貧しい非国教徒の家に生まれた彼は、一七九三年に出版した『政治的正義』——その年の有名事件——によって大都市ロンドンの政治論壇にデビューする。フランス革命期の数年間、ゴドウィンはロンドンの最も著名な知識人として「名声という天空における太陽の如く」輝ける存在だった。彼の言葉には「思想の宣託」が宿っていたのだ。「君の化学書を捨ててゴドウィンの必然論を読みたまえ」と若き詩人ワーズワスは叫び、『政治的正義』は予約購読者によって購入され、政治集会で朗読される。[2] サミュエル・テイラー・コウルリッジはゴドウィンを「熱烈な光」で「讃えた」。

汝の声が　「受難」の嵐含みの日に
私が荒々しく　「嘆き」の荒涼なヒースを彷徨っていた折に
「正義」の輝ける姿に　私の道を照らすよう命じ[3]
そして私に語ったのだ　彼女の名は「幸福」と

『政治的正義』が信奉したのは未来における人間性の進歩であり、それは革命フランスの暴力騒動を通じてではなく、個人の努力に拠って実現すべきものだった。非国教会牧師となるべく育てられたゴドウィンは、キリスト教に対する信仰を、理性と人間の可能性に対する信念に代えたのである。それ以前のピューリタン的神聖に注ぐ熱情――及び改宗者の原理主義――のすべてを、彼は自らの意見に持ち込んだ。天とキリスト教的千年王国への希望の代わりに、千年王国の別ヴァージョンを供給したのである。現実世界は理性によって、戦争や犯罪、病や利己主義のない理想郷となるというものに。『政治的正義』は哲学的無政府主義を説いた。人為的な組織――君主制、政党政府、法律、宗教――はすべて硬直化した思想であり、その価値を疑わなくてはならない。こうした組織はいずれ消え去るだろうとゴドウィンは信じていた。人々がより賢明で理性的になり、全人類の善を追求するようになれば。私的な家庭的愛情は原理において利己主義的であり、結婚とは独占であり、「所有の行為、しかも最も悪しき所有である」。ゆえに結婚制度の廃止は「悪ではない」。「人生における同伴者を持たなければならないという仮説は、悪徳の複雑化が生んだものである。それは臆病者の指図であり、不屈の精神によるものではなく、愛され、評価されたいという欲望から生まれたものである」[4]。

時代が下り、保守的な風潮が強まると――フランス革命の血なまぐさい軌跡によって英国内の急進主義に懐疑的な目が向けられるようになると――ゴドウィンは慎重になる。「私はよくある墓の一つに、自由への大義や愛とともに落ち込んでしまった（もし落ちたということがあるならば）」[5]。『政治的正義』続版で彼はこのように控えめな調子になり、一七九六年版及び一七九九年版においては、歴史的状況の変化に応じた制度が必要であると宣言する。結婚とは敬うべき契約で、現在のような社会においては軽んじられるべきものではないというのである。

一七九七年、四〇歳の年に、この独身男性は前述の見解を実践に移すことになった。彼の子を身籠ったウルストンクラフトの懇願に屈し、彼女との結婚に踏み切ったのである。お腹の子が生まれる数ヵ月前のことだった。出産から一〇日後、ウルストンクラフトは命を落とす。生まれたばかりの子は洗礼式でメアリ・ウルストンクラフト・ゴドウィンと名づけられた。後のメアリ・シェリー、すなわちジェイン・オースティン以降最も優れた一九世紀初頭の女性小説家である。代表作『フランケンシュタイン』(一八一八年)は、父ゴドウィンの偉大な著作に対する控えめな賞賛だった。

もし恋の仲立ち人が呼ばれ、急進主義に染まった若い詩人パーシー・ビッシュ・シェリー――准男爵の跡取り息子で熱狂的な共和主義者――にふさわしい、魂の友としての妻を探すよう命じられたとしても、間違いなくメアリ・ウルストンクラフト・ゴドウィンに白羽の矢を立てたことだろう。魅力的で賢く、社会的身分はシェリーに劣るものの、立派な階級に属しており、しかも著名な共和主義者を両親に持つ少女に。

学生時代、シェリーはゴドウィン主義に心酔していたが、それを日常生活でいかに実践するかということになると、両者の階級の違いが如実に表れることになった。ゴドウィンはブルジョワ階級の急進主義者。最も激しい『政治的正義』初版において、自身の社会理論にのっとり、結婚制度を否定し性の自由を支持したとしても、実際には常に世論に注意を払っていた。唯一急進主義を貫いたのは財政面である。ゴドウィンの信ずるところによれば、世間は知識人に対して生計を負っている。ゆえに世間は知識人の無分別が生み出す結果から彼を解放してやらねばならない。従って相互寄生的な絆がゴドウィンとパーシー・ビッシュ・シェリーの間に結ばれることになる。自身の主義を奉じる弟子であり、財政上のパトロンであり、そして恐ろしいことに、一六歳の娘メアリを誘惑することになるシェリーとの間に。

一方、シェリーの共和主義は紳士階級の特権から生じる安定感に守られていた。中流階級に属すゴドウィンの結婚生活の際立った特徴が心身を蝕む財政不足にあるとしたら、裕福な准男爵の孫シェリーは、金銭に関する支障など自分には起こるはずがないと常に感じることができた。金銭問題の如きは天才の「領主権（初夜権）」に干渉すべきではないのである。

急進主義かぶれのこの紳士は、一八世紀旧体制の放蕩貴族に酷似している。しかし芸術的魅力にあふれた天才シェリーはカルト集団指導者としての力を持ち、中流階級の若い女性をベッドのみならず、放浪性共同体における不安定さや醜聞にも誘い込んだ。

シェリーは『政治的正義』の扇情的な初版を読み尽くしており、いかなる場所であれ恋と性の相手を見つける許可を得たと信じ込んでいた。特に著者の娘ならなおさらのこと。この行動に関しては、シェリーは偉大な著者ゴドウィンと激怒した父親というペルソナを分けて考え、続版の但し書きを無視しなければならなかった。個人は彼の（通常は彼女の）危険を冒して慣習を破るという但し書きを。ゴドウィンの立場から言えば、シェリーは『政治的正義』がどの版であれ、理性を説いた書であるという事実を無視したのだ。私欲に突き動かされた青年が一六歳の少女二人を連れて英国を去ることについてではないという事実を。シェリーが実践したゴドウィンの抽象主義――著者自身がショックを受けるようなやり方で――は、多くの犠牲者を出す物語となった。

一八一六年、二一歳のハリエットは、夫シェリーがゴドウィンの娘メアリのために自分を棄てたことを苦にして自殺。ハリエットの死は、二二歳のファニー・ウルストンクラフトの死の数週間後のことだった。この時期に書かれたジェイン・オースティンの現実的な妥協的世界においては、熱狂的なハリエット・シェリーは『分別と多感』のマリアンヌ・ダッシュウッドとして描かれ、死の淵から再生して善良な男性を見つける。一方、思いやりあふれるファニー・ウルストンクラフトは『マンスフィールド・パーク』の同名の主人公、ファニー・プライスのように物語の最後で報われることができたし、そうあるべきだった。しかし、ハリエットもファニーも、シェリーの空想的絶対主義に遭遇してしまったのである。

おそらく前例のない規模で、シェリーとその仲間の人生は、テクストとの互換性に満ちていた。彼らは『政治的正義』のみならず、ミルトンの『失楽園』や一八世紀ヨーロッパのベストセラー、ゲーテの『若きウェルテルの悩み』やルソーの『新エロイーズ』などを通じて世界を見ていたのであり、これらの物語は極端な感情耽溺に彩られている。実人生は文学理論を実践し、シェリーとメアリは何度も読み返した本の教訓から――実人生での経験ではなく――生まれた存在を理解しようとする登場人物について繰り返し書いた。例えばフランケンシュタインの創造物は自身の過去の一部を『失楽園』から繋ぎ合わせるのである。

人は常に、本を指針として生きてきた。様々な聖書、ロマンス、物語、そしてそれほど頻繁ではないにせよ、専門書によっても。シェリーの時代を遡ること一世紀半、ロチェスター伯爵のような男性たちは、トマス・ホッブズの『リヴァイアサン』によって無神論と放蕩にのめり込んだと考えられている。しかしホッブズは結局のところ揺るぎない理論家であり、既存のものに別の理論を提供したに過ぎない。ゴドウィンの著作は、理論が実践に移された場合、公私におけるすべての行動に影響を及ぼし、その実践者は一般的な社会及び慣習から放逐されることになるものだった。しかし彼の本には聖書やロマンス――あるいはホッブズの本――に見られるような個人的な満足感を見出せない。シェリーはこの点を改善しようとしたのだ。

若い世代は人生を生きることと同じくらい熱心に、自分たちの人生をテクストに織り込んでいた。例えばファニーは母ウルストンクラフトの作品によって自分の受胎、誕生、幼少期を読むことができたし、彼女と異父妹メアリは父ゴドウィンの小説の登場人物に自分たちを見出すことができただろう。ファニーに宛ててメアリがヨーロッパ旅行中に書いた手紙の大半は、後に旅行記として出版された。しかしこの文学的創作の熱狂のただ中にあって、ファニーが残したのは、スウォンジーでの自殺の書置きのみである。そして誰かの手がファニーの言い残したかったことをもみ消したのだ。

ファニーの短い人生は、二つの対称的な旅によって区切られている。両方とも目的地は想像上のもので、二人の父、ギルバート・イムレイとウィリアム・ゴドウィンがお膳立てしたものである。最初の旅にはファニーは存在していたが、自分ではそのことを知らなかった。二つ目の旅には存在していなかったが、そのことをよく知っていた。二つとも不朽の文学に姿を変えている。最初の旅はウルストンクラフトがイムレイに宛てた恋文として出版され、ゴドウィンによれば、ゲーテが主人公ウェルテルのために書いた空想上の恋文に匹敵するもの。この旅は後に『北欧からの手紙』という魅力的な旅行記になった。二つ目の旅は一八一四年、ウルストンクラフトの娘メアリとシェリーの駆け落ちで、『フランケンシュタイン』に昇華され、永久的な文学的価値を留めている。これは空想的な旅についての物語である――自殺と母のない子どもたちの物語であると同様に。

メアリ・ウルストンクラフトの旅先は北欧で、当時の英国人旅行者にはほとんど知られておらず、女性が赤ん坊を連れて訪れるということはきわめて稀な地域だった。旅の直前にイムレイは彼女を棄てる。旅の表向きの目的は、盗まれた船――イムレイ所有の王党派銀貨物船――を取り戻すことで、隠された目的は、そうすることによって彼の心を取り戻すことだった。ウルストンクラフトは最初の目的の一部しか達成できず、二つ目の目的はまったく達成できなかった。(2)

一八一四年、娘メアリとシェリーの旅は、またしても理想主義が失望に変わる経緯を明らかにした。この旅はゴドウィンが『フリートウッド』で描いた自由国スイスの空想図に感激して実行に移されたが、所持金が底を突き、相互間の嫉妬によって破綻する。シェリーの知人が後に語ったところでは、「それまで見つけることができなかったものを追い求める旅は、彼の財布と精神を苦しめた」。(6)

この二つの旅がファニーにつきまとい、短い人生を決定づけることになる。最後の旅――ウェールズの馬車宿へ――がもたらしたのは、母メアリや妹メアリのエキゾチックな旅と正反対のイメージだ。古い家族の絆によって、南ウェールズは心地よい親しみのあるものになっていたのだろう。しかしその場所には、ゴドウィンのスイスやイムレイのケンタッキーが示したような蜃気楼に共通するものは何もなかった。実のところ、その頃想像されるスウォンジーの状態は、ざっくばらんに言って、ディラン・トマスがラレガブ (Llareggub) と改名した近くのラーン (Laugharne) に与えたのと似たようなものだろう。「私をずっと追いかけていらしたのですか」。ダグラス・ジェロルドの戯曲『伊達男ナッシュ、バースの王』の登場人物が尋ねる。(3)

「世界の隅々まで」

「スウォンジーにはいらっしゃいましたか」

「いや」

文学が影を落としている人生を歩んだファニーが、文学的とは言えない死を目論むことはまずないと言ってよかった。

第三章　メアリ

メアリ・ゴドウィンとシェリーの恋物語は一八一四年、急速に燃え上がった。ファニー・ウルストンクラフトが自殺するために スウォンジーに赴く二年前のことである。

舞台はロンドン、日時は一八一四年七月二八日の朝四時から五時の間。明るい髪のほっそりした一六歳の少女、亡きメアリ・ウルストンクラフトの次女メアリ・ゴドウィンは、父に別れの手紙を書き、彼の目に入りやすいところに置く。当時ウェールズに滞在中だった異父姉ファニーのことは気に留めなかった。ファニーの留守は駆け落ちにうってつけだった。早起きのファニーは五時には目覚めていただろうから。もしこの朝、ファニーが家にいたら、父ゴドウィンに与える苦痛を考えてメアリを引き留めようとしただろう。あるいは、メアリと一緒に旅立ったかもしれない。その場合、ファニーの人生はずいぶん違うものになっていたことだろう。

メアリは義理の妹クレア・クレアモントを起こした。二人目のゴドウィン夫人の連れ子で、夫人自身はメアリ・ウルストンクラフトの後任として甚だ評判のよくない女性である。クレアは黒い髪と瞳を持つ可愛い少女で、メアリより少し年下だった。二人はくすんだ色の絹ドレスを身にまとい、衣服や手紙、自分たちが書いたものを詰めた包みを抱え、スキナー通り四一番地の家をこっそり抜け出す。通りに沿って歩くと、ハットン・ガーデンの端でパーシー・ビッシュ・シェリーが迎えてくれた。背が高く、ひょろりとした体形に豊かな髪が揺れ、「変幻自在な」容貌に大きくて真っ青な瞳を持つこの青年は、「雷鳴と星々が青白くなるまで」見張っており、馬車を借りて準備を整えていた。[1]

メアリは父の家から駆け落ちしようとしていたのだ。

　旅が始まって数日間、体調不良が続いたことを考えると、メアリは出立の時点で既に身籠っていたのかもしれない。もっとも彼女は旅行の折には具合が悪くなる性質のため、妊娠は旅の途上で起こった可能性もある。シェリー、メアリ、クレアはスイスに向かう予定だった。クレアはスイスが母国だと思っていたが、それは華やかな話に弱いゴドウィン夫人が――ちょっと信じ難い話だが――あなたのお父さんはスイス人よと話したためらしい。シェリーはゴドウィンの『フリートウッド』に感銘を受けていた。主人公はスイスを自由と原始的風俗に満ちた牧歌的な土地と描写している。実はゴドウィンは英国諸島を出たことはなかったのだが、思い描かれた姿は文学青年と少女たちにとってガイドブックに劣らずよいものだった。ゴドウィンの描くスイスは、シェリーには最適の場所に映った。自由恋愛と同質の精神、身体的知的充足を基盤とする共同体を築くのに最適な場所だと。

　クレアはシェリーとメアリがウルストンクラフトの墓の傍でこっそり会うときの付き添い役を務めたが、二人に遅れをとりたくない気持ちでいっぱいだった。「フランス語ができる私はヨーロッパ大陸で重宝されるだろう。シェリーはフランス語を読み、本から引用もできるけれど、メアリやファニー同様、話すことはほとんどできないから」とクレアは上機嫌に書き留める。しかしシェリーがクレアを同行させたのは通訳としてだけではなく、彼女のためにもなるからとの理由だった。シェリーは自分を敬ってくれる妹たちの中で育ったため、女の子に囲まれているのが好きだった。彼が救った女性二人組はメアリとクレアが初めてではない。三年前の一八一一年、当時一六歳になったばかりのハリエット・ウェストブルックと駆け落ちし、その後すぐ彼女の姉を呼び寄せている。今や彼はそのハリエットを棄て、別の一六歳の少女と駆け落ちしようとしているのだ。義理の妹も一緒に。

ゴドウィン夫人は義理の娘メアリを毛嫌いしており、クレアはこの娘にかどかわされたのだと考えた。「メリルボンの野原でちょっと朝の空気を吸うために」散歩に行こうとメアリが誘い、シェリーがクレアを馬車に突っ込んだのだから、実質的には誘拐だと。[2] しかしすべてはクレアの家出が自発的だったことを示している。あと一週間で二二歳になるシェリーは、スキナー通りの少女たち――ファニー、クレア、メアリ――を三人とも魅了していた。彼はカリスマ的で性格や微笑を自在に変えることができ、クレアによれば「あたかも天から舞い降りてきたばかり」のような青年だった。[3] シェリーにはこの種の賞讃が常について まわる。

一行はダートフォードで新しい馬を四頭雇い、ドーヴァーまで走らせた。それでも旅は丸一日かかり、耐え難い暑さのため、メアリは失神する。三人はフランスへ渡る船に乗り損なったが、夕食後、次の便を待つ代わりにシェリーが二人の船員を雇い、漁船で海に乗り出すことにした。船はまるで紙でできたボートのように、波に乗って大きく揺れた。シェリーが好んで河や湖に浮かべた紙の船のように。

三人は夜を徹して海を渡った。穏やかな夜だったが、夜明け直前、激しい暑さに代わって激しい嵐が起こり、船は転覆しかかる。船酔いしたメアリはシェリーの傍らに身を横たえたが、彼はほとんど起きていられない状態で、メアリを支える余裕はなかった。疲労困憊したシェリーは死を想い、「死に瀕しているとき、この貴重な精神には何が起こるだろう」と考えをめぐらす。嵐がおさまると波は船をカレーの方向に押しやり、三人は無事上陸した。メアリは「疲れのとれない眠り」にくたくただったが、シェリーの精神は朝の光とともに舞い上がった。「広々とした太陽がフランスに昇った」。[4]

一方、スキナー通りの家では、ゴドウィンが娘の書置きを読み、空のベッドを見て驚愕していた。

ゴドウィン夫人が後にアイルランドの知人マウント・カシェル令夫人に綴った通り、娘たちには本など読ませなければよかったのだ。そうすれば自由主義に染まることもなかっただろう。ゴドウィン夫妻が娘たちを「貧乏な身の丈に合ったやり方で」育てていれば、「S氏を惹きつけるようなことはなく、今頃は二人とも無事に家にいたことでしょう」。[5]

夫人はメアリの如き甘やかされた、意志の強い少女に何を言ったところで無駄だと心得ていた。しかし自分の娘、たった一六歳のクレアなら救えるかもしれない。クレアはシェリーの一番のお目当てではなかったのだし、説得すれば無傷のまま帰ってこられるかもしれない。そこでゴドウィン夫人は三人組を追いかけてフランスに出発した。夜を徹して旅を続け、翌日の昼には海峡を渡り、夕方カレーに上陸。疲れ切っていたが、意志は変わらなかった。准男爵の孫で相続人のシェリーは町一番の宿に滞在する習慣だったため、ゴドウィン夫人は彼らがデサンのホテルに宿泊していることを突き止める。このホテルは半世紀ほど前、ロレンス・スターンの『センチメンタル・ジャーニー』によって有名になっていた。シェリー一行にとって文学的な連想は常に魅力があったのである。[1]

ほどなくして、太ったご婦人の来訪が三人に告げられた。連れ去られた娘を返してほしいという。クレアはその晩を母と二人きりで過ごした。母は娘に、あなたはシェリーに誘拐されたのだと言い聞かせる。朝までにクレアは母の「哀れさ」(pathos)に負け（この語はシェリーによるもの。たぶんクレアもそう感じていただろう）、スキナー通りの家に戻ることになった。しかしその後シェリーと話し、クレアの気持ちはまた変わる。親抜きでヨーロッパを渡り歩く輝かしさ。それにライヴァルである義理の姉メアリだけがこの素晴らしい冒険をすると思うと、このまま引き返すことがためらわれたのだ。

娘の決意を聞いたゴドウィン夫人は何も言わず、一人で帰国する。シェリーはなんとも言えぬ満足感をもって、彼女がドーヴァー海峡を渡る船によたよた歩いていくのを眺めた。彼はゴドウィン夫人が嫌いだったのだ。スキナー通りの家に戻ると、彼女は気づまりな思いにとらわれた。なぜもっと粘り強く説得しなかったのだろう。なぜ夫が一緒に来てくれなかったのだろう。なぜ娘は私の願いをはねつけたのだろう。というわけで、前述のマウント・カシェル令夫人への手紙には、事実より見栄えのよいヴァージョンを綴ることにした。フランスに行ったのは自分ではなく、夫ゴドウィンの旧友ジェイムズ・マーシャルということにし、彼はクレアを探したものの見つからず、駆け落ち三人組を追ってパリまで足を延ばした、云々。ゴドウィン夫人は必死の思いで、自分の娘をできるだけよく見せようとしたのである。

シェリーはメアリ・ウルストンクラフトの著作に心を奪われていた。ゴドウィン家を初めて訪れたとき、亡きフェミニストへの尊敬の念でいっぱいだった彼は、出会う前から彼女の娘たちに半ば恋していたのである。ファニーとメアリは幼い頃、亡き母をほとんど偶像視するように導かれ、よく墓参に出かけた。彼らは旅のこの時点までに、ウルストンクラフトの書いたフランス革命論を読んでいただろう。そして革命初期に顕著な、新生への期待という思想に親しんでいただろう。

ウルストンクラフトが描いたパリは劇的なものだった。一七九三年初頭、ブルボン朝君主ルイ一六世が大逆罪に問われ、法廷に出向するところに彼女はちょうど間に合ったのだ。ルイ一六世はその二、三週間後に処刑されることになる。ウルストンクラフトは恐怖と孤独に震え、猫でもいいから傍にいてほしいと思うほどだった。その後数ヵ月、恐怖政治がパリを襲い、彼女は新しいギロチンの近くを歩いて、通りが血で真っ赤に染まる様子を目にする。希望から恐怖への急激な変化は、ウルストンクラフト自身の強い心情――イムレイとの幸福と絶望――を映し出していた。彼と出会い、愛と性を初めて経験し、やがてその両方を失う中で。

メアリ、クレア、シェリーにとって、ウルストンクラフトの物語には勇壮な感情と英雄的な時代が息づいていた。ウルストンクラフトのパリは恐ろしくて劇的だったが、自分たちが経験した一八一四年のパリはあまりわくわくするものではなかった。

フランス大革命は独裁と帝国に道を譲り、何年にも及ぶ征服の後、ナポレオンは四月一一日に英国及び同盟諸国に無条件降伏し、エルバ島に流される。英国の自由主義者の多くは、自分のところの摂政皇太子よりさらに肥満したルイ一八世を戴くブルボン君主制がパリに復活したことにうんざりした。ロンドンでは勝利後何ヵ月にも渡ってセント・ジェイムズ公園で記念祝賀が行われたが、フランスでは新たな破産者が不満をこぼしていた。亡命者は母国フランスに戻り、競って時計の針を戻そうとする。三〇年にも及ぶ革命の混乱期があたかも存在しなかったかのように。

この平和はまもなく、ナポレオンの驚くべき帰還と、一八一五年のウォータールーの敗北によって中断されることになるが、それまでの間、パリは英国人旅行者であふれていた。彼らは一〇年前のアミアン平和条約以来、この街への旅から締め出されていたのだ。この時期、パリにずっと留まっていた英国人の一人がヘレン・マライア・ウィリアムズであり、フランス革命勃発からブルボン王政復古までの通史を綴った人物として知られる。(2)一七九〇年代初頭、自らの共和主義的サロンにウルストンクラフトを招き入れたことがあるこの女性から、メアリとシェリーは話を聴きたいと願っていた。特にメアリにとっては、生前一度も言葉を交わすことのなかった母の様々な話を。しかしウィリアムズは田舎に出かけていた。少なくとも「ご在宅ではなかった」。手の届かない人物として振舞うつもりだったのかもしれない。慣習的とは言い難い生活をしながら、ウィリアムズは常に礼節(proprieties)を守ろうとしていたのである。

薄汚い大都市パリに対する失望に、資金不足が拍車をかける。シェリーは知人の書店主トマス・フッカムから資金を得る目論みだったが、代わりに目にしたのは非難の手紙だった。しかし彼は金貸しから六〇ポンドを引き出し、スイス行きは徒歩旅行であれば可能になった。そこで八月八日、シェリーはクレアと一緒に市場でロバを一頭購入する。荷物――旅に不可欠な大量の本を含む――はこのロバに乗せればよい。本の中にはウルストンクラフトの最初の小説『メアリ』もあった。不幸な結婚を強いられた若い女性の物語で、他の男性にも心を託すことができなかった彼女は、死をこの世からの唯一の出口と考えるに至る。三人はこの本を読みながらフランスの丘陵地帯を旅するつもりだった。

彼らはロバの目利きとしてはまったくの素人で、パリから二、三マイル進んだところでこのロバが伸びてしまい、微動だにしなくなった。そこでロバをラバと交換し、不足分を支払う。この調子では、件の六〇ポンドではあまり遠くまで行けないだろう。それでもシェリーはこの機会に妻ハリエットに手紙を書き、スイスで合流しないかと誘った。夫妻の友人トマス・ラヴ・ピーコックが女性の一人旅について助言してくれるだろうし、別居証明書――弁護士が作成中――と夫婦財産契約書の写しを持参してほしい、と。

ハリエットはシェリーの妻としてスイスに来るのではない。彼との間にできた二人目の子を妊娠五ヵ月の身であるにもかかわらず、後釜メアリ・ゴドウィンを含む共同体の一員として来るのだ。この手紙にハリエットは返事をしなかった。深く傷ついたが、シェリーがこの冒険を終えて自分のもとに戻ってくるかもしれないとの希望も感じとった。ハリエットが誘いに応じなかったのは正解だったと言える。彼女が到着する頃には、三人組はとうの昔にスイスを去っていただろうから。

メアリの異父姉ファニーにはスイスへの誘いはこなかった。義理の父ゴドウィンに対するファニーの尊敬の念をシェリーはよく知っていたから。その前年、つまりスキャンダルにまみれた駆け落ちを実行に移す前、かつ『政治的正義』の尊敬すべき著者との初対面が実現する前、シェリーはゴドウィンに手紙を書き、ファニーを自分の家族——当時はハリエット及び彼女の姉がいた——に迎えることを提案した。しかし驚いたことに、ゴドウィンは偉大なる著作で主張した原理を実生活に適用しておらず、慣習に則り、義理の娘ファニーに代わって断りの返事を送ったのである。

スイスへの旅は暑く、特に黒絹のドレスを着たメアリとクレアの身にはこたえた。シェリーが言うところの「自由殺し」によって破壊されたスイスの国土は、木々が根こそぎ抜かれ、窮乏した農夫が不味い食べ物を居心地の悪い住処で供給していた。ラバを馬車に代えたため、所持金がさらに減る。しかしシェリーは精神の広がりを感じていた。三人組は可愛らしい子に出会い、シェリーは直ちにこの娘を一緒に連れて行くと申し出るが、父親は断る。こうした行為は当時それほど珍しいものではなく、ウルストンクラフトもアンという少女を養女に迎えたが、この子が絶え間なく砂糖を盗むので、縁組は終焉を迎えた。しかしシェリーの突発的な熱情には、はるかに支離滅裂なところがある。まだ学生だった頃、旅回りのアクロバット芸人を養子に迎えようとしたり、ハリエットと駆け落ちした頃、四、五歳の貧しい少女たちと田舎に閉じこもり、教育しようとしたこともある。偏見のない知性が受ける様々な影響を見極めようというのだ。

クレアは次第にシェリーに惹かれ、メアリへの嫉妬もあって、些細なことで愚痴をこぼすようになる。あるとき、ネズミと色好みの宿主についてひどく不平をこぼしたので、シェリーとメアリはクレアを自分たちのベッドに入れてやらなければならなくなった。恋人たちは一緒に日記をつけていたが、シェリーはもともと日記書きの性質ではなかったのですぐやめてしまう。しかしメアリにとってはすべてが記録されねばならなかった。自宅でもこと細かに綴る習慣だったし、何事においてもそれが文字になったときのことを考えて行動していたのだ。ライヴァル心に燃えるクレアは、シェリーの古いノートを使って日記を書き始める。そこには彼が愛の営みに関する官能的な思いを様々な言語で書き散らしており、一〇代の少女には少しばかり行き過ぎた内容だった。奇妙な駆け落ちによってまっとうな女性という評判をなくしてしまったわりに、その歓びから締め出されているクレアにとっては。

彼女は日記を使って感情を記録することにする。この時点で既に、かの有名なヒステリー、または「恐怖」とメアリが名づけたエピソードをある程度持っていたようである。三人がシェイクスピアの『リア王』を読んでいたとき、メアリによればクレアが繊細なところを見せ、シェリーの気を引こうとした節がある。日記によれば、クレアはコーディリアの問い、「不憫なコーディリアはどうしたらよいのでしょう——愛し、そして沈黙すること」がいかに心を打ったかを描写している。[3]「真の愛は……秘密の草地に求愛するもの」と彼女は書く。[6]

共同体生活の試みは、シェリーが望んでいたほど官能的で喜びに満ちたものではなかった。メアリがシェリーを独り占めしようとし、クレアが彼に夢中になるにつれ、性的・感情的な緊張状態が浮き彫りになる。一行が木々のほとりの小川に近づいたとき、シェリーは「あたかも失楽以前のアダムのように」泳ぎ、メアリにも裸で泳いだらどうかと提案した。葉っぱで身体を乾かしてあげるから、と。メアリは「なんて恥ずかしいこと」と拒否したとクレアは記録している。自分だったら喜んで応じるのに、とも。クレアは自分がメアリより自由で解放された女性――シェリーが理想とする女性――に近いと感じていた。メアリではなく、自分が新しいメアリ・ウルストンクラフトになるのだ。

傍観者の目にはメアリとシェリーはなんともみすぼらしく映り、あるスイス人男性は、両親の家から逃げてきた子どもだと思った。クレアが事情を説明すると、彼は君も愛の逃避行なのかいと尋ねる。「まあ、全然違うわ」とクレアは答えた。「私はフランス語を話すために来たの」[7]。家出は昔からよくあったが、この三人組は奇妙なケースだった。ゴドウィン家で育ったメアリやクレアのような子どもだけが、慣習というものをこれほど軽く見るのかもしれない。そしてシェリーのような莫大な財産の相続人だけが、金銭にこれほど無頓着になれるのかもしれない。

スイスではフッカムからの連絡を期待していたが、何も届いていなかった。既に手持ちは三〇ポンド以下、英国に戻るだけのぎりぎりの額だ。それもライン河を下る安い方法でいけばの話である。三人はそうすることに決めたが、自分たちに腹を立て、道中出会った人々に極端な反応をしてしまう。後にこの旅を振り返ったとき、メアリはライン河の美しさを楽園のように感じ、母ウルストンクラフトが北メアリは連れのドイツ人旅行者――喫煙者――を「不潔な動物」「忌むべき虫」などと呼ぶ。後にこの旅を振り返ったとき、メアリはライン河の美しさを楽園のように感じ、母ウルストンクラフトが北欧で出会った「暗き影」との類似性を思い描くことになる[8]。

借金返済にほとんど興味がないのではないかと思われる三人組だが、英仏海峡を越えるだけの所持金がないことにはさすがに気づいていた。船頭は漕手に命じてテムズ河を北上し、ロンドンの通りを縫ってシェリー一行が運賃を払える場所まで船を進める。シェリーはフッカムを始め、あらゆるつてを頼るがうまくいかず、最後にはチャペル通りまで行って妻ハリエット――三ヵ月前に棄てた女性――から二〇ポンド入手する。ゴドウィン夫妻に頼るのは問題外で、無一文のファニーに助けを求めるわけにもいかなかった。

しかしファニーにとっては、異父妹、義理の妹、そしてシェリーからこの気晴らし旅行に誘われもせず、予告も受けなかったことは、その後の人生に大きな影響を与えることになる。シェリー三人組の人生にこの旅が多大な影響を及ぼすことになるのと同様に。この小旅行はファニーの心を混乱させたとゴドウィンは述べ、後にクレアは「シェリーがメアリと私を連れ去り——変化が訪れた……ファニーはひどく苦しんだ」と伝えている。[9] 実際、口喧嘩ばかりしている少女たちと無力なロバを連れての無鉄砲な駆け落ちは、スキナー通り四一番地の住人すべての人生を変えてしまったのである。

第四章　メアリ・ウルストンクラフト

逃避行中、メアリとシェリーは、メアリ・ウルストンクラフトの最も魅力的な作品『北欧からの手紙』を携えていた。赤ん坊連れで北欧に赴くという大胆な旅を描写したもので、ウルストンクラフトが一七九七年に第二子出産で命を落とす前に書かれた最後の完成作品である。この旅行記は旅先からイムレイに綴られた手紙の一部を母体としており、彼との間に生まれた娘ファニーの存在が鮮やかに映し出されている。ファニーは実際に話をしたり書いたりできるようになるはるか以前に、文学的、テクスト的な命を与えられていたと言えるだろう。この魅惑的な作品の中で、ファニーは常に他者のために、そして自分自身のために生きている。この作品は――出版されたイムレイ宛ての恋文とともに――メアリ・ウルストンクラフトという女性の偉大さを物語るが、彼女が深く愛した娘ファニーを二度に渡って見捨てようとした事実も明らかにしている。北欧への旅の前後に、ウルストンクラフトは自殺を試みたからである。

一七九六年、初めて出版された『北欧からの手紙』を読み、ゴドウィンは感想を綴る。「この世にもし読者が著者と恋に落ちるように書かれた本があるとしたら、私にとってはこの本がまさにそれだろう」[1]。この賞讃を共有していたメアリ、シェリー、クレアの三人組は、『北欧からの手紙』を抱えて一八一四年、フランスからスイスに入る。旅の途上、他の本を置き去りにすることがあっても、この貴重な本だけは常に包まれ、ロバやラバの上に場所を与えられ、河を渡るときには馬車の中にしまわれた。ライン河を下る貨物船で、シェリーはメアリとクレアにこの本を読んで聞かせる。三人はメアリの一七歳の誕生日をちょうど祝ったところで、彼女は身籠っていた。自身の誕生と将来に思いを馳せたメアリは、心の旅が綴られた『北欧からの手紙』に再び耳を傾けることで、母ウルストンクラフトを思い描こうとしたのかもしれない。

北欧に赴く前、ウルストンクラフトがフランスで書いたイムレイ宛ての手紙には、生まれたばかりのファニーの「頭の良さ」や健康、生き生きとした精神を誇らしく思う気持ちが優しく描かれている。「小さな乙女は……私の腕から飛び出してしまいそう」。ファニーは「小さな妖精」であり、「小さな英雄」だった。天然痘もやすやすと乗り越えたが、その痕は痛々しく残ることになる。この子は美人に成長することはないだろう。しかし母ウルストンクラフトは、太陽のような躍動感あふれるファニーの性質を喜ばしく思っていた。ウルストンクラフト家は気質にむらがあり、神経質な家系だった。もしかしたらファニーは父イムレイの快活な性格を受け継いだのかもしれない。

しかしファニーが父の愛情を受けることはなかった。イムレイはじきに父親業に飽きてしまったからだ。苦々しい思いでウルストンクラフトは綴る。「羽の生えた種族の中では、雌鶏が雛を温めている間、雄鶏は相手を力づけるために傍に留まるもの。しかし人間の男性は子を得さえすればいいのですね。その子を自分の子だと主張するために」。一人きりでフランスに滞在していた折、ウルストンクラフトは母親業に疲労困憊し、ときには「ほとんど子どもの奴隷のよう」と感じることもあった。しかしマルグリットという名の頑丈なパリ人子守女が見つかると、「ひばりのように朗らか」なファニーは、イムレイが去ってしまった今、ウルストンクラフトにとって唯一の慰めとなる。ファニーは母の愛に応えてくれた。「彼女の目は常に私を追いかけていて、私の方もあの子を愛する力にかけては専制的と言ってもいいくらい」。

ウルストンクラフトはイムレイに対し、ファニーと一緒に出ていくと脅したこともあったが、効き目はなかった。快活で自信に満ちあふれたイムレイは、二人のことなど気にしなかったのだ。歯が生えたファニーは「パンのかけらをかじることができるようになりました。まるで小さなリスみたい。あの子の生命力に叶うものはないわ」。母親の生命力は明らかに叶わなかった。「心が沈んでいます。この小さな可愛い子がいなかったら、私は自分の命を惜しいと思うこともないでしょう。生きることの魅力がすっかりなくなってしまった今は」。[2] ウルストンクラフトはギロチンで子どもと一緒に殺された母親たちを羨ましく思った。

一七九五年の春、ファニーと子守マルグリットを連れたウルストンクラフトは、フランスを離れロンドンに戻る。イムレイは彼女たちと一緒に暮らすことを考えたものの、この計画をやめてしまう。今や一歳のファニーでさえ、母をこの世に繋ぎとめておくことはできなかった。ウルストンクラフトは五月にアヘンチンキの過剰摂取によって自殺を試みるが、イムレイに助けられてしまう。

この苦境に対するイムレイの反応は甚だ奇妙なものである。ウルストンクラフトに「妻」及びビジネス・パートナーとして北欧に赴いてほしいと要請したのだ。自分の商業的関心の的である、フランスの銀を積んだ船が盗まれた事件の現地調査をしてほしいと。旅の終わりにスイスで落ち合い、その後は家族として一緒に暮らそうと彼は約束した。またもやウルストンクラフトの夢――安全で家庭的な避難所という救いの道――に訴えたのである。

同年六月、ウルストンクラフトはファニーと子守マルグリットを連れ、北欧に旅立つ。ときにはファニー連れで、ときにはファニーをマルグリットに預けて単独でビジネスに臨んだが、ファニーと離れているとどこに行っても彼女の姿が目に浮かび、彼女の柔らかい声が聞こえ、小さな足跡が人影のない砂浜の上に見えてしまう。憂鬱になり、心身とも疲弊したウルストンクラフトは、ファニーが成長した暁に住むことになる世界があまりにも女性に厳しいものであることに思いを馳せる。

女性の隷属的で抑圧された状況を考えてみると、私は母親としての愛着や気遣い以上のものを覚えます。彼女が信念のために感情を、あるいは感情のために信念を犠牲にさせられはしまいかと不安です。手を震わせながら、感受性を養い繊細な情操を育むつもりです。バラの花にみずみずしい赤みを与えようとして、棘を鋭くしてしまい、守りたいと切に願う胸を傷つけたりしないように。——娘の心を開くことが怖いのです。彼女が自分の住むはずの世界になじめなくなりはしないかと。——不運な女性たち！　何という宿命なのか！[1]

旅先で綴った手紙に『センチメンタル・ジャーニー』——ロレンス・スターンの残酷なまでに楽観的な作品——からの引用をすることで、母と子は交替し得るものとなる。「可哀そうな仔羊！　物語にあるように、『毛を刈りとられた仔羊には神様も吹く風を和らげてくださるでしょう』」。そしてウルストンクラフトは『リア王』の悲劇的な反響を添えてこの手紙を締めくくる。「しかし彼女が保護されることを期待できるでしょうか、私の裸の胸でさえ、無慈悲な嵐に休む間もなく立ち向かってこなければならなかったのに？」[3]。

九月、ウルストンクラフトはファニーと子守を連れてドーヴァーに到着した。イムレイは出迎えに来ていなかったが、ロンドンに住居を整えてあるという。ウルストンクラフトは自分たちの「興味深い子」のためにも一緒に暮らしてくれるよう懇願するが、イムレイは拒絶する。彼が女優と同棲していることを知ったウルストンクラフトはもはや人生に耐えられなくなり、今度こそ命を絶つ決心を固める。イムレイ宛ての自殺の書置きには、ファニーをパリの友人のもとへ送り届けるよう指示が綴られた。「あなたに最後のお願いです。私の子どもと子守をパリに送り、―通り二の―夫人に託してください。もし引っ越していたら、―が指示を与えてくれるはずです。私の服は良し悪しを問わず、みな子守にあげてください」[4]。

この書置きに最も強くこめられたメッセージは、イムレイに棄てられた苦々しさと、心理的な復讐への期待だった。「万が一あなたの感受性が目覚めることがあったら、後悔というものがあなたの心にも芽生えるでしょう。そして、ビジネスと官能的な快楽に耽っている最中、私の姿があなたの前に現れるでしょう。公明正大さから逸脱したあなたの犠牲者として」。

この書置きを残し、ウルストンクラフトはパットニー橋に向かい、テムズ河に身を投げた。意識不明の状態で漂っているところを漁夫に助けられる。

彼女は罪を感じなかった。回復後、自殺未遂は理性的な行為だったと述べている。最晩年の未完の小説『マライア、あるいは女性の虐待』に彼女はいくつかの結末を残したが、そのほとんどでヒロインが自殺に成功しており、最も適切な行為として描かれている。小説の中の子どもは、もし生きていれば母に見捨てられることになるが、現実においてはウルストンクラフトは責任を感じていた。「日々自らに言い聞かせています。母親としての義務をまっとうしなければならないと」[5]。

ウルストンクラフトは婚外恋愛を恥ずべきことと思っていなかったが、著述家として生計を立てなければならず、イムレイ夫人と名乗る方が賢明だろうと考えた。不幸せな母親（しかし堕ちた女性ではない）という彼女のイメージが、『北欧からの手紙』の魅力の一つである。この作品の中で、ウルストンクラフトと小さなファニーは、ロマンティックな荒野を漂う旅人として描かれている。

第二部

第五章　ファニー

『北欧からの手紙』の憂いに満ちた著者ウルストンクラフトは男性読者を魅了したが、その中には厳格なことで有名な当時四〇歳の独身男性、ウィリアム・ゴドウィンもいた。数年前、あるパーティでこの女性――『女性の権利の擁護』の著者――と出会った彼は、どうにも耐え難い相手だと感じていたが、それは急進的活動家トマス・ペインの演説を聴くためにやって来たにもかかわらず、女性の権利の「力説者」の話をさんざん聞かされる羽目に陥ったからである。自らも哲学的急進主義を奉じていたものの、ゴドウィンは男女の領域を区別して考え、女性の優しさや男性に対する敬意を好ましく思っていた。

ゴドウィンはギルバート・イムレイとは似ても似つかなかった。外見的な魅力に甚だ欠けており、中背でずんぐり、頭と鼻が大きく、革命期の垢抜けないやり方で髪を分けている。非情熱的、理性的論理を体現するような冷たそうな人物で、ぎこちなさと虚栄心、内気さと尊大さが入り混じっていた。

もう少し詳しく観察してみると、ゴドウィンのことを好ましく思う女性もいた。彼は以前より傷つきやすくなっており、その最もロマンティックな感情を掻き立てていたのはマライア・レヴェリーという既婚女性だったが、彼女の夫はゴドウィンのしつこさに苛立ち、自宅への出入りを禁じたこともあった。ゴドウィンは劇作家で小説家のエリザベス・インチボールドにも惹かれていたが、当時四〇代の彼女は華やかな美しさを保ち、多くの男性の賞讃を楽しんでいた。そんな折、ウルストンクラフトと再会して間もなく、彼は人生の新しい段階に突入する。彼女の恋人となったのである。

この頃、ファニーは既に歩き、話し始めていた。マライア・レヴェリーの七歳の息子ヘンリーと遊ぶこともあり、彼はファニーを「とても気立てのいい、優しい小さな女の子。天然痘のせいで綺麗ではなかったけれど」と記憶している。ゴドウィンの年若い友人アミーリア・オピーも、ファニーの「強くて整った手足と血色のよい肌色」を褒め、ゴドウィンの妹ハンナによれば、ファニーは外見が母ウルストンクラフトによく似ていた。[1]

ゴドウィンとウルストンクラフトの関係は、落ち着いた穏やかなものではまったくなかった。彼はセックスや習慣的な愛情というものに免疫がなかったし、彼女は感情的に脆い状態だった。ウルストンクラフトの変わりやすい気分にゴドウィンは心を乱し、彼の重苦しい自己中心性に彼女は苛立つ。しかしゴドウィンはファニーには忍耐強く接し、ウルストンクラフトは彼を家族の一員に迎え入れようと試みた。「ファニーにビスケットをあげてちょうだい。あなたとファニーにはお互いを愛してほしいの」。

ゴドウィンは代理の父という役割を難なくこなし、ウルストンクラフトと一緒にふざけて「ママ」「パパ」と呼び合うこともあった。ファニーは彼になつき、ゴドウィンは子守と一緒にやってくる彼女にケーキやプディングを与えたりする。ファニーがゴドウィンの散らかった家に泊まることもあった。ウルストンクラフトとファニーが散歩でゴドウィンの家の近くに来ると、ファニーは合図する。「ママ、こっちの道に行こう。わたし、男の人に会いたい」。しかしファニーは自分を抑えることも学ばなければならなかった。ファニーは「男の人の許可を得たいと望んでいます。もう絶対に泣きません」とウルストンクラフトは綴る。ゴドウィンも、自分のことをときおり「男の人」と署名して応えた。[2]

ファニーはおそらく、血の繋がった父のことはほとんど覚えていなかっただろう。しかし彼女には母という保護があった。現存するウルストンクラフトの手紙にはたった一度だけ、新しい恋愛と子どもに対する義務に挟まれた葛藤が記されている。彼女とゴドウィンはある晩、ファニーが水疱から治りかけているときに外出したが、母を恋しがったファニーは熱を出してかさぶたを引っ掻いてしまい、既に天然痘の痕が残っていた顔は、さらに残念なことになってしまった。

母親の短い留守は、ファニーの顔だけでなく気持ちにも傷跡を残した。ある朝、ベッドにいたウルストンクラフトにファニーが執拗にしがみつき、棄てられることへの恐怖がどれほど深いかを示してみせる。その力は、以前ウルストンクラフトが表現した通り、「専制的な」ものだった。

一七九六年一二月、ウルストンクラフトは二度目の妊娠に気づく。当時イムレイ夫人として振舞っていたものの、お腹の子がイムレイの子であるはずもなく、この事実が明るみに出れば、ほぼすべての人から見捨てられるだろう。それに二人目の子は、ただでさえ逼迫している財政状況を悪化させるのは目に見えている。ファニーのために、イムレイからしぶしぶ受け取った債券は未だ支払われていなかった。彼は大金やアメリカの土地投機、王党派の銀等を豪語していたにもかかわらず、ロンドンには借金しかない状態だったのだ。一方、出版業者ジョセフ・ジョンソンは――ウルストンクラフトを著述家として世に出すためのサポートを惜しまず、何年にも渡って金銭援助もしていたが――彼女とゴドウィンの関係を知ると、それ以上のサポートを断る。ウルストンクラフトには結婚とお金がどうしても必要だった。

自らの厳格な理論を無視し、ゴドウィンはこの機会に行動を起こす。「ある女性の慰めと平和は――私自身がそのことに関わっているのだが――ひどく傷つけられるだろう。もし私がそのような偏見を拒むように彼女を説得してしまったら」と彼は友人トム・ウェッジウッドに綴る。ウェッジウッド陶器で著名な彼は、何年にも渡ってゴドウィンの寛大なパトロンだった。

結婚式は一七九七年三月二九日、セント・パンクラス教会で行われた。この結婚が公になると、友人の中にはウルストンクラフトと絶縁する人も現れる。イムレイ夫人を名乗りながら、それまでは未婚だったことが明らかになったためである。ゴドウィンの理論と実践がかけ離れていることを揶揄する人もいたが、この結婚に深い感慨を覚える人もいた。ウルストンクラフトとゴドウィンは「史上最も非凡な夫婦である」と旧友トマス・ホルクロフトは断言する。ノーフォークに住む敬虔な母に対しては、ゴドウィンは自己正当化の必要を感じなかったが、結婚を知らせたとき、ファニーのことを付け加えるのを忘れていた。「あなたの結婚についてもう少し詳しく知らせてくれてもよかったわね」。後に詳細を知らされたとき、ゴドウィン夫人は息子にそう綴る。「結婚すると同時に、夫だけでなく父親にもなるなんて。どちらの役割も礼節に叶う形でまっとうしてくださいな」[3]。

トム・ウェッジウッドの財政援助を得て、ウルストンクラフト、ゴドウィン、ファニーはサマズ・タウンに新しく建てられたポリゴンに引っ越した。背が高く、狭い、安普請ながらエレガントなテラス・ハウスで、野原や子どもの遊べる公園に近かったが、流行を追う人々にとってはレンガ工場に近過ぎる界隈である。ゴドウィンは自宅近くに書斎用フラットも借り、家庭生活に埋没しないようにした。終日自宅を留守にし、午後遅く食事のためだけに帰宅することもしばしばだった。

ファニーはポリゴンを愛した。新しい玩具の熊手を使って、近くの野原で干草作りを計画したり、母と一緒に広々とした郊外まで散歩に行ったりすることもあった。しかし多くの場合、ゴドウィン一家は屋内に留まらざるを得なかった。その夏はスコールや流星に覆われた嵐が続き、有史以来初というほど天候が荒れた年だったのだ。ウルストンクラフトは大きなお腹を抱え、早く出産が終わることを待ち望む。

一七九七年六月、弟子バジル・モンタギューを連れたゴドウィンは、トム・ウェッジウッドをスタフォード州に訪ね、自宅のウルストンクラフト宛てにこう綴る。「愛しい君、身体に気をつけて。ウィリアムのこともよろしく頼む」（夫妻はお腹の子が男の子に違いないと思っていた）。「ファニーに何か僕のことを話してやってくれ。僕がどこにいるか当ててごらんって。僕はずいぶん遠くにいて、もっともっと遠くに行くんだよ。でも折り返して、いつか帰ってくるって。ファニーのマグのことは忘れていないと伝えてくれ。とっても可愛いのを選んであげるから。モンタギューが今朝八時頃、道すがらこう言っていたよ。ファニーが飛び込む (plungity plunge) 時間だねって。本当にそうだったのかな？」

彼への返事にウルストンクラフトはこう綴る。「ファニーが知りたがっているわ。あなたは『何のために行ったのか』って。『可哀そうなパパ』のことを話して、『パパからの手紙を全部ひっくり返して』いるわ」。ゴドウィンはすぐ返事を認める。「ファニーに伝えてくれ、僕はマグの国に無事に着いたって」。「ファニーに僕からのキスを。ウィリアムによろしく。でも何より、君の身体を大切に。ファニーに伝えてくれ、僕はマグの国に無事に着いたって」。ゴドウィンはファニーのためにFの文字がついたウェッジウッドのマグを選んだ。ロンドンではファニーがヘンリー・レヴェリーと遊んでいたが、頭の中は「パパ」のことでいっぱいで、玩具の猿を失くしたとき、それは「マグの国に行ってしまったの」と公表した。[4]

ウルストンクラフトのお腹の子は八月末に生まれる予定だった。ゴドウィンは男性医師を呼びたいと考えていたが、ファニーの出産が軽かった上、女性の世話は女性がするべきだと信じていたウルストンクラフトは助産婦を頼む。八月三〇日水曜に陣痛が始まり、その夜遅くに弱々しい赤ん坊が生まれた。ウィリアムではなく、新しいメアリ・ウルストンクラフトだった。九月一日午前二時、ゴドウィンは新しい娘と対面する。三歳のファニーが紹介されたかどうかは誰も記録していない。

じきに、事態はおかしな方向に進み始めた。胎盤が出ておらず、身体の内部で腐敗し始めたのだ。ゴドウィンはファニーをマライア・レヴェリーに託し、妻の母乳が新生児に適していないことがわかると、それは子犬にあてがわれた。生まれたばかりのメアリはファニー同様、レヴェリー夫妻に引き取られ、大急ぎで乳母が雇われる。死が、苦痛を与えるほど緩慢に近づいてきた。マライアは最後の挨拶のためポリゴンに赴き、息子ヘンリーも連れて行く。おそらくファニーは、母がこれほどの苦痛を味わっているのを見るには幼過ぎると周囲が判断したのだろう。

最期が近づき、ゴドウィンは二人の娘の教育を相談したいと考えるが、ウルストンクラフトはあまりにも衰弱していた。しかし彼女は幼い子どもを育てるための「レッスン」を、ファニーとの生活をもとにして書いていた。それが何らかの道しるべになるだろう。

ウルストンクラフトは九月一〇日にこの世を去った。ファニーはあらゆる意味で孤児となったが、母の「専制的な力」は娘の人生に長く痕跡を留めることになる。

ウルストンクラフトは未完成の小説『マライア』を遺した。『北欧からの手紙』同様、ここでも幼いファニーが中心的な役割を担っている。『マライア』は子どもを奪われた母親の物語で、彼女は失われた子ども――その小さな指が胸全体に残っている――との再会を待ち望んでいる。小説の大部分はこの子どものために書かれており、ウルストンクラフトが幼いファニーに呼びかける声がはっきりと聴き取れる。

世界のことをよく知っている父親の優しさは偉大なものでしょう。しかし母親——みじめさの中で苦しむ母親、それは社会組織が女性全体に課したものですが——の優しさに匹敵し得るものでしょうか？　我が子よ、最愛の娘よ、あなたの幸せのためならあえて多くの制約を破り、あなたの胸から哀しみを取り去るためなら喜んで自分を非難に晒すのは、そういう母親だけなのです。

そしてウルストンクラフトは付け加える。「死が私をあなたから引き離してしまうかもしれません。あなたが私の助言の重みを理解できるようになる前に、あるいは私の推論に入り込む前に」。小説のマライアは母の早過ぎる死が子どもに与える影響をよく知っていた。「私だけが、自発的な優しさによって救い出すことができたはず……時期尚早な荒廃から、この愛すべき花を」と彼女は書く。一方、孤児である友人はこう述べる。「思い返してみると、これまでのみじめさのほとんどは、人生における最大のサポートなしに世の中に放り出されたことだと思わざるを得ません——母親の愛情というサポートなしに」[5]。

イムレイ宛ての最後の手紙でウルストンクラフトは述べる。「私が死んだら、あなたはご自身を敬う気持ちから、あの子の世話をしてくださることになるでしょう」。しかし彼女は間違っていた。イムレイは父としての愛情をまったく示さず、ファニーを引き取り、育てるという意図も持ち合わせなかったのだ。ゴドウィンは彼がファニーの養育権を主張することを恐れたかもしれないが——ジョンソンと二人でイムレイの愛人の性格について尋ねたりしている——彼は他の男を自分の娘の保護者としてすんなり受け入れたようである。養育費さえ要求されなければの話だが。一七九六年にイムレイは債券を申し出ており、利子はファニーの養育に使われることになっていた。しかしジョンソンもゴドウィンもその金を見ることがなかった。イムレイにそれを提供させるよう試みたのだが。

支払う努力を一切しないイムレイだが、自分がロンドンで対峙している人物については身に染みて理解しており、これ以上恥をかかせないでほしいとジョンソンに懇願する。「世間の評判というものは、正直で明白な行為によって得られることは承知していますが、偏狭で非難がましい処世訓は拒むべきでしょう」。「僕のケースにはこれが当てはまると思います。ならばどうか、いかに親切で思いやりあふれる行為なのか、考えてみてください。スキャンダルを無意味に騒ぎ立て、世間を扇動してその行為が間違っていると思い込ませることが。その行為はむしろ無実と捉えられることが多いのですが。それに、一度なされた行為は取り返しのつかないものです」。ここにあるのは自分のイメージに対する不安だけで、娘への思いは皆無だ。ジョンソンはイムレイという人物も、筆跡もまったく評価していなかったが、この手紙をゴドウィンに転送する際にこう述べる。「あの界隈で見た中では、最もわかりやすいものだ」[6]。「取り返しがつかない」状況を見抜くイムレイの能力は、繰り返し行われる自己成型と生存の要因の一つだった。

イムレイがファニーとの関係を保たなかったのは残念である。父娘に性質的な共通点はほとんどなかっただろうが、イムレイはファニーに受け継がれたウルストンクラフト家の深刻で神経過敏な遺産を軽減することができたかもしれない。ファニーは彼を通じて父系祖先を知ることができたかもしれず、そうすれば異父妹メアリの錚々たる父系祖先にひるむこともなかっただろう。ニュージャージー州の尊敬すべき親類の情報を入手できたかもしれず、彼らはファニーに会いたいと思ってくれたかもしれない。しかしこれ以降、イムレイとの関係は一切記録されていない。

イムレイはウルストンクラフトと別れた後もロンドンに留まり、ゴドウィンと会う機会もあった。その後さらに借金を重ね、明らかに商業社会に入り込んでしまったようである。もはや王党派の銀を扱う共和主義者ではなく、果物や食品を扱う貿易商だった。それが実物であれ想像上のものであれ。一八〇〇年頃、イムレイに対するアメリカ及びヨーロッパの訴訟追跡が弱まる。借金を逃れるために彼は別名を用いたのかもしれない。その頃にはファニーも新しい名を身にまとっていた。ファニー・ゴドウィンという名を。


しかしファニーとの絆を保とうとしていた親類もいた。母ウルストンクラフトの二人の妹、ファニーの叔母にあたるイライザ・ビショップとエヴェリーナ・ウルストンクラフトである。一七九四年五月、恐怖政治が頂点に達していたフランスでファニーが生まれた際、ウルストンクラフトはこのニュースが二人の妹に届いたかどうか確信が持てなかった。妹たちは当時ウェールズとアイルランドでみじめな家庭教師生活を営んでおり、メアリはどれか一通は相手に届くことを祈りながら、出産報告の手紙を何度も送る。

未婚の身で出産という言及はどこにもなかったが、姉の急進的な考え方をよく知っていたイライザとエヴェリーナは、おそらくそう推察しただろう。メアリは結婚という制度に反対していたわけではなかったが、結婚が二人の人間の幸せに結びつかない場合、スムーズな離婚は必要だと信じていた。一七八三年、イライザが第一子の産後鬱に陥った折、メアリは躊躇せず妹を夫メレディス・ビショップと生まれたばかりの赤ん坊から引き離す（新生児は間もなく死亡した）。イライザの気持ちは揺れていたものの、メアリは妹に値しない男性と和解しようとはしなかった。結婚を神聖視していなかったのだ。その後、メアリはイライザを自立した教師に育て上げ、まもなく末妹も加わる。無責任な父や無愛想な兄との暮らしが、教師稼業よりも悪い選択肢であるとエヴェリーナには思えたのだ。メアリ・ウルストンクラフトはこうして二人の妹を救い出し、夫や父、兄弟に頼ることなく生きる道を整えたのである。

時が経つにつれ、イライザとエヴェリーナは、エネルギッシュな姉メアリにますます依存するようになった。二人はロンドンに住む姉の知的生活に憧れ、革命フランスへの旅を羨ましく思っていた。優れた姉に対する強烈な嫉妬心に駆られることもあったが、特にイライザは姉の成功を誇りにしていた。その悪名高ささえも。イライザがウェールズで家庭教師をしていた折――メアリは『女性の権利の擁護』を書き上げてパリに滞在していた――ある機会にダンスの相手が自分をかの有名なメアリ・ウルストンクラフトと思い描いていることを知ったイライザは、ぞくぞくするような喜びに包まれる。二人の妹はメアリがいつか自分たちをこの嫌な仕事から救い出し、海外での華やかな生活に連れて行ってくれることを夢見ていた。ウェールズの退屈な田舎暮らしと偏狭な屈辱に比べたら、フランスの恐怖政治の方がいいとまでイライザは宣言する。彼女はフランスからの招待状を待ち侘び、メアリの手紙を隅から隅まで調べて歓迎のヒントを探し、パリに誘ってくれる約束を見つける度に大喜びだった。フランス語を学ぶために仕事を辞めさえしたのだ。すっかり心を奪われた彼女は、イムレイの喚起した理想郷アメリカに自分たちが暮らしている様子も思い浮かべる。イライザはそこで安らぎを、エヴェリーナは夫を見つけるはずだった。

そんな折、二人は大変な失望に見舞われる。メアリがロンドンに帰ってきたのだ。姉の絶望を知らずにいた二人は窮地を理解できず、自分たちのことだけを考えていた。実はこの時点で、妹たちが背負わせた期待と依存はメアリにとって重過ぎたのだ。幸せでお金持ちになったお姉さまとロンドンで暮らしたいというイライザの希望を知ったメアリは恐れおののき、機転の利かない手紙を送ってしまう。第三者は結婚の喜びを壊してしまうものよ、と追い払ったのだ。その代わり、お金をあげるわ、どうかしら？　イムレイの忠誠心の代わりとして、お金がみなの目の前にちらちらしていた。しかし当然ながら、分け与えるお金などまったくなかった。

急所を突かれたイライザとメアリの関係は修復せず、姉妹はこの後二度と会うことはなかった。しかしエヴェリーナは一七九七年二月にメアリを訪ねている。ゴドウィンとの関係が始まってはいたが、まだ大っぴらに同棲していなかった頃のことである。姉妹らしい秘密を共有することはほとんどなく、エヴェリーナが小さな姪ファニーと一緒に遊んだという言及もない。この訪問で、エヴェリーナは姉の「本質的な情緒」のいくつかが「パリ滞在中に悲しいことに変わってしまった」ことに気づくが、親密さを築くには時既に遅過ぎた。

姉とゴドウィンの結婚は、エヴェリーナには「嘆かわしく、多くの友人に苦痛を与える」ものと映ったが、妹たちがそれまで全面的に依存していたメアリから乳離れするのに役立った。[7] イライザとエヴェリーナが、自ら生計を立てるには能力が足りないことにメアリは気づいていたが、二人はじきにダブリンのヒューム通りに小さな学校を設立するところまでこぎつける。エヴェリーナは女子寄宿学校を、イライザは男子通学校を。二人とも世に知られる女性にはならなかったが、ダブリン市民――メアリ・ハットン、ウィリアム・ル・ファヌ、姉メアリの旧友ヒュー・スキーズ――の回想にはかすかに痕跡を留めている。

ウルストンクラフトの妹たちを知る人は、イライザの方が愛想よく、打ち解けた性格だったと言う。メアリ・ハットンによれば、「美しい茶色の瞳と愛嬌のある優しい物腰で、貴婦人らしく洗練された」イライザは魅力的だったが、背が高く手強いエヴェリーナは「姉イライザときわめて対照的」「高圧的で気難しく、不機嫌な女性で、とても皮肉っぽくてずる賢い」人物だった。

ウィリアム・ル・ファヌは幼少の頃、ウルストンクラフト姉妹を知っており、イライザは彼に飴玉をくれるのが好きで、エヴェリーナは彼の両親を侮辱したことを覚えている。その経緯は次の通り。ある日、エヴェリーナがル・ファヌ家に食事にやって来た。

「もちろん、我々はあなたにお会いできてとても嬉しいですよ」と家の主人は言った。「しかし、今日あなたにお目にかかる者は一人もおりません。我々があなたをお招きしたのは明日ですから」。エヴェリーナ「あまりにもひどい筆跡でしたから、いつ招かれたのか読み取るのは不可能ですわ」。ル・ファヌ氏「しかしあの手紙を書いたのは妻なんです」。エヴェリーナ「あら、あなたが書かれたとしても、ひどい筆跡だったでしょうから、どうせ判読できなかったでしょうよ」[8]。

ヒュー・スキーズはウルストンクラフトの妹が二人とも大したことのない人物だと思っていた。揃って「虚弱気質」だと。しかしウルストンクラフトも彼を高く評価していなかったことを思い出せば——自己中心的でひどいしみったれだと信じていた——こうした評価はお互い様かもしれない。

メアリ・ウルストンクラフトが一七九七年九月に亡くなったとき、二人の妹は苦労の末手に入れた自立によってそれなりに落ち着いた暮らしをしており、小さな姪ファニーの世話役には自分たちが最適ではないかと考えた。ずっと後、エヴェリーナは成人したメアリ・シェリーについて、「育ての親のことを考慮に入れると」、その善良な性格には「生来の資質のよさが現れている」と賞讃している。[9]ゴドウィンの高圧的な性格や型にはまらない考え方が、少女の保護者としてふさわしくないと考えていたのだ。ファニーは彼と血が繋がっていないのだからなおさらである。エヴェリーナはイライザと連名でゴドウィンに手紙を書き、ファニーを引き取ってアイルランドで育てたいと申し出る。

ゴドウィンは躊躇しなかった。彼はイライザ・ビショップとは面識がなく、エヴェリーナのことは嫌っていたのである。ロンドンのメアリ宅やスタフォード州のウェッジウッド宅でエヴェリーナに会ったことがあるが、どちらの折にも二人の関係は冷え冷えとしたものだった。ファニーはゴドウィンを「パパ」と思っているし、彼の家でならファニーは彼の実娘メアリと一緒に暮らすことができる。ゴドウィンは直ちにファニーの叔母たちに返事を書き、ファニーを養女にし、自分の姓を与えると伝えた。

血縁は重要ではなかった。「自分が子どもの親であるかどうかは重要ではない」とゴドウィンは『政治的正義』に書いている。「その子どもが見知らぬ者の監督のもと、より多くの恩恵を受けることが確実であると判明すれば」。[10]「他の誰に対してより、ファニーは私の心に多くのことを求めている」とゴドウィンは自分とファニーの関係を明言する。従ってこの少女——出生地フランスではフランソワーズ・イムレイと登録されたものの、英国の法ではウルストンクラフト姓を持つ——は、これ以降、ファニー・ゴドウィンと呼ばれることになる（ゴドウィンは社会が完全化すればすべての姓は廃止されると信じていた）。この決断にファニーの叔母たちは心を痛め、何年も後、エヴェリーナはある男やもめに苦々しく言及する。頑固な信念によって、小さな子どもたちを親切な叔母に預けて育ててもらうことを拒否した男やもめに。
　ゴドウィンの決断は寛容ながら、やっかいなものでもあった。わずか数ヵ月前まで独身だった彼は、今や小さな二人の子どもの片親として人生に対峙しているのである。教育においては理論家であり、実践者ではなかったゴドウィンは、少女を育てるための経験も気質も持ち合わせていない我が身に不安を抱く。亡き妻は「レッスン」に子どもの知性や自尊心をどのように発展させるかのヒントを遺しており、ゴドウィンの母はノーフォークからの便りで、それを使えばいいと言ってよこした。「奥さんの指示に従いなさい。子どもにたくさん外の風を吸わせ、都会の煙から離れる機会をできるだけお持ちなさい」。[11]
　しかし「奥さんの指示」は、親としての多大な情報を必要とした。ゴドウィンはつましい生活、厳格な習慣、研究、著述、絶え間ない訪問や劇場通いという生活に慣れており、それを変えられるとも、変えたいとも思っていなかった。「赤ん坊メアリの激しい泣き声が家に響き渡り、窓ガラスが割れんばかりになると、わけのわからないパニックに陥る」と彼は書く。子どもに対する義務をどう感じていたにせよ、ゴドウィンは自分の仕事が最優先されるべきだと信じていた。才能の点でも、稼ぎの点でも。妻メアリの死には費用がかさみ、ゴドウィンは今や、亡き妻の借金まで抱え込んでいたのである。
　しかし同時に、彼は親の役割を引き受けたことを誇らしく思っていた。妻の死後、年が明けると、ゴドウィンはしつこい借金取りにこう綴る。「亡き妻の二人の子どもの世話をする」ことにしたため、借金の大半の返済は期待しないでほしい、と。「こうした現状にある私に、これ以上期待できると思わないでほしい」。[12]美辞麗句を連ねて彼は宣言する。「私の家庭は、子どもの成長と深い喜びのためだけに用いられるだろう。私の子どもたちは最もお気に入りの仲間で、選り抜きの友人ではないか？」。一八〇三年、アメリカからの訪問者によれば、ゴドウィンは「家族に囲まれ、愛情深く、思いやりにあふれ、好意的」だった。[13]

必ずしも有望な人生の始まりではなかったにもかかわらず、赤ん坊メアリはすくすくと成長した。三歳のファニーが――母の喪失、そして父の愛情を競う相手の誕生というダブルパンチに苦しんでいた――折に触れて反感を抱いても不思議はないだろう。特に、母の名メアリを与えられた妹に対する反感を。あるとき、ファニーからのよろしくを伝えるハンナ・ゴドウィンはこう綴った。「ファニーは昨日、メアリに対して天使のように振舞いましたよ」。そういう振舞いは、最初の頃には珍しかったのだろう。

ファニーには昔からの世話役もいた。フランス人の子守マルグリットはしばらく家にいてくれたし、母の友人マライア・レヴェリーやイライザ・フェニック、ゴドウィンの妹ハンナもポリゴンの子どもたちの様子を見に来てくれた。しかし愛する母の代わりは誰も務められなかった。メアリ・ウルストンクラフトはファニーだけでなく、ゴドウィン家のほぼすべての人間に圧倒的な存在感を持ち続けていたのである。

ウルストンクラフトの後任を最初に申し出たのは、新しい家政婦ルイーザ・ジョーンズだった。ハンナの友人で、ゴドウィンが妻の死後一年ほど雇ったこの女性は二人の子どもの世話をし、家計のやりくりに務める。ゴドウィンの友人は彼女を家族の一員と見なしたが、ファニーは常に彼女を疑わしく思っていた。

まもなく、ルイーザは家政婦以上の存在になりたいと望むようになる。二人の少女の育ての母に、そしておそらく、ゴドウィンの新しい妻になりたいと。彼女は子どもと仲良く遊び、ゴドウィンの留守中には彼女たちのちょっとしたメッセージを送り届け、特に彼が姿を消す度に苛立つファニーをなだめようとした。おそらくはこの理由によって、そしてルイーザが自分の母になろうとしていることがわかったために、ファニーは彼女を嫌うようになったのだろう。それでも、ルイーザはファニーと連れ立って外出し、自分の言葉ではっきり意見を言うよう励ましたりした。そういうことをするのは、決まってゴドウィンの関心を引くためだった。

ルイーザ・ジョーンズには神経質で嫉妬深い面もあった。バースに住む彼女の姉妹宅にゴドウィンが数日滞在し、子どもの世話をよろしくとルイーザに書き送った折、もちろんよく面倒をみていますとも、と彼女はかみつき、子どもたちに直接尋ねなかったことを責めた。そして自分について何も尋ねなかったことを。「さてファニー、パパに何か言うことはある？　はい。彼女の答えを待ったところ、返ってきたのはキス一つと握手一つだけ。それがファニー自身の言葉ですよ――私、ジョーンズの握手も差し上げましょう！　拒否なさらないで。私は愚かですが、まったく取るに足らぬ人間というわけではありません。どなたかに親切にしていただくことで、安心したいと思っているのです。たとえファニーとメアリのパパには評価していただけなくとも」。ルイーザは手紙をこう閉じる。「さようなら。早く戻って私たちを幸せにしてください」。

ゴドウィンは反応しなかった。ルイーザ・ジョーンズは、素晴らしきメアリ・ウルストンクラフトの後継者にはとうていなり得なかったのだ。一年後、ルイーザは望みを捨てる。子どもたちとの「輝かしい」楽しみをあきらめ、ポリゴンを一刻も早く去りたいということになった。

ルイーザの気持ちに興味のなかったゴドウィンは、家政婦としての手腕は引き留めたいと躍起になり、出ていくのは「職場放棄」だとわめき立てる。彼にとっても打撃だと。ルイーザは動じなかったが、この緊張状態はファニーとの関係を保とうとする力に影響を与えた。「お子さまたちの役に立つ代わりに、まったく反対の対象になってしまいました」と彼女はゴドウィンに語る。「ファニーは私を愛していませんし、この先愛してくれるとも思えません。メアリは――あの子のことを考えただけで胸が痛みますが――私をとても愛してくれると思います」、でも「メアリを楽しませる機知を私は持っていませんし、あの子を惹きつけるものはさらに持ち合わせていません――実のところ、私は誰にもふさわしくなく、まったく不要の存在になってしまったのです」。ルイーザは悲しげに続け、「私はお子さまたち、特にファニーを幸せにできる人間ではないとはっきり悟りました。もし今の衝動に駆られるなら、ポリゴンでこのことを最初に感じたときに去るべきだったとおっしゃってください」。

ファニーが自分を愛しているか否かにかかわらず、ルイーザは自分が去ることによって幼いファニーが受ける影響の大きさを知っていた。父を失い、母も亡くしたこの子への影響を。ゴドウィンは来たるべき瞬間についてファニーに心の準備をさせるべきだ。公明正大に話をして。それを拒否することで「意図的に冷酷」になっていると彼女は批判した。

ゴドウィンはこの意見を無視し、脅したりせがんだりする。ルイーザはポリゴンを去った後も親しい関係を保持したいと願った――ファニーが本を読むのを聴いたりできると思うと、心が明るくなるのだ。「たとえ状況が許さなくとも、私はファニーの役に立てると思います――その実験に大きな幸福を期待していますし、失敗するわけがないと楽観的に信じています。これからはお客として、できれば頻繁に来させていただければ、ファニーと一緒に暮らすより、ずっといい効果を生み出せますわ。今のところ、私はあの子の気質と習慣を乱す要因になっていますけれど」。これに対する返答は、ミス・ジョーンズはポリゴンを去った後、子どもたちとの「やりとりはいっさい終わりにしなければならない」。

ルイーザは断固としていた。この事実を記した彼女の手紙が判読し難く、悲しみのあまり支離滅裂になっていたとしても。「ああ、あなたとの別れをどう耐えればいいのでしょうか。それも永遠になどと。そんなはずはない――」[14]。彼女はポリゴンを去った後、予定通りバースに赴き、ゴドウィンの友人、ジョージ・ダイソンと暮らすことになった。賢く、ときには激しく酔っ払うこの若者は、ルイーザにのぼせ上っていたのだ。ファニーがルイーザを愛していたかどうかはともかく、この状況によって別れをさらに強く感じたことだろう。

第六章　ゴドウィン

ウルストンクラフトの死後まもなく、ゴドウィンは彼女の古い書斎に移った。ジョセフ・ジョンソンから亡き妻の肖像画――ジョン・オピーによって描かれた妊娠中の姿で、褐色の髪が柔らかな白いガウンに流れ、手には本もペンも持っていない――が届くと、ゴドウィンはそれをマントルピースの上に飾る。描かれているのはウルストンクラフトの最も魅力的な、優しく穏やかな姿だった。ゴドウィンの私的領域に入る者は、みなこの肖像画と競わなければならなかった。

「この比類なき女性が世に残した愛の証を、最もふさわしい方法で養う努力をしなければならない」と彼は綴る。その一つの方法は、亡き妻を讃えると同時に利用することだった。妻の死から二、三週間後、ゴドウィンは彼女がイムレイに宛てた情熱的で不平含みの恋文――彼女の要請によりイムレイから返却されたもの――を整理し始める。ゴドウィンはこの恋文を、妻の未完の小説『マライア』と一緒に出版するつもりだった。同時に彼は妻の伝記を書き始める。後に『「女性の権利の擁護」の著者の思い出』と題されることになるこの伝記は、『政治的正義』の指針に則って書かれた。結果を恐れることなく、真実を話すという姿勢をゴドウィンは貫く。

メアリ・ウルストンクラフトに関する彼自身の知識や、メアリが語った幼少期をベースにしつつ、若い頃の妻を知っている人々からゴドウィンはより多くの詳細を求めようとした。ウルストンクラフトの最愛の友ファニー・ブラッドの男やもめであるヒュー・スキーズは思い出を語ってくれたが、最も重要なのは妻の最も近い血縁、エヴェリーナ・ウルストンクラフトとイライザ・ビショップから得られる情報だった。ゴドウィンは直ちに彼女たちに助けを求める。

義理の兄ゴドウィンが率直な描写を極端に好むことを熟知していた彼女たちは、この依頼に不安を抱く。協力しない方が賢明だろう。しかし自分たちに好意的でないスキーズがゴドウィンと連絡を取り合っていることを知ると、直ちに手紙を書き、スキーズがあえて控えめに示すかもしれないこと――姉メアリが自分たちに注いでくれた愛情――を強調してみせる。しかし二人の妹は、姉と過ごした若い頃について以外は多くを語ることができず、ゴドウィンは妻が妹たちに書き送った多くの手紙が手元にない状態で伝記の執筆を進めなければならなかった。

このプロジェクトに対する不安は的中した。ゴドウィンは前例のないほど率直にこの伝記を書き、それまで守られていたメアリ・ウルストンクラフトの私生活を世に知らしめたのである。既婚の芸術家ヘンリー・フューズリへの情熱、イムレイとの恋愛（おそらくファニーのためを思って、ゴドウィンはイムレイをだいぶ寛大に、ロマンティックに描写している。イムレイと出会ったウルストンクラフトは「皮を脱ぎすて、その最盛期の輝きとなめらかさと伸縮自在の活動をもって再び現れる岩上のへびの如くであった」）、二度の自殺未遂、非嫡出子の誕生、そしてゴドウィンとの婚外恋愛。この恋愛に関しては両者とも同様に情熱的だったことを彼は認めている。「どちらが積極的でどちらが受け身であったか、またどちらがわなを仕かけ、どちらが獲物になったといえるのか、私にはわからない」。[1] この率直な伝記により、ファニーはイムレイ、ウルストンクラフト、ゴドウィンのどの姓を与えられたにせよ、誕生時には私生児であったこと、そして異父妹メアリは婚姻前の男女に宿った子であることが明らかになった。出版前の原稿に目を走らせたジョンソンは、もう少し曖昧に書くよう助言したが、ゴドウィンは拒否する。亡き妻が欲求や感情に正直であったことを、「女性らしくない」

とはまったく思わなかったのである。

ゴドウィンは世間の意向を完全に見誤っていた。伝記のヒロインや率直な描写を賞讃する代わりに、読者はウルストンクラフトに関する新事実と恥知らずな夫に驚愕したのだ。一七九八年七月の『アンティ・ジャコバン・レヴュー』誌は、この伝記を次のように要約している。「自分の妻の、愛人としての冒険物語……は、彼女が妻になる前に愛人であったことを公表した」。同情と哀しみをもってこの作品を読んだのはごく少数だった。ランカシャーの匿名のウルストンクラフト・ファンは、彼女の「かよわさ」と「慎み」不足を残念に思い、ウルストンクラフトは夫に、子どもたちが母の不運を知ることのないようにしてもらいたかっただろう、『思い出』という伝記も読ませないでほしいと願っただろうと書き、この本をウルストンクラフトの失敗の記録と呼んでいる。ゴドウィンは読者に「彼女の愛すべき長所」だけを伝えるべきだったのだ。ウルストンクラフトは「見知らぬ土地で悲しみに暮れていたとき、傍の乳幼児（ファニー）を特別に気をかけていたのです。この親愛なる、悲しみにくれた女性に対してあなたがお持ちになっている愛情は、孤児となった娘さんへの優しさを呼び起こすことでしょう」とこのファンは書いている。[2]

侮蔑の大合唱に直面したゴドウィンは、第二版に多少修正を加え、自分やウルストンクラフト、あるいは彼らの作品に結びつけられるのを嫌がった人々の名前を削除したが、既に手遅れだった。

アイルランドでこの本を読んだイライザとエヴェリーナは仰天する。姉メアリが――粗削りながら道徳的な『女性の権利の擁護』を妹たちは賞讃していた――この伝記では軽蔑すべき、自殺癖のある、不道徳な女性として暴露されたのだ。一七九二年に名声の高かったウルストンクラフトは、今や悪名が名声を上回っていた。つましく生計を立てることがさらに難しくなってしまった妹たちは、ゴドウィンを決して許そうとしなかった。間の悪いことに、この時期、メアリ・キングのスキャンダルが世間を賑わせる。彼女と姉のマウント・カシェル令夫人は、アイルランド時代に家庭教師として身を立てていたウルストンクラフトの教え子だったが、メアリ・キングの恋人が父キングズバラ卿に殺されるという事件が起こり、その裁判がこの年に行われたのである。彼女の道徳的退廃は、メアリ・ウルストンクラフトと過ごした時代に帰せられた。[3]

『思い出』が巻き起こした大混乱にもかかわらず、ゴドウィンは書き続けなければならなかった。それが唯一の生計手段だったのだ。彼は新しい小説『サン・レオン』を書き始める。多くの読者にとって、小説のヒロイン、マルグリットは、妻そして母親として――愛人としてではなく――のウルストンクラフトに対する敬意を表しているように感じられた。

マルグリットの結婚当初の描写は、ゴドウィンの短い結婚生活に関する削除だらけの伝記に似ているが、執拗な配偶者によって不幸が降りかかるヒロインはウルストンクラフトと袂を分かつ。マルグリットは苦しみ、ひたすら耐えるという理想的な女性像に近づくが、それはウルストンクラフトが女性にとって甚だ危険であると見抜いた資質である。ゴドウィンは『思い出』が巻き起こした反応に懲りていたものの、既にその中で感傷的で情緒的な、きわめてジェンダー化された女性像に傾いていた。『サン・レオン』はこの路線をさらに押し進めるが、おそらく保守化した一九世紀を意識し、二人の幼い娘にふさわしい母親像を創り上げようとしたのだろう。そうした女性像は、美しく柔らかな妻の肖像画や、変化しつつある時代にはぴったり合っていたが、『女性の権利の擁護』の著者には似つかわしくなかった。

この小説にはサン・レオンの娘に関する奇妙な描写が登場する。この娘は当時のファニーより年上

に設定されているが、ゴドウィンは義理の娘について気づいたことを多少織り込んだのかもしれない。小説の娘は

きわめて温和で愛情深く、ほんの少しでも違った対応をされると生き生きと応えた。どんな小さな不親切にも落ち込んでしまうものの、他者への共感や愛情を表すことにかけては並外れて繊細だった。彼女の主な愛情は母親に向けられていたが、母親の……雄々しい力強さには欠けていた。[4]

この描写が実在のファニーを彷彿させるとすれば、母ウルストンクラフトの早過ぎる死というトラウマにファニーが打ちのめされていたことを示すと言えるかもしれない。感情制御に関する理性的視点から、ゴドウィンはファニーの嘆き方が度を越していると感じていたかもしれない。実娘メアリに対しても、ゴドウィンはこの点で不十分だと判断することになる。成人したメアリが幼い息子を亡くした折、その嘆き方が尋常でないと感じたのだ。

男やもめゴドウィンは同じ間違いを繰り返さず、じきに新しい妻を探し始めた。愛とセックスが心地よいものになっており、今や彼は「知性の涵養には思慮深く適度な官能が必要だ」と断言する。「再び幸せに恵まれることなど、これっぽちも期待していない」とトム・ウェッジウッドに対しては請け負うが、この先一人でやっていけるとは思っていなかった。『サン・レオン』で書いているように、「私はこれまで、あの病的な感受性という公理を信用したことはない。つまり、ある一つの愛情深く幸せな結びつきに恵まれていた人間が、その思いをもう一つの結びつきに向けるのは冒涜だとい

う公理を。……残りの人生を永遠の悲しみに捧げるのは、最悪の、そして最も堕落した形の自殺に他ならない。……多くの場合、二度目の結婚に入ることで、人間は最初の結婚の霊に対する純粋で立派な敬意を表すことになるのだ」[5]。この感情は小説とほぼ無関係なため、ゴドウィンはおそらく自分の例を論じているのだろう。妻の死後、自分が直ちに近づいた様々な女性との関係を。

娘メアリは成長後、長期にわたる父の悲しみを強調している。「父は母の死を、狂気に近い状態に追い詰められるまで嘆き悲しんでいました。でもその悲しみは声を立てず、自身を呑み込むような、陰鬱なものだったのです」。新しい女性を手に入れようと気も狂わんばかりだった父の姿については、次のように体裁を整える。

妻と味わった幸せのおかげで、彼は徐々にこう思うようになりました。失くしてしまった宝を、ほんの少しでも取り戻すことができるかもしれない。もし分別を備えた、愛情深い性質の女性と新しい関係を結ぶことができたら、と。それ以前は愛という感情に対し身構えてきた彼は、今やその感情に自らを委ねるようになったのです。二人の母なし子の養育という責任ももちろんありました。自分とは異なる性の子どもの片親として、彼は力不足を感じていたのです。[6]

ウルストンクラフトの死から数時間後、ゴドウィンはエリザベス・インチボールドに手紙を書く。妻メアリを嫌っていた女性で、妻の方でも大嫌いだった女性だ。メアリは彼女を「完璧夫人」と揶揄していた。[7] もともと如才なく振舞える性質ではなかったゴドウィンは、インチボールドへの接近に失敗する。数年後、再度試みるが、冷たくあしらわれる。「貴方にはこれからも喜んでお目にかかりますわ、他の方々とご一緒のときなら」とインチボールドは書く。「けれどわたくしの自宅で、喜びをもって貴方を親しいお客様として受け入れることは、絶対にできません」[8]。

妻の後任候補として最もふさわしいと思われたのは、著述家で教師のハリエット・リーだった。ゴドウィンが妻の死後六ヵ月に満たない頃、ルイーザ・ジョーンズの姉妹宅に滞在していた折に出会った女性だ。敏感なルイーザはこの事実を知らされていたかもしれない。「愛という感情は初対面で芽生えるもので、彼は女性の気持ちを直ちに読み取りたいと強く願った」[9]。

一七九八年の夏、ゴドウィンはハリエット・リーを手紙攻めにする。「独身生活は知性を縮ませ、麻痺させてしまう」と主張し、二人の信仰の違いは大したことではないと説得しようとする。彼は無神論者で、彼女は敬虔なキリスト教徒だったのだが。ゴドウィンは自分の子どもたちのニーズは強調しなかったが、自分のニーズについては長々と綴った。とどのつまり、ハリエットは彼を拒絶する。「貴方の心の落ち着きを混乱させるのは大変胸が痛みます」と彼女は書く。「でも私には、邪悪なものを治すことはできませんわ。私自身の清廉潔白を犠牲にせずには」[10]。ゴドウィンの『思い出』が巻き起こした強い抗議を聞き及んだ折、彼女は凛とした自らの姿勢を祝福したことだろう。

新しい妻、及び二人の娘の義理の母として最もはっきりしていた候補者は、当時二九歳のマライア・レヴェリーだった。彼女の夫は一七九九年に急死し、一〇歳になる息子ヘンリーはファニーの遊び仲間だったのである。ゴドウィンは迅速に行動を起こした。マライアにとっては迅速過ぎたかもしれない。夫の死を悼んでひっそりと暮らしていた彼女は、喪に服すという礼節をわきまえた女性だった。ゴドウィンは彼女の慣習的な振舞いを非難し、貴女の知的な魅力を身体的なものに変えてほしいとせがんで相手を困惑させる。『自負と偏見』でエリザベス・ベネットに強引に迫るダーシーさながらだ。「貴女は、この時代で最も広く知られた男性の一人である私の、唯一の幸せとなってほしいと望まれているのですよ。……この縁組によって自尊心を取り戻されるでしょうし、将来の平和な暮らしも手に入れることができるのです。社会的な地位もお約束しましょう」。

マライアはこの性急な行動を悪趣味と感じ、やめてくださいとゴドウィンに頼んだ。彼はここで初めて、相手にとって魅力的と思われる話題を持ち出す。「貴女はこれまでゴドウィン夫人に最大の敬意を払っていらした。当然、彼女と私の子どもたちに対するご興味はおありでしょう」。続けて、「世の中にこれほど熱心に、熱烈に、心のありとあらゆる感情と鼓動をもって、私が望んでいることはありません——貴女を私のものとお呼びしたいということほど」[11]。

マライアは旧友ジョン・ギズボーンとくっつくことでこの話にけりをつけた。彼女は夫の死後一二ヵ月という慣習的な服喪期間より短く、一八〇〇年に文学的資質のあるこの商人と再婚する。翌年、ギズボーン夫妻はイタリアに落ち着いた。ファニーはマライアや息子ヘンリーと二度と会うことはなかったが、この母子は後に、ファニーの異父妹メアリの旅に彩られた人生において重要な位置を占めることになる。

第七章　ファニー

子どもはゴドウィンの予想よりはるかに高くつく、難しいしろものだった。メアリには生後八ヵ月間乳母が必要だったし、ファニーもメアリもよく病気をし、医者にかかる費用も馬鹿にならなかった。ノーフォークに住むゴドウィンの母は「孫娘メアリのガウンのために新しい柄の生地」を送ってくれたが、孫娘たちの身体の健康の他にも重要なことがあると息子に綴る。「ファニーもメアリも麻疹が治ってよかったわね。でもあなたにはまだ大きな義務がありますよ。あの子たちが幼いうちに、神の言葉によって導いてあげなければなりません。人間は生まれつき、虚栄心や怠惰に流されやすいのですから」[1]。この助言と以前の提案――亡き妻の指示に従って子どもの自尊心と信頼を涵養しなさい――を一致させるのは難儀であろう。

頼みの綱は、子どもたちが女の子であることだった。読み書きは教えなければならないが、正規教育は必須ではない。妻の『女性の権利の擁護』を高く評価したことのないゴドウィンは、男女の性が同等であるとは信じていなかった。「かよわき性がベーコンやニュートン、ヒュームやシェイクスピアのような天才を生み出してみせたら、私は（両性が同等であることを）信じるとしよう」[2]。自分に知的な影響を与えた四人の人物の中に――コウルリッジとダイソンは含めたが――彼はウルストンクラフトの名を記していない。

ゴドウィンはファニーのためにできるだけのことをした。サラ・トリマーの有名な「コマドリ物語」やアナ・レティシア・バーボールドの子ども用レッスン、そしておそらく母ウルストンクラフトが書いた怖いお話もいくつか読んでやったことだろう。それは、世の中には愛や憐れみだけでなく、悲しみや孤独、罪というものがあるのだということを若い人々に教えるものだった。[1] 彼はファニーを連れてセント・パンクラス教会まで歩き、母の墓を見せたり、フリート河のほとりで遊ばせたりする。『森の子どもたち』という芝居を観に劇場に連れて行ったり、滑稽なバーレスクを観に田舎風のサドラーズ・ウェルズ劇場に行ったりもした。ゴドウィンはファニーをウェストミンスター橋通りのアストレイ円形劇場にも連れて行き、馬上軽業師、災害や戦闘のショー、そしてパノラマを鑑賞した。娘二人をトウィッケナムに連れて行き、詩人アレクサンダー・ポウプの手になる輝く貝の洞窟を見せたり、旧友ホーン・トゥック宅での食事に五歳のファニーを連れていくこともあった。

しかし概して多忙なゴドウィンは教育理論にかまけている余裕はなかった。ウルストンクラフトの書いた「レッスン」にはほとんど注意を払わなかったと後で認めている。子どもたちが元気に過ごし、ファニーが文字を書けるようになれば十分だった。「可哀そうな子どもたち！」妻の死後まもなく、ゴドウィンは嘆息する。「子どもの心を導くには、私は最もふさわしくない人間だ」。

彼はファニーの立てる騒音や要求に安静を乱されることを嫌い、自宅で仕事をする際には完全な静寂を要求した。コウルリッジ宅を訪れたとき、息子ハートリーが――この子はゴドウィンのことを「ゴブウィンさん」と呼んでいた――玩具の九柱戯ピンでゴドウィンの脛を強く打ったため、彼はコウルリッジの妻にこの子の「乱暴さ」を言い立てる。コウルリッジは自分の子どもたちが多少「荒っぽくて騒々しい」ことは認めつつ、「ゴドウィンの子どもたちの死人のような静かさは、まるで地下埋葬所（カタコンベ）のようだよ。メアリ・ウルストンクラフトのことを考えたら心が苦しくなった。ハンフリー・デイヴィと一緒にゴドウィン宅に食事に行ったときに感じたんだが」。[3] 後にゴドウィン宅を訪れたシェリーの友人ヒッチナー嬢も、彼が子どもたちと距離を置き、「決まった時間にしか会わない」ことに批判的だった。[4] ゴドウィンはコウルリッジに認めている。「ファニーがお膝に乗せてとか面白いお話を聴かせてと言って僕の読書を中断すると、怒りを抑えるのに苦労するよ」。

ファニーは確かに要求のうるさい子どもでもあった。母の死から一ヵ月後、『マンスリー・ヴィジター』誌が報じたところによれば、ファニーは消極的で従順な、模範的な子ではまったくなかった。「この少女は、母親の誤った見解に対する解毒剤として十分だろう」。ウルストンクラフトの死から数ヵ月後、ルイーザ・ジョーンズも、四歳のファニーを「言葉にできないほど元気満々で生命力に満ちている」と記している。ファニーの元気は健康から生まれたもので、天然痘や水痘、麻疹のために美しさは失われてしまったが、それ以外に大病をした記録はない。アミーリア・オピーはファニーの「いつもの大胆さ」について述べている。

一八〇〇年の夏、トマス・ホルクロフトの娘がゴドウィンに手紙を書いた。「ファニーとメアリはお元気ですか? あの子たちのおかげでゴドウィンさんはとてもお幸せでしょうね。社会的な愛情は人生の大きな慰めですわ。世界は不公平で、富はしかめ面をするかもしれませんけれど、魂の共感や心の純粋さから生まれる、果てしなく素晴らしい喜びを我々から奪うことはできませんわ」。[5] ハンナ・ゴドウィンは、ファニーとメアリが成長するにつれ、兄の喜びが増すだろうと考えた。ゴドウィンはこうした意見に概ね同意しており、新しくできた友人に娘たちを引き合わせている。その中にはチャールズ・ラムもいた。エッセイストで、東インド会社事務員も務めていた人物だ。ゴドウィン同様、ラムも家庭のトラブルはよく理解していた。母親を殺して断続的に狂気に陥る姉と同居していたのだ。ファニーとメアリはまた、丸々太った猛烈なおしゃべりのコウルリッジと父ゴドウィンとの友情にも常に参加していた。コウルリッジはポリゴンのゴドウィン家を訪れると誰とでも絶え間なくしゃべり続け、食事に招かれた折には何日も滞在することがあった。「メアリとファニーにキスを。あの子たちに神の恵みがありますように」。湖水地方で新しい子どもの誕生を待っている間、コウルリッジはそう書き送る。ゴドウィンの家庭生活を批判しつつも、彼の考え方が最近柔らかくなってきたことにコウルリッジは気づいていた。これは哲学や詩についての対話がもたらしたものというより、「愛しいファニーとメアリ」の影響だろう。コウルリッジは息子の挨拶を彼女たちに伝える。「ハートリーがメアリに愛を送るそうです。『おや？　ファニーには？』『もちろんファニーにも。でも僕はメアリの方がいいな』。息子は彼女たちのことをよく話すんですよ」[6]。

しかしゴドウィンは家族という荷の重さも感じていた。タイムリーなことに新しい友人、アイルランド人弁護士のジョン・フィルポット・カランからアイルランドへの招待状が届く。この頃ゴドウィンは財政的には気が楽になっており、それは『サン・レオン』のおかげで四〇〇ギニーが手に入ったからだが、そのほとんどは借金の支払いに消えてしまっていた。借金取りが憤慨したことに、ゴドウィンは一八〇〇年六月末、ダブリンに出発する。ちょっと休暇を楽しんでくるというのだ。彼は何より、妻の妹たちとの関係を修復したいと願っていた。ファニーの引き渡しを拒否したこと、また『思い出』の出版が巻き起こした大騒動のせいで、きわめて険悪になっていた関係を修復したいと。

ゴドウィンは二人の娘を家政婦と親友ジェイムズ・マーシャルに託して出発する。マーシャルは最も古くからの友人で、ほとんど使い走りのような役を担っていたが、後にゴドウィンの娘が彼のことを慈愛に満ち、「優しく知的な容貌の」男性として愛情深く思い出すことになる[7]。しかし彼がファニーとメアリの世話を託されたことで、ゴドウィンの妹ハンナは気分を害し、姪たちに会うのをやめることにした。

ファニーの養育をめぐってゴドウィンに手紙を書き、会話の主導権を握っていたのはエヴェリーナだったが、ダブリン滞在中に彼が会ったのはほとんどイライザだった。温かく魅力的な女性で、エヴェリーナとはまったく違うと感じられた。エヴェリーナは誰とでも敵対しがちであることを自分でもよくわかっており、「失望を伝えるのに不器用で、どうしても非難めいてしまう」と半分謝罪のような手紙をゴドウィンに送っている。[8] その事実を認めつつも、彼の心は決まっていた。エヴェリーナを嫌悪している、と彼はマーシャルに伝える。

それにもかかわらず、ゴドウィンはエヴェリーナと町を歩いた。一緒にル・ファヌ夫人を訪ねたが、この女性はおそらく彼のロンドンの友人、劇作家リチャード・ブリンズリー・シェリダンの親類だろう。ゴドウィンはまた、ファニー・ブラッドの男やもめ、ヒュー・スキーズにも何度か会った。『思い出』執筆に協力してくれたこの男性はイライザとエヴェリーナを評価しておらず、ゴドウィン自身、エヴェリーナを嫌っていたこともあって、妻の娘は二人とも自分が育てるという決心を固めたのだろう。

しかし、ダブリン訪問前にそれほど大きく心が揺れていたわけではなかったようである。もしそうなら、ファニーを連れてダブリンに来ただろうから。自宅宛ての手紙からは、ファニーと別れるのは大変な悲しみだったであろうことが読み取れる。ゴドウィンは自他ともに認めるファニーの「パパ」だった。そこで彼はファニーの叔母たちから贈り物を受け取っただけでダブリンを後にする。長女ファニーはイライザの贈り物を受け取る権利があった。彼の目から見てそちらの方が魅力的だったのだ。

自宅のマーシャル宛てにゴドウィンが書いた手紙の一部は、二人の子どもに読み聞かせるためのものだった。これらはファニー宛てに書かれた、あるいは彼女に関する手紙のうち、最も愛情深く優しさにあふれたもので、この時期、ゴドウィンがファニー以外の人々に書いた棘のある手紙ときわめて対照的である。こうした愛情深い手紙の中では、ファニーとメアリはいつも一緒で、勉強したり、走ったり、遊んだりしながら、父の帰りを待ち侘びていた。

娘二人を置いてアイルランドに赴く際、ゴドウィンは一抹の罪悪感を覚えていた。「あの子たちは母親を亡くしたばかりなのに、父親がこんなに遠くまで来てしまったのは申し訳ないと感じるよ。我々の間を六〇マイルもの土地と河が隔てているとはね――もちろんご存知の通り、ここに来たのはきわめて重要な理由があったからだが」と彼はマーシャルに綴る。罪悪感にもまして、ゴドウィンは娘たちの不在を強く感じていた。彼は、娘たちに思いを馳せている父親のことを考えている娘たちの姿を想像する。彼はまた、友人たちが今も娘たちに興味を抱いているかどうかを知りたがった。「娘たちのところに僕の友人が訪ねてきたかどうか、君は知らせてくれなかったね。教えてくれたら嬉しいのだが」。

出発前、ゴドウィンはこれで娘たちの立てる騒音やひっきりなしの要求から解放されてほっとすると予想していたが、実際には彼女たちが恋しかった。幼いファニーは愛情深く、いつも彼を喜ばせようとしてくれていた。ゴドウィンは彼女を懐かしく思い、手紙で娘たちの近況を尋ね、帰宅時の情景を思い描く。手紙の一部はマーシャルがファニーに読み聞かせたり、ファニー自身が読んだりするために書かれていた。

パパは行ってしまったけれど、もうすぐ帰ってくるよ。馬車の窓から外を覗いて、カムデン・タウンの木の幹から二つの野原に広がっているポリゴンを眺めるよ。メアリとファニーは迎えに来てくれるかな？　あの子たちには次かその次の手紙で、いつどのように迎えてもらうか書くつもりだ。次の日曜で、あの子たちのもとを去ってちょうど二週間になる。できれば七月二〇日の日曜の次の日曜に、あの子たちに会いたいと思っている。

彼はファニーに庭の世話を言いつけ、帰宅した時に庭が綺麗になっていて、苺や豆をパパにとっておいてくれたら、キスを六つあげると約束した。

ゴドウィンはファニーの読み書きについても心を砕いた。「ファニーのためにちゃんとした綴り帳を手に入れてくれたまえ」とマーシャルに依頼する。「あの子をよく観察してくれたかい？　読書ではどんな進歩を示している？」読書について何度も尋ねるところを見ると、ファニーは六歳にしては期待通りの進歩を示していなかったのだろう。二年前にはルイーザ・ジョーンズがその才能を褒めていたというのに。「ファニーの読書力の進歩には驚きますわ。とても嬉しいことです。もっと大きな子と同じくらい自由に言葉を話せますし、pig, bog, cat, box, boy という言葉はお手本を見なくても書けますわ」。それでもゴドウィンは期待していた。「次の夏にも一、二週間あの子たちのもとを離れなければならないとしたら、ファニーには美しくタイプした長い手紙を送ることにしよう。自分で端から端まで読むことができるように。それは一八〇一年の夏になるな」[9]。

三週間後、ゴドウィンはまだアイルランドにいた。二人の娘が自分を忘れてしまったのではないことを願いつつ、彼はマーシャルに書く。「あの子たちのことを毎日考えている。風向きがよければ、ダブリンからポリゴンの我が子たちにキスを一つずつ送りたい」。彼はアイルランドで多くの子どもに会い、中にはマウント・カシェル令夫人の令息や令嬢もいて、「とてもいいお子さんたち」ではあったが、「自分の子どもの半分も愛せないし、半分も優れているとは思えない。娘たちの世話をしてくれて恩に着る」。

翌日、ゴドウィンは再び自宅宛てに手紙を書く。

ああ、可哀そうなファニー、またパパから手紙だよ。この中で、パパは小さな女の子たちのことを何と言っているかな？　さあて！　可愛いメアリは、自分の名前がこの手紙に書かれていなかったら気を悪くするかな？　地図を見てごらん！　今日は日曜で、パパは手紙を書いているね。次の日曜の前に、パパはここ、ほら、地図でアイルランドとイングランドの間に海と書いてあるだろう、ここを横切って、お家までの道を半分くらい進んでいるよ。そんなに先のことではないだろう？　パパのアイルランド滞在はほぼ終わったよ。この手紙をマーシャルが君に読んでくれているちょうどそのときに、パパは船に乗って海の上にいるかもしれない。バーボールド夫人の本の中に、船に乗って行く話があるね。この手紙の後、二、三日したら、また新しい手紙を届けるよ。そうしたらパパはもうイングランドに着く。そして一、二日したら、ファニーとマーシャルとメアリに会えるよ。木の幹に腰かけた君たちに。[10]

娘たちのもとに帰りたいと願いつつ、ゴドウィンは当初の予定よりはるかに長くアイルランドに滞在した。ダブリンには魅力があったのだ。彼は『政治的正義』で名声への愛は妄想だと宣言していたが、自らの社会的地位が変化したことを受け入れるのは難しかった。もはやロンドンの卓越した知性ではなく、単なる文化的時代遅れ人間であり、一七九〇年代の急進主義者の心にあれほど強烈に焼きついた偉大なる著作はほとんど読まれず、亡き妻を率直に描き出した『思い出』は不作法の代名詞となっている。ゴドウィンは迫害されていると感じ始めており、「ある種の人々が組織立って、私を同胞の反感と恐怖の対象にしている」と不平を漏らす。しかしここアイルランドでは、再び名士気分に浸ることができたのだ。

ゴドウィンは好待遇を満喫した。才気煥発な醜男、ジョン・フィルポット・カランが世話を焼いてくれるのを喜び、ロンドンの自宅に向けて出発しなければならないのに、カランに付き添って州の巡回裁判に出かけたりする。マウント・カシェル令夫人の壮大な館を訪れて喜んだゴドウィンは――共和主義者だが貴族には常に魅了されていた――マーシャルに自慢する。「当地ではなかなかの人々に囲まれているよ。先週の水曜には三人の伯爵夫人と食事をともにした」[11]。

マウント・カシェル令夫人の落ち着いた風変わりな言動はゴドウィンを魅了する。背が高く力強い彼女の飾り気のない衣装は、亡き妻の貧乏な友人イライザ・フェニックを思い出させた。令夫人は「巨大な腕」をあまり慎み深いとは言えないやり方で「ほとんど肩のところまで」むき出しにしていたが。ゴドウィンは彼女に娘たちの教育を相談し、二人はこの後も文通によって対話を続けることになる。

ゴドウィンは一般論に傾き、一時期は平等な「可能性」という急進思想を信奉していたが――少なくとも一つの性（男性）の内部においては――マウント・カシェル令夫人の考えでは、子どもは始めからそれぞれに適した扱いが必要である。「規則を作るのは容易ですが、それに倣うのは不可能なことが多く、とりわけ教育においては、ある特定のシステムに固執するのは不都合です」。令夫人がゴドウィンの「小さなお嬢さんたち」に望んだのは、ただ「健康と幸せ」だった。

八月一二日、ゴドウィンはウェールズ行きの郵便船に乗る。旅の途上、ファニーとメアリのことをまた愛情深く書き綴り、再会の喜びを思い描く。お気に入りの本、亡き妻の『北欧からの手紙』を思い出し、短期間の別れの後、赤ん坊のファニーに再会したウルストンクラフトの熱狂を思い浮かべ、自身にとってもファニーの存在感を強く感じたゴドウィンは、マーシャル宛ての手紙で再びファニーに語りかける。

> ロンドンに入ったら、木の幹のもとにいる愛しい娘たちのために、正確な到着時間を知らせたいと思っている。……ファニーはパパに来週火曜に会えたら喜んでくれるかな？　ポリゴンを出てから七週間以上になるね。次に七週間も留守にするのは、もうずっとずっと先のことだと思いたいな。F、どう思う？　でもパパは海を越えて帰ってこなくちゃならなかったんだよ。海はパパが帰りたいと思うときに帰してくれなかったんだ。地図で見てごらん……[12]

数日後にゴドウィンは帰宅し、文通は途絶えた。

ウルストンクラフト姉妹を訪ねてアイルランドに滞在してから一年後、ゴドウィンは二人と手紙で口論する。今回はウルストンクラフトの実家近くのスピタルフィールズ、プリムローズ通りにある老朽化した借家をめぐっての口論で、賃貸料がウルストンクラフトの兄弟姉妹、そして彼らの父の未亡人リディア――故郷南ウェールズのラーン在住――の肩にかかっていた。ウルストンクラフト家の三姉妹は長兄エドワード（今や退職した貪欲な弁護士）を信用していなかったため、メアリが生前、ジョセフ・ジョンソンとゴドウィンを通じて家の管理を引き受け、賃貸料から上がる収入を弟妹や父親に送っていたのだ。メアリの死後、ジョンソンとゴドウィンがこの割に合わない仕事を引き受けていたが、エヴェリーナとイライザは、特にゴドウィンが管理を誤っているのではないかと疑っていた。

そんな折、ウルストンクラフトの末弟、アメリカで働いているチャールズが、この賃貸料から上がる収入のいくばくかの権利を主張してきた。姉たちはこの要求に異議を唱える。チャールズは姉たちにそもそも大金を負っており、この賃貸料の分け前から返金すべきだというのが彼女たちの言い分だった。しかしゴドウィンとジョンソンはチャールズの言い分にも一理あると感じ、姉たちに相談することなく行動を起こそうと考える。エヴェリーナは激しく反抗したが、ゴドウィンから不公平で「見苦しい」と非難されると引き下がった。あまりにがめつく振舞って、ファニーやメアリとの絆を失っては大変だと考えたのだ。それでも、ウルストンクラフトの妹たちは権利を主張し続けなければならず、ロンドンに来ることも考えた。イライザはこの頃、度々体調を崩していたにもかかわらず。

ロンドン行きは七歳のファニーに会う機会でもあり、イライザが姪に会うのはこれが初めてだった。叔母たちはファニーにプレゼントを贈り続けており、いちばん最近の品は化石だった。エヴェリーナは自分が生涯魅了されてきたことに、ファニーにも興味を持ってもらいたいと思っていたのだ。四〇年近く経って、ウェールズの知人が「石化した茸という珍しい」贈り物を依然喜んでいたことを覚えている。[13] しかしファニーはこの贈り物を感謝しなかったとエヴェリーナは文句を言った。ファニーが返事を書き忘れることは、エヴェリーナの手紙に一度ならず登場するテーマである。ゴドウィンは、娘たちが文章を書かなければならないときには傍で見守り、きちんと書くよう要求したが、明らかにファニーのお礼状については見過ごしたようだ。どちらの叔母にもあまり親しみを覚えていなかったファニーは、返事を認める動機が簡単には湧いてこなかった。

結局、イライザは体調が優れず、エヴェリーナが単身ロンドンにやって来た。手強いエヴェリーナと繊細な幼い姪のやりとりは記録されていない。

しかし、ファニーは相手に好印象を残したようだ。一八〇四年、ゴドウィンのダブリン滞在から四年後に、イライザとエヴェリーナが連れ立ってロンドンを訪れ、ファニーを正式に引き取りたいと申し出ている。おそらくその場で彼女を連れてアイルランドに帰ろうと思い描いていたのだろう。ファニーは成長しており、ゴドウィンは今ならこの申し出に心が動くかもしれない、家計が逼迫している彼にとって、ファニーは重荷になりつつあるだろうから。叔母たちはファニーを寄宿学校に入れ、然るべき時期が来たら自分たちの学校で教えさせようと考えていた。ファニーは大人の食事や会合によく出ていたから、叔母たちの申し出も直に聴いていたかもしれない。エヴェリーナより優しく、愛嬌のあるイライザに会った今なら、叔母たちとの暮らしに興味を持つのではないか？　どうもそうではなさそうだ。ゴドウィンはこの申し出を再び断っている。

叔母たちはひどく憂鬱な気分でダブリンに戻った。メアリ・ウルストンクラフトの旧友が手紙を書いて彼女たちを慰める。「可哀そうなファニーのことで、貴女方の失望をお気の毒に思います。でももしかしたら、G氏の保護のもとからあの子を引き離したら、不安が増したかもしれませんよ。貴女方が考え得るよりはるかに多くの痛みをもたらしたかもしれません。彼はお子さんのためによかれと思ってこういう行動をとったのでしょう。そうでなければ、喜んで貴女方にその子を託したでしょうから」。[14]

一八〇六年七月、彼女たちは（プリムローズ通りの不動産管理者としての）ゴドウィンにお金を要求し、ロンドンを再訪する。ファニーに会うためはもちろんのこと、家の問題を話し合わなければならなかったのだ。彼女たちは最近弟ジェイムズを亡くしたため、家賃収入から上がる分け前が増えていた。この取引に関して二人は長兄エドワードに連絡を取る。彼はゴドウィン家に招かれなかったが、エヴェリーナとイライザはファニーを長兄と二人の子、エドワードとエリザベスのもとに機会がある度に連れて行った。エリザベスはファニーより一三歳年上で、この従妹を「とても気立てがよい」と思った。[15]「気立てがよい」（amiable）はファニーに頻繁に用いられる形容詞である。残念ながら、エヴェリーナの留守中、従姉妹同士の行き来は途絶える。ゴドウィン家とエドワード・ウルストンクラフト家には共通点がほとんどなかった。一方は知性と思想を尊び、一方は――メアリ・ウルストンクラフトの言葉を信じれば――地位と世間体を重視していた。

プリムローズ通りの不動産はゴドウィンの悩みの種であり続け、修復のために彼は職人を雇い入れる。しかし適切なことは何もできず、翌年、一八〇七年夏にはエヴェリーナがゴドウィンの計画に不平を言い立てた。「賃貸料から上がる収入をあれほど修復に費やしてしまうなんて。そんな余裕はないのに」。この問題のため、一八〇八年にエヴェリーナが単身ロンドンのゴドウィン宅を再訪することになる。

概して、ファニーは成長過程で叔母たちとかなり頻繁に接していた。最初の頃はもっぱらエヴェリーナ、厳しい叔母が相手で、温かなイライザと二人だけで過ごす機会はほとんどなかった。もしそういう機会に恵まれていたら、ウィリアム・ル・ファヌ同様、ファニーもこの気さくな婦人から飴玉をもらったことだろう。お礼状を書かないと叱られる代わりに。かくも厳しき批評家のエヴェリーナ叔母さんとの暮らしは、魅力的に思えなかったのだろう。

ゴドウィンはファニーが自分になついていることをよく知っていたために、一八〇四年、叔母たちの再度の申し出を断って、自分のもとに留めておく決心をしたに違いない。財政的には厳しい状況だったにもかかわらず。ただ、ファニーの立場や将来について、叔母たちと真面目に話し合う必要はあった。ファニーのために彼が下した決断は、彼女自身の決断でもあり、感情的であると同時に理性的な基盤に基づいていた。一八〇六年二月八日、ゴドウィンは一一歳のファニーに「説明をした」と日記に記す。伝記作家の多くは、この時点でゴドウィンがファニーは実娘ではないという事実を明らかにしたのだと考える。

この類推は理に叶っているが、可能性としてはあまり高くない。チャールズ・ラムは彼女をファニー・イムレイと呼び、ウルストンクラフトもこの名で娘を呼んでいた。また子どものために書かれた「レッスン」——ウルストンクラフトの死によって未完に終わり、ゴドウィンが子どもの教育のために用いるよう催促された作品——は「我が不幸な娘」に宛てて書かれている。これほど本の虫が揃った家庭で、この瞬間までゴドウィンの率直な『思い出』が一二歳間近のファニーの手に届かなかったとは考えにくいし、亡き母の北欧旅行記や『遺稿集』に収められたイムレイ宛ての情熱的な手紙を、ファニーが読んでいないとも想像し難い。もし読んでいれば、彼女は自分の受胎と誕生について、たいていの少女よりはるかに多くを知っており、自分がゴドウィンの娘ではないことをはっきりと理解していたはずだ。ファニーは自らの命が宿った場所についてさえ読んだかもしれない。恐怖政治時代のパリ市の城壁という場所を。そして妊娠中や自分の誕生後数週間にわたる母の感情をよく知っていたかもしれない。両親の関係が衰退に向かう長い経緯が綴られた手紙も知っていただろう。もしかしたら母の想像に応えていたかもしれない。「私の子どもは、母親の慎重さに欠けた行いに頬を赤らめるかもしれません。私の清廉潔白な心が、粗野な予防策を遠ざけたことを悲しむかもしれません」[16]。(講じるべき「予防策」は身体的というより財政的なものだったが、いずれにせよ無意味だったことだろう。イムレイからの援助の約束は何一つ守られなかったのだから)。もちろん、ファニーはゴドウィン、母ウルストンクラフトと一緒に暮らし始める前の生活を少しは覚えていたことだろう。二人は彼女が三歳のときに結婚したのだ。度重なる訪問でファニーへの関心を強く打ち出しながら、叔母たちは彼女がゴドウィンの実娘でないという事実を一度もほのめかさなかっただろうか？　ファニーが実娘なら、ゴドウィンから引き離せるとはほぼ考えられなかっただろう。

しかし、たとえファニーが生い立ちについて何らかの知識を持っていたとしても——『ヨーロピアン・マガジン』誌の言葉を借りれば、「不名誉にもこの世に誕生させられた」存在であったとしても——この時点での深刻な会話によって、おそらく誕生に関する問題を理解したのだろう。非嫡出子であることはゴドウィン家では重大ではなかった。母方の近い親類がいるのにゴドウィンに引き取られ、育てられたということは、それが彼の選択であり、必要に迫られての行為ではないことを示している。それでもなお、将来についてこれほど早い時期に議論する必要があるということは、ファニーの心の安定に影響を与えずにはおかなかったことだろう。「人生における偉大なる支え——母親の愛情」を得られなかったことに加えて。異父妹メアリに同種の「説明」がされた記録はない。

ファニーの心の慰めは「パパ」ゴドウィンだった。完全に満ち足りたものではなかったが。彼は娘たちが幼い頃は労せず愛情を示し、アイルランドからの手紙にもそれが顕著だが、娘たちが成長するにつれて距離を置き、自身の要求に執拗になる。『サン・レオン』では、自己中心的な主人公が、子どもの喜びは両親の愛情から生まれるべきであると考える。それなしには、子どもへの感情は「比較的冷たく、自己中心的で、孤独で、馬鹿げたものになってしまう」。あたかも片親に関する極端な描写のようだ。「親は子どもが幼いうちは愛しく思う。自分のものというだけの理由で。しかし成長するにつれ、状況は変化する。子どもに対する親の愛情は、親だけでなく公平な傍観者にも明らかな子どもの資質によって、確立されたり減じられたりする」[17]。

ゴドウィンは子どもたちに高い基準を課し、父である自分に常に配慮するよう要求した。短い結婚生活の間、ウルストンクラフトは、ゴドウィンが自分の知的著作を彼女の著作より優先するのを嫌がったものだ。彼は妻の死によってもこの姿勢を変えず、ほとんど毎日、誰かを訪問するとき以外は書斎にこもり、静寂を要求した。コウルリッジが記しているように。ゴドウィンは自分の要求とその効果をよく知っていた。「父と子の間に完全な平等などあり得ない」と彼は書く。「もし父が、他の目的や仕事のために時間に追われているなら、簡潔で権威を持ったやり方で、ときには非難の言葉を強要して、願いと命令を伝えるのが通常の方法だ。したがって、父が子の相談相手になることや、子が父との会話においてある程度の畏怖の念と節度を持たないということは、まずないと言ってよい」[18]。

第八章　メアリ・ジェイン

一八〇〇年の夏、アイルランドでゴドウィンは父性を強く感じており、もし翌年アイルランドを再訪することがあったら、ファニーに長い手紙を書こうと思っていた。ところが一八〇一年の夏が巡ってくる頃には、ゴドウィン家の人々の人生は取り返しがつかないほど変わっていた。二度目の夏がやってくる前に、ゴドウィンは新しい妻を見つけたのである。

後に彼は、再婚に至った理由の一つは「娘たちの教育に関して力不足を感じていた」ためだと語るが、ファニーもメアリも、父の感情と解決法を支持するわけにはいかなかった。

一八〇一年五月五日の晩、ポリゴンのバルコニーに座っていたゴドウィンは、隣家の新しい間借り人、クレアモント夫人という女性に声をかけられる。「私が拝見しているのは『政治的正義』を書かれた不滅のお方かしら」。少しばかり空想めいているが、それ以来、ゴドウィンが庭に出てくる度にクレアモント夫人も急いで家から出てきて、「手をパチパチ叩きながら行ったり来たりし、『なんて素晴らしいお方、お慕いしていますわ！』と独り言を言った」[1]。

出会いから三週間後、七歳のファニーともうすぐ四歳になるメアリは、クレアモント夫人の二人の子どもに引き合わされる。金髪で明るい目をした六歳間近のチャールズと、黒髪で異国風の顔立ちをした三歳のクレアである。実はこの時点でクレアはジェインと呼ばれていたが、派手な子で、後に名前や立ち居振舞いをあれこれ実験したのだ。耳に心地よいクレアモントという姓に合うよう、まず「クララ」を試し、その後「クレア」に落ち着いたのである。フランス風で素敵だし、文学的な響きもあるというわけだ。

　四人の子どもと一緒のお茶会が度々開かれ、両家族が親しくなれるような外出が企画される。しかしゴドウィンはファニーとメアリだけを連れて出かけることもあった。この子たちはまだクレアモント家の面々に圧倒されていなかったのだ。昔の家政婦、ルイーザ・ジョーンズは――おそらくダイソンに失望し、再びゴドウィンのロマンティックな関心を呼び起こしたいと思っていたのだろう――以前の職場放棄を許され、クリスマス頃に戻ってきていた。クレアモント夫人の目論みに思い及ばず、ルイーザもポリゴンを定期的に訪れるようになる。

　七月六日、ゴドウィン、クレアモント両家は貸馬車に乗り込み、アストレイ円形劇場に『長靴を履いた猫』を観に行った。道化師や馬乗りの舞台にフル編成のオーケストラが伴奏を奏でる。この外出は両家族を結びつけるのに役立った。一週間後、ゴドウィンの日記には密かな記号が登場する。クレアモント夫人との性的な結びつきを示す印で、結婚の恩恵を受けずにことが起こったわけだ。ルイーザ・ジョーンズの訪問は途絶えた。

　この関係はどちらにとっても問題にはならなかった。ゴドウィンの考え方はよく知られていたし、クレアモント「夫人」の方も、このような自己演出にもかかわらず、結婚歴がなかったのである。彼女は正しくはメアリ・ジェイン・ヴィアル嬢で、二人の子どもは父親の異なる私生児だった。前任者ウルストンクラフトより慎重だった彼女は、この状態を世間に知られないよう気を配っていたため、おそらくゴドウィンは二人の子どもの生い立ちに気づいていなかっただろう。しかしゴドウィンの子を妊娠して彼に結婚を迫ったとき、この女性は二回結婚する羽目に陥った。表向きは未亡人クレアモント夫人として、一時間後には法的手続きのために、真の自分、すなわち未婚のメアリ・ジェイン・

ヴィアルとして。

ゴドウィンは結婚式に気軽に応じる。『思い出』に対する母親の反応を心に留めていたのだ。結婚しなければ、「子どもや妻が泣き叫びながら通りを徘徊するでしょう。保護者を持たずに」。[2]

メアリ・ジェイン・クレアモント、今やゴドウィン夫人は波乱万丈の人生を送ってきた。エクセターでおそらくフランス人を父として生まれ、父の親類と一緒に暮らすために家出し、二つの婚外恋愛は相手の男性に棄てられたことで幕を閉じ、借金のために監獄暮らしも経験した。[3] しかし機知に富み逞しい彼女は、フランス語を教えたり翻訳をしたりして生計を立てることができ、いかにしてかは知る由もないが、一八〇一年には立派な家に暮らす立派な未亡人として体裁を整えていたのである。しかし彼女は夫を必要としていた。ゴドウィンが妻を必要としていたように。両者とも相手がもう少し裕福だと期待していたことだろう。

メアリ・ウルストンクラフトの後釜に会ったゴドウィンの友人たちは多くの場合、唖然とした。チャールズ・ラムは彼女のでっぷりとした姿や巨大なお尻、粗野な精神を軽蔑して「駄々っ子」や「忌々しい売女」などと呼び、メアリ・ラムは彼女を妖精物語に出てくる意地悪な姉に喩えている。多くの人がこの女性は真実を話せないことに気づき、その子どもっぽい癇癪のために訪問が苦痛となった。日記書きのヘンリー・クラブ・ロビンソンは、かつて――今はそうではないが――『政治的正義』を賞讃しており、ゴドウィンと親しい仲だったが、この新夫人に「怒りっぽい媚態の塊」という判断を下す。[4] 友人たちが解せなかったのは、ゴドウィンがこの女性を気に入っているらしいということだった。彼はかろうじて残っていた自尊心を「地獄の悪魔」との結婚によって刈り込まれてしまったのだと友人たちの意見は一致する。

こうした感情の一部はウルストンクラフトへの敬意から生まれたものだが、度重なる反感から見て、新ゴドウィン夫人は他者に不快感を与える相当の力があったのだろう。幼いメアリは義理の母と騒々しい子どもたちをひどく嫌い、メアリもファニーも彼らに圧倒されていた。ただ、新夫人がたとえ気立てのよい人間だったとしても、この複合家族を平和で愛に満ちたものにするのは並大抵のことではなかっただろう。彼女は自分の子どもを優遇していると非難されたが、ゴドウィン家におけるファニーの弱々しい主張に苛立ち、賢いメアリが自分の娘より注目を浴びることに嫉妬していた。

この結婚を実現させるきっかけとなった子どもはすぐ亡くなったが、一八〇三年三月二八日、新生児ウィリアムがようやく誕生する。六年前に独身だったゴドウィンは、今や七人を扶養する身となったのである。共通の父と母を持つ子は一人もいなかった。こうした状況下で、ゴドウィンが一八〇四年にファニーを引き取る決断をしたのは注目に値する。ファニー自身もその決断に与したに違いない。

多くの点で、ゴドウィン夫妻は奇妙に釣り合いのとれたカップルだった。彼は言葉に慎重で、彼女は口達者。彼は控えめで頑固になりがち、彼女はのべつ幕なしに立腹しがち。彼女は怒るとヒステリーを起こし、彼は冷たくよそよそしくなる。彼女は家族のために一生懸命働いたが、相応の評価を受けていないと感じていた。ゴドウィンは彼女の「苦境における勇気」に感謝していたのだが。夫妻の愛情のやりとりが奇妙な形で残っている。ゴドウィンは妻を「愛しいママ――最愛のひと！」「思いやりに満ちた暖炉脇のパートナー」と呼び、彼女は後にこう書く。「あなたのステキなかぐわしいお手紙を、ウィリーがどしどし階段を上がって九時三〇分に届けてくれ、私の心はすっかり落ち着きました。チャールズはあなたの送ってくれたキス一つ半にすばらしく輝かしい微笑みを浮かべ、ファニーは静かに立っていて、ジェインは跳ね回りました」[5]。

新夫人は言葉や感情を抑えるという習慣を持っておらず、特にゴドウィンの子どもには苦戦する。夫とも連れ子とも絶え間なく喧嘩し、ときには別居となることもあった。あの「かぐわしいお手紙」の直前にも一回別れており、夏の間ほとんどその状態が続く。結婚当初の別れの脅しに対し、ゴドウィンはこう綴る。「君は最高の夫と別れるんだよ。史上最悪の気質の一つに対して、辛抱強く耐える最高の性格を備えた夫とね」。彼女はこう嘆く。「なんて残酷なこと、残酷以上だわ、私を不親切な人間であるように見せるなんて！ もしあなたが家庭を管理する女性だったら、最も愛情深い妻であってもできることとできないことの違いが、たった一日でわかるはずだわ」[6]。この夫婦が公の席では自己抑制ができたことを物語るエピソードがある。仲直りして数ヵ月後に訪れた家で、主人が「夫人にお天気はいかがですかと尋ねた。とても寒うございましたわ、と彼女が答えた。いや、まさか、夫が言った。ひどく蒸し暑いですよ。そこで夫人は暖炉の近くに椅子を引き寄せ、夫はいちばん遠いところまで離れた」。

ゴドウィンがファニーに深刻な話をして間もなく、メアリ・ジェインは家政と緊張から少し距離を置く必要を感じ、ファニーを連れてゴドウィンの旧友を訪ねる。サリー州ティルフォードに暮らす、今や手足が不自由な小説家、シャーロット・スミスである。[1] 離れている間、ゴドウィン夫妻はほぼ毎日手紙を送り合った。おかげで後世の我々はこの風変わりな家庭の様子を垣間見ることができるのだ。

ゴドウィンとウルストンクラフトが支持していた自由主義的な教育理論にもかかわらず、罰――鞭打ちと棒暗記――が子どもの教育のために用いられていたことは明らかである。チャールズはファニーにいちばん年が近かったが、外出前の母を怒らせてしまい、義理の父から受ける鞭打ちを逃れたいと願った。それに自分の誕生日もちゃんと祝ってもらいたかったのだ。行事が上首尾に終わると、彼はファニーに特別な日のことを書き送る。ゴドウィンは母親にも手紙を書くように言いつけたが、何度もせかされた後、すねたこの子が生み出したのは「見たこともないほど退屈なしろもの」だった。罰として、彼はチャールズに「僕のお母さん」という詩――アン・テイラーによる感傷的な『ダルトンの独創的な詩』からの一節――を暗記させる。

僕が倒れたとき、助けにきてくれたのはだれ
そして素敵なお話を聴かせてくれたのは
怪我したところにキスしてくれたのは？
僕のお母さん

このイメージは現実のゴドウィン夫人からかけ離れているが、詩の暗記はチャールズの矯正に役立ち、彼は母に二通目の、よりふさわしい手紙を書くことができた。[7]

しかしメアリ・ジェインが母親として恋しく思ったのは赤ん坊のウィリアムだけで、他の子どもは大して気にかけなかった。ウィリアムは「私の美しい男の子、私の天使」だったが、他の子どもは「望み通りに成長する」か疑問に思っていた。彼女は「愛とキスをすべてのよい子に」送ったが。

チャールズはファニーがいなくて寂しかったかもしれない。彼女はこの頃には家族の調整役を務めており、メアリと義理の母の間だけでなく、チャールズと義理の父の間も取り持っていたのである。メアリとクレアはファニーがいないのを悲しがるわけでもなかった。彼女がいなければ音楽のレッスンをさぼることができたから。

ゴドウィン家にはお金が満足にあったためしがなく、夫妻は脳味噌を振り絞って金策を講じる。ゴドウィンの傑作は専門書『政治的正義』や強迫的な小説『ケイレブ・ウィリアムズ』だったが、こういう書物は売れないことがよくわかった。そこで彼はもう少し利益が見込めるジャンル、戯曲に手を染める。さて、その悲劇『アントーニオ』が上演されてみると、悲惨な出来だった。もう二作書いてみた後で、ゴドウィンは劇作家としての才能に欠けていることを自覚する。彼もウルストンクラフトも、自分とかけ離れた性格の人物を創り上げる技術をあまり持っていなかった。戯曲以外で稼ぐ方法があるはずだ。

ウルストンクラフトの死後まもなく、ゴドウィンは「児童文庫」(Juvenile Library)という子ども向け雑誌に寄稿していたが、これは中流階級の少年少女に役立つ知識を提供したもので、科学や地理、植物学や見倣うべき英雄的人物の絵を掲載していた。もしかしたら、とゴドウィン新夫人は考えた。私たちも出版業を始めて、面倒をみている若者の教訓や学習に基づいた、想像的で自由な児童書や教科書を出版すれば、家族を養えるかもしれないわ。「小売商や運送業者のような人物」を軽蔑する抽象的哲学者ゴドウィンがビジネスにおそろしく向いていないのは、抽象原理が日常のありふれた生活に向いていないのと同様だったが、「管理する女性」ゴドウィン夫人はエネルギッシュで意志が強く、緑色を帯びた眼鏡をかけた司令塔となれるはずだった。[8] しかし家長としてはゴドウィンが収入を増やし、金銭的な交渉をしなければならなかった。

ビジネスの滑り出しは順調だった。事業を拡大すべく、一八〇七年——ファニー一三歳、メアリ一〇歳、クレア九歳の年——に一家はポリゴンからロンドンのシティにあるスキナー通りに引っ越す。角地の狭い借家は、新築に近かったが立てつけがよくなかった。四階建てで一階には書店用スペースがあり、本を並べるのにぴったりな弓形の張り出し窓がついていた。上階にはゴドウィンの書斎、最上階には娘たちの勉強部屋があり、東向きのため朝日を浴びることができそうだった。ロンドンの煙と薄暗闇を突き抜けて太陽が輝いてくれればの話だが。家の所有権についてもめている最中だったこともあり、当座は家賃を払わなくてよさそうだった。というわけで、引っ越し後、ゴドウィン一家は裕福になったような気がした。

しかし子どもたちにとっては、この引っ越しは歓迎すべきものではなかった。前にいたポリゴンはロンドンの裾野にあり、広々とした郊外に近かったが、スキナー通りはホルボーンのスノウ・ヒル一角にある汚染の中心地で、スミスフィールド畜牛市場近くの書店街にあり、三つの監獄にも近く、その中には債務者用フリート監獄もあった。中央刑事裁判所（オールド・ベイリー）の絞首台（ニュー・ドロップ）は数週間ごとに公開絞首刑を行っており、中には大群衆を惹きつけるものもあった。様々な臭気が家の中に流れ込んできた――フリート監獄溝の下水道から、婦人帽子販売店から、肉や魚、毛皮、それに近くで準備され、販売される油の臭気が。屠られる家畜の音が、空気を切り裂くように聞こえてきた。

ファニーにとって――それまでの短い人生のほとんどを北欧の荒野を駆け廻ったり、ロンドンの裾野近くにある草原で遊んだりしていた彼女にとって――この引っ越しはひどいショックだった。クレアも健康を害し、翌夏海辺のリゾート地マーゲイトに送られ、三ヵ月をそこで過ごして、海辺の風と海水浴による回復を待つことになる。ロンドンに戻った彼女は、冬のアストレイ小旅行には間に合った。メアリもこの引っ越しに憤慨し、義理の母を面と向かって非難する。

書店の仕事の大半はゴドウィン夫人の肩にかかることになった。「階下の恥ずべき商売が」とゴドウィンは陽気に述べる。「食糧と衣服、住居を供給してくれるおかげで、私は仕事を進めることができる」。後に、この事業をよく知っている知人がゴドウィンのことを「ビジネスで生計を立てるという意味では世慣れた人ではない」と述べている。[9] ゴドウィンは人生の大半を借金を抱えた状態で過ごしており、ウルストンクラフトと暮らし始めてからはその度合いが強まっていた。窮地から抜け出すためにジョセフ・ジョンソンやトム・ウェッジウッドにも依存している。実務の才覚に欠けたゴドウィンのもとで生きるファニーの不安定な身分を考えたジョンソンは、自分の死後、二〇〇ポンドの債券がファニーに支払われるよう遺言書で指示した。

書店では出だしから誤った管理がなされていた。お調子者の初代マネージャーが解雇された後、ウルストンクラフトの貧乏な友人、イライザ・フェニックが後任に収まる。彼女は仕事を楽しんだが、労働条件には不平をこぼした。書店にはまともな暖房がなく、ゴドウィン夫妻は一度も上階での食事に招いてくれないというのだ。たぶん夫妻が従業員に対して単にケチだったのと、フェニックの装いがあまりにも粗末なのが気に入らなかったのだろう。灰色のガウンの下に着ける白い下着すら調達できない状態だったのだから（夫妻の友人、マウント・カシェル令夫人も同じくらい簡素な装いだったが、ゴドウィンはそれを貴族特有の非凡性と見なしていた）。一八〇八年一月、書店の利益に不安を覚え始めた頃、ゴドウィン夫妻は「ちゃんとした形式を踏まずに」自分を「棄てる」決心をした、とフェニックは共通の友人メアリ・ヘイズに愚痴をこぼす。フェニックはゴドウィン夫妻を生涯許さなかった。何年も後、彼女は未だゴドウィンを忌み嫌い、「すべての人類の中で」ゴドウィン夫人を「心から大嫌いな人物」であると断言している。[10]

しかしゴドウィン夫妻は気前よく振舞うこともできた。一八〇八年に初めてイングランドを訪れたアーロン・バーはその恩恵に浴している。新生アメリカ合衆国からの亡命者だった彼はゴドウィンとウルストンクラフトを長きに渡って尊敬し、合衆国副大統領を務めていた折にはイングランドへ使者を送り、二人の肖像画を入手するよう命じている。この敬意は一時的なものではなく、バーは娘セオドシアを『女性の権利の擁護』の原理に則って育てた。妻があまりにも早く亡くなったこともあり、バーは娘に宛てて性や男女関係について率直な、驚くべき手紙を綴っている。一八〇四年、政敵アレクサンダー・ハミルトンを決闘で殺めたことでキャリアが傾き、続いてメキシコ侵略計画が暴露された。バーは一八〇七年に反逆罪で裁判にかけられ、無罪判決となったものの、国を離れた方が賢明だと判断したのである。(2)

四年に及ぶ亡命生活の一時期をイングランドで過ごした彼は、ゴドウィンの複合家族に興味を引かれ、彼らの温かいもてなしに感謝していた。やがてゴドウィン家は財政問題を抱えていることがわかったが、それでもバーを歓迎してくれた。「我々は四時には腹ペコだ」とゴドウィンは食事に招いた客人の一人に綴っている。

バーはゴドウィンの友人に比べれば、二人目の夫人に敬意を払っていた。分別と愛嬌があるように見えたし、彼女と二人だけで頻繁に散歩している。自分の経済状況を理解し、如才なく接してくれるゴドウィンと夫人の両方に彼は感謝していた。アメリカであれほど高い地位についていた自分が、今や週八シリングでクラーケンウェル・クローズのむさ苦しい家具つきアパートに暮らしていることを世間に知られるのが恥ずかしかったのである。イングランドを去る時期が近づくと、バーは帰国に必要な費用を集めなければならなかった。ゴドウィン夫人はバーの腕時計を彼に代わって売ろうと試み、ゴドウィンは蔵書を売ろうとした。

先妻の女性解放思想に妨げられることなく——ゴドウィン自身、男女どちらの性についても制度化した教育には反対だったにもかかわらず——彼と新夫人は息子チャールズ・クレアモントと幼いウィリアムを近くのチャーターハウスに入れ、通学生として正規教育を受けさせる手はずを整えた。しかし娘たちのためにはほとんど何もしなかった。クレアはケント州の寄宿学校に三ヵ月、近くの村ワラム・グリーンに一五ヵ月ほどいただけで、主にフランス語と音楽を学んだ。メアリは六ヵ月ラムズゲイトに滞在したが、本来は養生のためである。ファニーは新しいゴドウィン夫人の登場とほぼ同時に学校に通うのをやめてしまったようだ。その後、正規教育を受けることはなかった。

ゴドウィンの最初の伝記作家で、家族の知人でもあった人物は、二人目のゴドウィン夫人がファニーとメアリを犠牲にして自分の子どもたちに教育を受けさせようとしたと伝えているが、この記録には裏づけがあると言えるだろう。フランス語が流暢になったのはクレアだけだし、ゴドウィン夫人自身、英仏語のバイリンガルであったにもかかわらず、先妻の子どもたちのためにはほとんど何の労も取らなかった。クレアだけでなく、ファニーとメアリもいずれは自立しなければならず、フランス語ができれば有利だったのに。何年も前、ウルストンクラフトがわずかな蓄えから費用を出して二人の妹にフランス語を学ばせようとしたのも、上流家庭の家庭教師になれるようにとの願いからだった。

しかし、ファニーとメアリは無視されていたわけではなかった。ファニーは一度ならず絵画の腕前を褒められている。おそらく芸術分野での訓練を受けていたのだろう。三人とも音楽をたしなみ、「ゴドウィン氏からローマ、ギリシア、英国史を学び、家庭教師からフランス語とイタリア語を学んでいます」とゴドウィン夫人は自慢している。一八一四年夏に大災難が起こると、彼女はこの自慢を後悔した。

メアリ・ウルストンクラフトの娘たちを、母の提唱した教育方法で育てているのかと聞かれると、ゴドウィンはこう答える。「現在のゴドウィン夫人はしっかりとした活発な知性を持っているが、娘たちの生みの母の考え方だけに従っているわけではない。実際のところ、十分な蓄えがないまま新しい家族を構築したため、夫人も私も新機軸の教育理論を実践に移すだけの余裕がないのだ」[11]。

多くの読者にとって『思い出』で最も衝撃的な点は、かつては敬虔だったメアリ・ウルストンクラフトが死の床においても信仰心を示さなかったというゴドウィンの強い主張である。『マンスリー・ヴィジター』誌がファニーを批判したとき、その底には、人生最初の数年をこのような母のもとで過ごした娘に期待できることはないに等しいという姿勢が暗示されていた。二人目のゴドウィン夫人はカトリック教徒であり、ゴドウィンとの結婚前、二人の私生児をサマズ・タウンのセント・アロイジウス教会に通わせていたが、教義をほとんど気にかけなかった彼女は、結婚を機にさっさと英国国教会に横滑りした。何年にも渡って宗教的儀式を揶揄していた悪名高い無神論者ゴドウィンも、いつの間にか定期的な祈りを行う家庭の責任者になっており、子どもたちは一時期、セント・ポール大聖堂の日曜礼拝に送られていた。自身のみじめな幼少期にかこつけ、ゴドウィンは子どもたちが礼拝から帰ってくると、説教について問うてみると言い張る。題材については何も述べなかったが。[12]

この訓練はあまり気乗りしない状態で行われたため、子どもたちは正統キリスト教信仰心をほとんど示さなかった。もっとも、メアリは後に信仰に順応し、クレアは長い人生の最晩年に母の宗教カトリックに戻ることになる。しかしゴドウィンは揺るがず、晩年においても「宗教的偏見の抑圧的な重さ」に依然として狼狽えている。[13] 彼の出版した児童書において、娘たちは聖書を――神の真実としてではなく――一連の冒険物語と受け止めていたことだろう。信仰は痛ましい思春期の支柱にはならず、その代わりとなったのは芸術、文学、そして天才だが、これらには宗教の明確かつ慣習的な導きが欠けていた。スキナー通りで「超越者」が示すのは神ではなく、賢い男や女だったのである。思想のみが神聖視されたのだ。

乱雑で学究的なゴドウィン家において、娘たちは三人とも、一般的な学校や教会の日曜学校よりははるかに豊かで刺激的で知的な教育を受けていた（『政治的正義』における教育は正規のものではなく、思想や想念の連鎖をもたらすものすべてを含んでいた）。アーロン・バーの訪問が示す通り、ゴドウィンの子どもたちは文学界や政界のセレブリティに囲まれていた。偉大な思想家に会い、食事をともにし、彼らの言うことに耳を傾け、あまつさえ会話に加わることで、社会問題について自力で考えるよう導かれていたのである。コウルリッジが『老水夫の詩』を朗読するのを聴いたり――途中でゴドウィン夫人にもう寝なさいとベッドに追いやられてしまったが――王立科学研究所でのコウルリッジのシェイクスピア講演に連れて行ってもらえたりするような家庭環境は、娘たちの探求精神や想像力に多くの実りをもたらした。何年も後、クレアはスキナー通りでの生活を懐かしく思い出す。

家族全員が一生懸命働き、勉強しました。みな社会の大きな問題に生き生きとした興味を持っており、つまらない話題やゴシップ、スキャンダルの居場所はありませんでした。なぜならゴドウィン氏によって、世間や俗世的な快楽、奢侈や金銭といったものを好むのはきわめて不幸なことであると考えるように育てられていたからです。周りの人々を好意的に受け入れ、愛し、彼らにとって有益で心地よい存在となるのを喜ぶ以上に素晴らしい幸せはないと。[14]

ファニーとメアリはあまり親しくなかったが、どちらも義理の母との関係に苦しんでいた。メアリは悲しみを表に出し、メアリ・ジェインのことを大っぴらに「不愉快」「不潔」と言って憎んでいたが、ファニーは悲しみを胸に秘め、不安定な立場とゴドウィンへの敬意から、その妻たる女性の欠点を大目に見る必要を感じていた。ファニーもメアリも読書に逃避し、おそらく本と昼食を持って、亡き母が眠る教会墓地に赴いたことだろう。

ゴドウィン夫人は、世間がメアリ・ウルストンクラフトと自分を比較し、自分のことを好ましくないと思っていることを知っていた。ポリゴンにあった先妻の肖像画は、引っ越し先でも夫の書斎のマントルピースの上に掲げてあったのだ。天才の後釜とはさぞ居心地の悪いものだろう。死後、このセレブリティは穏やかで慈善心あふれる人物となっていたのだからなおさらだ。多くの人々が、ゴドウィン新夫人の子育てを疑いの目で見ていた。ウルストンクラフト自身も理論を実践に移す時間がほとんどなかったという事実をたぶん忘れて。メアリは義理の母を嫌っていることをはっきり示し——父の愛を奪うこのライヴァルが登場した瞬間からそうだったのだが——家族が街中に引っ越し、商人として生活せざるを得なくなったことを彼女のせいにしていた。義理の母は階下の書店で店員として働くことを嫌がり、代わりに娘たちに人気のない、寒々とした義務を押しつけていたのである。

ゴドウィン家には込み入った競争意識が充満していた。三人の娘の間に、ゴドウィン家の子とクレアモント家の子の間に、そして最も微妙な競争意識は、死んだ母と生きている母の間に。何年も後、ゴドウィン夫妻の息子ウィリアムが興奮しやすい大人に成長し、『移入』と題した小説を書く。姉メアリ——同じ父から生まれ、注目を競う相手——との奇妙な関係を示唆した作品である。この物語では母が亡くなり、二人の子どもが遺される。母と二人の子どもはメアリ・ウルストンクラフト、ウィリアム自身、そしてメアリ・ゴドウィンを思わせるところがある。少年は善良で賢明だが耳が聞こえず、少女はわがままで傲慢で不作法で、反抗精神を気難しい父から受け継いでいる。この少女は、信頼すべき保護者候補を侮辱したとき、「当然の権利を擁護した」だけだと主張する。文学上お決まりのコースを辿った彼女がある無慈悲な誘惑者の犠牲となる一方、善良な少年は聾唖が治るが、孤独を好み人を遠ざけるようになり、フランケンシュタインのように家族から離れ、孤独な研究を追求する。ヴィクター・フランケンシュタインやゴドウィンのサン・レオンのように、この少年は暗黒の自然の秘密を発見する。フランケンシュタインが発見した生命を生み出す方法や、サン・レオンが発見した延命法ではなく、生命間の移入、すなわちある魂を他者の身体に移す方法を発見したのだ。棄てられた悲しみで死の淵にある姉を救うために、少年は自身が発見した移入法を試み、死につつある姉の身体に入り込んで、姉を弄んだ邪悪な貴族を間一髪で告発するが、結局は彼自身も姉も死んでしまう。

この作品は時代が下ってからのものだが、家族に対するウィリアムの視点にヒントを与えてくれるかもしれない。ファニーとクレアは姿を消し、唯一存在する姉メアリが神聖なる母を具現化している。この物語は両親の一種の闘い、ゴドウィンの先妻と後妻の闘いを明らかにしてくれる。それは子どもたち全員を覆う戦いで、間もなく発生する危機のようなときには、特に強い毒を持っていた。

ゴドウィン夫妻が創業した出版社は強力な作品を揃えていた。ラムの人気作『シェイクスピア物語』、マウント・カシェル令夫人の『老ダニエルのお話』、メアリ・ジェインの翻訳による『（スイスの）ロビンソン家』、そしてゴドウィンの『古代と現代の寓話』など。最後の作品は匿名で出版されたが、『アンティ・ジャコバン・レヴュー』誌が賞讃を惜しまなかった。この雑誌が、一〇年前には急進主義者ゴドウィンの苦痛の種だったことを考えると滑稽である。他には学識豊かなジェイン・グレイ令夫人の模範的伝記もあった。しかし、こうした売れ筋作品や「見かけ上の」利益にもかかわらず、「児童文庫」は繁盛しなかった。ゴドウィン家にもとからあった借金の返済のために、大金が必要だったのだ。資本も常に不足しており、ゴドウィン夫妻に借金を負っている学校や個人からの返済は遅々として進まなかった。「巨大な胃袋の怪物」がすべてを呑み込んでしまったのである。[15]

ジョセフ・ジョンソンもゴドウィン夫妻の書店経営をサポートしていたが、状況を見てとると、予約購読を組織した。しかしそれだけでは、ビジネスをスムーズに進めるにも、ゴドウィンが常に負っていた借金を軽減するにも不足だった。彼が借金を重ねるパタンは前任者イムレイによく似ている。

一八〇九年に死を迎える二、三ヵ月前、ジョンソンはゴドウィンと何度か話し合った。おそらく自らの負担金――ずっと以前からのものや書店に関わるもの――についてだろう。借金とは隠せるものではなく、ジョンソンの死後、後継者がゴドウィンに返済を求める。ジョンソンがファニーに遺した二〇〇ポンドの債券はゴドウィンの借金とは別にしてあったが、結局は家庭の借金返済に充てられた。ファニーへの遺贈は、彼女が自らのものと呼び得る唯一のお金だったが、ついに与えられることはなかった。同時に、借金取りの一人が破産したため、ゴドウィンの借金はさらにやっかいな相手に移されることになる。

度重なる災難はひどくこたえた。長いこと睡眠障害に悩まされてきたゴドウィンは――食事の折、話の途中で眠り込んでしまうなど、面白い話がいくつも伝わっている――いまや彼が言うところの「意識喪失」(deliquium) の発作も起こし、記憶喪失や眩暈に見舞われるようになった。この後、折に触れて陥るこうした身体状況は、ストレスの悪化により生じるものだった。

ジョンソンの死にゴドウィン家は数週間、深い悲しみに包まれる。その後、新しい救世主が見つかった。

それはフランシス・プレイスという人物で、チャリング・クロスの裕福な仕立屋であり、急進主義支持者でもあった。彼は『政治的正義』を崇めていたが、不吉なことに、金銭管理のできない人間を軽蔑していた。プレイスはジョンソンの後任となることを受け入れ、三、〇〇〇ポンドの貸し付けを行う。これによってゴドウィンは借金を返済し、書店業務をきちんとした基盤によって確立できることになる。

友人や崇拝者――その一人、エルトン・ハモンドも『政治的正義』の熱烈な支持者だった――がゴドウィンを救うために集まった（著作の評判が落ちた人間にしては、彼は未だ注目に値するほどの忠誠を集めることができた）。彼らは予約購読に必要な額を前払いする。ハモンドは姉妹から五〇〇ポンドを借り、プレイスは自腹を切った。慎重な妻には何も知らせずに（彼は一五人の子を養う身で、おそらくそのため、後に妊娠調節に興味を抱くようになったのだろう）。

数ヵ月後、予約購読計画はぐらついた。借金は膨れ上がり、急上昇し続け、プレイスはゴドウィンが初期の金額を偽って借金を積み上げていると非難し、「我々の努力は無駄だった」と結論を下す。「ゴドウィンはいつも通りひどく金に困っているが、我々も金欠状態になってしまい、他者の財産まで危機に晒すことになってしまった……」。悲惨な貧困から這い上がったプレイスは旧友ゴドウィンの「詐欺」に苛立ち、無責任で嘘つきだと吹聴する。利害が絡むとゴドウィンは「この世で最も冷酷かつ無情な人間だ。他者に与え得る損害に無頓着だし、他者の気持ちについても同様だ」。もし慎重に努力し、友人の金に手をつけるような真似をしなかったら、書店は繁盛しただろう。後にプレイスの伝記を書くことになる人物の目には、ゴドウィンは「すねかじりの王子」と映った。[16] 理想主義者ハモンドでさえゴドウィンには幻滅したのである（こうした多くの失望に荒れ狂ったハモンドは、一八一九年にピストル自殺を遂げる）。

ゴドウィン夫妻は一生懸命働いており、お金は借りられるところから借りたと信じていた。その点では経済的に不安定なこの時代、友人たちと変わるところがなかったのである。

いったい何が起きていたのか？　ゴドウィンの出納簿に目を走らせたプレイスは驚愕する。一〇年間にゴドウィンは友人から四〇〇ポンドを借りていたが、年間支出は一、五〇〇ポンドを超えていたのだ。スキナー通りの家は家賃がかからなかったのに。[17] これは非常に当惑すべきことで、プレイスはゴドウィンを浪費家だと思っていたが、大半の訪問客はゴドウィン家の質素さに気づいていた。家具にも服装にも華美な要素がほとんどなかったのである。ゴドウィン夫人が身の丈を超えた暮らしをしようとしていること――使用人を欲しがり、海辺のリゾートに長逗留し、自分の子どもたちに費用のかかる教育を望む――を咎める人もいたが、ゴドウィンは妻を惜しみなく援助していた。一方、ファニーとメアリにはほとんどお金がかからなかった。

第九章　ファニー

十分なお金が行き渡らず、うまく機能していない家庭に暮らす三人娘が喧嘩するのは当然だった。同盟を結ぶ二者は次々に変わる。メアリよりやや年下のクレアは賢い義理の姉に圧倒され、自分の母以外のすべての人の注目を浴びるライヴァルと見なしていた。彼女はメアリの真似をしたかと思うと張り合い、絶えず喧嘩と仲直りを繰り返す。ゴドウィンはクレアの「赤ちゃんっぽい不機嫌さ」に気づいたが、それは妻とよく似た資質だった。[1] クレアは激変を糧にして成長する。他の家族にとってはこの激変が苦痛だったのだが。気分屋のメアリは、義理の母が夫ゴドウィンを含む家族全員を支配しようとする欲望を嘲り、クレアの自己顕示欲を軽蔑した。

メアリより三歳年上のファニーは一人っ子として愛された記憶を持っており、こうした口論に傷ついた。彼女は絶えず他者をなだめたり、平穏な環境を作ろうとしたりする。メアリの不機嫌がゴドウィンを狼狽させるのがわかると、ファニーは妹をたしなめた。姉のこうした努力にメアリは苛立ち、クレアは喧嘩に加わろうとしないファニーを軽んじる。ときにはこの長女は、他者のための「単なるファニー」でしかないと受け止められることもあった。

ゴドウィンの友人で著名な俳優ジョン・フィリップ・ケンブルが述べたように、「少女はたいてい居場所を見つけるものである」。[2] ファニーはクレアモント家の人々の中に居場所を見つけようとしていた。チャールズ・ラムは以前、彼女に「不機嫌」というレッテルを張ったことがあるが、それはファニーが義理の母の憤慨に反抗したことを示すのだろう。しかしその不機嫌は致命的なものではなく、エリザベス・ダウ――おそらくウルストンクラフト家の叔母たちへの贈り物として、ファニーの肖像画を描いていた細密画家――は、ファニーを「控えめでも無愛想でもない」と思い、ラムもこの細密画が「まあまあ似ている」と認めている。[3]

メアリは幼少期を通じて、他の二人が決して手に入れることのできない特別意識を持っていた。メアリ・ジェインやギルバート・イムレイの私生児である他の二人にとって、ゴドウィンとウルストンクラフトの娘であり、知人の言葉によれば「天才という貴族階級」の一員として生まれたメアリと競うのは難しいことだった。後にクレアが語ったところでは、ゴドウィン家においては「一篇の叙事詩や、既存の小説をすべて打ち壊すような独創的な小説を書くことができなければ、認められる価値のない、卑しむべき人間とされた」。[4] メアリだけが後にこの偉業を実現するのである。

ゴドウィン家とクレアモント家が絆を結んで以来、ファニーのためだけの外出はなくなったが、長女としてゴドウィン夫人と出かけたり、ゴドウィンの貧しい妹ハンナ宅での食事によばれたりしていた。ゴドウィン夫妻と一緒に芝居を見に行くこともあったが、それは幼いメアリやクレアにはふさわしくないと考えられた作品で、オトウェイの大言壮語的な悲劇『保護されたヴェニス』などである。義理の両親とルドゲイト・ヒルの大きな貸馬車宿、ベル・ソヴァージュまで散歩に出かけることもあった。しかしほとんどの旅行は家族全員、すなわち三人の少女と小さなウィリアムも含めて行われ、アストレイ劇場を再訪して『シンデレラ』を観たり、グリニッチからリッチモンドまでテムズ河を下ったりした。多くの場合、ゴドウィンは日記に「MJ及び四人と旅行」とだけ記している。

ファニーの誕生日は他の子ども同様に祝われた。ゴドウィンが母や兄弟をノーフォークに訪ねている間、チャールズは義理の父がファニーの誕生日までに帰ってくるはずだと考えている。まだ一週間も先のことなのに。彼は加えて、「僕たちはみな、ファニーの誕生日は雨だと思っているんだ」。[5] ちょっとばかり先走った気象予報か、いささかぞっとするような家族の冗談というところか。実際のところ、ファニーの誕生日はやや格式ばって祝われ、家族全員にゴドウィンの弟子トム・ターナー——バジル・モンタギューの後任——も加えてロンドン塔を訪れ、王立動物園で柵に囲まれた異国風の動物を見学した。この動物園は神聖ローマ帝国皇帝がヘンリー三世の結婚祝いに三頭の豹を贈ったことが始まりである。一行は過去の武器や武具の展覧会にも足を運んだ。チャールズ二世時代以来、拝観料を支払う公衆用に展示されてきたものである。

家族の中で三人の少女は異なる役割を自覚し、異なる能力を発揮していた。クレアは歌と楽器に秀で、メアリには書く力と賢明さがあり、ファニーは絵画をよくし、みなの役に立っていた。クレアは母親の激高しやすく芝居がかった性格を受け継ぎ、メアリはクレアモント家のドラマを冷ややかに軽蔑しており、機敏な才能を発揮して父ゴドウィンの注目を集めていた。彼が小さな詩に手を加えて出版したとき——英国人がいかにフランス語を知らないかを揶揄した作品で、'Je n'entends pas'(私はわかりません)という表現が、粗野な英国人の頭の中では'Mounseer Nongtongpas'(ワカリマセン氏)というフランス人になるというもの——一一歳のメアリはいくつかヒントを提供して父親を魅了する。[6]

忍耐力に優れ、他者を喜ばせたい気持ちが強いファニーは、ゴドウィンの筆写を務めることがよくあった。ファニーを見込んだ彼は債権者に対する心強いお使い役や自らの代理人として用い、友人にも会わせる。トム・ターナーの母が亡くなった折、ゴドウィンは弔問より友人との食事を優先し、代わりにファニーを送って遺体と対面させ、ターナーを慰めさせた。適切な特使ファニーのもとで彼は「どっと涙をこぼした」。[7] 彼女はまた、義理の両親に代わって使用人やしつこい商人にも対処しなければばならなかった。メアリ・ジェインは他の二人の娘より多くの家事をファニーに与える。妹たちよりかなり年上だったし、そうした義務はたいてい長女にかかるものだった。

一八〇九年にスキナー通りのゴドウィン家を訪ねた折、アーロン・バーは三人の少女が一堂に会した様子を魅力的な筆致で描き出し、後に三人のことを「女神たち」と呼んでいる。[8]初対面があまりにも快適だったため、食事が始まったのは四時だったが、バーはおしゃべりに興じて夜遅くまで滞在した。娘のセオドシアに彼はこう書く。「メアリ・ウルストンクラフトの娘さんたちに会ったよ。二人とも素晴らしいお子さんだが（長女はもうお子さんとはいえないね、一五歳だから）、母親の面影はほとんどなかった」。[9]ウルストンクラフトのイメージをよく知っていたバーは、ゴドウィンの書斎の肖像画を目にしてさらにはっきりと思い出したことだろう。メアリは健康が優れなさそうだったと彼は日記に綴るが、ファニーについては何も書いていないところを見ると、十分元気だったのだろう。

メアリ・ウルストンクラフトに抱く熱狂は、ファニーに会ったことでさらに強まった。外見は母に似ていなかったにもかかわらず。ファニーは『北欧からの手紙』で強い存在感を放っており、バーはゴドウィン夫人に頼んでこの本を一冊入手し、ヒロインの足跡を辿って北欧に旅立つ。当然、赤ん坊の頃のファニーの面影がついてまわった。彼はその後フランスを訪れる。ファニーの生誕地であり、後に父親に見捨てられた地である。フランスを去る前、ゴドウィン夫妻から、ウルストンクラフトのもと愛弟子の足取りをパリで辿ってほしいという依頼が届く。再び連絡を取り合いたいというのだ。おそらくこの婦人も、赤ん坊の頃のファニーを覚えていることだろう。

一八一一年一〇月、ヨーロッパ大陸から英国に戻ると、バーは再びスキナー通りを訪れた。留守中にファニー、メアリ、クレアが成熟したのがわかり、戯れの恋めいたおしゃべりを楽しむ。おそらく三人はバーのアメリカ風アクセントをからかったのだろう。彼はなんとかそれを消そうとしてみたが、日記にはこう綴る。「学識高い友人」であるジェレミー・ベンサムとゴドウィンによると、「憎悪（hostile）、エンジン（engine）、興味深い（interesting）」などの単語が、バーのアメリカ国籍を暴露してしまうというのだった。

クリスマスの夜にゴドウィン家を訪れたバーは、三人娘だけが在宅と知ってご機嫌になる。大好きな彼女たちとおしゃべりに興じ、新年が明けたら贈り物をしようと考えた。既に美しいストッキングを三足入手していたが、娘のセオドシアから届いたものであるように見せる必要があった（娘のためにも三足、同様のストッキングを準備しておいた）。これは抜け目のない考えだったと言えるだろう。バーは賑やかな色男として知られており、絹のストッキングは一〇代の少女にとって親密で高価な贈り物だった。

三足のストッキングを見栄え良く包み、彼はスキナー通りに出かける。いつもファニー、メアリ、クレアが集っている勉強部屋に上がって行くと、ファニーだけいなかった。バーはファニーの不在を感じると同時に、騒々しいゴドウィン夫人の存在を感じ、自由に振舞うことができなかった。結局、三足のストッキングを持ったまま帰途に着く。

その日、ゴドウィン夫妻は舞踏会の準備に忙しかった。ゴドウィンの愛弟子トム・ターナーの結婚を祝ったもので、バーはターナーを「薪小屋の息子（fils d'un bucher）」と書き留めているが、フランス語を使ったところに、このアメリカ人民主主義者が持つ階級意識の残滓が垣間見える。[10] ターナーにとってゴドウィンは、同性愛という「破滅」から救ってくれた存在だった。一八〇三年、ある男に「激しい愛情」を抱いた彼は恩師ゴドウィンに救いを求め、週一回の面会を通じて「我が魂を消耗する火」を消してくれるよう懇願し、この奇妙な嘆願はその後、彼らの日課となった模様である。一八二〇年になっても、マライア・ギズボーンの日記によると、ターナーは「何年にも渡って」「週に二、三回、夜の三時間」をゴドウィンと過ごしていたという。ゴドウィンはターナーの対話術を誰よりも「流暢で愉快」と考えており、二人の熱のこもった対話がターナーの同性愛志向を無効にしたか否かは明らかではないが、今、一八一二年に彼は若く美しいコーネリア・ボインヴィルという女性と結婚することになり、ゴドウィン一家は結婚式に招かれたのだった。[11]

舞踏会の夜、アーロン・バーはゴドウィン家を再訪し、最高の装いに身を包んだ「三人の若い娘」に会う。「彼女たちは素晴らしく上品で、趣味のよい姿をしていた」。彼は翌日またやって来て、舞踏会の首尾を尋ねる。結局、彼は例の贈り物を渡さずにゴドウィン家を後にした。ロンドン滞在の終わりに蓄えが底をつくと、腕時計や本と一緒にこのストッキングも売って帰国にかかる費用を捻出しようとする。白いストッキングは売れなかったが、黒い方は二ギニーで片がついた。

ときにはスキナー通りの「女神たち」がバーをお茶に引きとめたり、友人宅への訪問や、ミルトンの墓地や胸像を一緒に見に行こうとせがんだりすることもあった。彼はよくファニーと二人だけで散歩したが、三姉妹の長女であり、抽象的かつ政治的なテーマについて熱心に語ることができたからだろう。二人はアメリカの政治やファニーの父、ギルバート・イムレイについても話したかもしれない。バーはおそらく彼を知っていただろうから。この二人の男性は、時期は異なるもの、どちらも裏切り者の陸軍大尉ウィルキンソンに深く関わっており、この大尉はケンタッキー州の土地投機に加え、ルイジアナ州領域におけるスペイン、アメリカ、フランスと二重あるいは三重の取引をしていた。

ある日、バーはゴドウィン家の息子、八歳になるウィリアムが、家族に週一回の講義をする様子を見守る。コウルリッジの公開講演や、ゴドウィンがノーフォークでの幼少期に子ども用の高い椅子から発した、地獄の火についての説教をもとにしたものである。この講義は姉の誰か、おそらくメアリが書いたものだろうとバーは考える。ウィリアムは自分用に作られた小さな説教壇から講義を行い、テーマは「国民の性格に対する政府の影響」だった。バーは講演の感想を求められ、夕方のお茶の後、「少女たちは一時間、歌い、踊った」。彼は陽気な娘たちに深い感銘を受ける。三人とも生き生きとしており、素敵な装いに身を包んでいた。心地よい家庭の情景に孤独を和らげられたバーは楽しいひとときを過ごす。

尊敬するメアリ・ウルストンクラフト同様、罰を与えない教育法――鞭ではなく飴を用いる――に大変興味を持っていたバーは、テムズ河南岸の学校における実験を聞き及ぶと、さっそく見に行くことにする。[1] ランカスター・スクールという名の学校だった。

一八〇四年、クエイカー教徒ジョセフ・ランカスターがサザークのボロウ通りに創設したこの学校では、一、〇〇〇人以上の子どもの読み書きが「痛みではなく恥を」の精神で教育されていた。[2] 子どもたちには定期的な「歓喜の催し」が与えられたが、これは週一回の徒競争や試合、ロンドン郊外遠足にランカスターがつけた名称である。教科書をほとんど使用しなかったため、出版業に手を染めていたゴドウィンはこの新教育法宣伝にあまり乗り気ではなかっただろう。ランカスター流教育では年上の生徒が年少グループを教える。費用を抑えるため、ランカスターは蔵書を大きく印刷していくつかに切り分け、子どものグループが一頁ずつ勉強できるようにしていた。

バーがこの学校を訪問した頃、ランカスターはかなり進んだ躁鬱病の兆候を示しており、財政的判断力が蝕まれていた。寛大な援助を受けていたにもかかわらず――ランカシャーの製粉場所有者で改革主義者ロバート・オーウェンから一、〇〇〇ポンド、一八一一年には王立科学研究所の化学講師ウィリアム・アレンから四、〇〇〇ポンドの寄付金を受けていた――ランカスターは借金に埋まっていた。フランシス・プレイスは長年この学校を支持していたが、ついに失望し、翌年、誤った公債管理をめぐってランカスターと対峙したとき、「様々な情念が交互に現れるにつれ、口論し、自慢し、泣き喚く」相手の様子を記録している（少なくともプレイスはこんな思いに耽ったかもしれない。ランカスターはゴドウィンの如く、物事が崩壊し始めると休暇をとるという生き方をしていたわけではない、と）。

創立者の欠陥にもかかわらず、ランカスター校の日常は滑らかに進んでいた。生徒は「絶え間なく走り回り、みな陽気で、あたかも遊んでいるかのように見えた」とバーは驚きを持って記録している。少年たちを見学した後、彼は三〇〇人の少女が一部屋に集められ、他の子と「同じ服装をした一四歳くらいの少女によって」教えられている様子を見る。「この子は他の子より可愛らしかった」。

翌週、この新機軸教育法をバーから聞いたファニーは興味を引かれた。白熱した会話が日常生活を頭から追い出してくれたのだろう。いつもはファニーがこの繊細な訪問客にぴったりのお茶を淹れていた。「ファニーだけだ。信用できるのは」とバーは書き、クレアの淹れる濃いお茶は避けていた。クレアは義理の父が飲む「強烈な濃さのガンパウダー茶」を真似たのかもしれない。ゴドウィンはこのお茶を飲むとすぐ眠り込んでしまうのだが。しかしこの晩、ファニーが淹れたお茶は濃過ぎ、バーは翌朝四時まで眠れなかった。それでも彼は翌日またスキナー通りを訪れる。三人娘の誰かに書き写してもらう手紙を携えて。

ランカスター校の話を聴いたファニーは自分でも見てみたくなり、バーが連れて行ってくれることになった。訪問日の午前中、バーは帰国準備で忙しく、スキナー通りに着いたのは午後二時だった。この遠出には時間がかかるので、二人とも夕食に戻ることはできないだろう。そこでファニーが戸外用食事（ピクニック）を準備する。牡蠣とパンとバター、飲み物はビールとポーター（焦がした麦芽を用いた弱い黒ビール）。英国人の例にもれず、ファニーにとって牡蠣は大御馳走だったが、バーはヨーロッパの牡蠣は銅の味がすると感じて好まなかった。ファニーに対しては如才なく、口をつぐんでいたが。

遠出の日は風が吹きすさび、二人は一時間散歩をした後、特に河沿いを歩いたためにすっかり身体が冷えてしまう。ランカスター校では女性校長と男性教育長、女子校の若い校長に丁重に迎えられた。二時間の間、バーとファニーは学校を案内され、質問をしたり、子どもたちが勉強したり遊んだりする様子を見学させてもらう。二人とも魅了され、深い感銘を受けた。特に子どもたちがこれほど幸せで陽気でありながら、同時に大量の勉強をしているということに。特に強い印象を与えたのはアフリカ人の少年で、この学校に来てまだ五ヵ月の身でありながら、英語はもちろん、作文と算数の基礎を学んでしまったという。

悪天候にもかかわらず、サザークの一日は成功だった。バーはファニーを自宅まで送り届けてから帰途に着く。翌日、彼はゴドウィン夫人と上階の娘たちに会いにまたやって来た。

バーの手紙や日記から浮かび上がるのは、おそらく他のどの記録にもまして、この頃一〇代になっていた三人娘の愛想よさ (amiability) である。彼女たちはたいてい腰かけ、読書や勉強をしたり、上階で縫物をしたり、両親抜きで朝食やお茶をとったりしていた。ロンドン滞在中、バーは彼女たちと過ごす時間を楽しみ、一緒に散歩したり話したりすることに喜びを見出していた。特に知的で社会的な興味を持っているファニーと。バーは一八一二年三月二六日にイングランドを去り、スキナー通りへの最後の訪問をこう記す。「あの家族は本当に私を愛してくれた」。[12]

翌年、ロバート・オーウェンがスキナー通りを訪れた。プレイスとともにランカスター校に資金援助をした人物である。[3] バー同様、オーウェンも頻繁にゴドウィン家を訪ね、朝食、正餐、お茶の時間まで滞在し、社会改革について夢中で話し込む。ゴドウィン同様、彼も強力な中央政府を非難していたが、オーウェンの社会主義的、少なくとも社会集団的な理想はゴドウィンの個人主義的無政府主義と相容れず、二人は盛んに議論した。オーウェンはトップダウン式で行われる改革が最も有益であると信じていたが、そのためには権威的指導者が必要で、改革が社会に浸透するためには資本主義者の富が必要だった。ゴドウィンはその両方を変化の動因と見なして疑う。二人の間には私的な面でも違いがあった。つまるところ、オーウェンは裕福な人道主義的実業家であり、ゴドウィンは借金まみれの理想主義者だった。

一九歳間近になっていたファニーは、社会平等や富の再分配という理念、そしてそれらを実現させるであろう教育思想に魅了される。オーウェンは彼女を刺激したのだ。ランカスター校で目にしたことに霊感を受けていたファニーは、彼の議論を熱心に聴く。この時点での結論は残っていないが、後に彼の理論や社会分析に関わることから考えると、オーウェンは常にファニーの興味を刺激し、強い印象を与えたのだろう。良識あるプレイスでさえオーウェンには直ちに魅せられ、「優しい物腰と善良な目的を持ち、落ち着いた気質で、人類の幸福を促進したいという熱狂的な望みにあふれた男」と描写している。[13] オーウェンもやや色男的な面があったと言われているが、それは妻から離れて長い時間を過ごすという事実や、プレイスに同調して妊娠調節を支持しているという噂に煽られた認識だろう。

オーウェンはウルストンクラフトを崇拝していたため、ファニーを一層惹きつけた。一般市民には通学校が望ましいと考える点で、彼はゴドウィンよりむしろウルストンクラフトに近い。ゴドウィンはいかなる共同事業も疑っていたのである。ウルストンクラフトに対するオーウェンの忠誠は思想に留まるものではなかった。彼はウルストンクラフトが生きている姿を思い浮かべ、自分の理想郷計画に深く関わってくれる様を思い描いた。

ゴドウィン家の娘たちは理論的かつ即時性のある思想の渦の中で成長していった。書物、特にゴドウィンとウルストンクラフトの手になるものは、思い出や経験であると同時に、現実ともなった。三人とも伝説的な過去に深い感銘を受けていた。書斎の肖像画が示す、落ち着いた知的な時代——現代ほど卑しく守銭奴的で借金まみれではなかった時代——に。娘たちは過去に圧倒され、現代は高潔ではないと感じていた。

実際のところ、ウルストンクラフトは常に借金を抱えており、ゴドウィンとの短い結婚生活の一部はウェッジウッドやジョンソンの経済的援助に支えられていた。しかし過去のこの側面は、ゴドウィンの『思い出』からもウルストンクラフトの手紙からも浮かび上がってこない。そこで金銭や借金の問題は現在だけのもののように娘たちには思えたのである。特にメアリは、この状況を二人目のゴドウィン夫人の君臨に結びつけていた。自分たちから知的な人生を取り上げ、みじめな商売に追い込んだ義理の母に。

娘たちはみな、メアリ・ウルストンクラフトの影響を感じていた。メアリは母の知性を受け継ぎ、自分も著述家として大成すると思い込んでいた。血縁関係のないクレアは、勇敢な自分が型破りなフェミニストの後継者にふさわしいと考えていた（クレアも書かれた遺産を大切にしており、後に憧れのウルストンクラフト同様、素晴らしい手紙の書き手になった）。ウルストンクラフトは憐憫の情が自分の中で最も強い情熱だと主張していた。ファニーは同じことを自分にも感じていただろう。

ファニー、メアリ、クレアは揃って女性解放思想を論じた。女性が論理的に思考し、慣習的な妻の務めを超え、自尊心を身に着けて自立した存在となる必要性について――他者ではなく、自分のみを頼りとする人間になる必要性について。母を理想としながらも、その知的な理論が内面の慰めとはあまりならないことにファニーは気づいた。新ゴドウィン夫人の邪魔が入るにせよ、ファニーはウルストンクラフトを母として知っていた唯一の若い世代である。彼女は母の「可愛いファニーちゃん(Fannikin)」だったのだ。聖像的なウルストンクラフトは、ファニーにとっては名高いフェミニストというより愛情あふれる親であり、賞賛すべき女性だった。母は『女性の権利の擁護』よりむしろ『北欧からの手紙』の著者であり、これはファニーを母に結びつけてくれる本だった。

メアリとクレアが女性の自立や権利について進歩的な考えを口ずさむようになると、ファニーは反論する。女性は純粋に家庭的な存在に憧れるかもしれない。彼女は幼い頃の母娘の親しさを覚えており、それが『北欧からの手紙』に感動的に描かれていることがわかった。子を慈しみ育てること以上に、女性にとって喜ばしい環境や重要で心躍る義務があるとは、ファニーには想像できなかった。『サン・レオン』や『フリートウッド』に描かれる理想の女性像から判断すると、ファニーの考え方はゴドウィンに近いと言えるだろう。

そして存命の、未だ力強い思想を体現するゴドウィンこそが、この家を支配していたのである。メアリ・ジェインがどれほど騒がしく、相手を苛立たせるように見えたとしても。ファニーにとってゴドウィンは素晴らしく、最優先すべき存在であり、その芸術的な力を彼女は心から尊敬していた。文学的業績をきわめて尊重するスキナー通りの家で、自分を芸術的、知的に優れた人間であると考えるのは難しかった。あまりにも多くの自我がひしめき、あまりにも多くの名士が訪れ、表現力や影響力を競っていたのである。ファニーにとって、ゴドウィンはそのすべてに君臨していた。それぞれのやり方で、ファニーもメアリもゴドウィンを自分だけのものにしたかった――というより、妻抜きのゴドウィンを欲していた。メアリは父と競い、クレアはたびたび反抗し、ファニーは知的・感情的な熱狂を抱いて父の役に立とうとする。

ファニーは父の天賦の才を支えたいと願っていた。『ケイレブ・ウィリアムズ』と『サン・レオン』は素晴らしい小説であり、ファニーは父にもっと書いてほしいと思い、彼を慈しみ、安らぎをもたらすことで仕事を支えたいと願っていた。ゴドウィン夫人とメアリまたはクレアが健康上のため留守の間――夫人は汚いロンドンの空気を逃れるために年一回は旅行に出かけることを主張していた――ファニーは自宅に留まり、ゴドウィンの世話をし、家事を引き受け、手紙を清書し、様々な使いを務める。ある夏、ゴドウィン夫人がメアリを連れて一ヵ月マーゲイトに滞在した折も、ファニーはゴドウィンと自宅に留まった。彼はこう報告する。「ファニーは素晴らしいよ。おかげで私は快適そのものだ」。海辺のリゾートに加わらないかと声がかかると、ファニーは勢いよく反対する。「ここの料理人はまったく愚かですから……私がどれほど多くの仕事をしなければならないか、みなさまには想像できないと思いますわ」。ゴドウィンは彼女の世話を喜んで受け入れる。「ファニーはマーゲイト行きに熱心に反対しているよ。彼女の動機は親切心から生まれたものだがね」。[14]

しかし同時に、ファニーは多くの友人知人がゴドウィンの中に見出したものにも気づいていたに違いない。むさくるしい身なりをした、なんとも馬鹿げた不器用な人物で、本来なら今もあるはずと本人が主張する威信を喪失したことに苦しみ、かといって現在の賞讃にはふさわしくない人物。ファニーは代書人や使いとして、ゴドウィンの財政的取引を――プレイスとのやりとりも含め――すべて知っていた。へつらったり自慢したり自己憐憫したりしながら、家族のために甘言や泣き落としにかかる父の姿を熟知していたのだ。ウルストンクラフトが亡くなったとき、ある善良な友人がゴドウィンにこう書いた。「あなたは英雄です。その偉大なる職分が、これほど大きな悲しみをいかに揺るぎない不屈の精神をもって耐えるべきかを教えてくれるでしょう」。[15] しかし時代は変わった。ゴドウィンの中で、豪胆な思想家・教師と臆病で自己中心的な男が競り合う。「私は粉々になって破滅してしまうのだろうか。もはや若くないというだけの理由で。人類の幸福促進のために自らの若さをペンに漲らせ、使い切ってしまったという理由で？」[16] と彼はプレイスに叫ぶ。「高潔」は持ち続けていると主張しつつ。「コウケツ、ね」プレイスは鼻を鳴らした。

一八一三年にこの自己憐憫が爆発すると、プレイスはゴドウィンへの援助をついに断ち切る。同年九月初頭、これ以上支払いも借金もできず、ゴドウィン一家は破滅寸前に追い込まれた。一八〇〇年にしつこい債権者からの逃避も兼ねてアイルランドに赴いたように、今回もゴドウィンは町を離れて少し休むことにする。「知性の強靭さと源泉を取り戻したいのだ」。ファニーはこの反応を責めはしなかっただろう。気分を害しているプレイスに、この決断を伝えなければならなかったのだから。たとえ不満を抱いていたとしても胸に留め、ゴドウィンのやり方に倣って、この休暇は「義務」だとプレイスに伝えている。そして費用はわずか一〇シリング強ですからと指摘している。

明らかにファニーはゴドウィンと債権者、特にプレイスとの対応に深く関わっていたが、年下のメアリやクレアが、そうした仕事についてや後援者に依存せねばならない父の痛々しい状況を詳しく知っていたとは考え難い。しかし次なる「救済者」は、ゴドウィン家全員に衝撃を与えることになる。壊滅寸前のこの時期に、パーシー・ビッシュ・シェリー——財産の相続人——がゴドウィンの視界に本格的に入ってきたのだ。シェリーは忠誠と金銭の両方を必要としていたゴドウィンに仕えることになる。

第一〇章　シェリー

一八〇九年、一六歳のパーシー・ビッシュ・シェリー——風変わりで興奮しやすく、凶暴にもなるイートン校の生徒——はクラパム・コモンにあるフェニング夫人の学校に妹たちを訪ねる。一三歳のハリエット・ウェストブルックもここで学んでいた。コーヒーハウスとワイン事業から引退していたジョン・ウェストブルックの娘である。事業に成功したおかげで末娘を上流階級向けの寄宿学校に入れ、パーク・レイン近くに豪華な自宅を構えた彼は、ハリエットが地主階級の子弟の仲間入りをしたことを喜んでいた。サセックス州フィールド・プレイスの国会議員ティモシー・シェリー氏の令嬢で、裕福な准男爵ビッシュ卿の孫娘であるシェリー嬢たちは、ハリエットの美しい姿や可愛らしい顔、優美な服装と陽気な性格に魅了される。

若いパーシー・ビッシュは自分を見せびらかす傾向があった。今回は女性校長のテーブルクロスにポートワインをこぼし、落ち着きなさいとたしなめられる。彼は自分の従妹ハリエット・グローヴに恋しており、今回も一緒にこの学校に来ていた。彼女はその後しばらく好意的だったが、しだいによそよそしくなる。シェリーは自殺すると脅かし、アヘンチンキをいじくったりしたが、妹たちの可愛いクラスメートの魅力に気づいた。彼女の髪は「詩人の夢」そのものだ。シェリーは彼女に慰めを求め、自作『セント・アーヴィン』を贈る。出版されたばかりのゴシック・スリラーを贈られたハリエット・ウェストブルックは光栄に思った。これはシェリーの二作目の小説で、生涯に渡って執心することになる多くのテーマを胚胎している。

この小説は情熱的な若者ウルフスタインの物語で、懐疑的で悲観的な彼は盗賊の一員になる。そこで囚われの美女メガレーナと恋に落ち、彼女を手に入れるために、友人である首領を殺す。自由主義者ウルフスタインは性的な行動によって感謝の念を示すのは理性的な行為だと信じ、それを抑制するのは「愚かな性質」だと考える。自分の愛は「真夜中に流れる彗星の輝きの如き」ものだと。この情熱的で儚いイメージはシェリーに一生ついてまわることになる。放蕩に満ちた時代の後、ウルフスタインは手に入れたメガレーナが当世風の退屈な女であり、自分の温かな想像力が一時描いていたような、完全性の聖なる模範ではないと判断を下す。しかし男は手に入れたものに冷淡になっても、女は男のものになったことで熱烈で抑制のきかない情熱をさらに燃え上がらせ、狂気の淵に追いやられるものだ。メガレーナも例外ではなかった。既に彼女への熱は冷めていたが、ウルフスタインは彼女に説得され、自分の新しい恋人を殺す。この女性も彼に盲目的に惚れていた。小説の最後で彼らはみな死ぬ。救い難いほど邪悪な者は地獄に落ち、他の者は敬虔になる。作品を通して登場人物は芝居じみた行動をし、心身を極限まで使い切る。ハリエットはこの小説に感心したが、著者シェリーが欲望を絡ませていたかもしれないことに気づくにはあまりにも若く、未経験だった。しかし彼女はゴドウィン的な結婚観——結婚とは肉体を結びつける「鎖でしかなく」、「魂が枷に嵌められることはない」——には気づいたかもしれない。

このゴシック物語が示すように、シェリーは経験や想像においてハリエットほど保護された立場にいたわけではなかった。彼は父、美しい母、四人の従順な妹、年の離れた弟とともに、法定推定相続人としての特権的な人生を、広大な狩猟地にあるサセックス州の豪邸で送っていた。父の政治的パトロンであるノーフォーク公爵がこの豪邸をしばしば訪れ、近くには祖父ビッシュ卿が暮らしていた。

この祖父は少なく見積もっても一二万ポンドという財産によって広く知られ、それは二人の女相続人との駆け落ちによってもたらされたものだったが、女性の一人は駆け落ち当時一六歳だった。ビッシュ卿は九人の子をもうけ、その長男がシェリーの父ティモシーである。ビッシュ卿は財産によって家族に栄光をもたらし、それが他者の手に渡ることなく、代々シェリー家に受け継がれていくよう計っていた。しかし彼の孫は人生のかなり早い段階で別の考えを持っていた。

一八一〇年一〇月、オックスフォード大学に入学したシェリーはハリエット・ウェストブルックと文通し、「物事の現状に関する詩的エッセイ」を捧げる。次第に急進的な考えに染まり始めた彼は、政治や宗教について父と論争を続ける。[1] 文学的な資質を持つ息子を誇らしく思っていたティモシー自身、宗教には懐疑的だったかもしれない。しかし政治に関しては、世界を概ね現状通り受け入れるべきであると考えていた。特に——息子パーシー・ビッシュは経験していないが——自身が遭遇したフランス革命と英国の社会不安で混乱を極めた一七九〇年代を経てからは。シェリーにはどちらの姿勢も不十分と感じられ、母は息子の急進的な考えに不安を覚える。「僕が王道から地獄への道まっしぐらで、妹たちを集めて理神論グループを作りたがっていると考えているらしい」とシェリーは満足げに綴る。[2] 彼は以前、妹たちを科学実験に巻き込んで手に電流を流したことがあり、彼女たちの白いドレスは黒焦げになった。今や彼は一二歳の妹ヘレンが「不信心の聖なる小さな令嬢になる、僕が彼女をつかまえられれば」と信じる。自分の力を既に自覚していたのだ。

シェリーは人生における立ち位置も自覚していた。金銭には無頓着だったが、いずれ財産が手に入ることを予期しており、債権者から逃げているというわけではなくとも、いい暮らしをしていた。外食し、劇場に通い、美しい装いのために仕立屋からの請求書が膨れ上がる。高価な絹のパンタロン、縞模様のベスト、ヴェルヴェットの襟と金のボタンがついた「最高級の」ブルーのコートなどを、習慣や特権には無頓着に身に着けていた。自作の出版には良質の紙を所望し、馬車を命じる際には覆いつきで美しい装飾が施されたものが当然と思っていた。貪欲とか欲張りというのではなく、お金があるときは寛大で、長子相続権の威力が頭の隅々にまで浸透していただけであり、その点では他の家父長たちと何ら変わらない。シェリーは二〇万ポンドの限嗣相続財産から上がる年収六、〇〇〇ポンドという地位の相続人であり、そのことをよく知っていた。少し譲渡したいと望めば、それは彼の権利である。しかし他者が自分に多くを負っているという事実は常に明らかだった。

シェリーは自分に憧れている真面目な法学専攻生と友達になっていた。ヨークシャーの弁護士の息子、トマス・ジェファソン・ホッグである。理想主義者だがシェリーより因襲的だったホッグは、シェリーの中で芽生えつつある信念——金銭と人間は共同のものであり、すべての意見は疑って然るべきである——を受け入れた。シェリーはイートン校の年配の非常勤の先生、ジェイムズ・リンド博士の影響を大いに受けており、博士は彼がその後出会うことになる多くの賢明な父親的存在のうち最初の人物となる。もしかしたらリンドは、懐疑的な著作——ゴドウィンのものも含む——をシェリーに紹介したかもしれない。あるいはそうした扇情的な著作を彼は自分で見つけたかもしれない。[3]

ゴドウィンの理性主義に倣い、シェリーとホッグは『無神論の必要性』という扇情的なタイトルのパンフレットを出版し、主教や学寮長に送りつける。そこに示された考えは『セント・アーヴィン』のものとはだいぶ異なり、小説では悪者が悪魔の掌中に落ちて幕を閉じるが、このパンフレットでは神と悪魔を信仰するためには理性と証拠が必要であるとし、現実にはどちらも欠けていると主張している。大学からの除籍は避けられず、また望むところでもあった。これこそ自由思想の力を示すというものである。シェリーとホッグは直ちにロンドンに向かい、シェリーの父は息子の「愚かさと狂気の迸り」に不平を漏らす。

ティモシーは息子に苦言を呈するが、シェリーはジェイン・オースティンの『愛と友情』に登場する高貴な若者の言葉を引用したかもしれない。「いいえ！　私が父を喜ばせたなどということはありません」。ホッグはシェリーのような確実な相続権を持たないため、父を「喜ばせるために」ヨークに赴き、法律の勉強をすることになった。一人になったシェリーはハリエットとその姉にますます傾く。イライザ・ウェストブルックは妹より一三歳年上で、両親の家に暮らしながら妹の面倒を見ていた。おそらく彼女は准男爵位と財産の相続人シェリーが妹に寄せる想いを励ましたことだろう――シェリーは後にそうだったと言っている――しかしイライザと彼女の父は、シェリーが父ティモシーと敵対していることを警戒していた。シェリーとハリエットが恋に落ちるのには、誰の励ましも必要ではなかった。彼女は美しく、いつもにこにこしていて素直な聴き手であり、彼は愉快で恐ろしく魅力的で、激しく、カリスマ的な人間だった。

ハリエットとイライザは自由思想を身に着けてシェリーの気に入ろうと努めた。ハリエットは当初抱いていた「無神論」に対する恐怖を早々と捨てる。シェリー流教育を二、三ヵ月受けた後、以前は牧師と結婚したかったこの少女は、「私の魂はそんなつまらない恐怖にはもはや束縛されていません」と宣言するまでになる。つまらない恐怖とは悪魔や罰のことだった。シェリーのゴシック的想像の影響で、小鬼には「震え上がって」いたが。[4]女性らしい教養を教え込む贅沢な学校はハリエットにとって「牢獄」と感じられるようになり、シェリーによれば、愛を通じてそこから抜け出すことができるかもしれない。ハリエット――あるいはイライザ――はシェリーが説く愛は男性と女性では違うものだということを見抜く分別を持っていた。シェリーがハリエットにゴドウィンの本を送ると、彼女は姉の力も借りてアミーリア・オピーの『アデライン・モウブレイ』を手に反論する。この小説はメアリ・ウルストンクラフトの婚外関係における悲しい経験を聞き及んだ著者がそれを土台にして書いたもので、ヒロインに同情的でありながら、女性にとって自由恋愛がたとえどれほど理論的には満足のいくものであっても、現代社会においては不幸と死をもたらすものであることを示している。ヒロインは後悔する。「一八歳の身で性急かつ未熟な判断をし、年の功による敬意にあえて真っ向から反対するような行動をしたのです」[5]。自由恋愛は現実には難しいしろものだった。何しろゴドウィン——婚外関係で二度女性を妊娠させたことがある人物——が今や同じことを言っているのだ。しかしシェリーはそんな約束不履行は無視した。彼は未だ『政治的正義』初版、一七九三年版を読んでいたのである。

ハリエットを招き寄せたものの、二人きりの世界ではなく共同体に憧れていたシェリーは、人生のいかなる計画にもハリエットの姉を加えようとする。きわめて性的でありながら——愛する相手との定期的なセックスがなければ「不純と悪徳」に追いやられるのではないかと恐れていた——シェリーはまた、単純で肉体的な、空想のかけらもないセックスへの嫌悪感を露わにすることもあった。日課としての喜びだけでなく、肉体を超えた経験、もしかしたら共同愛、非所有の関係の中に見つけられるかもしれない何かを切望していたのである。ハリエットとイライザに惹かれつつ、シェリーは三〇歳の学校教師、サセックス州のエリザベス・ヒッチナーにも手紙を書いていた。彼の手紙は熱狂的で、自分のことばかりを述べた情熱的なものであり、ヒッチナー嬢は——政治的には急進主義だが男女関係においてはそうでもなかったことから——シェリーの愛の対象は生徒のハリエットではなく、自分なのではないかと考えるようになる。実はシェリーの考えはさらに進んだものだった。いずれ時期が到来したら、彼ら全員にホッグも加え、思想と行動を共有する、進歩的かつ急進的な自由主義的共同体の核を結成しようと思い描いていたのである。

世俗的な理想郷的共同体は前世代の人々も思い描いており、アメリカ未開地域への移住熱がそれを支えていた。例えばロマン主義詩人サウジーやコウルリッジは若い頃、パンティソクラシー（万民同権社会）を計画したが、そこでは男女が革命的な同胞愛によって支え合い、平等のもとで暮らすことになっていた。ファニーの父ギルバート・イムレイの影響で――唯一の小説『移住者たち』はアメリカののびのびした農村生活がいかに魅惑的かを描いている――パンティソクラシーのメンバーはまずケンタッキーを目的地に決めたが、後にサスケハナ地域に変更した。結局、この計画からは何も生まれず、コウルリッジに不幸な結婚がついてきたくらいである。ロバート・オーウェンのニュー・ラナークのような、商業的で権威主義的な共同体のみが成功裏に終わった。

空想的なフランス革命が辿った血まみれの軌跡によって、一時期、平等主義社会という夢はほとんど消えかかっていた。つまりシェリーは平凡で慣習的化した一九世紀初頭において、時代遅れの人物という面を持っていたのである。彼はそのような実験が未だ試されるべきであるし、成功し得ると信じていた（実験は様々な形で一八二〇年代末に再浮上する。フーリエの協同組織「ファランクス」、マサチューセッツ州の超越主義者によるブルック・ファーム、性を生物的だけでなく社会的、精神的にも自由なものであると強調する至福千年オナイダ・コミュニティ、サン・シモン主義者や短命に終わった共有財産と平等権利の共同体、ロバート・オーウェンによる、同じく短命に終わったアメリカの空想的共同体ニュー・ハーモニー、そしてその反奴隷制分家であるフランシス・ライトのナショバなど)。

一八一一年八月、空想的な未来図で頭がいっぱいになっていたシェリーはハリエットに結婚を申し込む。「彼女の父は恐ろしいやり方で娘を迫害し、学校に行かせようと試みた」。シェリーは続けて、「抵抗がその答えだった」。ホッグに対しては――ヒッチナー嬢同様、彼も自分がシェリーの一番の相談相手で心の友だと思っていた――ハリエットが自分の「保護」に身を委ねたのだと主張する。「もし自由の身なら、僕は君のものさ」と彼はホッグに言う。結婚を考えたとき、「言葉に言い表せない一種の嫌悪感」がシェリーを襲った――しかしハリエットを解放するためには必要なのだ――そしてこの結婚は父ティモシーの上流階級意識をさらに傷つけるものとなる。彼は不倫や私生児は許容できたが、不釣り合いな縁組は許せなかった。

二人はスコットランドに駆け落ちし、八月二九日、エディンバラで結婚する。シェリーは父の激怒に対し、「貴方のいかなる怒り」も非難することで応える。「それが誰のものであっても、幸せというものに対して、貴方の怒りは無益で不適切だということを指摘できると思います」。しかしティモシーの怒りは無益ではなかった。彼は財布の紐をきつく締め、手に負えない息子に対し、頻繁にこの武器を用いるようになる。

この結婚式はエリザベス・ヒッチナーの希望を砕いたが、シェリーは彼女に、ハリエットが自分に夢中になっているためにとった行動だと請け合う。「今でも貴女が僕にとっていちばん大切です」。ヒッチナー嬢はシェリーの家庭、同質の魂からなる「小さなサークル」に加わることになった。[6]

一六歳になったばかりのハリエットにとって、イートンとオックスフォードで教育を受けた一九歳のシェリーが指導者めいた夫となることは当然だった。夫の指導のもと、妻は歴史や哲学、政治学の本を読むようになる。まもなくラテン語も始め、ギリシア語に移った。彼女はシェリーの壮大な著作——知性の過ちから人類を解き放つというテーマ——の助手となるべく準備させられていたのである。半年後、ハリエットは夫の考えを見事に吸収し、結婚前は箱入り娘であったにもかかわらず、このような主張をするまでになる。「私は未だ知らずにいました。すべてが、本来そうあるべきものになっていないということを。私は恐れを湛えた目で偉大なる存在の邪悪さを見ました。そして、悲惨さと飢餓が呻く中では、大屋敷に暮らす身であるより乞食であった方が、あるいは自分のパンを針仕事によって手に入れた方がよかったと思いました」[7]。

ハリエットの語彙はシェリーを真似たものだが、この考えは自由主義思想を持つ人々にとっては珍しいものではなかった。フランス革命戦争とナポレオン戦争が一八年間断続的に続き、一八一一年のイングランドは下り坂で、不人気な紛争が膠着状態に陥っていた。侵攻を受ける可能性を考慮に入れ、陸軍がイングランド中に駐留しており、そのため出費がかさみ、分裂の危険があった。人殺しの革命主義者は一七九〇年代の英国人にとって悪魔だったが、今や悪魔は帝国主義者ナポレオンである。不安はイデオロギー的というより国粋主義的なものになっていたが、依然として不安は残っていた。国王ジョージ三世が完全な狂人と宣言されたばかりで、国王の息子が摂政皇太子として政府を率いることになっていた。放縦、しみだらけの身体、浪費、賭博、姦通、そして棄てた妻への非道な仕打ちによって知られていた人物である。彼は新公職を祝うのに、権力外の身であったときに持っていたはずの自由主義的な考えに背を向けるという行動に出る。ロンドンのエリート貴族は、厳格で信念の強い中流階級から非難を受けるようになり、その一方、土地所有者が戦時中の農産物の値段高騰によって恩恵を被るにつれ、貧富の差が拡大した。都市部では貧者がラッダイト主義者として絞首刑にされる。労働者の仕事を奪い、家族を飢餓に追い込んでいた工場を破壊したという理由で。

シェリーの分析は――彼はそれを若い妻にも伝えるが――英国の自由主義層においては十分主流であると言ってよかった。しかし彼の中で芽生えつつある、普遍的理性的変化という解決法は、二〇年前の急進的英国人の考えに典型的なものだった。それはゴドウィンの思想が啓示的で霊験に満ちた声として君臨し、政治的に活躍する場がみなにあり、英国の観念論が海の向こうの大事件によって凹んでいない時代のことだった。

エリザベス・ヒッチナー同様、ハリエットも、シェリーが私生活に望んだ急進主義に関しては進歩が遅かった。非所有的な愛情についての議論にもかかわらず、夫だけが妻を独占しており、妻は夫以外の人間と自分を分かち合うことができなかったのである。シェリーに夢中になったホッグは、愛においても彼に倣う傾向があった。シェリーは以前ホッグに、自分の妹エリザベス――シェリーに外見が似ていた――に言い寄ったらどうだとけしかけたことがあったが、当の彼女はホッグという男性にもその考えにも興味を引かれなかった。さて今や、セックスの経験はほとんどないものの、きわめて官能的な想像でいっぱいになったホッグは、重々しくて熱情的な男だったが、新婚のシェリー夫妻のもとにやってくる。ハリエットの美しさと魅力に驚愕した彼は、すぐ恋に落ちた。

三人はヨークに引っ越し、シェリーが金策とハリエットの姉を連れてくるため南部に赴くと、ホッグはこの機会を捉えてハリエットに迫る。しかし彼女はうまくかわし、夫が戻った折、ことの顛末とホッグを嫌っていることを伝える。シェリーは混乱した。ホッグが妻に迫ったのはシェリー自身が望んだことだったが、明らかに誤りだったらしい。ここでは『政治的正義』の初版でさえ有益である。いかなる関係であれ、「当事者同士の強制されない合意によって規制されねばならない」。しかしシェリーの不安は消えなかった。自分とホッグは理念的に間違っていたのだろうか、それとも単なる嫉妬だろうか？　一方、シェリーとホッグの父たちは、複雑な家庭についてみじめな手紙を送り合う。

　ホッグとの口論はすぐ解決したが、それが引き起こした感情にシェリーは悩み続けた。その感情は彼と妻だけを包んでいたのではなく、この時期、彼は音楽教師と姦通を犯した母親を非難している。シェリーは激しく性的な感情をエリザベス・ヒッチナーに浴びせ、親密な手紙を書き続ける。現実的には、イライザが多少お金を持ってきてくれたので、シェリーはホッグをヨークに置き、ハリエット、イライザとこっそり湖水地方を目指すことに決める。この地域は「もと」急進主義の旧世代に属すロマン主義詩人、サウジーやワーズワス、コウルリッジの故郷としてシェリーを魅了していた。一人置き去りにされたホッグは自らの感情を小説に昇華させる。『アレクセイ・ハイマトフ王子の思い出』は、女性にとってはたまらない魅力を持つシェリーめいたホッグの物語で、出てくる女性はみなハリエットそっくりである（この本を読んだシェリーは、メロドラマ的な資質は評価したものの、ホッグは自由恋愛という思想を通俗化し、「野獣めいた欲求の交わり」にしてしまったと考えた）。[8]

　ハリエットはケズィック近くのコテージに幸せに落ち着き、ラテン語を学ぶ。傍では姉がトマス・ペインを読んでおり、いずれ労働者階級用に彼の著作を編集することになっていた。彼女は三人のために家事もこなす。シェリーは清潔な服を好み、汚れを嫌っていたのだ。二人の女性にとって、この暮らしは勤勉で家庭的な雰囲気に満ちた快適なものだった。しかしお金がなかった――このときも他の時期も、誰一人賃金を得るための労働をしようと考えなかったのだ――というわけで、借金はかさむ一方だった。

湖水地方への引っ越しを企てたものの、シェリーはホッグがいないと落ち着かなかった。家庭生活で「静寂化」されるのが嫌だったのだ。たいてい彼は引っ越す理由を見つけた――迫害、借金、あるいは使命――しかし同時に、根を下ろすべきではない、常に別の場所を目指さなければという内面の強制もあった。今回彼を助けたのは、近隣の領地に住む無愛想なカトリック教徒、ノーフォーク公爵である。旧友の家族の不和を改善したいと願った公爵は、ティモシーを説得して年二〇〇ポンドの援助を再開させ、息子パーシーが「見知らぬ者を騙す」のをやめさせた。貴族院のカトリック教徒の指導者であり、虐げられたアイルランドのカトリック教徒の支援者でもある公爵は、アイルランドに対するシェリーの興味も満たしてくれた。それはオックスフォード時代から既に明らかで、シェリーは政府に迫害された急進的アイルランド人ジャーナリストを支援する一文をものしていたのである。言うまでもないことだが、この若者はカトリシズム自体には大して興味を持っていなかった。

しかしアイルランドという大義名分のために行動を起こす前に、シェリーは知人を作ることになる。公爵を通じてついにロバート・サウジー、最も愛する詩人の一人に会うことができたのだ。両者は直ちに互いを警戒した。年上の方、三七歳のサウジーがこの若者に見出したのは誤った急進主義で、年を重ねればそれを卒業するだろうと思えるものだった。彼自身がそうであったように。シェリーの方は、最初はサウジーに対し温かな気持ちを抱いていたが、最終的には「世間によって堕落し、習慣によって汚染された」男と見るようになる。そして今や才能を切り売りしていると。

サウジー夫人とコウルリッジ夫人にはひどく失望した。何年も前、この二人はサスケハナ河岸のパンティソクラシー共同体のために選ばれたのだが、今や単なる主婦で、夫たちの持つ知性に欠けていたのだ。シェリーは唖然とする。自分の妻ハリエットには、ビスケットやケーキを作るだけの女性にはなってほしくなかった。特に、サウジー夫人のお茶の席で無理やり勧められた、バターたっぷりの類のお菓子を作る女性には。

ホッグによると、数年後にシェリーがハリエットを棄てたとき、サウジーはこうほのめかしたそうである。ある妻は他の妻と同じくらいよいものだし、ビスケットを作る女性は他の女性と同じくらい和やかな同居人になるものだと。しかしそれは理想主義と官能性にあふれる若い男性の心に訴えかける考え方ではなかった。

学校に通っていた頃から、シェリーはゴドウィンの『政治的正義』の理念を口ずさんでいた。ここ数年、急進主義に関しては沈黙が続いていたことから、シェリーはゴドウィンが死んだものと思っていたが、かつて『政治的正義』の愛読者だったサウジーは——その理論から完全に離れていたものの——ゴドウィンが存命でロンドンに住んでいることは知っていた。このニュースを聞いたシェリーは「あり得ないほどの感動」に包まれる。これは背教者の反応ではないだろう。

一八一二年一月三日、ゴドウィンは手紙を受け取る。一七九〇年代の急進主義世代に対する、若い著者の信仰を回復し得る唯一の存在としての彼に宛てられた手紙だ。それによれば、ゴドウィンは「彼を取り巻く暗黒にとって、あまりにも眩い天体である」。熱狂的な弟子に慣れていたゴドウィンは慎重に返事をする。さらに強い印象を与えるため、シェリーは次の手紙で神秘的な雰囲気を漂わせて自らの人生を語り、ゴシックからゴドウィンへの進歩を詳しく述べる。『政治的正義』が自分を「より賢く、より善い人間」にしてくれたのだと。シェリーは父を復讐心に満ちた暴君、息子が受け継ぐべき財産をくすねようとした人物として描き出す。後にティモシーはシェリーの「死せる生」、「灰色の髪と皺に隠され」、その悪魔のような腕で息子を傷つけ、「下へ、下へ、下へ！」と引きずりおろす拷問器具にまでされてしまう。[9]

自身も家長だったゴドウィンは、この話がいくぶん現実を歪めたものなのではないかと疑った。『思い出』においてはウルストンクラフトに倣い、彼女の父を「独裁者」と呼んではいたが。ゴドウィンはまた、シェリーが『政治的正義』旧版——結婚と慣習に対する痛烈な攻撃が顕著な版——に言及する様に不安を覚える。加えて、シェリーはゴドウィン流の「精神の節制」を試すつもりだと主張しながら、驚くほどの傲慢さを露呈していた。「ニュートンは謙虚な人間だったということを、恩恵を受けずに聞いたことはありません」[10]。ゴドウィンの目にはシェリーは粗野で未熟で、そわそわした知的野心に満ちた若者と映ったことだろう。

とはいえ、シェリーの自惚れに気づきながらも、この新しい弟子の社会的地位と財政的見通し、そして役に立ちたいという熱狂的な望みを知ったゴドウィンは誘惑に駆られる。シェリーは革命的書物のあらゆる版における要点を受け入れていたのだ。すなわち、金銭や財産はそれが必要とされるところにもたらされるべきであり、富める者は与え、貧しき者は権利において要求すべきであるという要点を。同様に興奮したゴドウィン夫人はマウント・カシェル令夫人に手紙を書き、シェリーが「いずれ大きな財産を手にする若い男性で、ゴドウィン氏の大変なファン」だと伝える。[11]

まもなく、シェリーはゴドウィンにとって「永続する友人で、自然の成り行きにより、我が晩年の慰めとなるであろう」存在となった。こうした大げさな言葉を含む手紙が逍遥派のシェリーのもとに届くのに三ヵ月かかったが、ついに届くと、受け取り手は堂々と応える。「貴方の晩年の慰めにふさわしい人間と判断していただいたことを、我が最大の栄光と受けとめております」。後の手紙でシェリーは、成年に達し相続財産を入手したら、ゴドウィンの家族のための家を約束すると伝える。ゴドウィン家にとってこれ以上望むべくもない申し出だった。シェリーはウェールズに居を定めることを計画していたが、その最大の理由は、かの地がゴドウィンの英雄フリートウッドの故郷だからである。ゴドウィン一家はシェリーとハリエットが落ち着き次第、ウェールズに合流することになっていた。[12]

金欠の年輩男に対する影響力をじっくり味わう前に、シェリーはハリエットとイライザを伴ってダブリンに飛ぶ。アイルランドを英国人から、そしてカトリシズムから解放すべく躍起になっていたのである。サックヴィル通りの上品な宿に滞在しつつ、彼とハリエットはパンフレットや全紙を配布する。アイルランド人に節制と勇気を促すため、彼自身が印刷したものである。「目覚めよ！　立ち上がれ！　さもなくば永遠に倒れているがよい」と彼は書く。ミルトンの『失楽園』に登場する断固たる悪魔の声を思わせる。「我々は（パンフレットを）窓から投げ、通りで行き交う人々に渡す」とハリエットは記し、シェリー風からかけ離れた滑稽さを込めて付け加える。「私はそうしながら、笑い過ぎて死にそう。パーシーはすごく重々しく見える」。[13]

今やシェリーは思い描いていた――ゴドウィン流教義とは完全に対立して――博愛主義協会を。労働者階級の進歩を待たず、世界を変え始めようとする情熱的な人々から成る一種のフリーメイソン組織を。寛容と美徳の絆が無神論者やイスラム教徒、キリスト教徒を慈善と同胞愛によって結びつけてくれるはずだ。

まもなく彼は臆病で身勝手なアイルランド人への信頼を失い、理想郷は個人的に始めるべきだと再び考えるようになる。忠実な共和主義者の個人的な「楽園」として始めるべきだと。ハリエットとイライザは彼が望むことには何でも従い、菜食主義さえも受け容れ、鶏や子羊の代わりにリンゴやキャベツを食すようになる。あるいはほぼそうしたと言うべきかもしれない。後の手紙によれば、ハリエットは「春までは少しお肉も」食べていたようだから。これは独断的な若い男性にとって目も眩むような弟子ぶりで、シェリーはエリザベス・ヒッチナーも加えようとする。彼に新しい名を選ぶよう言われた折、ヒッチナーは自分を抒情的にポーシャと呼んでいた。ハリエットとイライザは善良な女性だが、ヒッチナー嬢はこの家庭に強靭な知性をもたらすだろう。古代における共和主義を象徴する男性の一人の娘であり、シーザーを暗殺したブルータスの妻でもあった。すなわち共和主義を象徴する男性の一人の娘であると同時に、もう一人の妻だったのだ。ヒッチナー嬢の新しい名を受け入れたところを見ると、シェリーが望んでいたのはまさにこのような女性だったのだろう。ヒッチナー嬢は、とシェリーはゴドウィンに伝える。自力で共和主義者となった女性です。我々より「優れた天才」となるでしょう、なぜなら「偉大なる責任が強大な力を生むのですから」[14]。

同質の魂から成る社会はウェールズのエラン峡谷に作られるべきだった。前年、孤独なシェリーがハリエットに思い焦がれていた折に滞在していた場所だ。彼は相続財産が手に入り次第、人里離れた地に急進的共同体を創設するつもりだった。それは新しい原始主義的な家族で、すべて——椅子、グラス、皿から金銭、相続財産、そして互いの肉体まで——を共有する共同体である。彼らは高邁なる思想を奉じ、土地を耕すだろう。この夢にはサウジーやコウルリッジのパンティソクラシーの響きがあるが、こちらにはより献身的な指導者がついていた。それにこの共同体が置かれるのはイムレイのアメリカ未開地ではなく、英国である。シェリーは谷間に大きな家を見つけ、全員でそこに引っ越した。彼は最近五〇〇ポンドを入手しており、父からさらなるお金が舞い込むはずだった。

しかしシェリーはあまりにも多くを前提とし過ぎた。ティモシーは息子が最近、幼い妹エレンを説き伏せてこの共同体に加えようとしたことを知って驚愕する（「もし僕と一緒にいれば……好きなように走ったり跳んだり読んだり書いたり考えたりできるよ」とシェリーはこっそり書いていた）。というわけで、これ以上父からも他の誰からも、完全なる共同体のための資金援助は見込めなくなった。ウェールズの家は手放さざるを得ず、「楽園」は延期された。ウェールズではひどく体調を崩していたにもかかわらず、ハリエットはこの楽園めいた隠れ家を常に恋い焦がれることになる。

一行はデヴォン州リンマスに移動し、見事な海の眺望が得られる快適で無秩序なコテージ、フーパーの宿に落ち着いた。たとえお金がなくとも、シェリーは——この家の「貧しさと卑しさ」に言及している——それまで紳士階級より下のレベルの暮らしをしたことがほとんどなかった。彼は長大な空想的・政治的作品『マブ女王』を書き始めていた。サウジーの叙事詩『サラバ』のリズムを用いた詩で、アイアンシー（Ianthe）（理想化されたハリエット）の魂が宇宙に舞い、星々の合間で、天空なる姿から地球を眺める様を描いたものである。アイアンシーはマブ女王からシェリー的な教義を教え込まれ、戦争や政府の暴虐を理解し、人間が本質的には邪悪でも自己中心的でもないものの、誕生時から汚れているということを学ぶ。この詩には膨大な哲学的・歴史的注釈をつけることになっており、シェリーは幅広い読書に励んでいた。この時期に発見した本は『ナーヤル帝国』というジェイムズ・ロレンスのロマンスで、はるかなるインドを舞台に自由恋愛の社会と女性の選択を描いたものである。「完全に、そしてきわめて明確に、確立されるべき諸原理の真理に同意する」とシェリーは書く。彼はまたロンドンに使いを出し、ウルストンクラフトの『女性の権利の擁護』を取り寄せる。この書は部分的に、ロレンスのロマンティックな空想物語に霊感を与えていた。(1)

エリザベス・ヒッチナーを待ちながら、寛いだ気分になっていたシェリーは、スキナー通りに招待状を送り、ゴドウィンの義理の娘ファニーにも加わるよう勧める。ウルストンクラフトの娘という考えに興味を引かれていたのだ。ウルストンクラフトは型にはまらない生き方を次々に世に示し、一人の男性と二人の女性という家庭、例えば画家フューズリ夫妻や、去りゆくイムレイと彼の新恋人とともに三人で暮らすことを思い描いた女性である。ファニーはヒッチナー嬢とロンドンからリンマスに南下し、シェリー一家がロンドンに赴く秋に一緒に戻ればいい。ゴドウィンとファニーに対し、シェリーは計画中の共同体を、他の人々に対してより自由主義的な言葉を少なめに用いて描写する。野を自ら耕すことは実際には考えていませんし、ハリエットが料理や掃除をすることもなく、無制限のセックスもありません。「農夫には難しいことであっても、知性の洗練を身に着けることはできますし、現代の思考法における乱交は人類の幸福にとって最も有害な結果を不可避的にもたらすでしょう」[15]。今のところ、彼は『政治的正義』における性的なテーマの修正版を受け入れていた。しかし農夫ロバート・バーンズへの敬意をすっかり忘れていた。バーンズはかなりの「知性の洗練」を示していたのだが。

たとえトーンダウンしても、この計画がゴドウィンを惹きつけることはなかった。彼はファニーに代わってこの招待を退ける（彼女はハリエットより年上だったが、ゴドウィンはファニーがシェリー一家と直に接触することを好まなかった）。ゴドウィンは未だシェリーと面識を持っておらず、「彼の顔を見たことがなかった」ため、ファニーを見知らぬ者たちのもとに送ることはできなかったのだ。なんて奇妙な、と（部分的に）解放されていたハリエットは述べる。シェリーはもう何ヵ月も心のうちをゴドウィンさんに注ぎ込んできたのだから、見知らぬ者とは言えないんじゃないかしら。この招待は、ファニーにとっては残念なことに、再び舞い込むことはなかった。後にファニーは折に触れてこのことを思い出したに違いない。そしてゴドウィンの早まった拒絶をおそらく後悔しただろう。

七月半ば、ハリエットの一七歳の誕生日直前、エリザベス・ヒッチナーは骨を折って立ち上げた学校経営を諦め、「無気力な悪意」を無視してリンマスに出発する。パブの主人である父親が、そんな性急な行動を起こしたら収入も信望も失ってしまうと警告したにもかかわらず。サセックス州でシェリーのハーレムに加わるのだと取り沙汰されていたが、エリザベスには何の恐れもなかった。シェリーの愛を勝ち得ているし、フィールド・プレイスの家族を知っている彼女は、彼がカリスマ的であると同時に裕福であると見込んでいたのだ。彼女はシェリーたちの熱狂的な歓迎を受ける。

ファニーをこの共同体に送ることを退けたゴドウィンは、相変わらず借金まみれで、自らシェリーとの面会を試みようと考える。リンマスに旅して直接会うことにしよう。八月末に手紙を書き、九月初頭に出発した。五一時間もかかる恐ろしい船旅を経てリンマスに着いてみると、将来のパトロンと三人の女性は引っ越してしまっていた。シェリーの書物を未払い家賃の担保に残して。ゴドウィンは出費のかさむ旅を無駄にしてしまったわけだ。しかし吉報もあった。シェリー一行は二週間以内にロンドンに着くという。

実際のところ、当局の目にあまりにも頻繁につくようになっていたシェリーは——壜や紙で作った船や熱気球に扇動的なパンフレットを詰めて送りつけるのが習慣になっていたのだ——三人の女性とともに北ウェールズのトレマドックに逃げていた。彼はその地で新たな使命を見つける。入江から海水を堰き止め、模範的な村のための農業地を作るというものだった。

トレマドック移住前から、家庭には緊張が漂っていた。シェリーがヒッチナー嬢に書き連ねていた理想主義は、彼女の到着後まもなく消え失せていた。ヒッチナー嬢はシェリーの趣味に叶うほど「知的」ではなく、彼に夢中になり過ぎており、おそらく性的な要求も強過ぎた。彼はまた、彼女の醜さを痛感していた——背が高過ぎ、浅黒かったのだ。一時は彼の「ポーシャ」だった彼女は「ベッシー」に格下げされる。ハリエットが珍しい名前を受けつけなかったのだ。まもなくヒッチナー嬢は「茶色の悪魔」「狡猾で上っ面、両性具有の醜い獣みたいな女」にされてしまう。[16] ハリエットは生徒のように扱われるのが嫌だったし、ヒッチナー嬢はシェリー家が上流社会と交際する度に、自分だけ背景に追いやられる状況を嫌悪した。彼らはロンドンに赴いて堤防を築くための金策を講じることになったが、ヒッチナー嬢はその後ウェールズに戻ることはなかった。

彼女は裏切られたと感じており、シェリーの「野蛮さ」を苦々しく思っていた。あれほど長い説得に応じて四ヵ月をともに過ごした後、拒絶されたのだから。サセックス州に戻った彼女は、棄てられた愛人として揶揄とスキャンダルの対象になる。シェリーは一〇〇ポンドの年金を申し出たが、一度しか支払われなかった。そしてこの年金は、彼女が以前シェリーに負っていた同額の貸付金によって取り消しになる。[17]「私たちはみな、彼女の性格にはまったく騙されてしまったわ」とハリエットは宣言する。「あのひとは私の最愛のシェリーから私を引き離せるという望みにすべてをかけていたのよ」。[18] ある傍観者によれば、ケント州の家でヒッチナー嬢はみじめな見世物となり、「狂気」に近い状態だったという。

しかしハリエットとイライザは安定した生活を送り、イライザは相変わらず家事を担当していた。神経に関する話をしたり、黒髪を長々と梳いたりするのでシェリーは困惑していたが。ヒッチナー嬢の出入りを観察したハリエットは、非凡なる夫シェリーが義憤を自分に向けることはないだろうと思っていた。彼女はまだ夫に惚れ込んでおり、気まぐれや絶え間ない転居は、彼を愛するという特権のために支払わなければならない代価として受け入れていたのだ。シェリー家の新しい友人である風刺作家トマス・ラヴ・ピーコックは、小説『悪夢の僧院』(*Nightmare Abbey*, 一八一八年)で、ハリエットをマリオネッタという人物として描いている。「彼女の人生は音楽と陽光に満ちていた……彼女はシスロップ(シェリー)を愛していたが、その理由を知る由もなかった」。[19] この頃、ハリエットは妊娠したことに気づいた。

第一一章　ファニー

ゴドウィンの愛弟子ターナーやプロクター・パトリックソンという学生――ケンブリッジでの勉強をゴドウィンが支えていた――を除くと、スキナー通りを定期的に訪れる若い男性はあまりいなかった。その中でシェリーは、ゴドウィン家の娘たちに深い印象を残した最初の男性だったようである。後に娘の駆け落ちという大惨事に見舞われたゴドウィン夫人は、三人の娘が初対面からシェリーに夢中になっていたと伝える。ロマンティックでカリスマ性にあふれ、魅惑的でクレアにひけをとらないほど芝居がかったシェリーは、ゴドウィン家の娘たちをかわるがわる、そして全員まとめて刺激した。高貴な感情と高ぶった情感、そして社会的可能性に満ちたシェリーの異国風王国に、彼女たちは暮らすことを許されたのである。

もしゴドウィン夫人が正しければ、種は早い時期に蒔かれていたのだろう。誰もまだシェリーに目を留めていない折、ゴドウィンが彼の長く自己形成的な手紙を序曲代わりに読み上げたときに。そうした手紙はシェリーを紳士階級の特権的な御曹司というより、急進的な遍歴の騎士として描き出していた。ファニーは書かれた言葉に情熱的に反応するという経験を持っていた。そのようにして母を知るようになったのだ。

この弟子候補に初めて返信したとき、ゴドウィンは急進的な過去のみならず、未来の世代の魅力も提供していた。「私の家の女性たち、妻と三人の娘がどれほど貴君の手紙に興味を引かれたか、ご想像もつかないでしょうね」。実際、彼はシェリーと娘たちの間に起こり得ることを想像して大いに楽しんでいた節がある。初対面の前、彼はシェリー宛ての手紙に、娘たちが「見慣れた筆跡」が届くのを心待ちにしており、手紙に書かれていることを「爪先立ちで」知りたがっていると綴っていた。[1] 煩雑な財政交渉の過程で、シェリーが自分たちのためにしてくれるであろうことを考えていたゴドウィンは、ファニー、メアリ、クレアへの期待を高める。シェリーがハリエット・ウェストブルックを「家庭の抑圧」から救い出したことを知っても、その期待は減じられなかった。

手紙や約束による長い序曲にもかかわらず、お金もシェリーもなかなか現れなかった。何ヵ月にも渡り、ゴドウィンは哲学を論じるなどしてシェリーのご機嫌を取る。同時に、アイルランドやウェールズでの未熟な政治的冒険といった公然たる好戦的行動から離れ、より賢明で知的な弟子になるよう、シェリーが財産を惜しみなく与えるにふさわしい大義はゴドウィンであると考えるように仕向けていく。一〇ヵ月に及ぶ献身的な文通を経て、一八一二年一〇月四日、ついにシェリー一家がヒッチナー嬢抜きでスキナー通りに登場した。

食事をともにしながらの初対面は快適に始まる。ゴドウィンのずんぐりした、ぱっとしない容姿をやり過ごしつつ、シェリーは『政治的正義』――一七九〇年代の急進主義を体現する大著――の著者を見ていた。一方、ハリエットの目にゴドウィンは「家庭的な男性」と映った。ゴドウィン夫人に関しては、最初のうちは「とても愛らしく」「寛大」に思われた。

ゴドウィン一家はシェリー夫妻を魅了しようとしていた。食事の後、シェリーとハリエットはゴドウィンの書斎に通され、ウルストンクラフトの肖像画を鑑賞する。誇らしげなゴドウィンは、留守中の娘メアリはこの「素晴らしく愛らしい女性」によく似ているとシェリーに話す。多くの点で娘メアリの容姿は自分を少し軽やかにしたものということは付け加えないでおいた。シェリーのような若い男性にとって、官能的で今や聖像となったウルストンクラフトの魅力をよく知っていたのだ。その後、彼らは哲学談義に花を咲かせ、ゴドウィンの差し迫った財政状況についても語り合う。ハリエットはすっかり夢中になり、「ゴドウィン家の方々はみな大好き」と書き留めた。

初対面は成功だったとみえ、その後、シェリー夫妻はゴドウィン家を毎日訪れるようになる。彼らの近くにいるために、ロンドンに居を構えようとしたほどだ。しかし初対面の印象はじきに修正され、ハリエットはゴドウィン夫人についての考えを改める。実際、彼女のことをあまりにも不愉快に感じたため、スキナー通り訪問を一時期すっかりやめてしまった。初対面から一年も経たない頃、ハリエットは友人にこう綴る。「ゴドウィンさんにはしばらくお会いしていません。奥様があまりにも不愉快で、会うと考えるだけで耐えられなくなります。シェリーが間に入って、あのステキな奥様のご同席には耐えられないという私の気持ちをゴドウィンさんに伝えてくれました。可哀そうな方。あの女性をやっかいだと思っているのは私たちだけではありませんわ」[2]。

一方、ゴドウィンは財政不安が高じ、シェリーに父君と仲直りをするのが最善だとほのめかす。この慣習的な考え方は、自らの理想主義的な計画への反対と相まって、「古めかしくて冷やか」とシェリーには感じられた。ゴドウィンはあろうことか、議会で穏健派のウィッグ党に加わることを望みさえしたのである。同時に、ゴドウィンは知的地位を絶えず公言していた。ハリエットによれば、ゴドウィンは「自分より若い者全員からの普遍的賞讃」を望んでいるため、「一緒にいるのがとても不愉快」だった[3]。まもなくゴドウィン夫人の方も、ハリエットとシェリーは自惚れた、信用ならない相手と感じるようになる。

しかし、どちらの側も相手を必要としていた。折に触れてファニーはセント・ジェイムズ通りのルイス・ホテルに招かれ、滞在中のシェリー夫妻と食事をともにする。みながそれぞれの役割を演じており、ファニーと義理の母はあらゆる機会を捉えてシェリーに難しいメッセージを伝えようとした。すなわち、ゴドウィンは偉大だが貧しい人間で、敬意と「少しの現金」、そして「巨大な資金」を必要としていることを。

おそらくこの時点で、シェリーにとってゴドウィン一家はあまりにもしつこく、ウェールズ帰郷をあまりにも熱心に止めようとしているように感じられたのだろう。それはシェリーが貪欲な計画に財産を投入するのをやめさせるだけではなく、その地で贅沢な家に暮らすのをやめさせるためでもあった。あるいは、シェリーはトレマドック計画に関わり過ぎていたため、ゴドウィン家に提供できるものは何もなく、居心地が悪かったのかもしれない。そうでなければ次の出来事を説明するのは難しい。

一一月一三日、ゴドウィン一家はシェリー夫妻にルイス・ホテルでの食事に招かれていた。そこで事務弁護士に会い、シェリーの財政問題について話し合うことになっていたのだ。[4] シェリーはトレマドック計画の金策に失敗しており、未成年であったことから、他のいかなる目的のためであっても大金を容易に入手することはできなかった。しかし何らかの処置は可能なはずで、ゴドウィン夫妻は希望を持っていた。

ところがホテルに到着してみると、シェリー夫妻は朝のうちにウェールズに旅立っていた。どうやら前々から出立を目論んでいたようである。ゴドウィンは予想外の行動に不平を言う立場ではなかった。その後、プレイスに借金のことを話した折、シェリーの風変わりな振舞いに触れていない。ゴドウィンはシェリーとの約束をちらつかせてプレイスを宥めていたが、相手がシェリーを好きではないことを知っていたのである。

ゴドウィン家の三人娘のうち、シェリーの魔力に最初にかかったのはファニーである。シェリー夫妻が初めてゴドウィン家を訪れた際、メアリもクレアも留守で、ファニーだけが在宅だった。「敬愛するメアリ・ウルストンクラフト」の娘ファニーは、ハリエットの目には「あまり器量よしではないけれど、とても分別がある。心の美しさが容貌の不器量さを完全に凌いでいる」と映る。[5] 美少女による、野暮ったい服を着た人物についての評である。ファニーの容貌はメアリの美貌と比較して言及されることが多く、彼女は一〇代を通してこの点をよく呑み込んでいたに違いない。しかしゴドウィン家では知的な教養と内面の資質が尊ばれており、美しいと言えない少女が育つには、これほど快適な環境はなかっただろう。不器量さを感謝して受け入れることは難しいにせよ、利点もあった。不器量な少女は人目を惹くことが少ないため、注意深く、鋭い観察眼を持つことができる。人々はファニーの思慮深さに気づいた。

一方、シェリーは、ギルバート・イムレイとメアリ・ウルストンクラフトの情熱的な出会いによって生まれた子には、もう少し華やかな感じを期待していたかもしれない。彼は『北欧からの手紙』とゴドウィンの『思い出』、そしてイムレイ宛ての私的な恋文を読んでファニーの存在を知ったのだから。しかし長い茶色の髪、青っぽい瞳、気持ちのよい姿はシェリーの気に入った。ファニーは正直で率直で愛嬌があり、しっかりした意見を持っていて、愛情には喜んで報いた。

ファニーの方でも、シェリーが母ウルストンクラフトと義理の父ゴドウィンを尊敬し、高く変わりやすい声で自分だけに話しかけてくれることを嬉しく思っていた。彼は知的で、ゴドウィンが彼女に尊敬するよう教えた、その昔彼自身が主張していた考え方を体現する若者だった。ファニーが初めて会ったシェリーは、詩人というより、母とゴドウィンのような社会改革家、政治思想家だった。まもなく到来する輝かしい世界や、美化された人間とはどのような存在かについて語る理想主義者であり、その思想は「強い感情を引き起こした」。彼の「直角の独創性」はファニーを鮮烈に捉え、絶えず動いている魅力が拍車をかける。[6] シェリーの生命力は伝染するのだ。ファニーがそのまばゆさに眩んだのも無理はない。

後にファニーは、生命力と豊かな言葉にあふれるシェリーがほとんど笑わないことに気づく。彼自身、そのことを知っていた。笑おうとすると嘲弄的になってしまい、「チェシャ猫」より悪いのだ。シェリーは死について愚痴ばかりこぼしていた。ルイス・キャロル以前のこのチェシャ猫は、にやにや笑う死の頭や、にやにや笑う悪魔の陽気な版だったのだろうか？　かつて彼はノートにこう書いていた。「僕はほとんど人間ではないのではないかと恐れている」。[7]

シェリーの圧倒的な存在感――ゴドウィンでさえ、その「素晴らしい美しさ」（深い青色の瞳と大理石のような額を描写したクレアの言葉）を認めていた――と独特なからかいを、一八歳のファニーは愛し始めていたのだろう。[8] シェリーは女性に熱っぽく愛嬌よく接し、その魅力にみなが惹きつけられるのだった。ゴドウィン夫人はシェリーがファニーに「たいそうご執心」で、ファニーも彼の愛に応えたと主張するが、正確な事実は知らされていなかった。

おそらくファニーにとって、シェリーは性的というより感情的な欲求の対象だったのだろう。性的な情熱が母にもたらした結果を知っていた彼女は、心情的な愛情――善意、親切、そして共感――を何よりも尊重していた。同年代の少女がロマンティックな小説をむさぼり読んでいる間、ファニーは新聞やパンフレットを読み、新世紀の厳しい時代に苦しむ貧者に思いを馳せていたのである。シェリーも、きわめて性的な人間であったにせよ、性的なものを超えた理想の愛についてよく話していた。

愛情深く自由な姉妹の間に見られるような愛に近いものを。ファニーはまた、ワーズワスやコウルリッジの詩を読んでおり、個人的感情や恍惚とした瞬間を色濃く反映させたロマン主義文学に心を強く揺さぶられていた。

シェリーへの感情がどれほど膨らんだにせよ、ファニーは自分たちの間に横たわる社会的な境界線を認識していた。彼はこのことに困惑したが。パーシー・ビッシュ・シェリーは熱烈なゴドウィン信者であるだけでなく――ジェイン・オースティンの言葉を借りれば、「ゴドウィンのあらゆる弟子に望みたいような、型にはまらない姿」であったことは間違いない[9]――偉大なサロンや領地という世界からやって来た、特権階級に属す自信満々の紳士でもあった。服がしわくちゃなことが多くても、流行の最先端をゆく高価な品であったし、立派なホテルに逗留しているシェリー夫妻は、贅沢な服装と相まって、くすんだスキナー通りに舞い降りた美しい絵のような存在だった。ゴドウィン家では華美な服装や調度品に割けるお金はほとんどなく、娘たちは見栄えのしない暗い色の服を着ていたのである。何年も後、メアリの友人クリスティナ・バクスターがシェリー夫妻について聞かれた際、何よりもよく覚えていたのがハリエットの「美しい青色の絹のドレス」だった。ファニーも同じように強い印象を受けており、一七歳のハリエットを美しい貴婦人として描写する。

社会的な偏見はシェリーを苛立たせた。「ハリエットが『美しい貴婦人』だって？」と彼は言い返す。「間接的に彼女を非難していることになるよ。この侮辱は僕にはいちばん許せない類のものだ」。彼は妻に簡素な習慣と気取らない態度を強く勧める。しかしファニーは納得できずにいた。シェリーとハリエットは周囲からの奉公や世話を期待しているように見えたのだ。ゴドウィン家の人間は期待しようもないものを。シェリーは貴族であり、それにふさわしい外見をしていたし、妻は貴婦人だった。彼はしばしば地位を利用し、下層階級の無教育な人々を厳しく非難する。平等主義をもってしても、独断的だったのだ。

実際のところ、シェリーは自分の地位に落ち着かない思いを抱いており、理論としてはすべての人間が平等であることを望んだ。「この僕は、家系図を見せびらかす趣味は持っておらず、自分を現実より重要な存在に見せようとも思っていません」とヒッチナー嬢の貧しい労働者階級の父に書く。この父が「利益」だけを考えていることを批判しつつ、「貴方ご自身より裕福で名のある家にたまたま生を受けた人々」を信用していない、と。自身の社会的地位をほのめかされると、シェリーはこう答える。「貴方は僕が嫌悪し、軽蔑し、恐れ戦いていることを思い出させます。僕が進んでそこから自分を解放したいと思っている、この軽蔑すべき太古の偏見という人生を。もし僕がこれらすべてを誓って否認していなければ、平等崇拝者にはなっていなかったでしょう」[10]。こうした矛盾した意見は、シェリーが自らの立ち位置についていかに悩んでいたかを示している。

シェリー夫妻がゴドウィン一家に何も知らせず、突然姿をくらましたとき、ファニーは最初、手紙を書くことを恐れた。未婚の女性は若い男性と文通すべきではないとされていたのだ。しかしシェリーは彼女を安心させた。「『人間』と呼ばれる、恐ろしくて長い爪をもった動物の一員」であるにせよ、自分は無害だし、菜食主義者だと。かみついたりせずに自分を上品に「押しつける」ことができると。しかし彼は効果を上げるのにかみつく必要はなく、ファニーはシェリーによって高まった感情を恐れる理由があった。そして彼が書く親密で軽薄な手紙が、そうした感情を刺激し続けるであろうということもよくわかっていた。

ゴドウィン同様、ファニーもシェリーの出発に傷つき、その非礼を咎める。ゴドウィン家の誰にも暇を告げることなく、「性急かつ冷ややかに」去ったのだと。彼はこの批判を受け入れた。突然の出立は「無神経で思いやりに欠け、貴宅で受けたご親切を仇で返すような」振舞いだと思われたことでしょう。[11] でも、もし我々の葛藤の動機や痛みをご存じでしたら、貴女は僕とハリエットに同情してくださったことでしょう。しかし彼はそのどちらも説明してくれなかった。

第一二章　シェリー

まもなくシェリーはトレマドック排水路計画に幻滅した。発起人が搾取的で自己中心的だと判明したのだ。湖水地方滞在時、シェリーは襲撃者に殴られ、意識不明に陥ったと信じていた。ここウェールズでも侵入者があり、恐ろしい嵐の晩に二度やって来て、窓越しにシェリーを撃った。彼は撃ち返す。平和主義は本能になかったのだ。それは信条であって必要性ではなく、彼は暴力的な性質を抑制できないという印象を他者に与えることが多かった。通常ピストルを身に着けており、このときもそうだった。

襲撃者は実在したのか、幻覚だったのか？　湖水地方でこの騒動を聞き及んだ人が他にもおり、実際に事件が起こったことを示す論拠も多少ある。トレマドックでも襲撃者は実在したかもしれない。地元紳士の誰かが、労働者の扱いについてシェリーに批判されたことで気分を害し、襲撃者を送ったのかもしれない。あるいは、この襲撃者は告発文書を探すために遣わされたのかもしれない。あいにく邪魔されてしまったが。[1]

どちらの場合も、襲撃者はシェリーの心が創り出した空想の産物だった可能性もある。ホッグとピーコックは（後にはハリエットも）そう信じていた。シェリーは興奮状態で、頭痛が起こると大量のアヘンチンキを服用する習慣があった。アルコールのもたらす結果を恐れていたが、アヘンから作られたこの強力な薬についてはあまり心配しておらず、成人後は常に服用していたのだ。後にトレマドックの襲撃者を角の生えた悪魔として描いたが、悪魔が人間の投影であると考えていたため、この絵が襲撃者が実在しなかったことの証拠にはならない。シェリーの詩では悪魔は一種の風刺的分身である。あるいは、よく自分の姿をプールや河や鏡に映してうっとりしていた彼は、窓に映った自分の顔を——発砲したときにそれが破壊されるのを——見たのではないか？　メアリは後に『フランケンシュタイン』でこの出来事を変質させ、怪物が創造主の妻を殺した後、宿の窓を通して創造主を見るというシーンを描いている。

現実であれ想像であれ——シェリーが借金を負っている小売店主たちはそれが策略だと考えたが——この襲撃劇がもたらした効果は同じだった。シェリーと取り巻き連はトレマドックを去り、風変わりな旅を続けることになる（シェリーの平等主義は貴族的な無関心と共存しており、自分の慰めのために小売業者が払ったものには無関心だった）。彼は今や、行動より言葉において英雄であろうとする。政治的変化は直接的な政治的行動より、刺激的な著述によってもたらされるべきだ。

未だ父ティモシーとの合意と財産の到来を期待していた彼は、ハリエット、イライザとともにロンドンのアルベマール通りにあるクック・ホテルの贅沢なスイート・ルームに身を落ち着け、トマス・チャーターズに仕立ての良い馬車を命じる。まもなくホッグも合流し、再びシェリーに勇気づけられ、出産間近のハリエットに付き添う。ホッグを見てイライザは微笑を浮かべ、ハリエットは、最初は思いやりあふれる態度をとろうと努力するものの、やはりこの男は耐えられないという結論を下す。

シェリーは完成した『マブ女王』を印刷し、急進主義の新たな段階に入ることになった。この長詩の急進性は歴然としている。テーマとして取り上げられた思想、例えば資本主義や商業の破壊的な力は、自由主義者の間では尊重されていた。他の主張、例えば純粋な水だけを飲み、野菜だけを食べる（肉食動物にもこのルールを適用）という主張は変人扱いされる。出版社を見つけるのは当然難しかったが、おそらくゴドウィンが間に入り、書店主トマス・フッカムを紹介したのだろう（フッカムという男性は二人いたが、シェリーはもっぱら柔軟なトマスと取り引きをした）。フッカムは著者の費用持ちで二五〇部印刷することに同意する。しかし出版には至らず、七〇部のみが私的に配布された。卑屈で奴隷の如き王たちと宗教の未熟な神についての詩が、一般公開にはふさわしくないと著者が理解したのである。ハリエットはこの大胆不敵な作品に感銘を受け、「死の痛みのもとに出版されるべきではない」と書く。「なぜなら、この本はすべての既存組織にあまりにも強く反抗しているから」[2]。

良い意味でゴドウィン的な『マブ女王』は、精神的な努力によって古い信仰から自由になることを主張した作品で、人々が人生の善いものを共有し、不平や物質主義、宗教から解放された平和な理想郷を描いている。多くは「苦役にくじける」ことはないだろう。「怠惰の不安と悲痛を知る者はほとんどいない」。しかし第六巻ではゴドウィンを超え、より魔術的な変容と、その変容に献身的な特別な人々からなるシェリー的集団の重要性が主張される。「美徳に優れた者」が「純粋な唇」に乗せる「真実」が、「サソリのような虚言と／燃え続ける炎の冠を繋ぐ」であろうと。神秘的な非キリスト教的理想郷はカリスマ的な指導者を持たねばならず、シェリーは激しく輝く瞳で、出会った人すべてを虜にした。

結婚に関するゴドウィンの心の変化にもかかわらず、『マブ女王』の脚注の一つは『政治的正義』初版を思い出させる。「夫と妻は愛し合っている間に限り、結びつけられるべきである。愛情が朽ちた後、一瞬でも同居を強いる法律は、最も耐え難き暴挙である。恒常性自体には何の美徳もない」。「両者共通の子孫の福利」は個人の幸福に優先すべきではない。ハリエットは一七歳で出産間近だったが、平然としていた。献呈の辞が、人間としての彼女についてではなかったものの、シェリーの愛にあふれていたからである。

　ハリエット！……そなたは我より純粋なる心
　そなたは我が歌の源泉
　これら早咲きの野生の花々はそなたのもの
　　我により編まれしが

一八一三年六月二三日、ハリエットは女児を生み、シェリーは『マブ女王』のヒロインにちなんでアイアンシーと名づけた。彼はこの子のためにソネットを書く。「そなたの重みを汚れなき胸で支えた／彼女のかすかな面影」を留めるこの子のために。[3]

　おそらくイライザの助言を得て、ハリエットは乳房を自然な目的に用いず、乳母を雇うことを決めたのだろう。この階級の女性にはよくあることだが、不変というわけでもなかった。シェリーの憧れであるメアリ・ウルストンクラフトはファニーを母乳で育て、「宝物の我が子」が望んでいる「滋養分ではち切れそうな胸」を持った母親を愛しげに描写している。[4]ウルストンクラフトは赤ん坊のファニーに一年間母乳を飲ませた。その間、著しく孤独な境遇にいた彼女は、母乳で育てるという経験が大きな慰めとなり、子どもを離乳させることを不安に思っていたほどである。

　シェリーは母そして恋人としての女性のあるべき姿に確固たる意見を持っており、何年も後、ピーコックがシェリーの失望——ハリエットが娘を母乳で育てないと決めたことに対する——を非難している。シェリーはまた、生命の誕生自体が病気への入口であると信じており、『マブ女王』において新生児は「生命を得る前に／繋がれた」「見知らぬ魂」である。子どもは環境、特に両親と乳母によって直ちに荒廃させられてしまう。シェリー自身は「純粋」かもしれないが、ハリエットはそれほどでもなく、彼は乳母を嫌悪していた。間違いなく、赤ん坊は乳母から毒を吸っているのだ。あるとき、彼はアイアンシーをひったくり、自分の胸に押しつけた。あたかも他のどの女性よりまっとうな滋養を子どもに与えることができるかのように。[5] 第一子の誕生によって生じた口論を観察しつつ、ピーコックの目にはシェリーが子どもを好いているように映った。ホッグの目には、アイアンシーが父親に「喜び」も与えなければ、「興味」も引き起こさないように映ったのだが。[6]

乳母に対するシェリーの嫌悪は、彼女を雇った人間にも向けられた。ハリエットの姉イライザに。数ヵ月に渡って家庭を切り盛りしていたイライザは、当然、ハリエットに代わって子どもの世話もしていた。しかしその有益さにもかかわらず、イライザは乳母やヒッチナー嬢同様、シェリーにとって悪魔であり、「忌まわしい虫」になってしまった。この形容詞 (loathsome) は身体的、感情的な嫌悪感を表すときに彼が使うお気に入りの語で、学生時代から有名な怒りの発作の言語版だった。「僕は彼女を心底憎んでいる」。「ときどき、このみじめな奴に対する嫌悪感が膨れ上がり、それを阻止しようとして気が遠くなるくらいだ」。イライザがアイアンシーを愛撫する度にシェリーはむかむかし、「これからはこの子に共感の慰めを探すことにする」。[7] 彼はイライザを家庭から追い出そうと躍起になる。

敵意ある批評家、アメリカの作家マーク・トウェインの推測によれば、シェリーの新たな憎悪は赤ん坊に由来するものというより、彼が最近知己を得たボインヴィル家との関係をイライザが修正しようとしたことによるものだった。

この話はゴドウィン経由で起こった。彼はシェリーをハリエット・ボインヴィル夫人に紹介したが、この女性は西インド諸島のプランテーションから収入を得ている先進的で裕福な家系の出身である。夫は革命軍のラファイエット将軍の副官であり、三ヵ月前のロシア侵攻の折に殺されたが、夫人には翌秋まで知らされなかった。彼女の住まいはピムリコで、近くには音楽に秀でた妹のコーネリア・ニュートン夫人（五人の子持ち）が住んでいた。ホッグは彼女たちの自由主義的な友人連を、「二、三人の感傷的な若い肉屋」「際立って哲学的な鋳掛屋」と揶揄する。この鋳掛屋は「ため息をつき、目を上げ、ウィリアム・ゴドウィンと『政治的正義』が主張したような哲学を言いふらす」[8]。しかしシェリーは彼らに夢中になった。一八一三年七月、アイアンシー誕生直後にヴォクソールを訪れた折、ホッグは「退屈なあら探し屋」ならコーネリア・ニュートンとシェリーの「ひどく手に負えないいちゃつき」に気づいただろうと書き留める[9]。シェリーは感じやすい年上の女性に魅力を振りまくのを楽しんでいた。ニュートン家は菜食主義者で、「裸主義」を実践しているとも噂されていた。彼らはまた『ナーヤル帝国』に倣った「ナーヤル主義」にも関わっており、著者ロレンスはボインヴィル夫人の友人だった。自由恋愛は現実というより空想に留まっていたが。

ボインヴィル夫人はピムリコからウィンザー近くのブラックネルに戻り、シェリーもまもなく後を追う。ブラックネルは彼の「幸せな家庭」になるだろう。ハリエット、イライザ、赤ん坊と乳母からひととき離れて。シェリーの裕福な地位を理解しているボインヴィル夫人は、借金保証人となることにさえ同意した。

ウェールズ滞在時同様、期待していたお金は実を結ばず、節約のため、そしてボインヴィル夫人の近くに留まるため、シェリーは家族をブラックネルに移す。ボインヴィル夫人には一八歳の美しい娘がおり、この娘もコーネリアという名で、ゴドウィンの愛弟子トム・ターナーと結婚していた。ゴドウィン家の娘たちは二年前、結婚式に招待されており、その折の美しいドレス姿でアーロン・バーを魅了したのである。まもなくシェリーは思いやりあふれるコーネリアとイタリア語を学び始める。彼女は二、三マイル離れたビンフィールドに暮らしていた。

彼女の名は特別な贈り物といってよかった。ポーシャ同様、コーネリアは尊敬に値する共和主義的な名だったから。史上最も有名なコーネリア（コルネリア）はスキピオ・アフリカヌスの娘でグラックス兄弟の母だろう。兄ティベリウスと弟ガイウスは揃って高貴な生まれの急進的な改革者だ。現代の憂鬱なコーネリアは、おそらくバイセクシュアルの夫に放ったらかしにされており、このときも彼はロンドン滞在中だった。シェリーはいつもにもまして慇懃に接する。コーネリアは「素晴らしい女性」（美しさに加えて）であり、ハリエットより、人生を通じて自分を焦らす理想の女性に近いように思われた。その結果、この時期は彼にとってこれまで経験してきた中で最も幸せなものであると同時に、自分を縛りつけている絆のことを考えると、「苦闘と喪失」によって「ほとんど白痴状態にまで衰弱した」時期でもあった。極度に神経質で興奮し、感じやすく、神経衰弱の一歩手前にあった姿を友人たちが描いている。ヒッチナー嬢のとき同様、シェリーは切望と嫌悪という型を刻み続けていたが、ハリエットは相変わらず、ウェールズの農場で安定と安全に包まれた生活をともにすることを夢見ていた。

ボインヴィル夫人はシェリーの「二〇もの主題」に満ちた快活なおしゃべりを楽しみ、彼が「放浪を捨て去ることを決心し」、自分たちの「素朴な楽しみ」を選んだことを誇らしく思っていた。[10]しかし彼を勝ち得たのはこの年上女性の説得ではなかった。夫人が上記の言葉を綴った五日後、シェリーはホッグに、ハリエットが赤ん坊を連れて姉のもとに去ったと伝える。このときは妻の決心や「露を帯びた瞳」を失ったことにそれほど困惑しておらず、むしろコーネリアの「露を帯びた表情」と「優しい言葉」に夢中になっていた。それらは胸の中の「毒」を掻き立て、彼は「この荒廃した魂を縛りつける鎖」を嘆く。シェリーはノートにラテン語で官能的な描写を綴る。数ヵ月後のフランス駆け落ち旅行の際、クレアが読んだものである。「彼女はベッドで僕を腕に抱き、僕は興奮の渦と歓喜で息絶えそうだった」。[11]「教養ある」女性との出会いによって、シェリーはハリエットの教育に要した努力が「粗野で卑しむべき迷信」だったと考える。しかし依然として「ひどく不快な義務」が残っていた。「妻を騙し続ける」という。言い換えれば、ハリエットとベッドをともにし続けることだ。妊娠させる危険も込みで。[12]

しかしシェリーはボインヴィル夫人を長く騙し続けることはできなかった。一八一四年四月、彼とコーネリアの仲が深まりつつあることに気づいた彼女はブラックネルを去るようシェリーに伝え、義理の息子トム・ターナーに経緯を警告し、嫉妬に駆られた彼は妻をデヴォン州に連れ去る。後に公的姦通を犯すことになるシェリーに比べれば、コーネリアの母は因襲的だったと言えるだろう。彼女はシェリーに「冷たく、風刺的ですらある」手紙を書く。自由思想は、ボインヴィル家では会話と感情に制限されていた。[13]夫人はまた、自らが保証人となっていた借金をシェリーが支払わなかったことにも苛立ち、後にゴドウィン夫人に宛ててことの次第を要約する。「天賦の才に関しては、シェリー氏はこの世の誰よりも多くお持ちです」、でも「それは甚だしい自惚れによって台無しになっています。彼は物事を自分と同じように考えない人をみな軽蔑しているのです」。[14]

アイアンシーが二、三ヵ月になったばかりの頃、ハリエットはまたシェリーの子を妊娠したことに気づいた。今度はたぶん男の子だろう。それならシェリー家の後継者は保証されるし、夫が借金をすることも容易になるはずだ。シェリーは成年に達しており、死後払捺印金銭債務証書（post-obit bonds）を与えることができた（相続財産を管理するにあたり、法外な利子つきで支払われる貸付金）。シェリーは、ハリエットが生む息子はみな自身の財産及び法的債務を相続できるということを保証しなければならず、従ってスコットランドでの駆け落ち結婚を水も漏らさぬ堅固なものにする必要があった。最善の方法はイングランドで二度目の結婚をすることである。ゴドウィンはこの意見に賛成し、シェリーの結婚許可証取得に同伴した。娘の人生の問題をよく知っていたウェストブルック氏は、一八一四年三月二三日、ロンドンのハノーヴァー・スクエアにあるセント・ジョージ教会での式に喜んで立ち会う。最低在住条件によって悪名高い界隈である。結婚の目的が金銭的なものであったにせよ、ハリエットにとっては誓いの更新を意味していた。ピーコックはこの結婚が二人に「離反や別居という考えがまったくない」ことを示すと考える。

実際のところ、シェリーはこの時点で既に自分とハリエットを「死んだ身体と生きている身体が忌々しく恐ろしい聖餐式によって結びつけられている」と感じていた。[15] 離婚に好意的なパンフレットを書いたミルトンを彷彿とさせる表現だ。彼は不幸な結合を「生きた魂が死んだ肉体に縛りつけられている」と思い描いたのである。ロレンスの『ナーヤル帝国』でも、ヒロインが実際に死んだ男に縛りつけられている。何年も後、シェリーは最後の結婚でも似たようなイメージを使うことになる。

コーネリアが去り、ハリエットが赤ん坊とともに——憎らしいが役に立つ姉イライザ抜きで——戻ってくると、ブラックネルは以前ほど魅力ある場所ではなくなった。シェリーはロンドンを訪れ、ゴドウィン一家に頻繁に会い、まもなく近くのフリート通りに居を定める。ハリエットはシェリーを待つのに疲れ、新たな妊娠と小さな子どもの世話に疲労困憊し、イライザとともにバースの親戚のもとに身を寄せる。シェリー夫妻の仲は悪化していたが、ハリエットはまさか、ロンドンにシェリーを留めるものがゴドウィンとその思想以外にあるとは想像もしていなかった。

ずっと後、ハリエットを一度でも愛したことがあるかという問いに、シェリーは否と答える。より小説的な展開においては、ファニーの幼馴染ヘンリー・レヴェリーにこう話す。ハリエットと結婚したのは、死にかけていた自分の世話をしてくれたからで、死後、未亡人となる彼女を自分の家族に支えてもらいたかったからだと。結婚生活がうまくいかなくなったのは、慣習的なハリエットと貪欲な父のせいだ、でも最大要因はハリエットの姉で悪魔のイライザ、あいつは吸血鬼で「ひどく邪悪な力を持った」完璧な悪霊だ。彼女が邪悪な陰謀をたくらんだのは、エリザベス・ヒッチナー同様、自分に惚れ込んでいたのにものにすることができなかったからだ、云々。[16] 吸血鬼のイメージは、数年後のバイロンとポリドリによる決定的な表現を欠いているが、シェリーのお気に入りの詩、サウジーの『サラバ』からきたものである。この詩では女の吸血鬼が「死の忌々しさ (loathsomeness)」とともに自分の墓を離れて彷徨い、人間を獲物にし、やがて英雄的で男性的な槍に射抜かれて死ぬ。

シェリーの主要な詩作品を単なる自伝風に解釈するのは思慮に欠けた振舞いだが、彼がときには感情を表現するために詩を用いたと考えるのは理に叶っているだろう。特にメアリが後に主張するように、私的な熱情が作品に霊感を与えたのだとすると。シェリーは本質的に手紙書きではなく、心の動きを散文で捉えることには興味を持っていなかった。場合によっては、韻文で書かれたメモや完成した詩作品の方が彼の感情に近いと思われる。特に次の詩――もとは四月か五月に書かれたもの――は、ハリエットとの別離が痛みを伴わなくもなかったことを示唆している。『政治的正義』がそのような別離を奨励し、早期結婚は一見しばしば「取り返しのつかない間違い」ゆえ、「気づき次第すぐ」解消されるべきであると主張しているにもかかわらず。一八一四年四月、シェリーは自分を励まして前へ進もうとする。

止まるな！　時は過ぎた！　すべての声が叫ぶ、立ち去れと！
そそのかしてはならぬ　涙の最後の一滴をもって　そなたの友の不機嫌を
そなたの恋人の瞳は　これほどうつろで冷たく　そなたを留まらせようとは　あえてせぬ
義務と怠慢がそなたを連れ戻す　孤独へと

ハリエットのいる家庭は「悲しく静か」で「荒涼とした暖炉」であり、シェリーは「平穏」を失っていた。残されているのは「ある愛らしい微笑みの光」だけだった。そしてそれはハリエットのものではなかったのである。[17]

第三部

第一三章　ファニー

夏至の頃、ゴドウィン夫人は毎年お馴染みの休暇をとり、スキナー通りを離れた。今回の行先はエセックス州沿岸のサウスエンドである。彼女はたっぷり六週間留守にし、ファニーとゴドウィンを自宅に置き去りにした。彼は一度、船で妻のもとに不愉快な訪問をしたが、その後は自宅に戻り、ファニーとの和やかで平穏な生活に落ち着く。

まもなくゴドウィン夫人が帰還した。彼女の長い留守中、落ち着いた静かな家に慣れてしまっていたファニーは、圧倒的で破壊的な義理の母に即順応するのは大変だっただろう。しかし夫人の目には、ファニーが自分の再登場とは無関係な何かを示すようになったように見えた。その新しい、塞ぎ込んだ気分を、彼女はシェリーの影響によるものだと考える。

ゴドウィン夫人はファニーの側に官能的な興味を垣間見たと信じていた。シェリーがゴドウィン家を再訪した際、ファニーに「たいそうなご執心」だったと夫人は伝えている。クレアは晩年、シェリーがファニーに恋しており、ファニーの方もそうだったと信じていた。ただ彼には妻があったので、その気持ちを抑制していたのだと。次に示すのはゴドウィン夫人がマウント・カシェル令夫人に送った手紙の要約である。

しばらくして（彼女は）理解した。具体的なことはわからなかったけれど。――一瞥、溜息、凝視。フランシスは陽気だったのに、この頃ぼんやりと沈んだ調子でいる。この徴候は、シェリーがフランシスと恋に落ちているというゴドウィン夫人のお説を正当化するにはあまりにも弱いけれど――あれほど素敵な奥様がおありで、愛情深い生活を送っていらっしゃるのですもの――でも、ゴドウィン夫人がおっしゃるには、フランシスは無意識に、シェリーを好ましい男性として深い印象を受けているのかもしれません。というわけで、夫人は彼女をダブリンの叔母たちのところに送ってしまいましたの。[1]

ファニーと引き離されたシェリーは私に反感を持つようになった、とゴドウィン夫人は言う。じゃあやっぱり、あの子のことを気に入っていたんだわ。

この話は空想めいていると考えていいだろう。ファニーが赴いたのはアイルランドではなくウェールズだし、ゴドウィンの日記によれば、ロンドンに戻ったシェリーがスキナー通りを直ちに訪問することもなかった。師ゴドウィンから一一通もの手紙を受け取っていたにもかかわらず。しかしファニー――シェリーの憧れであるウルストンクラフトの長女で、知的で気立てのよい若い女性――が彼に強い印象を与え、魅了しなかったと考える理由はない。後にクレアが主張するところによれば、シェリーはメアリの前にファニーに言い寄っていたが、「ファニーが彼を退けた」。真偽のほどはともかく、ファニーがシェリーの賞讃と思いやりに心を動かされ、彼に恋していたが、不適切な感情を表に出すのは避けていたということはあり得るだろう。シェリーは恋愛においては受け身であると考えるのが好きで、この点をハリエットにもメアリにも明らかにしていた。ファニーはおそらく彼が望むほど率直ではなかったのだろう。

母ウルストンクラフトも妹メアリも強い性的感情を持っており、ファニーがそこから遠く隔たっていたと考える必要はない。シェリーの会話や著述には官能的な資質があり、後にファニーは彼の情熱的な詩と憂鬱な願望に強く反応している。クレアは彼を「外来種」と呼び、彼も自分は一種の「含羞草」(sensitive plant) だと書く。常に欲するが、決して満たされることのない存在だと。一八一四年初頭、シェリーは絶え間なく無差別に性欲を刺激されていたようだ。二人のコーネリアへの熱狂が示すように。

では、ファニーはシェリーと恋に落ちていたのか？ この問いに直に答えることはもちろんできないが、シェリーやゴドウィンとの接し方や、彼女が想定したこと、彼女について想定されたことによって、ファニーの気持ちに光を当てることはできるかもしれない。

ゴドウィンとシェリーは啓蒙思想を信奉し、環境が人間を作ると主張していた。ゆえに環境と個人の経験、特に幼少期の経験を変えることによって社会を変化、改良し得ると。その一方で、二人ともそれとは対極にある、遺伝や容貌、気質による運命論にも惹かれていた。そして特に女性との関連において運命論に興味を抱いていた。

娘メアリが生後三週間にも満たない頃、ゴドウィンは近所のニコルソンという医師に骨相学検査を依頼している。自分たちが信奉していた環境論とは相容れないにもかかわらず。検査の間中、赤ん坊は泣き続けたが、ニコルソンはこの子が「鋭い感受性」と「相当な記憶力と知性」を持っていると宣言する。[2]

この奇妙な行為は、理論としてはまったく受け入れられなかった。数年後、ゴドウィンは骨相学をインチキで運命論の危険な体系と呼んでいる。[3] しかし彼もシェリーも運命論を他者の人生の中に見る傾向があった。性格と運命の断固たる形に。

他にも曖昧なところはあった。翌年、『政治的正義』の一部に不安を覚えていたゴドウィンは、「この世に生まれ落ちた知的存在の平等という教義」をきっぱり拒絶する。[4] 新たな考え方は、比較、対照、列挙、そして階層化によって判断するという習慣に流れ込む。あたかも人間が一続きの要素であるかのように。一八一一年、彼はメアリをファニーと比較して誇らしく思っている。「自分の娘」は「母親がその前に生んだ娘よりはるかに優れた才能を持っている」。メアリは「際立って大胆で、知的な面ではいくぶん傲慢で活発。知への欲求は素晴らしく、手がけることすべてに対する粘り強さはほとんど無敵」。ファニーは、幼い頃はあれほど生き生きとしていたのに、一七歳の今は「おとなしく控えめで目立たない気質」。「いくぶん怠惰に流されがち（それが彼女の最大の欠点）」だが、節度があり、観察眼に優れ、かなりの「記憶力」を備えている。彼女はまた「自分の考えを涵養し、自分の判断に従うことができる」。メアリは「とても可愛らしい」。天然痘痕のあるファニーは「全体として好感が持てる」。[5]

このぞっとさせるような分析は、我が子に対するゴドウィンの期待を示しており、ファニーはそれを感じていたのだろうか？　才能の面でも容姿の面でも、自分は劣っていると思うようになったのだろうか？　もしそうなら、その気持ちは恋愛においても、質と期待に影響を与えたかもしれない。

シェリーもまた女性を比較対照し、つい最近コーネリア・ターナーがハリエットより優れていると判断を下したばかりだった。彼は常に理想を、理想美を、理想の女性像を探し求めており、それは次の場所、次の段階、次の女性の中に見つけられるかもしれなかった。正統の神を愛する者なら誰でもそうだが、シェリーも超越という感覚を持っていた。自らの内部と、それを超えたところにある理想の存在。どれほど階層化し、探し求めても、どのような体現によっても把握しきれない存在という感覚を。シェリーは「男性」——ゴドウィン、後にはバイロン——の心を見抜きたいと考えていた。彼らは自分同様、男性であり、彼らの心を見抜くことで自分の心を形成するのが主な目的の一部だった。しかしきわめて性的なシェリーは、自らの外にある理想を、美しく詩的な若い「女性」の中に常に探していた（母親代わりの年上女性にも、現実であれ空想であれ、強い好みを抱いていたが。メアリ・ウルストンクラフトからニュートン夫人、ボインヴィル夫人、後にはマウント・カシェル令夫人に至るまで）。彼の詩においては、理想的な若い女性の恋人はみな「詩人」で、奇妙なことにバイセクシャルな英雄であり、ごく普通の言葉を用いても「熱狂家」である。後の作品「ジュリアンとマッダーロ」で描かれる理想主義者のような。彼の「苦痛の、まとまりのない叫びは、あらゆる心のテクストに対する批評として十分と見なされるだろう」[6]。男性の苦痛はありふれた失望だった。いかなる人間でも（女性でも）、いずれはあらゆる男性を失望させるよう定められているのだから。理想と現実の乖離は、常にシェリーを前に押し出すことになる。その途上で、彼はファニーに愛のこもった一瞥を与えたのかもしれない。急進派メアリ・ウルストンクラフトの長女で、フランス革命のさなかにロマンティックに生を受けたファニーに。

ファニーはシェリーと理想主義的な考えを共有していたが、彼の理想主義がことごとく浮世離れしているのに対し、彼女の理想主義はこの世の人間にしっかりと結ばれる傾向があった。その人間はこの世を超えたところを見ているのだが。ゴドウィンとシェリーは小説や詩において、一際優れた、驚くべき——あるいは狂気めいた——男性の行動によって苦しむ理想の女性を描いている。こうした男性は、自分を愛する女性のような不確かな要素を持っていない。自らがいかなる情熱を相手に引き起こし、それをいかに強く感じていようとも、こうした男性たちは独立した存在で、抑圧されておらず、生来のままなのだ。シェリーは自分をごくありふれた人間であると同時に、他の誰とも異なる、別個の、ひときわ優れた存在であると考えていた。

ゴドウィンに尊敬と畏怖の念を抱くファニーは、天才の精神的な価値を信じていた。彼女の考えでは天才とは名士ではなく、煌びやかな傲慢さとは何の関係もないものだった。この煌びやかな傲慢さは、バイロンが当時最も壮麗な男ナポレオンに見出したもので、また他者がバイロンとシェリーに見出した資質である。ファニーの考える天才とは、一種の道徳的・精神的な真摯さや、日常性の超越に深く関わるものだった。

ある意味で、ファニーは時代から少し外れた存在で、おそらく一八世紀やヴィクトリア朝――抑制の効いた美徳を再び尊重する時代――の方がふさわしかっただろう。度を越した気取りや態度に満ちたリージェンシー時代ではなく。ナポレオン時代はバイロンをして「巨人と誇大の時代」に住んでいると信じさせたほどで、ファニーの気質には合わなかった。しかし天才を理解していた彼女は、徹頭徹尾ロマン主義者だった。

「天才」(genius) という語は、並外れた想像力を持つ人間という、現代同様の意味で使われることもあったが、一七九七年、ゴドウィンはこの語の古い概念を生き永らえさせようと躍起になっていた。先天的というより、後天的な才能に近いという概念を。つまり天才とは神によって選ばれたものではなく、詮索好きな好奇心に満ちた精神のことである。ゴドウィンは、迷信的な考えは社会的に有害で、自己過信か失望に至るのではないかと恐れていた。しかし彼自身、自らの価値や優れた自分に世間が負っているものをよく知っており、ロマン主義的思想からそれほど離れていたわけではない。

彼は理論において反抗的でも、実践においては時代に順応していた。

一七九二年、メアリ・ウルストンクラフトは「天才」という語を、いかなる人間にも固有の生来的適性という意味で用いていたが、一七九七年の「詩について」という最晩年の作品においては、現代的な定義に近づいている。ここでは「詩人」は「強い感情を持つ人間」であり、自らとの対話によって生じる心のイメージを我々に与える存在である。芸術を自然ではなく書物から引き出してくる現代の詩人、天才ではなく優美さによって作品を書く詩人を酷評するウルストンクラフトは、シェリー流の詩人――書物や自然の模倣者ではない詩人――という概念を未だ持たなかったが、この作品では、娘ファニーに天才というものの捉え方を提供している（数年後、エヴェリーナ・ウルストンクラフトがこの二つの感覚を再び繋ぎ合わせている。手紙の中で小説『メアリ』に言及し、これが姉の「天才」の最初の成果だと述べ、続いてシェリーを「間違いなく天賦の才と偉大な感情を持つ男性」であるとし、「心の不幸な飛翔のためにその二つとも堕落し、近親者に多大な不幸をもたらすことになった」と描写している）。[7]

ハリエット同様、ファニーも自分を天才と思わず、いずれ天才になれるとも思っていなかった。しかしこの二人の女性は、天才を支えるのにふさわしい存在になりたいと願っていた。ファニーが幼い頃、この最高の才能は亡き母とゴドウィンが所有していた。ファニーは父としても偉大な人間としてもゴドウィンを愛していたため、新しい妻や異父妹メアリが騒いで彼の平安を乱したり、あるいは、あまりにも頻繁にあったように、知的英雄のイメージ通りの生活ができない彼の状態をひどく悲しむ。シェリーも天才の輝きを持っていた（ワーズワスやコウルリッジのように。ファニーはこの二人も尊敬していた）。シェリーとゴドウィンは「詩人」であり、ファニーの人生における一対の柱となる。彼らは天才が道徳的に優れた存在だと信じていたが、その価値を自分の中に——そのとき何をしていようとも——認める傾向があった。二人とも才能によって、慣習や通常の抑制の枠外での行動が許されていると想定していたのである。

ウルストンクラフトに出会う前から、ゴドウィンは想像力に富んだ著述家の力を信じており、人間の考えや習慣を変えることで社会を改善できると信じていた。しかし『政治的正義』初版では想像力に触れておらず、それが芸術家の中で、そして彼らが影響を与える人々の中でどのように作用するかについても述べていなかった。しかしウルストンクラフトや子どもたちと過ごした経験、またコウルリッジとの対話によって、想像力が以前考えていたよりはるかに活発な力であると感じるようになる。シェリーは詩人の力をかの有名な公式において決定的に描写している。「詩人は未だ認められぬ世界の立法者である」。しかしゴドウィンもこれに関する意見をずっと以前に示していた。詩人は「同世代の立法者であり、世界における道徳的指導者である」[8]。ファニーはこの意見を吸収しており、芸術家とは「他者にとって至高の叡智、喜び、美徳そして栄誉を創造する人」であるとしている。

ハリエットは夫がゴドウィンのために金策に走る様に驚愕したが——妻と二人の子どもの困窮を無視して——ファニーはシェリーがゴドウィンに生涯忠誠を誓ったことを受け入れた。こうした忠誠は慣習的な結婚の誓いより強く、少なくとも男性に関しては、親子の誓いより強いものである。ゴドウィンは優れた著述家かつ思想家であり、誰が支援するにもふさわしい相手だ。彼が何を要求しようと。「ある人間から別の人間への真面目な金銭援助という問題は、あらゆる主題の中で最も不可侵かつ神聖なものである」[9]。ゴドウィンのこの意見をファニーは吸収していた。それは彼の絶え間ない無心、借金のみすぼらしさや恥という、相容れない光景に対する防波堤でもあった。

ゴドウィンの著作を熟読した後、短気で自分本位な彼の手紙を書き写す折、ファニーは天才と人間を分けて考えており、シェリーに対しても同様のスタンスをとることができた。特に彼の詩を好んで読むようになってからは。シェリーの手紙が最初にゴドウィン家に届いたとき、ファニーはその場にいた。手紙には悪辣な父と迫害された若者の話が大げさに綴られており、彼女はゴドウィンの懐疑的な様子に気づいていた。シェリーは空想的な歓喜について語ることができる一方、ゴドウィンと同じくらい自己中心的に振舞っているようだった。しかし天才として、シェリーは最高の尊敬を得るにふさわしい人物だ。彼の行為は、どこかもう少し高い水準においてはきっと正しいに違いない。

ファニーはゴドウィンに偉大なる哲学の精神を見出していたように、「美しい」シェリーに超越的な存在を見出しており、その偉大さは美の王国、空想的な芸術の世界に存在するものだった。この理解において、ファニーはシェリーが自身をどのように見、その詩が何を表現しようと苦闘したかについて、メアリよりはるかにシェリーに近いところにいた。人間シェリーは人生に無頓着かもしれないが、詩人シェリーは人生をこの上なく深く理解していたのである。「詩人」は「現在に未来を見る。その思想は最も新しき時代の花や果実の萌芽である」[10]。ゴドウィンが「酔っ払った、千鳥足の、神秘主義的なピュティアの形式」として嫌ったシェリーの詩に、ファニーは最高の価値があると信じていた。このような書き方に想像力豊かに依存することは、真の自由に繋がる。同時に、この従属には卑屈な面もあった。ゴドウィンの『フリートウッド』や『サン・レオン』、後にシェリーの『アラストー』に美しく描かれる女性の自己謙遜は、喜ばしいが自己犠牲的なものだった。

一七九〇年代の急進世代は自立した女性像――ウルストンクラフトのように、正統宗教やその要求から自らを解放する――を思い描いており、それは信仰深い貴婦人や、何世紀もの間、妻として選ばれるのを可愛らしく待ち続けるような依存娘に代わる存在だった。今やファニーは二つの新しい女性像の分かれ目にいた。一つは再び家庭用に飼い慣らされた女性である。ただし一八世紀の家庭婦人と異なり、一九世紀版は道徳的に優れ、清められた家庭の保護者であり、家庭をかき乱すことを望まず、思慮深く、神を大切にするのと同じくらい家族を大切にする。もう一つは創造的天才の集団であり、これは女性にとってたまらなく魅力的だった。フランス革命及び啓蒙主義による社会進歩の希望が潰えると、英国とドイツの理論家は、フリードリッヒ・シラーのように、再生のために芸術に目を向ける。世俗の芸術的テクストが人生の規範となり、神に至る道となったのである。詩人シェリー――「閃光を放つ瞳」と「流れる髪の毛」を持つ「クーブラ・カーン」から出てきたコウルリッジの魔法使い――は自らの詩同様、神聖な存在となる。

シャーロット・ブロンテはジェイン・エアを「主人」に思い焦がれる女性として描いたが、ロチェスター氏の魅力は芸術家や知識人のものではなかった。ブロンテはそれでもシンデレラ物語を綴ったが、ジョージ・エリオットになると、知的な男性に奉仕することで自己充足を望む女性ドロシアが登場する。彼女は奉仕だけでなく、自身の世界を拡大したいと切望しており、それを宗教ではなく、別の人間によって実現したいと願うのである。ヘンリー・ジェイムズは『ある婦人の肖像』で切望と奉仕を融合した女性、イザベル・アーチャーを創り出した。このヒロインは、芸術を洗練し精神的な意味を与える仲介者と信じた男性に、持てるものをすべて与えることによって、自らも豊かな人生を生きることができると考えるのである。

ゲーテを熟読した同時代のドイツ人女性の中には、ファニー同様、官能と美が入り混じった資質に魅了され、「詩人」のロマン主義的超越を通じて世界を詩的にしようと尽力し、自己発展の手段を見つける者もいた。ゲーテの出版業者の五五歳になる妻は詩人にこう伝える。面識はなかったが、「貴方の天賦の才の閃光が初めて私の心に舞い降りたとき以来ずっと」心を寄せていたと。「最も魅力的な詩人かつ哲学者を愛するほど自然なことがあるでしょうか。貴方のお名前を口にする度に、鼓動が高まり、密かな憧れが膨らむのです」[11]。

ベッティーネ・フォン・アルニムも憧れめいた気持ちを小説化された性格において表現している[1]。彼女は憧れを通じて知識に近づきたいと願っていた。「情熱が世界への唯一の鍵なのです。……それゆえ、私はゲーテへの愛を通じて今まさに精神の中に生まれたように感じています」。彼女はどのように彼に仕えるかに思いを馳せる。「夏の暑さに吹き抜ける涼しい風のように、彼に新鮮な水を与え、冬には彼を温め、大切にするでしょう」[12]。彼女は別の詩人についても綴る。「ヘルダーリンについては、神聖なる力がその洪水で彼を圧倒してしまっているかのように見えます。『言葉』が圧倒的な急流で彼の意識を覆い、その波で溺れさせているよう……『詩』と『言葉』について語ることで、神の神秘を明らかにしつつあるよう……」。詩人は「知性の鷲のように飛翔する」。彼らを通じ、人々は神を垣間見ることができるのだ[13]。

ゴドウィンやシェリーの天賦の才に対するファニーの態度もこれに近かった。彼女はシェリーを性的な、感情的な意味で愛したかもしれないが、その愛は理想主義の最も女性的なものと深く結びついていたのである。彼女は英雄を欲していた。シェリーを通じ、より豊かな人生に導かれたいと願っていたのだ。数年後、活気に満ちたシェリーによって物理的に救われたいと願ったとき――二〇年前、叔母たちが活気に満ちた母ウルストンクラフトによって救われたいと願ったように――ファニーはシェリーの知的豊穣を分かち合い、深く味わいたいという欲求も抱いていた。シェリーに「すべてを」

語りたいと願っていたのだ。

　というわけで、ファニーが率直に性的な意味でシェリーを愛していたかという問いに対する明確な答えはない。性というものが率直であったことがあるとすればの話だが。ただ、彼女は間違いなく彼に霊感を受けており、魅惑され、やや圧倒されていた。そして混乱した人生の複雑な困窮を抱えて彼に応えたのである。

　ファニーがどのようにシェリーを愛していたにせよ、彼とメアリが出会い、瞬く間に互いに夢中になったのは――ファニーがスキナー通りの家を離れ、ウェールズに向かう直前の出来事である――大きな痛手であったに違いない。

ああ、姉妹たちよ、わびしさは微妙なもの――
　そは、地上を歩まず、大気に浮かばず、
鎮めるような足取りをし、音もない羽ばたきで煽る
　いと善にして優しきものたちが胸に抱く感じやすい心の望みを。
かかるものたちは、まやかしのやすらぎを得る、その羽ばたきの煽りと
　楽の音をまき起こす静かな、忙しげな足取りとから。
そして、言い難き歓喜を夢想し、その怪しきものを恋と呼び、
　目覚めては、その影を「苦痛」と知る――[14](2)

第一四章　メアリ

「娘の愛は、愛の中で最も深く強いものである。我々の自然が可能にし得る、最も純粋な情熱であるがゆえに」。父と娘の熱烈な関係を描いた多くの作品の一つでメアリはこのように述べる。[1] 彼女がゴドウィンに抱く情熱的と言ってもよい愛情に気づいた友人もいた。メアリは大嫌いな義理の母とゴドウィンを分かち合わなければならないことを忌み嫌い、この点で異父姉ファニーと思いを同じくしている。後の作品でメアリは父と娘の閉鎖的で熱烈な愛を繰り返し描いた。他の子や妻によって邪魔されない愛を。

ゴドウィンのために家庭の平和を保とうとするファニーの努力にもかかわらず、メアリと義理の母は絶え間なく口論する。ゴドウィン夫人は身体の不調に愚痴をこぼし、メアリも憤りからくるストレスや家庭の争いのため体調不良が続き、一三歳のときには湿疹が恐ろしい勢いで悪化した。これほど青白い少女は結核持ちかもしれない。不安になったゴドウィンは医者に相談するが、メアリの病気の多くは心身相関性のものではないかと疑ってもいた。敵意に満ちた思春期特有の不機嫌――「嫌な様子」(unfavourable appearances)――に苛々したゴドウィンは、冷やかに書斎に閉じこもる。「父の厳格さは変わらない」と後にメアリは書いている。ときおり彼は親し過ぎない人々、例えば自分の生徒の自己憐憫や憤慨は大目に見ようと努力したが、自分の子どもたちが見せるこの種の感情にはほとんど我慢できなかった。ゴドウィン夫人はメアリの強引な自己主張に文句を言い、メアリは義理の母の暴力的な気質と感傷性を憎悪する。実母ウルストンクラフトも激しやすく要求の多い女性だったが、メアリにとっての母は、父の書斎にかけられた、落ち着いて晴れやかな肖像画の中に存在していたのだ。

メアリの体調は改善せず、海水浴が望ましいのではないかという話になる。当時多くの病気の治療法として処方されており、病人は朝食前に冷たい海に浸かり、海水を飲むのがよいとされていた。自身も休暇を欲していたゴドウィン夫人は、メアリがリゾート地ラムズゲイトの医者にかかる必要があるのを幸い、息子ウィリアムも連れて三人で出かける。母と息子はラムズゲイトに一ヵ月滞在した後ロンドンに戻るが、メアリのことはその後六ヵ月間、ハイストリートにあるペトマン嬢の寄宿学校に置き去りにして行く。

この孤独な期間はメアリの健康状態や義理の母親への態度、「嫌な様子」の改善には繋がらなかった。ひときわ寒い一二月半ばに彼女がロンドンに戻ると、ゴドウィンはシェリーにこう綴る。「私は子どもに関しては望みなしの人間だとこれまで何度も思ってきました。知性と知識の種、道徳的な判断力と行動力の種を蒔いたのに、その土壌は長いこと、『耕作者の世話に恩知らず』だったように思えたものです。しかしどうやらそうではなかった」。新たな文通相手に強い印象を与えようとしたのか、あるいは家庭問題から手を引いていたのかもしれない。スキナー通りでは緊張状態が弱まることなく続いていたのだから。もしメアリが出費のかからない形で身体にいい環境にいられるなら、彼女も他の家族の調子もよくなるかもしれない。

ゴドウィンはスコットランドのダンディー近くに友人を持っていた。急進的非国教徒一家で、ゴドウィンのような無神論者にはならなかったが、共有財産に基づく共同体への信仰は分かち合っており、帆布事業の成功で裕福に暮らしていた。身を引きしめるような風の吹くテイサイドに広々とした家を所有するこのバクスター夫妻は、ゴドウィンの提案——娘を五ヵ月ばかり預かっていただけないでしょうか——に快く応じ、メアリを長逗留させてくれることになった。もし娘の気質が貴方がたに合わないようでしたら、五ヵ月を待たずに船便で送り返してくださって結構です、とゴドウィンは書く。メアリは田舎暮らしと海風の恩恵を受け、バクスター家の一員として暮らすことになるだろう。義理の兄チャールズ・クレアモントが見倣い奉公としてエディンバラの書店に落ち着いたばかりであり、ダンディーとの距離も比較的近いため、メアリを訪ねることもできるだろう。娘には誰も近づけないでください、とゴドウィンはバクスター夫妻に頼む。メアリは奢侈を軽蔑し、自立心を持つ人間になるよう育てるつもりですから。メアリは「哲学者、それも冷笑的な感じになるべきだというのである。夫妻が娘を励まし、しっかり勉強するように仕向けてくれることをゴドウィンは期待した。

一八一二年六月七日、ファニー、クレアとゴドウィンは、夫人抜きでダウンズ・ワーフに赴き、メアリの船出を見送る。出発までの一時間を船内で過ごし、やがて船はスコットランドに向けて出発した。一四歳のメアリは一週間近くかかる旅に単独で臨むのである。ゴドウィンが翌日バクスター夫妻に綴った通り、メアリはおそらく「死にそうな状態で到着するでしょう。きわめて船酔いしやすい子ですから」[2]。細帯に隠したお金を航海中に盗まれてしまった彼女は、一文無しでスコットランドに到着した。

一目見た瞬間、メアリは土地とバクスター夫妻が好きになった。夫妻の二人の娘も、いかめしく知的な隣人も、義理の息子デイヴィッド・ブースも。彼らの家はダンディーから四マイルほどのところにあり、広々としていたが壮麗ではなく、素朴なテイ湾を見下ろしていた。ロンドン出身の洗練されたメアリは、バクスター家の六人の子に対して劣等感を抱くこともなく、中でもイザベラとはまもなく親友になる。この少女の憧れの人物の一人がメアリ・ウルストンクラフトだったことも大いに役立った。ダンディーの家族はみなメアリに敬意を持って接してくれた。

　スコットランド滞在は成功で、ロンドンの実家に短い帰省をした後、メアリは温かく安定した中流階級の家庭生活を味わいにスコットランドに戻る。ファニーもクレアも幼少期にこのような経験をしたことはない。スコットランドに一〇ヵ月滞在したメアリは、一〇日間の旅を経て一八一四年三月末に実家に戻る。ロンドンは寒く、ナポレオンが同盟国に屈服し、エルバ島に流される直前だった。首都は様々な祝賀式典で爆発寸前であり、ゴドウィンは家族が花火を見に行くことを許可したが、彼自身は気難しく眺めるだけだった。一度は不信任となった旧秩序がヨーロッパに戻りつつあり、自身様々な意味で退歩していたにもかかわらず、ゴドウィンは現状を歓迎することができなかった。彼の家族は一般の人々の愛国歌やショーとは離れたところにいた。

　メアリはスコットランドで成熟していた。父への愛情は相変わらず強かったが、距離を置くことも学んでおり、それはファニーが未だ実現できずにいたことだった。ゴドウィンはメアリの心に相変わらず大きな像を描いていたが、これほど長い留守の後では、父の姿は記憶にあるより多少縮んでいたことだろう。メアリは自尊心を強く感じるようになっており、クレアが――彼女ほどではないがファニーも――そんなメアリを羨み、尊敬し、真似しようとしたのも無理はない。メアリは出発時の衣装より面白いものを持ち帰っていた。今や格子縞のワンピースを着ており、それはウォルター・スコットのロマン主義バラッド熱によって英国中に流行していたものだった。

　性格の点でメアリはファニーほど内向的で不安定ではなく、クレアほど激しやすく衝動的で快活ではなかった。というより、メアリの不安定は高尚な質のものであったと言えよう。スコットランドから帰省した彼女は、ほとんど驚嘆すべき存在となっていた。著名な両親の光に包まれていただけでなく、観察者と批評家の中で生きていたメアリは、スコットランドに赴く前から強い自尊心を身に着けていたが、バクスター家の人々の賞讃を何ヵ月にも渡って浴びたことで、自尊心がさらに高まっていたのである。後にある友人がメアリのことを、同伴者がいるときは機知に富み、社交的で生き生きとしているが、一人のときには沈んでいると描写している。会話の多い家庭で育ったメアリは明瞭で揺るぎのない意見を持っていたが、冗長ではなかった。私的領域（プライヴァシー）を強く意識するようになっており、自分にもたらされる恩恵をわきまえていて、それが手に入らないと憤慨し、機嫌が悪くなった。

容貌の点では、背は低めでほっそりしており、上品な振舞いと態度を身に着けていた。とても青白く、灰色がかったハシバミ色の瞳を持ち、彫りの浅い鼻と広い額をしていた。成長したメアリを見たある人は、「ティツィアーノの絵画」のようだと述べ、抑制力、冷たさと言ってもよいほどの資質に言及している。後にメアリは「美しいほうの娘」と描写されるようになる。ファニーとの比較が決まり文句になっていたのだ。これは双方に大きな影響を与えたことだろう。前述の「ある人」――俳優ケンブル――は、自分はメアリを美人とは思わないが、「メアリ自身が自分を美人だと思っている。そういうことにしてもよい何かが彼女にはある」と付け加えている。[3] ハリエットがファニーの顔を、知性によって（天然痘の痕が）埋め合わされていると感じたように、エドワード・トレローニーはメアリが「輝く知的な瞳」のおかげで救われていると感じた。[4] 髪はとても細く、明るい茶色がかった黄金色で、紗のように自然に波打っていた。シェリーは常に光沢のある女性の髪に惹かれており、ハリエットの髪もそうだった。

この頃までにシェリーはかなり多くの若い女性を家族と安定した生活から救い出していた。ごく最近は優しいコーネリア・ターナーに目をつけ、さらにゴドウィン夫人の言葉を信じれば、ファニーにも目を向けていた。そういう彼が、メアリ・ウルストンクラフト・ゴドウィンという名の一六歳の少女の魅力に抗えるとは想像し難い。ゴドウィンが賢く美しいと褒めちぎる娘で、明らかに共和主義的な名は持たないが、共和主義的な「両親」を持つ娘——ウルストンクラフトの力はそれほど大きく、メアリというありふれた名にさえ共和主義的なオーラを注ぎ込んでいたのだ。この娘の父は、シェリーにとって都合のいいことに、著作にこう書いていた。男性は「教養によって」強烈な衝撃を与えてくれる「女性との交際に励むべきである」。その魅力に比べれば、「肉体的な交際」は「きわめて些細な目的に過ぎない」[5]。

　ゴドウィンは覚悟しておくべきだった。男性たちが娘の魅力に気づき始めたという示唆さえ受け取っていたかもしれない。シェリーが再びゴドウィン家に姿を現すようになった頃、妻を亡くしたばかりのデイヴィッド・ブースがダンディーからロンドンにやって来たが、メアリに結婚を申し込むつもりだった可能性はある。とすれば拒絶されたのだろう。後にメアリの友人イザベラ・バクスターに心を移し、受け入れられている。義理の妹との結婚は教会が禁じていたにもかかわらず。もしメアリに結婚申し込みがあったとすれば、ゴドウィンは妙齢の娘の魅力に改めて気づいたことだろう。持参金のないメアリは、父親の目には、持参金に匹敵する知的遺産を持っていると映った。そしてたいていの若い男性にとっては、メアリ自身の魅力が高い価値を持っていたのである。とすれば奇妙なことだ。多くの傍観者——ファニーも含めて——の目には十分可能性があると映っていたことに、ゴドウィンの考えが及ばなかったとは。クレアにもまして、ファニーは異父妹メアリが浴びている注目をよく知っていた。

二度のスコットランド旅行に挟まれた時期、メアリはシェリーと同じ家にいたが、疲れのためおそらく上階に引きこもっていたのだろう。しかし一八一四年五月五日、二人は確実に会っている。結果は避け難いものだった。この日以来、五月末まで、シェリーはスキナー通りを定期的に訪れる。娘たちは交代で一階の書店に詰めなければならなかったため、メアリはシェリーと二人きりで過ごす機会が十分あった。義理の母が上階で優雅な生活を続けている間に。シェリーの表向きの訪問相手ゴドウィンは、誰にも邪魔されたくないときは静寂を要求し、書斎に引きこもっていた。メアリとシェリーの仲が深まりつつあることに気づいていたであろうファニーは、口を挟んだり、少なくともゴドウィンに警告できたかもしれないが、その月の終わりにウェールズに旅立ってしまった。

第一五章　ファニー

一八一四年五月二三日、シェリーがゴドウィン家に滞在していた日、ファニーはウェールズのペントレデヴィ (Pentredevy) に旅立つ。ゴドウィンが日記に書き込むほど重要な出来事である。しばらく憂鬱な気分が続いた後、メアリがシェリーに及ぼす強烈な影響を見た後での出発だった。

しかしファニーの行き先は実ははっきりしない。ペントレデヴィという名の町や村はウェールズの地図に見当たらないのだ。最も大きな可能性は家の名だろう。ランデイロ近くにペントレデイヴィズ (Pentredavies) 農家がある。南ウェールズのラーンから遠くないところに。

ラーンはコテージやジョージ王朝風の家が立ち並ぶ古い町で、カーマーゼン湾を見下ろす城跡に囲まれており、メアリ・ウルストンクラフトの人生に重要な位置を占めていた。ここに暮らしていた頃、彼女は景色は好きだったが、ロンドンからこれほど遠く離れた場所に移らなければならなかった家庭事情は好きではなかった。債権者から逃れてきたのだから。彼女はまた、母が亡くなる前に父エドワードがリディア・ウッズという、娘の自分とほぼ同年齢の女性と関係を持っていた事実も嫌悪していた。エドワードは妻が亡くなるや否や、一七八三年にラーン育ちのこの少女と結婚したのである。夫妻は残りの人生を南ウェールズで過ごし、ラーンのマーケット通りに住み、エドワードの娘たちからの施しとプリムローズ通りの家から上がる賃貸料の分け前によってその日暮らしをしていた。

一八〇三年にエドワード・ウルストンクラフトが亡くなり、一八〇五年の秋、リディアの財政状況は逼迫していた。彼女はゴドウィンとジョンソンにプリムローズ通りの賃貸料の分け前を送ってくれるよう懇願する。一〇〇ポンドの証券に加えて。それは義理の息子ジェイムズ——夫エドワードの遺言執行人——が免除するよう依頼していたものだった。ゴドウィンは半年前、ジャマイカに旅立つ直前のジェイムズから五〇ポンドを受け取っており、おそらく義理の父の急死を支払い遅延の好機と見たのだろう。亡き夫の債権者につきまとわれたリディアは、不平を言う理由はあったがぐっとこらえ、代わりにゴドウィンの娘に関する情報を所望する。ウルストンクラフトの死からちょうど八年後に手紙を書きながら、リディアはこの娘の名前を知らずにいた。偶然、二年前に「素敵な子」であると聞き及んだだけである。[1]

ウルストンクラフト三姉妹は少女の頃、ラーンに住んでいた。近くのペンブロークで家庭教師をしていたイライザは頻繁に父と後妻に会い、わずかな給料から少しばかりの施しをし、彼らの生活を支えようとさえしていた。イライザは姉メアリより頻繁にリディアとやりとりしており——メアリはリディアを非難していた——後に彼女のことを「善意あふれる女性で、借金を少しでも軽くするためにできることは何でもしようとしている」と述べている。ウルストンクラフト姉妹の父はゴドウィンに匹敵するほど借金まみれで、その上酒飲みでもあった。リディアのラーン生活は、どの段階でも容易なものではなかっただろう。

メアリ・ウルストンクラフトはリディアを一種の高位奉公人として退けたが、この女性の社会的身分はウルストンクラフト姉妹にそれほど劣るものではなかった。父は市町参事会員、甥は反物商人、姪はイライザやエヴェリーナ同様、学校教師で、姉シャーロットはブリストル出身の紳士ジョセフ・ハウウェルに嫁いでいる。この男性はラーンの裕福な煙草製造業者だった。エヴェリーナは生涯に渡ってシャーロットと連絡を取り合っており、もしかするとラーンの少女時代からの友人かもしれない。何年も後、二人はエドワードとリディア夫妻の墓を立てることを話し合っている。リディアのもう一人の姉メアリはラナースニー出身の牧師ウォルター・プライスと結婚しており、この男性の兄はペントレデイヴィズ所有者の一人娘と結婚している。ようやくここでファニーの行き先と思しき地名が登場したわけだ。ゴドウィン夫人は一八一四年夏のファニーの滞在先をウェールズからダブリンに読み換えてしまったが、この誤りはおそらく、旅行目的の一つがウルストンクラフト家の叔母二人と義理の祖母にあたるリディアに会うためであったことから生じたのだろう。ゴドウィン夫人は事実をよく呑み込めていなかったが、ウェールズの代わりにダブリンという変奏にはほとんど何の利点もないように思われる。南ウェールズのカーマーゼン州は、ロンドンやダブリンの親戚が集まるのに適した場所のようだし、村や農家が点在するタウィー峡谷は、グロスター発ブレコン行き馬車の路線上にあるのだから。[2]

スキナー通りの実家でシェリーから受けた刺激と苦しみが記憶に鮮やかに残るファニーは、脆く、傷つきやすい状態だった。もしこの機会に身の振り方を叔母たちと相談し、生活をともにしつつその学校で教えるという話が出たとすると、ファニーが喜んで承諾できるはずもなかっただろう。イライザ叔母のことは相変わらず愛情を込めて触れているが、何年にも渡る失望を経て気難しくなる一方のエヴェリーナ叔母は、ファニーのような内気な少女に嫌悪感を持たせるには十分だった。姪のメアリ・ゴドウィンは、エヴェリーナがときには愉快で機知に富んだ調子になれることを認めつつも、年を重ねた叔母が「誰にも好かれていなかった。今や神の被造物の中で最も耐え難い人物だ。彼女とともに過ごすことほど辛い罰はない」と描写している（残念なことだ、エヴェリーナはメアリを好いていたのだから）。[3] 叔母は二人ともゴドウィンに敬意を持っておらず、彼を尊敬していたファニーとは話がかみ合わなかった。その彼女が報われない恋に苦しんでいるとしたら、シェリーのいるところから連れ去るのは、いかなる状況であれ、酷な話だったことだろう。

それにもかかわらず、もしファニーがイライザと少しでも一緒に過ごす時間があったとしたら、叔母が自然美に対する鋭い理解力を持っていることに気づいただろう。若い頃過ごしたウェールズ沿岸や山々の光景や音は、イライザをいつも感動させた。ウェールズに戻りみじめな家庭教師生活を送っていた彼女は、姉メアリがファニーを出産した後、縁が切れてしまい、絶望に近い状況に置かれていたが、その頃慰めとなったのがこうした光景や音だった。ファニーはフィヨルドや滝の間で過ごした驚くべき幼少期を母の旅行記で読んでいたが、ノルウェーやスウェーデンのことを覚えているには幼過ぎ、続く人生のほとんどを薄暗いロンドンで過ごしていたのである。ウェールズはまったくの新発見だった。

ゴドウィン家の他の子ども同様、自然に対する感性を育んでいたファニーは、深い感動を予期していた。シェリーは最近、ウェールズからスキナー通りにやって来たのだ。エラン峡谷やトレマドックに魅了された彼は、この野性味あふれる土地に理想郷共同体をつくる望みにしばしば駆られる。メアリもダンディーから帰省した折、スコットランドの野性味あふれる河や広々とした土地への思いでいっぱいになっていた。ファニーも丘や谷、崖や河の流れに喜びを感じたことだろう。クレアも後にスキナー通りの家から抜け出し、デヴォン州リンマスの劇的な風景を見たときの強い印象をファニーに伝えている。ウェールズの思い出を持つファニーが、こうした描写を理解してくれるだろうとクレアが思っていたことは、ファニーが祖父母の古い住処ラーンを訪れたことを示している。リンマス同様、ブリストル海峡の潮流は、浜に打ち上げられた漁船の傍を流れていた。

メアリとクレアはおそらく自分たちのことに忙し過ぎて、ファニーに手紙を書くことも、彼女の感情や新しい景色に対する反応を受け取ることもできなかったのだろう。しかしゴドウィンは六月二八日、ペントレデヴィのファニーに手紙を書く。亡き妻の墓のもとで重大な出来事が起こったのを知った翌日のことだった。

第一六章　メアリ

一八一四年六月八日、ホッグはシェリーとともにスキナー通りの家を訪れたことを記録している。ゴドウィンは不在だったため書斎で待つことにし、張りつめた様子のシェリーが部屋を行ったり来たりしながら、ゴドウィンの居場所を気もそぞろにホッグに尋ねる。するとドアがわずかに開き、「ぞくぞくするような声が『シェリー！』と呼んだ。ぞくぞくするような声がそれに応えた。『メアリ！』そして彼は飛ぶように部屋を出て行った」。ホッグはこの少女をちらりと見た。「とても若く……色白で金髪の、青白さの目立つ少女で、鋭い目つきをし、格子縞のワンピースを着ていた」。後にあれは誰かと問うたホッグに、シェリーは「ゴドウィンとメアリの娘さ」と答える。ロンドンを訪れたピーコックはシェリーについてこう述べる。「物語や歴史で読んだこともないほど際立ったイメージを持つ人物だ。性急で激しく、抵抗も抑制もできないほどの情熱に満ちている」[1]。

シェリーは今やスキナー通りに近いハットン・ガーデンに部屋を借りていた。スコットランド帰りのメアリに圧倒されていたクレアは、起こりつつあるドラマの第三者という役割に甘んじる。大人たちの疑惑を弱めるために、彼女はメアリとシェリーに付き添い、イスリントンやチャーターハウス・スクエアを散歩した。目ざとい庭師の妻によれば、シェリーとメアリは木陰に座って囁き合い、その間クレアは一人散策していたという。

三人組はセント・パンクラス教会墓地に赴き、メアリ・ウルストンクラフトの墓の傍らに腰かけた。またもやクレアはふらりと出かけ、メアリとシェリーは「哲学的なテーマについて話したいと思った」。シェリーにとってメアリは、母ウルストンクラフトの「消えつつある栄光」の「純粋な輝き」に包まれた存在で、一方メアリがシェリーに見出したのは、亡き母がギルバート・イムレイに見出したものに似ていた。それはルソーが『新エロイーズ』で創り出した情熱的な主人公サン・プルーを体現する人物として、ウルストンクラフトの最後の小説『マライア』で描写されている。「サン・プルーという人物には、その自己犠牲や神の賛美の中に、シェリーの気質と一致する何かがあった」と娘メアリは後に書く。[2]

クレアはお目付け役としてはほとんど役に立たなかった。六月二六日、三人一緒にウルストンクラフトの墓を訪れた後でクレアがいつも通り立ち去ると、シェリーはメアリに対して「心のすべてを熱烈な愛をもって」開き、メアリも彼への情熱を告白した。シェリーは今や、幼い頃の出来事の新たなヴァージョンに乗り出したのである。暴君的な父が自分を精神病院に閉じ込めようと計画したとき、救われたのはひとえにリンド博士のおかげだったという出来事に。これまでの人生はすべてこの瞬間、メアリとの出会いのための準備だったのだ。

ハリエットがホッグを退けた事実とは対照的に、シェリーは妻の不誠実をほのめかし、制度としての結婚がとるに足らないものであることを長々と論じる。メアリもまた、この点において母と父の急進的な面を尊重する。おそらくこの頃までにはゴドウィンが書いたウルストンクラフトの伝記『思い出』を読んでおり、自分が両親の結婚前に命を授かった事実を知っていただろう。メアリはシェリー同様、『フリートウッド』一八〇五年版の序文にほとんど興味がなかった。人間は、いかにそれが有害に見えようと、国家の制度を踏みにじるべきではないと述べた序文に。シェリーは、メアリが同じ考えを持っていることがわかったときの「崇高で強烈な瞬間」をホッグに説明する。彼女も、「粗野な迷信の堕落した汚染」には苦しんでいなかったというのだ。「私は貴方のものですと彼女が告白したとき――その『貴方』は長いこと密かに彼女のものだったのだが――その恍惚感は人間の想像力ではとても描くことができない」。

もしかするとこれは単に言葉の約束で、メアリがいつかシェリーの恋人になるという誓いだったのかもしれない。あるいは、ロマンティックに考えれば、この二人は翌日、柳の陰に佇むウルストンクラフトの墓の傍で――ゴドウィン夫人のけばけばしい想像力の中では、その墓の上で――恋を実らせたのである。これはシェリーが満足するような結婚式だった。結婚の公告も儀式もなく、天のもとで行う結婚式。この日、六月二七日は真の誕生日だとシェリーは宣言した。四月には未だハリエットに依存していた人生は、今やメアリに依存するものとなった。シェリーは、ハリエットに求めていたように、メアリから深い友情と知的な愛、そしてセックスを求めたのである。

シェリーにとってメアリは独創的で愛らしく、野性味にあふれ、崇高で、親切で優しかった。彼女の「熱烈な憤慨と憎悪」も受け入れていたが。「人間性が到達し得る最高の美点のうち、彼女に明らかに備わっていないものはないと思う」と彼はホッグに語る。シェリーは劣等感を覚え始めた――メアリは自分が尊敬する二人の人間の娘なのだ――しかしまもなく、自分とメアリの間には何も差がないことがわかる。彼らは同一なのだ。メアリは両親の作品の生ける実例であり、彼の夢であり、彼の魂に最も近い存在だった。メアリのことを話すとき、シェリーは「自らの完全性を利己的に長々と話しているように感じた」[3]。

シェリーは後に、ハリエット同様、メアリが先に愛を告白したとホッグに語る。ただしメアリはシェリーが心を打ち明けたと言っているため、主導したのは彼ということになるが。ハリエットはライヴァルであるメアリの、女性らしくない積極性という考えに飛びついた。「メアリは彼を誘惑しようと決心していたのよ。非は彼女にあるわ。彼女は母親のことを語ってシェリーの想像力をあおり、毎日一緒に母親のお墓に行って、ついには彼に死ぬほど愛していると伝えたのよ」[4]。ハリエットによれば、シェリーは妻のことを考え、メアリに対し、自分たちの品位を下げるような情熱に打ち勝つよう懇願したが、メアリはもし拒絶されたら死んでしまうと応じたという。ハリエットは女性を責める方が好きだったのだ。

ゴドウィンが率直性――初期の著作に顕著な――を評価してくれるだろうと考えたシェリーは、この出来事をさっそく彼に伝えるつもりだった。貴方の一六歳の娘を愛しており、それは妻子への愛より深いものだと。しかし彼が選んだのはきわめて折の悪い時期だった。

一八一四年初頭、ゴドウィンはシェリーに失望していた。自分はこの若者が信奉し、じきに捨て去ってしまう教義の一つなのではないかと疑い始めていたのだ。しかし最近、債権者たちがある計画を立てていた。金融仲買人がシェリーの相続財産の死後払捺印金銭債務証書公債をオークションにかけ、シェリー家はパーシー・ビッシュとの合意を目指す。そうすれば彼は自由にゴドウィンを援助することができる。この計画は受け入れられ、ゴドウィンはまもなく三、〇〇〇ポンドを受け取ることができると信じるようになった。かつてプレイスがゴドウィンの事業と家族を救うという誤った認識のもと、集めようとした金額である。

シェリーもこの取引に関わっていたが、業務の大半はゴドウィンと弁護士に任せていた。やがて貸主たちは不安を覚えるようになり、従ってお金はあと一歩というところまで来ていたのに、結局は手に入らなかった。一方、ゴドウィン家はシェリーに最善を尽くす必要があった。彼がそのお金を持ってハリエットと再びウェールズに逃げてしまう前に――可能性は十分ある――そのお金を確実におさえる必要があったのだ。このきわめて重要な時期、シェリーはゴドウィン家に頻繁に滞在し、メアリやクレアと過ごしていたが、ゴドウィンは金貸しや死後払捺印金銭債務証書で頭がいっぱいで、シェリーと娘たちのことを考える余裕がなかった。可愛い娘がシェリーを引き留めておけるだろうということ以外は。ゴドウィン夫妻は、ファニーの身に危険が迫っているのではないかと感じてウェールズに送ってしまったが、メアリとクレアは親の目にはまだ子どもと映っていたのだろう。

しかしながら、六月二七日――情熱の告白の翌日――借金の決着がつく前に、シェリーはメアリを愛しているとゴドウィンに告げる。秘密にしておく必要はなかった。『政治的正義』がかくも雄弁に「隠し立てする人種」に反対し、かくも完全に結婚制度に反対しているのだから。シェリーはゴドウィンがこの点に関する考えを後に変えたという事実を無視したのである。

もはや一七九三年当時の人間ではなかったゴドウィンはこの報告に驚愕した。そんな考えは「狂気の沙汰」だ。しかし貸付金の確約まではシェリーの訪問を禁じるわけにいかず、ゴドウィンはせめて訪問を減らすようシェリーに命じる。他者にこの出来事を伝える際には話の順序を変え、貸付金はシェリーと娘の恋物語を知る「前に」支払われたということにした。[5] おそらく六月二八日、ウェールズのファニー宛てに書かれた手紙もこの版だったことだろう。

七月初旬、財務取引が完了した。集まったのは現金わずか二、五九三ポンドで、八、〇〇〇ポンドという巨額の死後払捺印金銭債務証書に対して売却されたものだということをゴドウィンは知らなかった。シェリーは取引完了を祝うためにゴドウィン家に食事にやって来た。その席で、ゴドウィンに提供できるのは一、一二〇ポンドのみ、残りは自分で保管すると伝えたのである。ゴドウィンはぞっとした。そのお金が何に使われるかを知り、彼は恐怖で釘付けになってしまった。シェリーはハリエットとの結婚を解消し、メアリとスイスに行くというのである。ゴドウィンが『フリートウッド』で熱狂的に描いたスイスにだ。シェリーは彼の許可だけでなく、海外でのってまで求めた。

今やゴドウィンが鷹揚なパトロンに見出したのは、甘ったれた青年、望むものは何でも手に入ると思っている人間で、マーク・トウェインが戯画した男のように、「妻子を棄てて自らを再び浄化し、知り合いの女生徒とスキャンダラスな関係に飛び込む」男に近い。[6]ゴドウィンは怒り狂ったが、財政的にはシェリーに依存しており、我慢しなければならなかった。ゴドウィンは再び、『政治的正義』初版で述べた、結婚や親に対する子の敬意についての考えを修正したことを説明する。彼の考えは常に、現状の英国より完全に近い社会にふさわしいものだったのだ。というわけで、結婚は続けるべきものだし、親には従うべきである。彼はこれまで一度も、法や慣習に対する「個人的」な反逆を主張したことはなかった。

シェリーに自責の念はなく、ゴドウィンは（激減した）額を七月一九日に受け取ると、シェリーに対する態度を硬化させる。フッカムに手紙を書いたハリエットは、なぜ夫が連絡をくれないのかを知ると、スキナー通りの家にやって来てしくしく泣き、ゴドウィンにブラックネルでの出来事を伝えた。これを知るとゴドウィンはシェリーに出入りを禁じるが、ハリエットには会いに行く。おそらく助言を与えるためで、メアリに手紙を書いてシェリーを説得する――情熱を克服して妻の元に帰るように――ということだったのだろう。そこでメアリとクレアはチャペル通りにあるハリエットの家を訪れ、クレアはメアリが二度とシェリーに会わないと約束するのを聞いた。去りゆくイムレイに対するウルストンクラフトの感情を思わせるように、妊娠中のハリエットは、動物さえ雌が子を孕んでいる時は傍にいて見守るものだと懇願する。この危機に直面したゴドウィンは、娘を害悪の届かないところに送ることを考えたが、自分の力を見誤っていた。

メアリが勉強部屋に引きこもると、束の間の平和が訪れる。ゴドウィンは娘とシェリーの交際をやめさせたと思っていたが、実はクレアが嬉々として使者を務め、手紙持参で両家を行き来していたのである。これを嗅ぎつけたゴドウィンはクレアに取り持ち役をやめさせたが、文通はシェリーが買収した書店のポーターによって密かに続けられた。

自宅の勉強部屋でメアリは恋人の『マブ女王』を熟読していた。註はゴドウィンの著作や、彼がシェリーに薦めた本で埋め尽くされており、読みながらメアリは理解する。父が階下から大声でいかに非難しようとも、シェリーは父の後継者で生き写し、理想化された父を体現しており、その姿は、今や多くの人をあてにするみすぼらしいたかり屋となってしまったゴドウィンとはかけ離れていた。シェリーに応える中で、メアリはこれまで追い求めてきた、自分に独占的な愛を与えてくれる男性に限りなく近づいていたのだ。ゴドウィン宛ての最初の手紙にシェリーはこう綴っていた。「僕は若く、貴方は僕の先に行ってしまわれた」。後にメアリはゴドウィンのことを振り返る。「シェリーを知るようになるまで、私は父を神だと思っていました。父に捧げていた子どもらしい過剰な愛情を懐かしく思い出します」[7]。

別の角度から見ると、メアリの苦境はシェリー的というよりバイロン的だった。『マブ女王』の見返しに彼女はバイロンの詩「サーザへ」を書き写す。詩人は恋人——その心は詩人の心と結びついていた——を失い、悲嘆にくれている。シェリーはメアリの「最愛で唯一の愛」だった。もし彼のものになれないなら、彼以外の男性のものには絶対にならない。「私は貴方に自らを捧げました。この贈り物は神聖なのです」。精神的な愛は成就したが、身体的な愛は成就していないことをこの言葉は示しているのかもしれない。[8]

激しい感情に続いて激しい行動が起こる。ゴドウィン夫人によれば、夫の外出中、ヒステリー状態のシェリーが訪ねてきて、でっぷりした夫人を押しのけ、勉強部屋に駆け上がった。彼女が後から行ってみると、シェリーはメアリに心中を迫っていた。君は僕が持参したアヘンチンキを飲み、僕はピストル自殺をする、と小型ピストルを振り回しながらシェリーは言う。恋人たちは死によって結びつけられるだろう。[9]怖くはない。「彼方にはひとかけらの土塊もない／かつて生きていた者たちのかけらを含まない土塊は」と彼は『マブ女王』に書いていた。

今やクレアは叫び声をあげ、メアリはしくしく泣き、シェリーが心を鎮めて引き下がってくれれば永遠の忠誠を誓うと約束していた。マーシャルの助けを得て、ゴドウィン夫人とメアリはシェリーを落ち着かせる。彼は自宅に帰った。アヘンチンキの壜を残したまま。

この出来事は小説めいている。それがゴドウィン夫人の話しぶりによるものか、シェリーの行動によるものかははっきりしないが。シェリーは既に小説を数冊書いており、内容は男性が新しい女性に次々に情熱を移し、すべての関係に己の運命を見出し、最後には自殺を引き起こすというものである。シェリーが特に賞讃していたのはチャールズ・ブロックデン・ブラウンの『オーモンド』で、主人公は高尚な才能を持ち、「女性の治癒し難き不完全性」のために結婚を蔑視している男性である。(1)しかし彼は美しいヘレナに恋し、彼女は「魂の啓蒙より感情の恍惚」をもたらす。やがて彼は知的なコンスタンティアに出会う。尊敬すべき父に育てられたこの女性に刺激を受けたオーモンドは、ヘレナの「官能的な甘言」を忌々しく思うようになり、新しい恋人のことを告げ、ヘレナはアヘンチンキで自殺する。[10] ピーコックによればシェリー自身、アヘンチンキの罎を持ち歩いており、「これと別れられない」と語っていたと言う。おそらく事実だろう。シェリーは生涯に渡ってアヘンチンキ服用者だったから。中毒者というほどではなくとも。

勉強部屋での出来事からまもなく、シェリーの家主がスキナー通りにやって来た。賃借人が薬を過剰服用したという。ゴドウィンが大急ぎでそちらに向かうと、医者が待機していた。二人でシェリーを正気づかせ、一晩中見守った。

自殺に対するシェリーの思慮に欠けた態度は、多くの英国人が自殺に抱く嫌悪感と相容れないものである。自殺が明るみに出た場合、残酷な罰が待っていることはよく知られていた。最悪の場合、死体は杭に繋がれ、生石灰で覆われ、夜中に交差点に埋められた。大衆の足跡が悪霊を押しとどめるために。議会がこの慣行を禁止したのは一八二三年になってからである。運の良い場合でも、死体は信仰厚い人々が眠る墓地への埋葬を拒まれ、北の角にぽつんと横たえられた。より価値のある墓と直角に位置するように。

しかし文学的なサークルにおいては別の考え方も見受けられた。自殺気取りは一七七〇年代後期及び一七八〇年代にかなり流行し、ゲーテの主人公ウェルテルは思い焦がれた手紙を何枚も書いた後、感傷的な方法で自殺する。こうした手紙は、ゴドウィンがかつて主張したように、ウルストンクラフトの情熱的な手紙にのみ匹敵するものだった。二度の自殺未遂の間に書かれ、不誠実なイムレイに宛てられた手紙に。

ゴドウィンは自殺を感情的というより理性的なものとして受け入れており、その思想のため非難を受けていた。『政治的正義』によれば、痛みや恥を避けるための自殺は正しくないであろうが、自殺自体は罪でも犯罪でもない。「困難なのは、いかなる状況であれ自発的な死に訴えることが、それ以降の二〇年ないし三〇年の人生の有益性に勝るか否かを決断することだ」[11]。後に編集者宛ての長い未出版の手紙で、ゴドウィンは自殺の権利に再び触れている。「冷静かつ公平に考えて、自然が与えた自らの人生に対する力は、個人の自由裁量に任された才能だ。我々を作った存在は、同様の明白さをもって、自らの生死に対する統治権を我々に与えた」。自殺を試みたウルストンクラフトは、助け出された後、それが「理性の最も落ち着いた行動の一つ」だったと述べている[12]。

シェリーの場合は理性的というより演劇的だった。頻繁に自殺をほのめかしたが、本気だった試しはない――ピーコックが気づいていたように。彼の小説『悪夢の僧院』では、シェリーめいた登場人物が「一パイントのポートワインと一丁のピストル」によって、木曜日の七時二五分きっかりに自殺しようとする。そして執事に腕時計の針を戻すよう命令することで、自殺を妨げるのだ。愛情あふれる肖像画と言うべきだろう。ピーコック自身も自殺が頭を過ることがあったのかもしれない。

ゴドウィンの立場は高潔とは言い難いものだった。シェリーの金は必要だったが、娘を救う必要もあった。もしシェリーの計画に乗れば陥る避け難い運命からメアリを遠ざけておかねばならない。そこで七月末にかけて、ゴドウィンは被害者めいた父としての感情を急き立ててシェリーに送りつける。メアリにのぼせ上がったのは「気まぐれで一時的な衝動」であり、ハリエットこそ無垢で価値ある妻だと。ゴドウィン家に「恩人」として入り込みながら、「我が魂を蝕む終わりなき毒」として去っていくシェリーを非難し、「私の幼子の、美しく傷一つない名声」を助けてほしいと懇願する。この手紙は理性的な『政治的正義』や『マブ女王』よりむしろ感傷的、ゴシック・ロマンス風で、シェリーは感銘を受けなかった。[13] ゴドウィンが自分とメアリを「無慈悲で不平等に」扱っているのだから、自分たちは「お互いの幸せ」以外のすべてを無視する権利があるとシェリーは考えた。[14]

この「幸せ」を貫くにはゴドウィンの感情を無視し、駆け落ちすればよかった。そこで、一六歳のハリエットを連れ去ってから三年後、シェリーは別の一六歳の少女を連れて大陸に出発する。メアリは結婚の望みがないことも覚悟の上でついて行った。シェリーはハリエットと結婚で結ばれており、彼女の娘の父親であり、まもなく生まれてくる第二子の父親となる男性だ。しかし彼の身体的な、そして感情的な存在感はあまりにも圧倒的で、メアリはそれを抑制することができなかった。姉のファニーもそれを感じていたが、今や妹の番だった。

コーネリア・ターナーと戯れていた頃、シェリーは妻の愛を失うことを恐れ、自分の心は「君の憎悪にまったくふさわしい」と綴っている。彼は喘ぐ若者として自身を描き出し、頬が「苦痛のため青白く」、瞳は曇り、手足は「震えている」。このイメージは後の詩に頻出するようになる。激しい情熱に対する苦闘とそれが心身にもたらした影響をピーコックが記している。シェリーの心は拷問にかけられたように苦しみ、瞳も髪も服装も乱れていた。ハリエットを好もしく思っていたピーコックはシェリーに忠告するが、彼はこう応じる。「僕のことを知る人間ならわかるはずだ。僕の人生のパートナーは詩を感じ、哲学を理解できなければならない。ハリエットは高潔な人間だが、詩も哲学も理解できない」。[15] ラテン語と自由思想を独学してはいたが、ハリエットはドレスや馬車が好きな女性でもあった。ゴドウィンとウルストンクラフトの賢い娘にはとうてい太刀打ちできなかったのである。

第一七章　ファニー

一八一一年、チャールズ・クレアモントは実家から独立して、エディンバラの著名な出版社、コンスタブル社で見倣いについた。高い修行代ではあったが、ゴドウィン夫妻はよい投資だと信じていた。チャールズはいずれ、自分たちが失敗した出版事業に成功するだろう。

一八一三年八月、アーチボルド・コンスタブルがチャールズの修行期間の延長を申し出ると、ゴドウィンはその見込みに対する失望を素早く表明し、チャールズが実家に戻って書店の手伝いをしてくれなかったら、妻は過労で死んでしまうだろうと大げさに予期してみせる。チャールズは帰郷に同意したが、おそらく母より義理の父ゴドウィンのことを考えての決断だろう。母親の死は、チャールズが後にシェリーに語ったところでは、「死んだとしても、ありふれた知人の喪失による悲しみ程度に過ぎなかった」[1]。

チャールズは一八一四年一月末にロンドンに戻る。すっかり成長しており、義理の姉で一歳年上のファニーが子ども扱いされているのと対照的だった。まもなくゴドウィンは失望をエディンバラに伝える。義理の息子は「まだ熟達した職人になっていない」[2]。しかし彼も妻も大きな望みを抱いていた。とりあえず、チャールズは金を借り増す新たな手段となる。この若者の将来の見通しには反して。

メアリ、シェリー、クレアの駆け落ち翌日、チャールズはウェールズ滞在中のファニーに帰郷を促す手紙を書く役目を仰せつかる。ファニーは役に立つ人間で、ゴドウィンも妻も彼女の助けに期待していた。一人残されたチャールズは、手紙でファニーに駆け落ちのニュースを直接伝えることもできたかもしれないが、ゴドウィンの指示に従って慎重に書く。ゴドウィンはこの駆け落ちを世間の目から隠しておきたかった。彼自身の評判に関わることであり、このニュースによってもたらされるであろう揶揄を避けるために。彼は問題が修正可能であることを望んでいた（もちろん、駆け落ちのニュースは漏れてしまった。ゴドウィン夫人は書店の店員が怪しいと睨んでいたが、もしかするとハリエットが噂を広めたのかもしれない）。

手紙の投函から二週間後、ファニーがスキナー通りに帰ってきた。ゴドウィンは安心し、日記に彼女の名を書き込む。普通は頭文字だけなのに。ファニーは複雑な感情を抱えて戻ってきた。深く愛する二人の人間、メアリとシェリーが、自分を抜きにして一緒に逃げてしまったのである。それどころか、クレアまで連れて行ったのだ。この選択にファニーが嫉妬を覚えず、自分以外の三人が乗り出した冒険を羨ましく思わなかったはずがないだろう。たとえその冒険がどれほど無鉄砲で自己本位なものに思えたとしても。「二人の妹の悲しい運命について聞き及んだファニーは、深い感情に突き動かされた。彼女はそこから立ち直ることができなかった」とゴドウィン夫人は述べている。[3]

他者に必要とされることを強く望んでいたファニーは、三人に無視され、激しい痛みを味わったに違いない。書置きさえ残されていなかったのだ。ハリエットがシェリーの手紙を携えてスキナー通りを訪れたが、その手紙はスイスで合流するようハリエットを招いたもので、ファニーはのけ者扱いされたという気持ちをいっそう強める。以前舞い込んだ（そしてゴドウィンによって退けられた）招待は二度と繰り返されなかった。将来が白紙状態であることを強調するかのように。ファニーの短い人生の中で、スキナー通りに現れた唯一の遍歴の騎士――メアリは彼を「妖精の騎士」と呼び、彼自身は「影の盾を持つ騎士」と呼んでいた――は、ファニーを置き去りにしてしまったのだ。

家に残った唯一の若い女性として、ファニーはゴドウィンの失望の矛先に耐える。彼は昔好きだったマライア・オズボーンに、妻が「これ以上ないほど過敏な性質」であり、「この逆境によってこの上ない苦しみを味わっている。非はメアリだけにある。妻はあの子を世界で最大の敵だと考えている」と伝える。「最大の敵」の姉ファニーは、「過敏な性質」の効果を強く感じていた。ゴドウィン夫人は自分を慰めるために他者を非難し、自分の子どもからすべての罪を取り除くような解釈をしようと試みる。ゴドウィン夫人版では、悪人の駆け落ちカップルが、自分の無垢な娘を連れ去ったということになっていた。とりあえずゴドウィンは書斎に引きこもり、「不道徳な子どもたち」が冒険後に戻り、「父親の保護と援助を求める」ことを期待して自らを慰める。

苦痛は積み重なった。プロクター・パトリックソン——ゴドウィンの愛弟子であるケンブリッジの学生——が、慣れない大学という世界で鬱状態になっていたのだ。勉学はよくできたが孤独で、周囲が自分の貧しさを揶揄していると感じていた。シェリーとメアリが駆け落ちする直前、プロクターはゴドウィンにさらなる経済援助を願っていた。しかし娘の駆け落ち翌日、ゴドウィンはプロクターにこれ以上助けられないと返事をする。彼自身、借金と不安で苦しんでいたのだ。八月八日、プロクターはロンドンを訪れ、スキナー通りで最後の食事をともにする。ケンブリッジに戻った彼は、翌日ピストル自殺を遂げる。ゴドウィンの影響で「将来の幸福の望み」がなくなったのだ。人生における幸せは「きちんと身を落ち着ける」ことができなければ不可能なのに。母ウルストンクラフトの二度の自殺未遂を知っていたファニーは、ロンドンに戻ってこのニュースに接し、さらなる恐れを感じる。

陰鬱な雰囲気は一〇歳のウィリアムにものしかかっていた。パトリックソンが自殺した日、ウィリアムはスキナー通りの家に耐えられなくなり、家出する。大変な心痛に満ちた二日間の後、彼は無事見つかった。学校で馬鹿にされていると感じていたのだ。

これらすべての締めくくりに、ゴドウィンが恐れていた通り、世間が——先妻ウルストンクラフトの赤裸々な人生を書いて以来、『政治的正義』の著者に厳しかった世間が——この駆け落ちを知ると大喜びした。噂によれば——一部はハリエットから出たものだろう——年をとった急進主義者が娘たちをシェリーに売りとばしたということになっていた。クレアには七〇〇ポンド、メアリには八〇〇ポンドの値をつけて。もし世間が、ゴドウィンが未だシェリーから金を引き出そうとしていることを知れば、噂は真実味を帯びたことだろう。そこでゴドウィンはシェリーに対し、いかなる取引においても、今後自分の名を絶対に出さないよう要求する。ゴドウィン流正直さなどと言っている場合ではなかった。まさに、『政治的正義』第二版が「誠実さは……義務である。有益性という理由によってのみ」と容認しているように。[4]

ファニーの気分は、積み重なる苦悩のため沈んだ。ゴドウィンが後に語ったところでは、ファニーの心はメアリの駆け落ち以降、常に不安定だった。ファニーは深く愛していた二人の人間を失ったのであり、そのうち一人は情熱を持って愛し得る相手だった。彼女は残りの人生を鬱状態で過ごしたわけではなかったが、時折現れる憂鬱についての言がここから始まるのは事実である。

ゴドウィンは自らの姿勢を家族に強いたため、事態は悪化した。期待は外れ、メアリとクレアは大陸から戻ってきた後も保護を求めなかったのだ。ゴドウィンは頑なに、二人の娘もシェリーもスキナー通りの家に迎え入れようとしない。シェリーから金を引き出すために必要であるにもかかわらず、ファニーとチャールズは駆け落ち組とはいかなる関係も持たないことになっていた。クラブ・ロビンソンが後に語ったところでは、「貧困のもとで高潔を保つことがかくも難しい場合、繊細な道徳心や洗練性を求めるべきではない」[5]。

ゴドウィンに指示されたチャールズは苛立った。家庭の雰囲気があまりにも悪く、書店を救う――両親の心からの期待――など御免こうむりたかったチャールズは、ただ逃げ出したいと強く願っていた。ゴドウィン家に留まるよりは「どんな避難所でもよかった、どれほど卑しいところでも」[6]。チャールズは西インド諸島への移住すら考える。しかし女性にはこのような行動は不可能だった。ファニーはスキナー通りからもゴドウィン夫妻からも自立したことがなく、感情においても金銭面でもチャールズよりはるかに難しい立場にいた。もちろんアイルランドに二人の叔母がおり、もし望めば、彼女たちの家が避難所となってくれるはずだった。しかしそうであってもかつて一度もその気にはならなかったようである。そうでなければ、ファニーはこの時点より前にゴドウィンを――そしてもちろん彼の妻を――説得して、アイルランド行きを実現していただろう。

いずれにせよ、メアリと既婚男性の駆け落ちは事態をさらに複雑にした。まもなくこのスキャンダルがダブリンの叔母たちの耳に入る。一五年前、ウルストンクラフトが引き起こしたスキャンダラスな出来事を思わせる今回の駆け落ちは、苦労してまっとうな暮らしを手に入れた二人の妹にとってさらなる打撃だった。まったくもって、エヴェリーナの言葉を借りれば、ウルストンクラフト家は「呪われた家族」である[7]。そこで今回初めて、二人の叔母は姪ファニーを引き取る意図に迷いを覚えた。後にウィーンで教師になったクレアも、この時期のスキャンダルにつきまとわれることになる。働く女性にとって、ほんの少しでも悪い噂が立つと、それは「自分たちに害を及ぼす力を社会に与えてしまうことになる。彼女たちはその社会から日々の糧を得ているのに」[8]。イライザ・ビショップは、ファニーを無傷な状態に保つためにはクレアはスキナー通りの家に戻るべきではないと示唆し、ゴドウィン夫人を徹底的に狼狽させた。かんかんになった夫人は、その手紙をシェリーに転送し、彼がしでかした害を示してみせる。ファニーに対してというより、自分の娘クレアに対しての害を。シェリーは「偏見の暴政から一人の犠牲者を救い出した」ことを後悔していないと応える。[9] ゴドウィン夫人は「犠牲者」という言葉に驚いたに違いない。

ファニーは叔母たちの不安の深刻さをよくわかっていた。また、ゴドウィン夫妻が自分を永遠に家に置いておけるわけではないことも知っていた。家でも書店でも、家庭的義務のほぼすべてがファニーの肩にかかっていたにもかかわらず、ゴドウィン夫人はクレアの喪失に苦しむあまり、ファニーを経済的な重荷だと断言する。母ウルストンクラフトの友人ジョンソンがファニーのために意図した未払いの遺産、ゴドウィンが決して支払わなかったその遺産は、長いこと忘れ去られたままだった。

ファニーに何ができただろうか？　プレイスはゴドウィンが「成人した娘たちを自立」させればいいと考えたが、その方法については何も言わなかった。叔母たちの申し出を除くと、ファニーに残された選択肢はほとんどなかった。正規教育を受けていないにもかかわらず、ファニーの教育は中流階級の家庭教師や住み込みの話し相手として働くには十分なものだったが、内気な性質と、そうした依存状態の恐怖に対する母の警告が耳の中で鳴り響いていた。ウルストンクラフトの最初の本、『女子教育考』は、思いやりのない家庭に奉仕する賢い女性に必要な感情の抑制を鮮やかに描写している。ファニーはこういう選択肢を避けたのかもしれなかった。

そもそも、そういう選択肢がファニーに開かれない可能性もきわめて高かった。ゴドウィンやウルストンクラフトという名の少女を引き取るのは、相当向こう見ずな家庭だろう。『思い出』がファニーのスキャンダラスな生まれ——悪名高いフェミニストの私生児——を公表していたし、ロンドンは今、ファニーの二人の妹とシェリーの自由主義的情事という新たなスキャンダルに騒然としていた。ファニーの叔母たちの不安がその効果のほどを示している。加えて、ウルストンクラフトはアイルランドでさらなる汚名を着せられつつあった。ゴドウィンの友人、マウント・カシェル令夫人がスキナー通りの家を訪れたのはこの駆け落ち騒動のすぐ後だったが、令夫人は何人もの子どもを棄て、恋人とイタリアに赴く途上だったのだ。その昔世間を賑わせた妹メアリ・キングのスキャンダラスな行動同様、令夫人の今回の行動も、幼い頃の家庭教師ウルストンクラフトの影響だと捉える人が多かった。後に、令夫人とウルストンクラフトとの絆は決定的になる。イタリアで新たな放浪の人生を送り始めた彼女は、ウルストンクラフトの児童書『独創的な物語』に登場する「メイソン夫人」を名乗ったのだ。これはゴドウィン夫妻が書店で製本し、販売していた類の本である。マウント・カシェル令夫人はこの書店から本を出している著者の一人だった。

　ファニーにとっては、財政面より感情面での苦しみの方が大きかった。一方の側にはゴドウィン、自分の人生を支配し、優しく接してくれる男性がおり、もう一方の側には母親代わりを務めていた妹と、いかなる形であれ、自分の情熱を掻き立てた男性がいた。ファニーが何をしても、誰を助け誰に従ったとしても、愛する誰かを憤慨させることになるだろう。

第一八章　ハリエット

夫が自分以外の女性の虜になっている。大変な衝撃を受けたにもかかわらず、ハリエットはシェリーが大陸から帰ってきたら絆を温めたいと願っていた。ボインヴィル夫人からはコーネリアに対するシェリーの関心を聞かされ、ゴドウィン夫人はファニーに関する疑惑も付け加えたかもしれない。夫は様々な女性の魅力に影響を受けやすい時期なのかもしれないとハリエットは望みをかける。これまでにもヒッチナー嬢や姉イライザに入れ込んでいたのを見たことがあるし、彼の熱狂や激しい失望には慣れていた。シェリーは自分のもとに戻ってくるかもしれない。ハリエットはまだ彼を愛していた。

三人組は英国に着いたら解散するだろうと信じていたゴドウィン夫妻同様、ハリエットも、この三人が一緒に暮らし始めたのを知って失望する。しかしシェリーが選んだ住居はマーガレット通り五六番地で、チャペル通りのウェストブルック家に近い。ハリエットとの交流は容易だろう。夫を取り戻したいと願うハリエットは柔軟に対応しようとし、頼まれた本や衣服を送り届ける。

出版業者トマス・フッカムは、シェリーがハリエットを棄てたことを未だ非難していた。それでも、チャペル通りの彼女の家で二人の男性は仲直りする。まもなくフッカムはシェリーやメアリと定期的に食事をするようになるが、メアリはこの「嫌な小男」に馴染めず、彼とシェリーとの関係も不安定なままだった。フッカムは後にこの二人を裏切ることになる。ファニー同様、フッカムもいがみ合う者同士の間で引き裂かれるような思いを味わっていたのだろう。

ハリエットの気持ちは揺れ動いていた。ときにはシェリーに愛情深い手紙を書き、健康を気遣う。

そういう気持ちはハリエットに妻としての感情を芽生えさせた。シェリーの気まぐれや要望をよく知っていたのだ。最初のうち、彼女はメアリに関することには慎重だった。夫が女性の嫉妬を軽蔑していることを知っていたから。しかし夫を取り戻す望みが消えると、ハリエットはメアリと、特にゴドウィンに激しく襲いかかる。二人が自分に対して共謀していると思ったのだ。しかしその後、彼女は引き下がる。夫を完全に失うことを恐れて。

シェリーはハリエットが「世俗を超越」していないと非難する。僕は君に親切にしているんだよ、「他の女性への激しく永続する情熱」にもかかわらず。メアリは「人類史上最も高潔で優れた」存在であり、もしハリエットがそれを受け入れないなら、夫婦の「親密な関係」は終わりだ。出産間近のハリエットは、妻の身分からそんなに早く離れることは難しいと感じ、絶望的な気分に襲われることもあった。

妊娠中のメアリとクレア、それにゴドウィンも含めた家庭を支えるため、シェリーは借金を試みるが、そのためには錯綜した関係を内密にしておく必要があった。ハリエットは弁護士に近づいてはならないと指示される。しかし彼女はその行動に及び、シェリーは爆発した。「君に偉大さや寛容さを期待していた僕が馬鹿だった」。「君は最も卑しい迷信の奴隷になっている」、従って自分との縁は終わりだ。驚愕したハリエットは、弁護士には助言を求めただけだと答えるが、傷つけられた気持ちを怒りに変えてメアリにぶつけずにはいられなかった。

シェリーは激怒する。「メアリに対する君の傲慢な言葉は……厚かましく意地が悪い……そんな言葉を僕に向けるのは侮辱だ」。次の手紙で彼は率直に言う。「僕は他の女性と結びつけられている。君はもう僕の妻ではない。君を傷つけたかもしれないが、あくまで無意識のうちで、意図したものではない。君との関係が始まったときからずっとそうだ」。彼は急に調子を変え、君のお産は軽くて済むだろうと無頓着な自信を表す。第一子がきわめて難産だったにもかかわらず。そして「ストッキングとハンカチとW夫人の遺稿集がほしい」と言い放つ。[1]最後の品は、シェリーは忘れていたかもしれないが、ウルストンクラフトの手紙を含んでいた。ファニーの父イムレイに棄てられた経緯や、その結果の自殺未遂について綴った手紙の束を。

ハリエットはストッキングとハンカチは送ってやったが、本は送らなかった（シェリーは別口で、おそらくフッカムの巡回図書館から入手したに違いない。まもなく彼はこれらの本をメアリとクレアに読み聞かせることになる）。

ウルストンクラフト同様、ハリエットも「この上なく深い傷」を負いつつ、「可愛らしい幼子」のために生きることになるだろうと感じていた。姉イライザが繊細なアイアンシーを海浜リゾート地サザンプトンに連れて行ったため、ハリエットは自分を受け入れてくれない父親とロンドンで二人きりだった。彼女の心はゴシック的な展開を見せ、ゴドウィンは無垢な犠牲者をかどかわす邪悪な魔法使いに変貌する。「シェリー氏が不品行で快楽的になったのはゴドウィンの『政治的正義』と誤った教義のせいだ」と彼女は書き、無意識にシェリー自身の悪霊的なメタファーを模倣する。「私がかつて愛した男は死んだ。これは吸血鬼だ」。シェリーは妻の変化に気づき、共同体の考えを修正する。これまではハリエットを補助的立場で加えようと考えていたが、それはもはや不可能になった。共同体構成員は自分とホッグ、メアリとクレアのみ。ハリエットは「この上なく崇高な美徳」を示すことができなかったのだから。

一八一四年一一月三〇日が暮れる頃、ハリエットは予定より早く「この悲惨な世界にもう一人の幼子」を生み落とす。男の子で、シェリー家の後継者となる子だった。衰弱状態のハリエットはシェリーの冷淡さを誇張したかもしれない。「彼は男の子で嬉しいと言っています。かかるお金が少なくて済みますから」。チャールズ・ビッシュと名づけられた赤ん坊はシェリーによく似ていた。ハリエットにはウルストンクラフトの姿が重なる。去りゆくイムレイを思い出させる幼子ファニーを見て嘆くウルストンクラフトの姿が。「こんなにも無防備な状態の子どもを世に送り出すのは、なんと恐ろしい試練でしょう。父親の愛情なしに」。

　産後のふさぎ込んだ気分でハリエットは自己憐憫に陥る。「命にはほとんど価値がありません……私は一九歳で、犠牲者として喜んでお墓に入れます。可愛い子どもたちが生まれてこなければどんなによかったことか。死にたくなったとしても、あの子たちのおかげで、消えいく気力が削がれてしまいます」。シェリーはハリエットに啓蒙思想を紹介しており、その中には自殺に関するゴドウィンの考え——自殺は罪というより個人の決断である——も含まれていた。シェリー夫妻は結婚間もない頃、死について表面的に、ときには深刻に話していた。毒を持ち歩き、自殺が常に手の届くところにあるようにしていたほどだ。「自分の悲しみにけりをつけることを、貴方は間違いだと思いますか？」ハリエットは今やシェリーに尋ねる。平穏を見つけられるような「他の世界」があるでしょうか？[2]

　フッカム経由でチャールズ・ビッシュの誕生を知ったメアリは、日記に打ち明ける。「シェリーはこの出来事を知らせるために回覧用の手紙を何通も書いている。鐘の音に包まれて伝えられるべき出来事だ。『妻』の息子なのだから」[3]。ハリエットに対しては怒りしか感じなかった。出産間近で体調の悪い自分の方がずっと可哀そうだと感じていた。

第一九章　ファニー

他者に同情しやすいファニーも、ハリエットへの同情は控えていた。現在この二人は似たような孤独を抱えていたが、初対面の折の違和感は残っていたのだ。ファニーはハリエットがシェリー、メアリ、そして結果的にはゴドウィンの心の痛みの原因になっているという考えをしっかり持つ必要があった。もし敵に少しでも同情を見せれば、メアリは自分とシェリーのことをファニーが批判していると責めるだろう。ファニーは妊娠中のハリエットの苦境を、ウルストンクラフトのような棄てられた母親と考えてはならなかった。そこでハリエットとは決してやりとりをせず、双方が必要としていた慰めも提供しなかった。

シェリーが未だゴドウィンのために金策に走り回っている事実をハリエットが公表すると、メアリはハリエットが「パパを破滅」させようとしていると逆襲する。ファニーは妹やクレアに倣ってハリエットを「忌まわしい」と呼ぶことはできなかったが、ハリエットとその子どもたちの方が、ゴドウィンよりシェリーのお金に高い請求権があるとも思っていなかった。シェリーですら、ゴドウィンの冷淡な態度に失望しつつも、『政治的正義』の著者を未だ尊敬し、他の人々にもその主張を受け入れてもらいたいと望んでいたのである。

ファニーはゴドウィンの立場を理解していた。世間が彼を、娘の駆け落ち騒動の共犯者ではないかと疑っていることを知っていたのだ。実際、多くの人はゴドウィンが財産持ちの若い紳士を罠にかけ、逃げ出すことができないようにしたのだと考えており、児童書を基盤とした事業を抱え、生計を立てるために書かなければならないゴドウィンは、既に悪評高い名をこれ以上貶めることはできなかった。シェリーとメアリの行動を大目に見たと思われるわけにはいかなかったが、同時に、彼はシェリーの財源を死ぬほど欲していた。そこでシェリーに娘を盗んだ者として社会的追放を押しつける一方、その事実を無視してパトロンとしてのシェリーに要求をつきつけることができるようにしたのである。ゴドウィンはこの要求をしばしばファニーを通じて行った。

三人組の駆け落ちに対する当初の姿勢がどのようなものであれ、今やファニーがメアリとクレアに感じるのは、深い思いやりの気持ちだけだった。母ウルストンクラフトが、結婚によって保護されていない情熱的な若い女性の悲哀を描いていたではないか。世間的にはメアリとクレアは「破滅」したのであり、メアリに関しては――ファニーはまもなく知ることになるが――妊娠していた。『思い出』においてゴドウィンは「洗練された社会の規則は未婚女性を非難する」と述べており、一方でウルストンクラフトは、女性の評判は「唯一の美徳――純潔」にかかっていると記している。メアリの状況は望ましいものではなかった。

調停者となるべく、ファニーは可能な限りみなのために走り回り、ゴドウィン同様、二人の妹とシェリーも気軽にファニーに仕事を押しつけた。三人組が大陸から帰ってくると、ファニーは彼らの最初の宿、マーガレット通り五六番地にメアリを訪ねる。そして九月末にはセント・パンクラスのチャーチ・テラス五番地にも。そこはファニーがかつて母と一緒に、ポリゴンに移る前に暮らしていた場所に近かった。彼女はできる限り頻繁に、特にメアリの体調が思わしくないときには助けに行った。ゴドウィンはメアリに忠実なファニーを叱り飛ばし、逃亡者たちをもう一度訪れたらお前とは口を利かないと脅してファニーを苦しめる。彼女はクラブ・ロビンソンの言葉に共鳴したかもしれない。

「ゴドウィンはしばしばきわめて不作法に、相手に難題を押しつける。つまり相手にとっては不快なことを言ったり聴いたりするようにと（友人の悪口を言う等）。……ゴドウィンはあまりにも頻繁に私の感情を傷つけたので、彼に対する深い尊敬のみがこの関係を支えているのだ」[1]。同時に、ファニーはメアリ、クレア、シェリーが自分を軽蔑していることも知っていた。義理の父に立ち向かう勇気がないと。そして彼女がゴドウィンの脅しに屈してしまうと、三人組は救いようがないと感じる。ファニーにとっては高潔で困難な試み――ゴドウィンへの精神的忠誠を保ちながら、逃亡者たちを救う――を、彼らは揶揄したのである。

ファニーの立場は曖昧な態度によっても好転しなかった。メアリ、シェリー、クレアがマーガレット通りにいた頃、ファニーとゴドウィン夫人は彼らを訪問する。夫人はクレアになんとしても会いたかったのだ。逃亡者の住処に赴くことは大目に見てもらえたが、ゴドウィンの禁止令は守らねばならなかった。そこで二人は窓の外を通ったが、ノックは避ける。彼女たちは三人の姿を見たかったし、自分たちのことも見てもらいたかった。望みは叶えられたが、シェリーが家から飛び出してくると、ファニーと夫人は会話を拒み、足早にその場を立ち去る。フッカムはこのときシェリー家で食事をともにしていたが、早めに退席した。家族騒動に気分を害したのだろう。その後数ヵ月、両サイドは窓から互いを見張って多くの時間を過ごす。ときにはファニーがメアリ、シェリー、クレアを窓越しに眺め、ときにはクレアとシェリーが窓越しにゴドウィンを見張るという具合だった。

彼らより豪胆なチャールズは、義理の姉ファニーほどゴドウィンの怒りも母の饒舌も気にしなかった。母とファニーがシェリーたちに会ったことを聞き及んだ彼は、夜の帳が降りるのを待ち、マーガレット通りに出かける。窓に小石をぶつけて住人の注意を引き、家に入ると、シェリーはゴドウィン宛ての手紙を書いており、メアリはベッドの中で、クレアは『マブ女王』の注釈を読んでいた。チャールズはとても楽しかったので深夜三時まで逗留し、旅の話を聴き、返礼としてスキナー通りのニュースを伝える。クレアを連れ出して修道院に入れるという計画があることを。チャールズは母から想像力の才能を受け継いでいたのかもしれない。無神論者ゴドウィンが、誰にせよそんな場所に閉じ込めるという図は想像し難いのだから。それより可能性がありそうなのは、もし金銭的に可能であればだが、ゴドウィン夫妻がある種の特別寄宿生的な取り決め（parlour-boarder arrangement）を考えていたということである。これは若い女性が一人で暮らすにはまっとうな環境であり、何年も前にウルストンクラフトも、既婚者ながら夫と別れた身の妹イライザにこの処遇をあてがうことを考えていた。一方、義理の子どもたちとの内密の面会――あるいは面会に近いもの――を断じて認めないゴドウィンは、シェリーに手紙を書き、すべての関係を絶つよう要請する。シェリー、メアリ、クレアはスキナー通りの家を訪れようとしたが、ゴドウィンは彼らを中に入れなかった。

シェリーがロンドンにいることがわかると、債権者たちは住所を突き止めようと躍起になる。そこで彼は居場所をハリエットにも隠していた。自分を敵に売り渡したいはずだから。シェリーは借金にまみれており、特に馬車製造者チャーターズは請求書を手に彼を探し回っていた（代金はついに支払われなかった）。

一〇月末にかけて、ファニーは執行吏がフッカム経由でシェリーの居場所を突き止めたことを知る。彼女は板挟みに直面した。シェリーとメアリにことの次第を告げに行ってゴドウィンに逆らうのも、告げに行かずにいてシェリーを逮捕の危険に晒すのも怖かった。熟慮の末、ファニーはぼかした言葉で警告を促す手紙を書き、自ら届けることにする。

チャーチ・テラスに着いたとき、ファニーはまだ迷っていた。何週間にも渡る奮闘、非難、矛盾する要求のために神経がへとへとで、引き裂かれ、虐待されたように感じていた。ゴドウィンがずっと後になって認めているように。「義務感が彼女を我々のもとに留めていました。しかし彼女の愛情は彼らの側にあったのです」。ファニーはまさにこの瞬間、強い感情を味わっていた。息をするのも苦しかった。

しばらくの間、宿に近い空き地に座り、昂ぶった気持ちを落ち着かせようとする。シェリーと妹たちは家の中で食事をしており、自分が近くにいることがわかれば飛び出してくるだろう。しばらくして勇気を振り絞り、小さな男の子に手紙を言づける。債権者が迫っています、とその手紙には認められていた。長距離馬車製造者、家賃を滞納されている家主、そして金貸したちが。

このメッセージを受け取るや否や、シェリーとクレアが家から飛び出してきた。それを見たファニーは逃げようとするが、クレアがぶつかるようにして彼女を止める。ほんの悪戯のつもりだったが、ファニーは金切り声をあげた。クレアは手を離し、ファニーは逃げ去る。

この出来事はクレアの日記に書き留められており、一読の価値がある。事実を求めてというより、彼らの生の感情を知るために。そしてクレアがこの年上の孤独な少女——一人自宅に留め置かれ、クレアとメアリが引き起こした苦しみを処理しなければならない——に感じていた軽蔑を知るために。

六時に食事をとる。テーブルクロスが片づけられたとき、召使が手紙を持って入ってきた。小さな男の子が、野原の反対側で待っている婦人から託された手紙だという。それはファニーからで、シェリーと私は野原に飛び出した。彼女を捕まえることはできなかった。馬鹿みたいに叫んで走り去ってしまったのだ。彼女は逃げた――シェリーと私はスキナー通りに急いだ。窓越しにパパとママ、チャールズが見えた。[2]

この出来事をファニーの声なしに解釈するのは難しい。彼女が叫び声をあげたのは、ゴドウィンとシェリーに対する矛盾した思いが胸を打ったからだろうか？　あるいはついにシェリーに必要としてもらえたという興奮を一瞬感じたのだろうか？　あるいは――最もありそうなのは――混乱だらけの時間をこれほど長く過ごしたあとで、ようやくシェリーの近くに戻れたからだろうか？　この事件を不思議に思う人は誰もいなかった。ファニーが逃げた後、どこに行ったのかを心配する人も。明らかに、ゴドウィン夫妻にすぐ会えるような状態ではなかったのに。

シェリーたちは詳しい説明を必要としていた。そこで警告を受け取った後、チャールズに手紙を書く。もしかしたら他のことを知っているかもしれない。その後クレアがスキナー通りに赴き、面会を求めるメモを言づける。チャールズはしぶしぶ承知したが、家には来てほしくなかったため、戸外で話し合うことになった。クレアはファニーの警告のことを直ちに尋ねるが、その件については何も知らない、と彼は答える。ファニーはあまりにも劇的に振舞っているだけさ。

確認のため、クレアはシェリーのもとに戻り、二人でファニーに手紙を書き、もう少し信頼できる情報を求める。翌日、メアリとクレアがシェリー抜きでスキナー通りに赴き、ファニーと話すことになった。ゴドウィンに知られずにことを運ぶ必要があったのだ。

早朝、二人の少女は実家のシャッターが開くのを外で待つ。この時間に起きているのは家事に忙しいファニーだけだと考えて。ゴドウィン夫人は遅くまでベッドにいることで知られていた。

　ゴドウィン夫妻が眠っている間にファニーはドアを開け、妹たちに対峙せざるを得なくなる。この面会がどれほど義理の父に反抗することであっても。数分の会話で、メアリとクレアはチャールズが秘密にしていた事実を知らされる。フッカムが裏切ったのだ。彼女たちはファニーを信じた——真実を言わずにいるのがファニーにとってどれほど難しいかを見てとったのだ。この知らせを二人から聞いたシェリーは、皮肉と風刺を込めて、フッカムの心臓を引き裂いてやると脅す。彼は直ちに落ち着いた——ゴドウィンがシェリーを必要としていたのと同様、シェリーはフッカムを必要としていたのだ。これまでしばしば自分のために金貸しに対処してくれた彼を。

　この件では役に立ったファニーだが、常に信頼がおける相手とは限らないことが判明した。シェリーはファニーがゴドウィン夫妻に操られたことに衝撃を受ける。特にゴドウィン夫人がファニーを使ってクレアを自分から引き離そうとしたことに。そんなことが起こり得るとは思ってもみなかったのだ。この接近が試みられたのは、シェリーたちが下り坂でお金もなく、口論し、そろって体調が優れない時期だった。ファニーかチャールズがこの情けない状態をスキナー通りに伝え、ゴドウィンがそれに付け込んだに違いない。

　当初、ファニーはクレアに手紙を書き、メアリ抜きの面会を依頼するよう命じられていた。チャールズが手紙を届け、面会はゴドウィンの旧友マーシャル宅で行ってもよいと書かれていた。クレアはシェリーに相談せず同意する。メアリはファニーの役割を軽蔑しており、たぶん彼女はこちらに来ることを「許して」もらえないわよ、雨が降っているから、と言う。しかしファニーは雨をものともせず、クレアに会いに来た。最も困窮したときでも、シェリーとメアリは必要とあれば馬車を命じることができたようだが、ファニーはどこに行くにも歩き、他者のためにびしょ濡れになることもしょっちゅうだった。

クレアとの面会はマーシャル宅で朝一一時三〇分に行われた。クレアとファニーは三時間半近く話した――あまりに長かったので、メアリはクレアがスキナー通りの家に誘い込まれたのかと想像し始めたほどだ。マーシャル宅に使いを送って何が起こっているのかを知ろうとすると、クレアが返事をよこし、メアリたちのもとに戻るつもりだと伝えてきた。クレアはそう簡単にお役御免というわけにはいかなかったのだ。

この面会がゴドウィン夫人の要請で行われたのは明らかだが、ファニーとクレアにとっても一緒にいられるいい機会だった。二人は幼少期にそれほど親しいわけではなかったが――あまりにも違い過ぎたのだ――今や共通点があった。クレアは、メアリがあまり近くにいてもらいたくないと思っていることを知っていたし、ファニーは、ウェールズ休暇中にゴドウィン夫妻から呼び戻されたにせよ、今はスキナー通りで必要とされていないと感じていた。二人とも宿無しで、どの家族にも属していないように感じていたのである。同じことがパトリックソンにも言えるかもしれない。彼の死をファニーはこの機会にクレアに伝える。それは衝撃的で、もしかするとこの駆け落ち騒動にも責任の一端があるかもしれなかった。少なくとも、それがゴドウィンに与えた致命的な影響には。

ファニーとクレアは自分たちの将来についても話し合った。何を欲し、望み、期待しているのか。ファニーは三人組の駆け落ち当時、ウェールズで経験したことを話したが、クレアはその言葉を記録していない。そしてファニーの日記は、もしつけていたとしても――物書きゴドウィン家ではありそうなことだ――現存していない。しかしウェールズの休暇はファニーの人生と計画にとって明らかに重要で、クレアが二人の会話をメアリに伝えると、彼女も日記に記している。それによれば、ファニーは叔母たちとの暮らしや、学校教師としての人生に踏み出すことを躊躇しており、かと言って他にはほとんど選択肢がないらしい。もしそうなら、この板挟み状態は二人の妹が同情してもよさそうなものだ。この面会後、クレアはファニーを雨の中、実家近くまで歩いて送る。しかし母には会わないようにした。まだ実家に帰る準備ができていなかったのだ。

三週間後、ゴドウィン夫妻は再びクレアを連れ戻そうと試みる。シェリー家で次第に居心地が悪くなってきているという知らせがスキナー通りにも届いていたのだ。ファニーがクレアに手紙を書いてさらなる面会を求めるのがいいだろう。今回はブラックフライアーズ通りで。母が死ぬほど娘に会いたがっているというメッセージをファニーは持参することになった。このメッセージが送られる三日前、ゴドウィン夫人がお気に入りのシェイクスピア劇『マクベス』を観に行っていることを考えると、メッセージの内容が事実に即しているとは思えない。ラムはゴドウィン夫人を「卓越した嘘つき」と呼んでいた。[3] しかしファニーがまったくの虚言に自らを委ねたとは想像し難い。クラブ・ロビンソンはゴドウィン夫人がその冬ひどく体調を崩しがちだったと記している。もしかすると、夫人は病気が戦術だけではないことをファニーに多少は信じてもらえたのかもしれない。

クレアはブラックフライアーズ通りには来られないと返事をし、ファニーがこちらに来てはどうかと伝えてきた。おそらくメアリも会話を立ち聞きできるようにするために。ファニーは承知し、彼らの宿を訪れたが、ゴドウィンの言いつけを守り、メアリに会うことは拒んだ。妹はこれほど義理の母の言いなりになってしまったファニーを軽蔑する。

ゴドウィン夫人の病気の知らせを信じるにせよ信じないにせよ、クレアはファニーの説得に応じた。彼女はシェリーやメアリの近くにいる時には自分をのけ者に感じ、メアリの苛立ちにも気づいていた。ゴドウィン夫人の懇願はぴったりのときに舞い込んだのだ。それにクレアは手持ちの服がなくなりかけていた。ファニーは忠実にもスキナー通りに服を取りに帰る。もしかすると、清潔な服がもとの気楽な生活を思い出させたのかもしれない。ファニーが家に戻るとき、クレアも——シェリーが止めに入る前に——ついていった。彼女はスキナー通りの家からメアリとシェリーに手紙を書き、こちらの暮らしに満足している、いつそちらに戻るかわからないと伝えた。

メアリの安堵は長く続かなかった。ゴドウィン夫人は死にかかってはおらず、スキナー通りは財政問題でいつも通り大騒ぎしていた。この雰囲気はクレアの気に入るものではなく、その前年のウィリアムと同様だった。ゴドウィン家はクレアが一瞬想像したような安息地ではなかったのだ。彼女はスキナー通りの家であれ、家賃を払って他の場所に滞在するのであれ、それほど長くは逗留しないと両親に伝える。「どのような状況においても、私は熱意を込めて、社会の法や慣習への軽蔑を支持します。引き離された人たちとの文通にも実際の交際にも束縛を課すことはできません」[4]。スキナー通りに到着して二日後、クレアはシェリーに付き添われ、彼らの宿に戻った。

この出来事でファニーが演じた役割は、彼女とシェリーの間に楔を打ち込んだ。ゴドウィン夫妻との取引においてファニーがどちらの側にいるか、今やよくわかったシェリーは、もはや彼女を信頼することができなくなったのである。

ファニーには憂鬱になる理由が他にもあった。失業に苦しむ人々に関する報告書を読んで何時間も過ごしていたのだ。母ウルストンクラフトの「基調となる情熱」であった同情の念はファニーにも強く受け継がれており、どこを向いても悲哀が目に入った。戦時政府は巨額の公的借金を抱えており、様々な課税によって利息を支払う必要があったが、その多くは上流より中流及び下層階級に比重がかかっていたのである。ナポレオンのエルバ島追放により、ロンドンの通りは年老いて負傷した兵士であふれ返っており、ファニーの心はひどく痛んだ。この不安を聞き及んだクレアは、ヘンリー・マッケンジーの『感情の人』の涙もろい主人公が「ファニーの夫にはぴったりね」と辛辣に述べる。[5] 多くの人にとって、ファニーは母ウルストンクラフトの著述の中で最も快活に生きていた――そのファニーが小説の登場人物と結婚するという想像に辿り着くのは、クレアにはたやすいことだった。

ゴドウィンの危機は継続していた。またもや彼は破産が近いことに気づく。初期の頃のシェリーからの援助にもかかわらず、プライスやその他の債権者への借金は圧倒的金額で、ゴドウィンは全員からさらに借金するために、度を越したやり方で、債権者同士が張り合うように仕向けていた。書店の株を売却すると考えるだけでも恐ろしいことだった。それは最後の頼みの綱で、生計の手段たる事業の終焉を意味していたのだ。加えて、家主がついに家賃を要求してきた（実のところ、ゴドウィンはその後一〇年間、何も支払わなかったのだが）。この一触即発の雰囲気の中で、メアリはゴドウィンに――彼の言葉を借りれば――「冷淡で不躾な」手紙を書いたのである。それはスキナー通りに投げ込まれた武器の如くで、ファニーはその効果を目撃した。これまでにもしばしばあったように、続いて発生した口論の矛先が向けられるのを感じ、ゴドウィンが新たな脅しをかけると――これ以上メアリと接触したら、お前とは口を利かない――ファニーは打ちひしがれた。

メアリはこの反応を耳にすると、両サイドを馬鹿にする。「なんと祝福された自由であることよ！」[6] なぜファニーは私のために勇気と忠誠心を持って立ち上がらなかったのかしら？　ゴドウィン夫妻と共謀して私に反抗しているんだわ。恋人の助けを借りて父と義理の母に勇敢に立ち向かっているメアリは、なぜファニーがゴドウィンの――特に義理の母の――脅しに屈してしまうのかわからなかった。シェリーがなぜ労働者は根気よく苦しみに耐え、「地下室、穴蔵、そして独房」に逃げ込んでしまうのかと苛々しながら詰問したように、メアリも苦しんだことのないものを理解することはできなかった。彼女はファニーに嫉妬も感じていた。自分と違い、父親にずっと認めてもらえている姉に。

双方のたしなみを忘れた物言いやメアリの追放状態にもかかわらず、結局のところ、シェリーはゴドウィンを救いに来た。主だった債権者を追い払うため、スキナー通り訪問を許され、相続財産の値の張る死後払捺印金銭債務証書の手はずを整える。プレイスが呼ばれ、買手探しを手伝うことになった。信頼し難いゴドウィン夫人によれば、この目的はシェリーの父の死に関する賭けで、「六〇歳以上の男性」に関するものだった（なんともお粗末な賭けだったことだろう。ティモシーは九〇歳以上まで生きることになるのだから）。ゴドウィンはすべての手はずが整い次第、一、二〇〇〇ポンドを受け取ることになった。

ゴドウィンはシェリーの援助を感謝せずに受けとった。相手は娘を盗んだ男なのだ。いずれにせよ、その額ではゴドウィンを救うにはまったく足りなかった。『政治的正義』によれば、感謝は「正義とも美徳とも関係がない」。この気前のよい贈り物にもかかわらず、ファニーはシェリーやメアリとの接触を禁じられたままだった。

もう一つの出来事によって、ファニーに対するメアリの軽蔑は膨れ上がる。感傷的になっていたとき、メアリはファニーに友情の印として一房の髪を送った。送り方が慎重でなかったため、ゴドウィン夫人がこの贈り物に気づいて激怒する。接触禁止に関しては、クレアよりメアリに対して厳格だった夫人は、受け取った罰としてファニーに階下での食事を禁じる。彼女は既に二〇歳だったにもかかわらず。

両家を自由に行き来していたチャールズは、この出来事をメアリに伝える。彼女もクレアも自らをウルストンクラフト流に慣習から解放された勇敢な女性だと思っており、姉の従順さを聞いたメアリはかみつく。「ファニーはもちろん、こういうときには奴隷みたいに振舞うでしょうよ」[7]。メアリは細々した用事や報告や共感の面でファニーに頼っていたが、その従順さに対しては傲慢であり、退屈でこそこそしている姉を嫌悪することもあった。彼女は忘れていたのだ。姉が義理の母とはるかに多くの時間をともに過ごさなければならないことを。シェリーと過ごした最近の時間を除くと、メアリは一八一〇年と一八一一年の大半をスコットランドで過ごし、寄宿学校にいた時期もあったが、ファニーはゴドウィン夫妻から離れることはほとんどなかった。しかしメアリは彼らをまとめて非難したのである。自分の人生が不安で、他者に同情するゆとりなどなかった。

第二〇章　メアリ

スキナー通りの家に満ちている反感は、何よりもまずゴドウィン夫人のせいだとメアリは考えた。ハリエット同様、ゴドウィンの妻を嫌っていたシェリーも同意する。メアリは義理の母という考え自体に身震いがした。「可哀そうな父」の人生を悲惨なものにした女。「可哀そうなファニーの人生も」と付け加えてもよかったかもしれない。

冷淡さや怒りっぽさにもかかわらず、ゴドウィンは未だ愛情深い父親として存在しており、残酷で悩みをもたらす妻によって子どもを棄てるよう操作されたのだとメアリは捉えていた。この忌々しい女さえいなければ、ゴドウィンは間違いなく「愛情の赴くままに子どもと仲直りしただろう」[1]。ハリエットがシェリーを堕落させたゴドウィンを非難したように、メアリも父の失敗の源は義理の母にあると考えて自分を慰めていた。「おお、親愛なるお父様」、父と娘の愛を描いたメアリの小説のヒロインは嘆く。「貴方のために私は筆舌に尽くし難い苦しみを味わいました。けれど、たとえそうであったとしても、どれほど熱を込めて貴方を許して差し上げたことでしょうか。そしてどれほど貴方が私の心をしっかりと捉えていらっしゃることでしょうか」[2]。メアリの小説には第二ヒロインは滅多に登場せず、義理の母が娘クレアを失ったことをどう感じていたかについてはほとんど考えなかった。彼女はいつもそれをメアリのせいにしていたが。

メアリとシェリーが思い描いていた純粋で神聖な至福は、スイスから英国に戻ってきたら手に入るはずだったが、執行吏によって直ちに妨げられた。現実は債権者から逃れるためのみじめな住まいの連続だった。それにもかかわらず、シェリー一行は悔い改めなかった。金銭的には厳しかったが、自分たちのことだけに夢中になっている生活には気ままな快楽があり、みな若かったのだ。三人は『政治的正義』を読み、著者ゴドウィンが急進的だった頃に思いを馳せ、現在の背信ぶりに驚く。「ゴドウィンの冷淡な不当さには衝撃を受け、動揺せずにはいられない」とシェリーはメアリに話す。[3]八方塞だったにもかかわらず、シェリーはメアリのために馬車を雇い、友人知人を招き、招かれ、ホルボーンで印刷物や本を買ったが、ほとんどはフッカムの巡回図書館で入手したものだった。メアリやクレアと芝居に通い、住まいがあまりにも薄汚いと感じたときにはメアリとホテルに一泊することもあった。プリムローズ・ヒル近くの池に紙のボートを浮かせるのは無料で、これはシェリーのお気に入りの趣味の一つだった。

チャールズからクレア誘拐計画の警告を受けたシェリーは、彼女が一人にならないよう気を配る。家庭を縮小するどころか、妹二人を加えて拡大しようと思い描いていたのだ。この二人はハックニーの寄宿学校に入れられ、兄との面会を禁じられていた。シェリーは妹たちが家族に加わることで得をすると考える。そこでは偏見から救われ、自由主義を教わるはずだった。シェリーはメアリとクレアに手紙を持たせて妹たちのもとに送り、無神論と共同体に帰依させることができるような絆を深めようとしたが、妹たちの方は救われることに躊躇する。

一〇月末にはこのような企ては延期されねばならなかった。執行吏が居場所を突き止めたという警告がファニーから届き、シェリーには逃げるしか選択肢がなかったのである。メアリとクレアを苦しめ合う状態に置いて。二人はあまりにも貧しく、まともな食べ物にありつくお金もなかった。サザンプトン・ビルのピーコックの母が持ってきてくれるケーキでやり過ごさなければならないこともあった。

シェリーの逃走生活は二週間を少し超える程度だったが、その間「野蛮で不浄な人々の水準まで身を落とした」ように感じていた。[4] メアリに堂々と会えるのは日曜だけで、その日は法により債権者も追って来られなかったのである。他の日にはコーヒーハウスや腰を下ろせるセント・ポール大聖堂、グレイズ・インの庭で会ったが、ここでは歩き回らなければならなかった。メアリは公の場で一人待ったり、危険な公園で無為に時間を過ごしたりすることを忌み嫌う。サザンプトン・ビルで会ったり、手紙を交換したかもしれない。ここはシェリーが逃亡中に滞在したところだった。

メアリの精神はシェリーの不在によって沈んだ。これは夫が離れていった折にハリエットが経験した不安定の前兆ではないだろうか。彼女はシェリーに、いつも私のことを考えてほしいと懇願する。自分は彼に一日中でも手紙を書いていられるのに、彼は長い散歩に出かけたりすることに気づいたからだ。毎分、私のことを思い浮かべることができないのだろうか？　シェリーが自分よりクレアと頻繁にやりとりをしていることを知ったメアリはさらに落ち込む。「誰もかまってくれる人のいない可哀そうな未亡人状態」だと。結局、私はシェリーの恋人の一人に過ぎなかったのだろうか。有名な両親を持っているという事実を評価されて。ハリエットがピーコックに伝えた苦々しい言葉を借りれば、「彼女の名はメアリ、でも単なるメアリではなく、メアリ・ウルストンクラフト」という事実、それ以外には何の魅力も持たない存在だったのだろうか？[5]

シェリーの不在に沈み込んでいたメアリは、彼が戻るとさっと立ち上がった。一緒にいられるときは、二人はベッドで幸せな時間を過ごす。この「怠惰な愛」は、不満でいっぱいのクレアに言わせれば、「素晴らしく哲学的な一日の過ごし方ね――眠って話して――食べて寝るだけの無為な生活だわ」。[6]

一一月初旬には、シェリーはフッカムとピーコックの助けを借りて約五〇〇ポンドの貸付金を手配しており、メアリとクレアに堂々と再会できた。彼らはもう少し良い住居に引っ越す。テムズ河南岸のブラックフライアーズ通り、ネルソン・スクエア二番地へ。

しかしあまり多くは変わらなかった。三人とも病気がちで不満をこぼす。メアリの妊娠はやっかいで、しょっちゅう疲れ、苛立ちやすかった。法学生に戻っていたホッグは三人をしばしば訪れる。

シェリーは常に健康状態に頭を悩ませていた。元気な幼少期を病気の連続と書き換えていたほどだ。肉体の衰えを鋭く感じ、自分の一部が引っ張られ、揺すぶられ、こすられ、弱められる様を思い描き、様々な動揺や熱を記録し、像皮病に苦しんでいると信じたり、肺病にかかっているのではないかと疑ったりしていた。ヒステリーの発作や痙攣、腎臓や膀胱の問題もあった。医者にかかり、死について思いを巡らせ、自分はまもなく死ぬのだと人に話し、生きている間はひどく苦しむと考えていた。『詩の擁護』において、詩人は「他の人間より繊細にできており、痛みや快楽に敏感で、それは自身のものにも他者のものにも同様であるが、他者には思いも及ばないほどの程度で感じる」と書いている。痛みとは精神的なものだけでなく、肉体的なものも意味していたのかもしれない。[7]

メアリは心身の痛みを感じ、妊娠のため具合が悪く、しばしば床についた。クレアの存在には我慢がならなくなっていた。大陸から帰ってきたら、クレアは去り、自分とシェリーを二人きりにしてくれるのだと思っていたが、シェリーの熱狂がこれを妨げる。「自由の敵の連合には屈しない」という思いを同じくする人々の共同体という思想にとって、クレアは必須であり続けたのだ。[8] メアリが早めに寝た後もシェリーとクレアは遅くまで起きており、哲学的求道者の連合を企画していた。慣習に縛られない、クレアの言葉を借りれば「完全なる世界」を。シェリーに刺激され、クレアはロレンスの『ナーヤル帝国』を読み、一触即発性の思想に興奮するようになる。自由恋愛や一妻多夫制、そして

——意味深長なことに——近親相姦の黙認といった思想に。世間の目にはメアリと自分は姉妹で、シェリーは自分たちの主人だった。

クレアはシェリーのゴシック的想像力に猛烈に関わっていた。大陸でそうだったように、彼女は彼を刺激し続け、異常な精神状態やそこから生じる空想に魅了されているシェリーを鼓舞する。彼もクレアの刺激や恐怖に熱烈に応え、無鉄砲さと興奮の入り混じった彼女に好奇心をそそられる。クレアは悪夢や扇情的な読み物——ルイスの『修道士（モンク）』や『驚異と歓喜の物語』、ホッグの『アレクセイ・ハイマトフ王子』等で自分たちを刺激する。シェリーが『老水夫の詩』やワーズワスの詩、漆黒の髪と妖しく光る瞳を持つ「狂母」を朗読すると、クレアは夜遅くまで起きて聴き、午前一時まで暖炉の傍で語り続けた。

クレアは恐ろしい話にすぐ胸を揺さぶられた。シェリーは小さな妹たちと過ごした生家フィールド・プレイスを離れて以来、不気味な話にこれほど敏感に反応してくれる聴衆に出会ったのは初めてだった。

かつてシェリーはクレアに、背中の皮を剥がれた兵士たちの話をしたことがあり、それは「魔女が徘徊する真夜中」のことだった。耳の中で静寂がちくちくするのが感じられるかい、超自然の神秘的な感じが？　クレアが間違いなく感じたのは、シェリーという人間の圧倒的な存在感だった。彼は「通り過ぎる奇妙なものすべての先を見ている——心に焼きつくような深さと憂鬱な畏れの目つきで」。「目を離して！」とクレアは叫び、寝室に駆け上がって箪笥に蝋燭を立て、ベッド中央の枕に目をやり、窓の方に頭を向け、再び振り返ると枕がそこになく、椅子の上にあった。恐怖に凍りついた彼女は駆け下り、恋人たちの寝室に転げ込む。シェリーがメアリの上にかがみこみ、おやすみのキスをしていた。彼自身は夜更かしをして本を読むつもりで。クレアの顔は真っ白で、「恐ろしい不安によってひどく不自然に歪んでおり」、「恐怖の形相」をしていた。

クレアはシェリーに、私の部屋に入って枕に触れたかと尋ねる。もしそうでないなら、私は超自然を経験したのかしら？　クレアの反応は官能的なものではないかと疑いつつ、シェリーは彼女がおそらくこの瞬間まで知らなかったであろうことを伝える。すなわち、メアリの妊娠を。この知らせは「彼女の暴力」を抑えた。クレアの言い分によれば、シェリーは「私の表情をひどく恐ろしげに描写した——彼が言うほどどとり乱したとは私は思わないけれど」。

シェリーとクレアはメアリを置いて居間に行き、暖炉の傍に腰かけ、互いに興奮を与えながら夜の残りを過ごした。夜明け直前、クレアは再びシェリーの顔に奇妙な表情が浮かんだのに気づき、「私に対する深い悲しみと意図的な力の合わさったもの」と解釈した。クレアは叫び声をあげ、床に倒れて身悶えし、シェリーがメアリを呼びにやって一緒にクレアをなだめる。[9]この種のエピソードがあと二つばかり続いた後、メアリは日記に記す。「シェリーとクレアは遅くまで起きていて、驚いたことにお互いを怖がらせなかった」。

枕事件の一週間後、シェリーは鬱陶しくなってきたクレアに対し、君は友情を保つことができないと言って非難した。「なんて嫌なことかしら、喧嘩って——不親切なことを千も言って——何も意味などありはしないのに——苦々しい失望から生まれたっていうだけで」とクレアは日記に打ち明ける。おそらくこの時点で、シェリーは彼女に、「一つの偉大な愛情」だけで満足していると伝えたのだろう。メアリについて何を言ったにせよ、クレアに対してきつ過ぎたと感じたシェリーはお詫びにやってくる。「善良で優しくて説明をしてくれる人は大好き」とクレアは叫ぶ。しかし悩みは続き、日記に記録する。「泣いてしまうけれど、どうしてかはわからない――溜息をつくものの、痛みを感じているわけではない」。その夜、クレアは再び夢の中で歩き回り、一時間半以上も唸った後でようやくシェリーが反応する。彼はメアリと一緒に寝ているベッドの自分の場所をクレアに譲らなければならなかった。翌朝、クレアの部屋の枕がまた動いていた。シェリーはもはやこのような出来事をまともに受け止めるわけにはいかず、たぶんそいつは眠くなって背中から落ちたのさ、と冗談を言った。[10]

クレアとシェリーのメモ交換は続いており、その中の一つでシェリーが自分は不幸だと主張する。「まったく」とクレアは叫んだ。「不幸になるいったいどんな理由があるっていうのよ！」[11]。後に彼女は、メアリ抜きでシェリーと交わした親密な会話の記録を消そうと試みる。

クレアは相変わらず苛立ちやすく憂鬱だった。「彼女はシェリーに対してとても不機嫌だ」とメアリは記す。[12] クレアの気持ちはあまりにも明らかになってきており、メアリの言葉を借りれば、魔術を用いてシェリーを惹きつけようとしていた。彼女が名をクレアに変更したのはこの頃である。おそらくルソーの『新エロイーズ』に登場する、芝居じみて曖昧に性的な第二ヒロインからとったのだろう。とすれば、彼女はメアリとシェリーがルソーの主要カップル、ジュリーとサン・プルーであることを受け入れていたはずだ。第二ヒロイン、クレアは両者を愛し、苦しめるのである。それはメアリが共有していた想像図ではなかった。二〇年前、母ウルストンクラフトもルソーの本に深く影響を受けていたが、自身をジュリーと思い描いていたウルストンクラフトは、クレアという登場人物のための余地を残さなかった。

クレアがスキナー通りでの短い滞在を終えて戻ってくると、メアリは彼女とファニーに対する気持ちを胸に留めた。しかしシェリーはクレアが去ってしまったことに怒り狂っており、彼女の留守中、「不安な夢」に苦しんだことを認めている。この二人は——メアリが恐れたことに——ともに閉じ込められているのだ。クレアが戻った翌日、二人は「街を飛び歩き」、二、三日後にはクレアのドレスを買いに行き、あるときなどケンジントン・ガーデンに自分たちを閉じ込めることまでやってみせた。「いつも通り」出かけた、とメアリは日記に表現している。自分は家に留まって体調不良と神経質な感情の手当てをしながら。メアリの気分が少し良くなると、タイミングよくクレアが病気になった。回復し、メアリとシェリーが一緒に読書しているのを見ると、クレアは苛立つ。彼女の機嫌がよくなるのは、シェリーが自分に語りかけてくれるときだけだった。

シェリーの気持ちがどう揺れ動いていたのであれ、クレアは不親切に扱われたと不平をこぼし、メアリはクレアをなだめて家庭に平穏をもたらさなければならなかった。シェリーでさえ、ときおりクレアの要求に嫌気が差し、面白い話題をクレアが軽薄な調子で邪魔することに気づいていた。[13]

一八一五年一月五日、シェリーの祖父ビッシュ卿が八三歳で亡くなった。収入を期待したシェリー一家はハンス・プレイス四一番地の広々とした宿に移り、一ヵ月後にはハンス・プレイス一番地の新しいフラットに引っ越す。ホッグはどちらの家も頻繁に訪ねてきた。おそらく多くの面倒な若者の往来に衝撃を受けたのだろう——そのうちの一人は未婚の身で妊娠中——宿主夫人はみな不親切で、メアリの見たところ、自分たちからむしりとろうと心に決めていた。寒い冬で、シェリー一家の健康状態は相変わらずよくなかった。ロンドンでは新鮮な野菜の入手が難しく、厳格な菜食主義は心身にこたえ、特に妊娠中のメアリには辛く、体調不良が続いた。クレアは肝臓の痛みを訴え、シェリーは様々な病気で医者にかかる。

　メアリはみなに対し怒りを感じていた。もっと力強い味方になってくれないファニー、未だシェリーの妻であるハリエット、そして自分を苦しめるシェリーとクレア。二年前、シェリーはホッグがハリエットに言い寄ったことに混乱していたが、それは彼女がその関係を望まなかったからだ。原理においては、シェリーはホッグに、自分の愛する女性たちを愛してほしかった。そして今回も、ホッグは大乗り気だった。シェリーとクレアが遊び歩いている間、メアリはホッグの訪問に多少慰めを見出すようになる。この数週間分の日記は引きちぎられているため、完全なる共同体のためになされたかもしれない努力に関しては闇のままである。

　当初メアリは、魅力に欠けたしつこい男と自分を分かち合うことにまったく乗り気ではなかった。ゴドウィンの娘にとって、ホッグは既成秩序に対する敬意を持ち過ぎていたのだ。クレアが後に記録したところでは、メアリはハリエット同様、ホッグと「寝る」ことに躊躇し、その考え自体に苦々しく泣き叫んだという。メアリ自身の記録はもう少し曖昧で、一八一五年元旦にホッグがメアリに愛を告白したときにはまだ準備ができていなかったにせよ、次第に彼に応え、戯れるようになった。二人はオウィディウスの官能的な詩を一緒に読み、セックスというものについて、特にメアリの出産後に起こるかもしれない性的な願望の成就について語り合う。ホッグはメアリにイタリア語を教えることになる。シェリー・サークルでは、イタリア語の習得は常に官能的で熱のこもった営みだった。ときおり、メアリはホッグの奇妙な夢を見た。シェリーとクレアが遅くまで帰らないことがわかっている日、メアリはホッグを呼び、「孤独な婦人を慰めて」くれるよう頼む。しかし、彼がしてはならないことをするようお願いする気持ちはないと宣言した上で。二、三日後、彼女は髪の一房を彼に送る。

ホッグの献身はメアリにとって一時的にはありがたかったものの、シェリーとクレアが互いに夢中になっていることの肩代わりにはならなかった。シェリーを失うかもしれないという不安がまとわりついて離れなかったのだ。私の人生は「彼の瞳の光」にかかっています、とメアリはホッグに伝える。私の「存在のすべて」は「彼の中にすっぽり包まれているのです」と。[14]

二月二二日、衰弱状態のメアリは予定より数週間早く、未熟児の女児を出産した。シェリーはこの子の命は長く続くものではないだろうと書き留める。過去の不和にもかかわらず、メアリは心を落ち着かせてくれる姉に傍にいてほしいと願い、シェリーは直ちにファニーを呼びにやる。

このメッセージがスキナー通りに届いたとき、ゴドウィン夫妻は留守だったため、ファニーは大急ぎで駆けつけることができた。彼女は不安定な乳児に連帯感を覚える。ゴドウィン夫妻が戻った後、チャールズが夫人からの乳児用下着を持ってやって来た。ゴドウィンは初孫に免じてこの行動を黙認したらしい。ファニーはその晩メアリのもとに留まり、翌日自宅に戻った。

この繊細な乳児の状態が、両親とクレアの引っ越しによってよくなったはずがない。それは誕生から一〇日後のことで、かなり離れたピムリコのアラベラ・ロウ一三番地への引っ越しだった（一年半前、シェリーは当時二ヵ月のアイアンシーをブラックネルから湖水地方やスコットランドへと連れ歩いているが、弱々しい外見にもかかわらず、元気な子だったのだろう）。この引っ越しは共同体のために広い空間が必要だったことも一因であり、クレアを取り戻した今、シェリーはこの計画を実践に移したいと思っていた。ハリエット抜きで、そしてもちろんファニー抜きで。引っ越しから四日後、ピムリコの家で目覚めたメアリは、乳児が死んでいることに気づく。誕生時から弱々しい子どもだったが、死は衝撃だった。メアリは取り乱し、またファニーに傍にいてもらいたいと願う。翌日、クレアがスキナー通りにメモを送り、ファニーの訪問を求める。「でも彼女はまだ来ていない」とメアリは日記に書く。

おそらくこのメモが迅速に届かなかったか、ファニーの目から隠されていたか、あるいはゴドウィンが、メアリが子どもを失ったからというだけで、ファニーが自分の指示に背く必要はないと感じたのだろう。いずれにせよ、ファニーは五日後にやって来た。土砂降りの中を遠路はるばる歩き、「びしょ濡れになって」到着したのだ。彼女は濡れた衣服を乾かし、メアリを慰め、彼らと食事をし、夜九時過ぎに去る。姉妹はついに仲直りしたように見えた。

ファニーは必要とされることに感謝し、メアリは同情をありがたく思った。しかしスキナー通りの家に戻ったファニーは、ゴドウィンの冷たさに直面する。第一子の死という悲劇にもかかわらず、ゴドウィンはメアリやシェリーと口を利くことを拒んでいたのだ。彼は通りで二人を見かけたときでさえ、この決心を貫いた。シェリーの金に依存する身にもかかわらず、ゴドウィンはこの若者を「悪人」と宣言する。[15] おそらくシェリーたちの複雑な関係を知るようになっていたのだろう。もしかしたらクレアがスキナー通りにいた際にヒントを漏らしたのかもしれない。あるいはチャールズがそうしたのかもしれない。

出産から二週間後に子を亡くしたメアリの心痛は、他者の理解を超えるものだった。ある夜、彼女は夢を見る。この子を生き返らせるために、自分たちが小さな死体をこする夢を。「あの小さな子のことを一日中考えている」。悲嘆にくれたメアリはシェリーを自分のものだけにしたいと思い、鈍感なほど陽気なクレアに出て行ってほしいと絶望的に願う。まったく、メアリが落ち着いていられるのはクレアが寝ているときか――彼女は一日中ベッドにいることもあった――姿が見えないときだけだった。しばらくの間、メアリはシェリーに共同体という考えを棄てるよう説得を試みるが、彼はクレアを放り出すことには同意しなかった。「残念ながら望みはないわ」とメアリは記す。「一縷の望みも」。見通しは「これまで以上に暗い」。それは「あまりにも耐え難い」。[16]

ファニーは今や、落ち着きを与えてくれる存在だった。クレアのように人生にしつこく割り込んでくることもないし、血の繋がりはやはり強いように感じられた。メアリもシェリーも、様々な知らせやスキナー通りに届いた手紙を持ってきてくれるファニーを歓迎する。ファニーは妹が必要としている衣服や本も届けてくれた。早起きのファニーは、家族に気づかれぬうちに、そうしたものを密かに運び出すことが容易にできたのだ。ファニーはメアリにとって、失われた世界である家族やスコットランドの友人たちと自分を繋ぐ存在となった。定期的に訪れる客として、ファニーはしばしば食事に留まり、メアリからシェリーのことを聴いた――そしておそらく、クレアに対する愚痴も。シェリーもファニーを必要としているのが感じられ、「スキナー通りとその同盟の政治学」についての話に熱心に聴き入る。彼はときおりファニーのために馬車を雇ったり、家の途中まで歩いて送ってくれたりした。ファニーにとって、シェリーと二人きりになるのは、スキナー通りでの最初の日々以来、初めてのことだった。ゴドウィンが多少軟化したか、ファニーが多少賢くなったのだろう。

ビッシュ卿の死以来、シェリーは遺産相続について父と本格的な交渉に入っていた。遺産の大部分の限嗣不動産権を延長する代わりに、膨大な財産の一部を生涯不動産権とする契約は常に拒否していた。この契約は多くの点でいい取引だったが、自身とゴドウィンの土地屋敷のために早急に入用の金を集めることには繋がらなかった。五月にシェリーと父の新ティモシー卿は合意に達し、シェリーは年一、〇〇〇ポンドの収入――そこからハリエットに二〇〇ポンド支払う――加えて未払いの請求書と貸付金に決着をつけるために二、九〇〇ポンド――とうていすべての借金を返すには足りなかったが――と、さらに一括払いで四、五〇〇ポンドを手にする。即金が是が非でも必要なシェリーは、借金の一部はゴドウィンに約束した一、二〇〇ポンドだと伝える。しかしこの金を受け取ったシェリーは一、〇〇〇ポンドをゴドウィンに渡し、二〇〇ポンドは自分のためにとっておいた。未払い分は一一月に届きます、と彼はゴドウィンに約束する。ティモシー卿とのさらなる取引を経てからです。

五月末にゴドウィンに金が支払われ、クレアは「富は天才から逃げてしまう」と記しながらも、喜んでファニーに手紙を書く。「パパがようやく一、〇〇〇ポンドを手にした」ことを知って「とても嬉しい」。[17] 彼女たちのパパはそれほど喜んでいなかった。ゴドウィンは全額支払いを期待していたのだ。彼はまさにその不足分二〇〇ポンドのために法的闘争に直面していた。借金の一部を一、〇〇〇ポンドによって片づければ、他の債権者の注意を引くだろう。重要なことに、書店業がこの資本投入によって救われるという口実はもはやなかった。ゴドウィンが投獄されずに済むというだけの話だ。彼は「凍りつきそうな冷たさをもって」シェリーに金のことで感謝する。[18]

シェリーはこの取引で得た余剰金を借金の返済に充てるつもりはなかった。その代わり、新居、おそらくより大きな共同体のために十分な広さを持つ住居を探すつもりだった。とりあえず債権者を避ける必要があり、ロンドンから離れる必要もあった。そこで四月末にかけて、メアリだけを連れてソルト・ヒル（現代のスロウ）のウィンドミル・インに二泊する。ヤマネ[1]になったようで幸せなメアリは、「緑の草原とどんぐり」に大喜びし、この滞在を心から楽しんだ。二人はクレアに、留守中に新居を見つけるよう頼むが、苛立ったクレアはこの願いをはねつける。そこでメアリはホッグに家探しを依頼した。

おそらくこの小旅行の間、クレアと離れて幸せだったメアリは再び妊娠する。二人はゴドウィンの誤った避妊法さえ試そうとしなかったのだろう。ゴドウィンは人気のある、しかし信用の面では疑わしい『アリストテレスの傑作』に倣うことによって、妊娠を避けられると信じていたようである。この書物は頻繁な性交が妊娠の可能性を低め——娼婦がめったに妊娠しないことはよく知られていた——また妊娠は月経後二、三日の間に最も起こりやすいと教えていた。ゴドウィンとウルストンクラフトの娘メアリはこの誤った体系の産物である。[19] シェリーはおそらくゴドウィンよりこのテーマに詳しかっただろう。妊娠を避けるべき時期に二度もつかまってしまった経験の持ち主として。一八一九年、彼は避妊に関するメモを書くが、膣スポンジに言及したかもしれない。これは一九世紀初頭の賢明な医師に知られた一般的な方法だった。文学的に忙しい時期にはメアリが妊娠しないよう、二人はこの避妊法を用いたのだろう。しかしシェリーはハリエットとの結婚が終わったと考えた時点より後、少なくとも一回は彼女を妊娠させている。そう意図するはずもないのに。全体的に見て、シェリーは避妊に大した努力をせず、父親になることは十分好きだったようだ。彼は子どもが自分の考え通りに成長することを思い描いたが、実際の子育てにはあまり興味がなかった。ハリエットとの間に生まれた子どもたちの養育権を要求するという無駄な努力をした後、彼はこの子どもたちにまったく無関心だった。

ソルト・ヒルからの帰り、シェリーとメアリはブランズウィック・スクエアから少し離れたマーチモント・ビル二六番地に引っ越す。クレアもついてきた。メアリがようやく解放されたのは、シェリーがクレアをリンマスでの長逗留に送り出したときである。ゴドウィンが自分の金だと信じ、シェリーの債権者が要求している金を使って。ここ数ヵ月、小旅行と言えば義理の母と二、三日出かける程度だったファニーも、死ぬほど休養を必要としていたはずだ。しかしシェリーは、ゴドウィン家のほかのメンバーの旅行には惜しみなく金を注ぎ込むのに、ファニーの要求を考えることはなかった。

この不当な扱いによってつけられた傷には、侮辱も加わった。クレアはファニーの二一歳の誕生日前日にリンマスに旅立ったのだ。[2] 何の予告も挨拶もなく。ファニーはひどく傷ついた。クレアは、ファニーがゴドウィン夫妻に忠実だから、自分とシェリーはこのことを隠しておいたのだと説明する。シェリーは偽の話でクレアをおびき出したファニーの役割を忘れていなかったのだ。

第二一章　クレア

なぜクレアは一八一五年五月にリンマスに行ったのか？　そしてなぜゴドウィン夫妻はこのことを前もって伝えられていなかったのか？　ファニーが知らなかったのはなぜか？

最初の問いへの答えは、おそらく苛立ったメアリがクレアの存在に耐えられなくなり、別居を主張したためだろう。実家に戻ろうとしたクレアだが、スキナー通りに落ち着くには準備不足であったし、ゴドウィン夫妻のお上品な友人たちもクレアを歓迎するわけにはいかなかった。評判を損ねたこの少女を引き受けるというありがたい申し出が、スコットランドのバクスター家から舞い込むこともなかった。

スキナー通りの誰もこのことを知らされなかったのはなぜかという問いへの答えは、第一の問いに対する答えほど明らかではない。後にゴドウィン夫人は、リンマスには友人も親類もおり、娘はこの人たちのところへ行ったのだと装ったが、この旅行は明らかに夫人のあずかり知らぬところで実行に移されたのだ。

メアリとシェリーがクレアを駆け落ち旅行に連れて行く前、メアリは義理の母に倣い、クレアはまだ子どもだと考えていた。「あの子はたった一六歳ですのよ」とゴドウィン夫人は書く。「それにマナーと趣味については、一二歳かと思えるほど子どもじみていますわ。今のところ、どんな若い男性もあの子には興味を引かれないでしょう」[1]。クレアがシェリー、メアリと連れ立って去ってしまったときでさえ、ゴドウィン夫人はシェリーがクレアを小さな妹として見ていると主張し続けた。フランスのカレーで、シェリーを追いかけているのはマーシャルだと装った折も、シェリーは「クレアにはまったく恋していない。でもいい女の子だ。母親は粗野で平々凡々、哲学的な素養ゼロの女性で、若い女の子の心を培うのにふさわしい人間とは思えない」[2]。シェリーのゴドウィン夫人描写には真実味があり、とすれば他のこともおそらく真実だろう。しかし駆け落ち旅行の間中、メアリはシェリーと「いい女の子」の恋愛遊戯にさんざん悩まされることになる。

ロンドンに戻った後、官能的な刺激あふれる雰囲気の中で、クレアがシェリーに恋していたのは明らかだろう。しかし、シェリーがメアリ、クレア両人とベッドをともにしていたかどうかはそれほど明らかではない。多くの友人や傍観者はそうであっただろうと推測しているが。義理の妹に熱を上げていた急進的編集者のリー・ハントは、シェリーの例に倣うよう言われて彼女とベッドをともにする。一八一四年の三人揃っての駆け落ち旅行以来、シェリーとクレアに関する露骨な噂が流布していた。親友ピーコックでさえ「二人の妻」のことでシェリーを揶揄したほどだ。ゴドウィンが突然シェリーを「悪人」と呼んだとき、彼もまた疑いを挟んでいたのだろうか。あるいはクレアがスキナー通りの家に戻った折に口を滑らしたことから、何かを知ったのだろうか?

シェリーはクレアに、メアリとは異なる役割を与えて励ました。彼は対等な知性を持つ女性に焦がれており、聡明なメアリにその女性を見出したが、一方で、以前ハリエットに対してそうであったように、指導者としての役割にも酔っていた。この点では「未熟な」クレアが役に立つ。彼女は熱心な生徒であり、ハリエットより気分屋で激しやすく、刺激的だった。シェリーに教えてもらえるとなると、クレアはギリシア文字と動詞「打つ」の四つの時制を学ぶことにまで喜びを感じる。シェリーはメアリの「抗えないほど魅力的な野性味と崇高性」について書いていたが、「野性味」はクレアにさらに多くを見出すことができた。[3]

ずっと後、シェリーはクレアのことを「コンスタンティア」、高く舞い上がる彗星（そしてかつて憧れた、チャールズ・ブロックデン・ブラウンの小説のヒロインの名）と書く。「おお美しく烈しき彗星よ／汝の心に向かって／この儚き宇宙の心を惹きつけるものよ」。シェリーはコンスタンティア＝クレアの「力」を描く。それは「炎の如き汝の接触により高まる」ものだった。[4] メアリは崇高性という考えを刺激したが、ハリエット同様、炎の如き力たる官能性についてはほとんど何も示さなかった。

シェリーとクレアが間違いなく初めて一晩二人きりになったのは一八一五年初頭、ビッシュ卿の死後まもなくのことである。遺言の内容を是が非でも知りたいシェリーはフィールド・プレイスに行くことを決め、出産間近のメアリを一人置いてクレアと実家近くの村に赴く。その先は一人で進むが、実家で門前払いを食わされる。シェリーとクレアは宿で少なくとも一晩をともに過ごし、おそらくこのときにようやく――もしこれ以前でなければ――二人はクレアが長いこと望んできた、性的に親密な関係を結んだのだろう。シェリーは自分自身を「あらゆる風に反応する竪琴」と描写している。

しかし二人きりの時間はあまりにも少なく、クレアは一八一五年最初の数ヵ月、メアリに嫉妬を覚えるようになる。メアリの方は、恋人と義理の妹の間に育ちつつある愛情を不安げに見守っていた。どちらの若い女性も、相手の側に親密さの新しい徴候を読み取る。

メアリは危機的なスキャンダルに対して特に言葉少なになる傾向があった。彼女もクレアも根っからの日記書きで記録魔だったが、一八一五年五月一三日から一八一六年七月二一日までのメアリの日記は行方不明である。この紛失は、メアリのふだんの苛立ちを超える何かを示しているのかもしれない。シェリーとクレアの間に芽生えつつあった戯れの恋や遁走（フーガ）に対する苛立ちだろうか。メアリは再び妊娠しており、こうした時にはシェリーが脇見する傾向があることに気づいていたに違いない。

メアリの苛立ちから察すると、彼女もクレア同様、嫉妬を感じていたのだろう。メアリは義理の妹に去ってほしかった、それも長い間。今回はシェリーも同意する。ピーコックが便宜を図り、クレアと結婚しようかと申し出たが、これはウルストンクラフト流とは程遠い行為と言うべきだろう。解決法はリンマス行きだった。シェリーがハリエットと最も平穏な一時期を過ごした場所だ。クレアはそのときの家で、親切な家主夫人と暮らせばいい。ゴドウィンに渡さずにとっておいた二〇〇ポンドをこの旅行に用立てよう。かくしてクレアは五月一三日、リンマスに旅立った。この事実を後に聞き及んだ折、ゴドウィン夫人は旅の理由をごまかす。「メアリがあまりにも嫉妬したので、クレアは彼女と一緒にいられなかったのよ」[5]。

クレアは体調不良ということになっていた。おそらく古くからの肝臓の痛みだろう。しかしもう少し微妙な状態を隠していた可能性もある。もしこの旅行が妊娠を覆い隠すためのものだとすると、戦略は成功した。少なくともファニーには隠されていた——あるいは、たとえ疑いが頭をもたげたとしても、クレア宛ての手紙では控えたのだろう。この時期に新生児に関する記録はなく、もし妊娠という事実があったとすれば、流産、死産、中絶に終わったか、出産後、秘密裏にことを運んだのだろう。クレアは後に子どもという存在に愛情を示すが、それにすがりつくというわけでもなかった。

いかなる状態でロンドンを出発したにせよ、デヴォン州で心身の安静を手に入れたクレアは、五月末、ファニーに手紙を書く。「あれほど不愉快で暴力的な大騒ぎや、情熱と憎悪の混乱を経た後で、この可愛らしく静かな場所にどれほどうっとりしているか、想像もつかないと思うわ」[6]。ファニーに対して、クレアはもの憂い洗練性といった調子を出そうと試みていた。それまで数ヵ月の激動によって自分が成熟したと考えたのだ。人里離れたリンマスはブリストル海峡に浜辺があり、その奥に急勾配の丘が広がっていた。風景は田園的という感じではなかったが――がみがみおかみさんと酔っぱらい旦那さんが多過ぎた――コテージの窓越しにはジャスミンとスイカズラが咲いており、庭は薔薇でいっぱいだった。紳士的な二家族がここにいないのは残念だわ、とクレアは書く。

ファニーはクレアが一人きりで過ごせるとは思っていなかった。ずっと後、クレアはリンマスでは寂しかったと認め、この出来事をより劇的に描く。「ただの子どもでしかなかった私が、愛するすべてのものから引き離され、孤独な場所に連れてこられたのです。苦痛を慰めてくれる一人の友とてなく、言葉を交わす知人とてなく。来る日も来る日も、話し相手もなく人影まばらな海岸に座り、心の中で叫んでいました。一六年の人生は、もう既に耐えきれないほど長いわ、と」[7]。

真実は、この気取った二つの態度の中間あたりにあった。クレアはロンドンで親の目に叶った友人と過ごしたり、両親と一緒に暮らしたりするより、「自由に」生きる方が嬉しかったが、ここリンマスで「朝起きるときも夜眠りにつくときも幸せ」であることを自他に信じさせるためにはかなり骨を折らなければならなかった。クレアが、ファニーに対するのと同じような調子でメアリにも自慢したとは考えにくい。「長いこと望んできた、穏やかで誰にも邪魔されることのない休養」をいかに楽しんでいるかということを。荘厳な山々が「心の落ち着きを与えてくれます。どれほど陽気な浮かれ騒ぎよりも素晴らしい喜びと満ち足りた気持ちを」という文はメアリの微笑を買ったことだろう。クレアの時宜を得ない活力にあれほど悩まされてきたメアリの微笑を。クレアが去って幸せになったメアリは「クレーリー去る」(Clary goes) と綴り、その後、線を一本引いて、「新しい日記を書き始める。私たちの再生とともに」[8]。

シェリー一家は冬の間、体調が思わしくなかった。景気づけのため、シェリーとメアリはクレアに倣い、休暇を取って海辺に行くことにする。シェリーが行き先にトーキイを選ぶと、メアリは不安げに地図に目を走らせ、そのリゾートがリンマスから八二マイルも離れていることを知ってほっとしたに違いない。二人は再びゴドウィンの『フリートウッド』を持って行った。嫉妬のために破滅した男の物語を。

一八一五年六月末、二人はウェスト・カントリーを放浪し、次の長期的引っ越しについて話し合った。フリートウッドのウェールズはシェリーを二度惹きつけていた。最初はエラン峡谷、次にトレマドック。ウェールズのいい面も悪い面も経験したが、景色は常に魅力的だった。メアリもこの考えが気に入る。一年前、彼女は「山々のために太陽の光が見えない方が、家屋が太陽を遮るよりはるかにいい」と書いていた。そこで二人はウェールズに引っ越すことにする。ハリエットのように（そしてウルストンクラフトのように）、メアリは静かな田舎で理想の家庭生活を営むという空想にしばしば耽った。

しかし翌週、この計画は変更される。今や二人はウィンザーに住まなければならなくなった。ピーコックの近くにいるためで、彼はロンドンを離れマーロウに引っ越していたが、それはバッキンガムシャーにある、テムズ河沿いの小さな町である。シェリーは絶え間なく計画や宿、住む土地を変え、誰にも相談せず、躊躇せず実行に移していたが、今回の目的変更の背後にはシェリーの過度の落ち着きのなさだけでは済まされないものがある。それにクレアも含めたシェリー・サークルのここ数週間の動きには不明瞭な点がある。

七月一日、シェリーはトーキイを離れマーロウに旅立った。メアリと一緒に暮らす家を探すために。一ヵ月後、メアリはブリストル近くのクリフトンに一人で滞在し、昔住んでいたブルームズベリーのマーチモント通りの家にいるシェリーに手紙を書く。彼は結局新居を見つけられなかったらしく、メアリはシェリーの不在に疲れていた。あまりにも孤独で、どこでもいいから彼の傍に行きたかった。棄てられたのかもしれないという恐怖が高まっていたのだ。

メアリを怖がらせたのは、リンマスのクレアに何通か手紙を書いたのに、返事が一通も来ないことだった。状況から判断すると、クレアはもうデヴォン州にいないのかもしれない。シェリーに会うためにロンドンに戻ったのだろうか？　二人きりで一緒にいるのだろうか？

これは突拍子もない恐怖ではなかった。ファニーにはどれほど内面の資質や孤独への愛を自慢しても、クレアはシェリーの近くにいたがっており、リンマスから頻繁に彼に手紙を書いていたのだ。メアリ、クレア、シェリーが、冒険好きな子どもに毛が生えた程度の状態でスイスに駆け落ち旅行をしてから一年が過ぎようとしていたが、今や三人とも何世紀も年をとったような気がしていた。当時クレアがいかなる状態であったにせよ、もはや子どもではないことをメアリは知っていた。

恐怖に駆られたメアリは、母ウルストンクラフトが去りつつあるイムレイに対して感じたように、絶望的な気持ちに陥る。「こんなに長いこと、貴方から離れていることには耐えられません」とシェリーに綴り、「どうか、どうか、私から離れないで」。そして単刀直入に尋ねる。「教えて、クレーリーは貴方と一緒にいるの？」[9]

イムレイと異なり、シェリーは懇願には明確に応えた。メアリをこれほどの失望状態に追いやったことを申し訳なく思って。彼はウィンザー・フォレストとマーロウの近くにあるビショップスゲイトに、田舎の景色と奉公人つきの快適な家を借りていた。引っ越しについて述べた言葉にメアリの反応が現れている。「芝生や河、湖つきの家──高貴な木々や神聖なる山々が、私たちが引っ込むためのねずみの穴となる──でもこれは気にしないで──私がほしいのはお庭と『クレアの不在』(*absentia Clariae*)」[10]。

八月初旬に二人はビショップスゲイトに落ち着き、クレアは再びリンマスにいた。もし実際にクレアがロンドンにシェリーと二人きりでいて、占有的な、最高の愛を得ようとしていたのであれば、彼女は失敗したことになる。クレアはファニーやハリエット同様、ビショップスゲイトの家には招かれなかった。メアリは「クレアの不在」をついに手に入れたのだ。ピーコックはいたが、女性たちの共同体はひとまずお預けとなった。

ファニーには招待状が送られず、その状況で彼女がおこがましくも訪ねてくることはなかったが、チャールズはやって来た。スキナー通りの危機に嫌気が差していた彼は、読書とボート遊びの落ち着いた暮らしがいたく気に入る。シェリーは菜食主義も放棄していた。妊娠中の妻ハリエットやメアリにあれほど負担となっていた菜食主義を。彼は羊肉のチョップを食べ、ビールを飲んだ。のどかな暮らしに思われた。

しかしシェリーは満ち足りていたわけではなく、船のともづなは解かれたままだった。メアリとの占有的な関係を望んでおらず、知的な家庭生活にも完全には組み込まれていなかったのである。自分と愛する者たちの間には常に乖離があった。そして現実と理想の間にも──理想とは「この世の最善かつ最も美しいものすべて」の「対型」である。[11] シェリーはジェイムズ・ロレンスの自由恋愛という異国風ロマンスで鼓舞されていた性的自由に相変わらず憧れていた。人間を、ある一人の女性との単なる性交より高い経験世界に連れて行ってくれるような自由に憧れていたのだ。強制された一夫一婦制に対してゴドウィンがかつて抱いていた憎悪を、さらなる切望と超越に読み換えていたのである。政治的変化について述べたことを愛にもあてはめていたのかもしれない。「僕は何ものにも完全には満たされない人間の一人だ」[12]。

シェリーは『アラストー』という新しい長詩を書いていた。この中で彼はきわどく、しかし奇妙にも曖昧で自己中心的な、ほとんど冷酷とも言えるセクシュアリティを描いている。そしてそのセクシュアリティは自らと同じくらい魅力的な死と闘うのである。ハリエットはシェリーが政治熱や他者、彼女や彼自身以外の人間に対する思いやりを失ったことを咎めていた。シェリーの父は、この新しい詩で息子が「地上における自分の原型を一人見つけたい」という希望を表したと言及している。ずっと後、メアリも『アラストー』について、共感と希望に満ちた『マブ女王』と対照的なこの詩に「含まれるのは個人的な関心事だけ」と述べる[13]。その豊かさと可能性にもかかわらず、ハリエットがこの詩に自身の寓喩(アレゴリー)――食物をもたらし、主人公を見守る、尊敬すべきしとやかなアラブの乙女――を見出したとしても許されるべきだろう。そしてヴェールをかぶった情熱的な乙女――その「激しく鼓動する胸」と「あえかな腕」に彼は身を投げ出す――にメアリを見出したとしても。あるいは、メアリはここで描かれているのは自分とクレアだと思ったかもしれない。

一〇月、クレアはシェリーの費用持ちで兄チャールズとアイルランドを訪れる。彼はスキナー通りの書店業に背を向け、蒸留酒製造業に携わる期待を抱いていた。しかし必要な資本を持たない身でこれといった考えも浮かばず、兄妹はその年の暮れにロンドンに戻ってくる。クレアは未だシェリーと離れて暮らしており、彼は三月、彼女に四一ポンド送ってやった。スキナー通りの奇妙な夜を経て、クレアは今やロンドンで一人だった。一時期はアラベラ・ロウ——メアリの乳児が亡くなった家——に暮らしており、シェリーは断続的に訪れてきたが、たいてい一人で過ごしていた。一七歳の少女にとってロンドンは大変に刺激的な街だった。

シェリーがメアリとホッグに関係を持つよう奨励していたことをクレアは知っていた。もしかしたらホッグはクレアとも関係を持っていたかもしれない。今や一人暮らしの身、望むままに恋をしたらどうかしら？　ロレンスのロマンスのように一人前の「ナーヤル女性」(Nairess)となり、男性に選ばれるのを待つより、自分から男性を選んだらどうかしら。クレアはいつも華々しく振舞いたいと思っていた。今こそチャンスだ。世の中にはシェリー以外にも魅惑的でスキャンダラスな男性がたくさんいる。そのうち一人はシェリーと違って高名な詩人だ。おそらくクレアはこの考えをシェリーに漏らし、彼は間違いなく、それを認めて鼓舞したことだろう。

バイロン卿は当時最も高名な著述家で、文学市場を支配し、ロンドン中のサロンでもてはやされていた。一八一一年、異国風叙事詩『チャイルド・ハロルド』によって文学界に華々しく乱入していたのである。知的なゴドウィン家の娘たちでさえバイロンの詩を読んでおり、流行児のイメージを好意的に受け入れていた。短い求愛期間、シェリーとメアリはバイロンの初期の恋愛詩に夢中になり、クレアも一緒に暮らしていた頃は三人でバイロンの『ララ』を読んでいる。これは気まぐれな英雄の東洋的物語で、ロンドンっ子は主人公に著者を重ね合わせていた。バイロンはロマンティックな偶像となっており、スキナー通りの少女たちが彼のことを多少なりとも夢想しなかったはずはない。バイロン風英雄はメアリの後期作品に執拗に繰り返されたとクレアは書き留めているし、ファニーでさえロマンティックな君主の物語をせがみ、『ララ』に刺激と慰めを見出していた。

一八一五年一月、バイロンはバイセクシュアルの時代を経てアナベラ・ミルバンクと結婚し、ピカデリーの大屋敷に引っ越していた。アナベラはキャロライン・ラム令夫人の夫の従姉にあたり、この令夫人はバイロンと騒々しい情事を重ねた女性で、陰毛の一房を彼に送ったとされている。バイロンとの結婚後、その年が暮れる前に、夫の暴露話と暴力的で狂人めいた振舞いに憤慨し、狂気の一歩手前にいることを感じたバイロン卿夫人は、生まれたばかりの乳児を連れて家を抜け出し、両親のもとに戻る。これ以降、夫妻が同居することはなく、バイロンが娘を見るのはそれが最後となった。一八一六年一月には別居が同意され、ロンドン中が知ることになる。バイロンが新妻を滅茶苦茶にしようとしたこと、そして異母姉オーガスタ・リーと近親相姦の関係にあったことを。バイロンは妻の出奔に衝撃を受ける。このようなことが起こるとは想像もしていなかったのだ。「彼女——というより『別居』——は私の心を破った。まるで『象』が心を踏みつけたようだ。鉛の息をついている」。別居は感情的だけでなく、社会的にも極端な結果だった。別居によって「私は文字通り追放されたも同然だ。いかなる政治的陰謀でもそうし得たように。死刑にあたる罪を宣告されたに等しい」と彼は書く。[14]

ロンドンの華やかな社交界から無視されるようになったバイロンは、一刻も早く英国を去ることを計画していた。これ以上のスキャンダルは御免こうむりたかった彼は、新しい知人に対しては開かれた気持ちだったのだろう。いずれにせよ、粘り強く生き生きとした、魅力的なクレアのような少女を拒むのは難しかった。「見知らぬ者からの便りを受け取って驚かれることでしょう」。喜劇めいたことに、これはシェリーがゴドウィンに宛てた最初の手紙を思わせる。クレアは「まったくの見知らぬ者」としてバイロンに近づいたのだ。「崖っぷち」に立つ人間として。「傷一つない」評判を持ち、保護者も夫も持たない私は、「胸をどきどきさせながら」愛を告白し、貴方のお慈悲に自分を捧げます。

貴方が会ってくださることは最大限に「重要」なのです。バイロンは用心して応える。「B卿は面会するいかなる人物に付与される『重要性』も理解していません。特にお近づきになる栄誉を持たないように見受けられる方の場合は」。[15]

クレアがさらに書いた数通の手紙は、この世に投げ出された奔放な子どものロマンティックな自伝を思わせる。『白痴』という物語のヒロインに相当するような。これはクレアが二年前の駆け落ち旅行の際に書き始めたもので、「山と砂漠」で教育を受けたゴドウィン風の少女が、自身の衝動しか知らず、「世間智に対するすべての暴力」を犯すものの、気立てがよく、高貴で優しさも備えているという設定の物語である。クレアはこの話を自己紹介代わりにバイロンに送ったのだろう。手紙に刻印された署名と印章はシェリーが提供したもので、紳士階級を示唆するものだった。

後にクレアは脆い言葉を用いて、自身を若く貧しく「ロマンティックな少女」として描き出す。[16]当初は厚顔無恥に映ったとしても、バイロンは一八一六年三月、ドルリー・レインでの面会でクレアが挙げた効果にはまんざらでもなかった。クレアはロンドン中を虜にしている恋愛詩や官能的な東洋風物語の生みの親である男性から受けた心遣いに有頂天になる。

さしあたり、バイロンは感銘を受けていた。一八歳になったばかりのクレアは美しい歌声を持ち、後にシェリーに霊感を与え、性の恍惚を詠った詩を生み出すことになる。[1]今やバイロンは最も魅力的な抒情詩の一つをもってクレアに呼びかける。

「美」の娘たちの誰も
そなたの如き魔法は持たぬ

水上の音楽のように
そなたの甘やかな声は私に響く……
……精霊がそなたの前にひざまずく
そなたを聴き、賞讃するために
あふれんばかりの　しかし柔らかな情感をもって
「夏」の大洋のうねりの如く[17]

このような詩を贈られれば、クレアより賢明で年上の女性でさえのぼせ上がったことだろう。じきにクレアはバイロンを思い通りにできるようになる。彼にとっては気軽な情事で、多くのうちの一つに過ぎなかったが、この関係にはぴりりとした妙味があった。彼は異母姉オーガスタ・リーの暗号の手紙をクレアに見せ、性的関係を示唆し、衝撃を与えて楽しむ。

実践においてクレアはバイロン同様、型にはまらず自由だった。理論上はその度合いがさらに高かったことだろう。文学、特にウルストンクラフトの作品を助産婦とし、クレアは若々しい自由思想家として生まれ変わりつつあった。ウルストンクラフトのように慣習を軽視して欲望に従う準備ができており、一〇代半ばには既に性的にも感情的にも実験的になっていたのだ。ウルストンクラフトが一度ならず示唆した「三人婚 (ménage à trois)」も経験済みである。ウルストンクラフトは最後の小説『マライア』で、「経験を持つに値するうちに」経験を身に着けるよう、そして「幸福を追求するために十分な強い精神を身に着けるよう」、女性たちに助言していた。[18] クレアの準備は整っていたのだ。

クレアは共通点によってバイロンの気を引いたが、二人は別々の段階にいた。バイロンは世間への不順応のつけを支払っていたが、クレアは自分のつけを味わい始めたばかりだった。バイロンにとってクレアは気まぐれで「奇抜な娘」であり、成人してからの可能性についてはほとんど考えなかった。クレアにとってバイロンは刺激的な新恋人であり、自分だけの超シェリーだった。当時バイロンの名声に目が眩んでいた彼女は、女性に対する根本的に性差別的な彼の考え方を見抜くことができずにいた。

積極性は、それ以前の一年半をシェリーやメアリと暮らし、両親に向かって「社会の法や組織に対する完全な軽蔑」を宣言した少女のクレアには目新しいものではなかった。ここで再び考えられるのは、シェリーとの関係がある時点で性的なものとなっており、クレアは誘惑されるより誘惑する側の女性だと自分を捉えていたということである。あるいは、彼女はバイロンに予想していないものをあげると主張したが、それは処女性を指していたのかもしれない。「予期せぬ驚き」が子どもであったとは考えにくいだろう。時期的に早過ぎるし、バイロンが大して歓迎するとも思えない。事実がいかなるものであれ、クレアが後に一〇分間の「幸せな情熱」と呼ぶ関係がこうして始まった。[19] そして始まるとほぼ同時に、彼女は妊娠する。

厚かましく突進しつつも、バイロンが自分を長く、あるいは自分一人だけを求めることはないだろうと薄々察していたクレアは、執拗な手紙を送りつける。「貴方に愛していただけるとは思っていません。私は貴方の愛にふさわしくありません。貴方は私より優れたお方ですから」。[20] シェリーに気に入られたメアリが、それはもっぱら両親の光によるものではないかと恐れたように、クレアも、バイロンにとって自分の魅力は、シェリーやゴドウィン家——バイロンと同じくらい悪名高い一団——との繋がりなのではないかと疑うようになる。バイロンは『マブ女王』——シェリーが彼に送ったもの

――を賞讃していると公言し、ゴドウィンの小説にも熱狂していた。ゴドウィンが「極度に援助を必要としている」ことを聞き及んだ折には、出版社の支払いから六〇〇ポンドを寄付すると申し出たこともあった。しかし、後の論争が保守的な出版業者ジョン・マレイに保証したところでは、いかなる資金も年とった急進主義者には届かなかったそうである。バイロンがゴドウィンとウルストンクラフトの娘という存在に好奇心をそそられるだろうことをクレアは知っていた。それは自分が彼に持参できる戦利品だ。

クレアに魅惑されつつも、バイロンは油断を怠らなかった。他者の非慣習性には魅力を覚えず、シェリーによる気高い性的自由というものを、バイロンは自身のいかがわしい自由主義から見る傾向があった。しかしメアリを会わせたいというクレアの提案は受け入れる。この件でクレアはバイロンの振舞いをコントロールする必要があった。メアリは自分たちの情事を知らないし、バイロンはクレアという義理の妹の立場からメアリを判断してはいけないのだ。メアリはスキャンダラスな評判つきの娘だが、物腰は立派な婦人だった。

メアリは好奇心を覚え、クレアはバイロンとの面会を整える。彼女はメアリをバイロンに差し出そうとしているのだ。シェリーがホッグをハリエットやメアリに差し出したように。この出会いの後、クレアは双方によい効果が認められたことを見抜き、メアリに対するバイロンの高評価を利用して彼の旅の目的地を探り当てる。スイスのジュネーヴ。バイロンは熱狂的なクレアにこの情報を打ち明けたくなかったかもしれない。シェリー一家が大陸に旅立つ前に、ビッシュ卿からのさらなるニュースを待っているとクレアはバイロンに伝えるが、彼にしてみれば、自分の旅立ちに彼らがそれほど突然影響を受けるとは想像しなかっただろう。

バイロンを誘惑するのに多忙ながら、クレアは今まで通り、シェリーからの賞讃も渇望していた。バイロンがクレアを「小さな悪魔」と呼んだとき、彼女はシェリーに悪戯っぽく尋ねる。私はむしろ「優しい性質」よね。翌朝バイロンに手紙を書きながら、クレアはシェリーのお世辞めいた返事を甘ったるく繰り返し、シェリーのことを「私が愛した男性よ。彼のためにずいぶん苦しんだわ」と意味ありげに言い添える。[21] シェリーとバイロンは女友達を悪魔的な方法や想像物で怖がらせるのを楽しんでいた。一方、クレアは彼らの相似性を利用したのだ。

第二二章　ハリエット

シェリーはクレアがバイロンを追いかけることを容認し、鼓舞しただろうが、その結果、彼女の熱心な心遣いを恋しく思いながらこの時期を過ごすことになった。一八一六年一月二四日、ビショップスゲイトでメアリが第二子を生み落とす。男の子で、ゴドウィンに敬意を表してウィリアムと名づけられた（後に愛情をこめてウィルマウスと呼ばれるようになる）。第一子ほど弱々しくなく、メアリはこの子の星がより幸運なものであることを願った。この時期はハリエットがブラックネルで新生児アイアンシーと過ごしていた頃と似通っており、妻はふだんより夫の関心を引かず、シェリーは女性が母乳で子を育てることにこだわったものの、乳児や過度の母性愛には苛立つ。後にメアリは思い描いた。「貴方の愛情は膨らむことでしょうね。ウィルマウス専用の部屋があって、あの子が小綺麗な服装をして機嫌のいいときにだけ貴方のところにやってくるとしたら」[1]。

　恋人メアリは赤ん坊の世話で手一杯、クレアはバイロンに夢中というこの時期、シェリーは一人ロンドンで過ごすことが多かった。父親との訴訟を続け、ゴドウィンのために借金を重ねようとしており、珍しいことに、女友達に囲まれているといういつもの環境から離れていた。

　この頃、ハリエットは依然として父親の家で暮らしていたが、既婚女性のため一人で出かけることもできた。夫の帰還に絶望していたこの時期に彼女は別の男性に出会い、惹かれるようになった模様である。チャペル通りの近くに陸軍将校を多数抱える兵舎が二つあり、もし彼女が恋人をここで作ったとしたら、相手はマックスウェル大佐かもしれない。ゴドウィンがスコットランドの友人バクスターに名を挙げて話した男性だ。何年も後、クレアが――おそらく母親から事実を知らされて――ハリエットの恋人になった「インドもしくはウェリントン軍の大尉」に言及している。彼は後に海外に送られ、クレアによれば、ハリエットはシェリーのとき同様、棄てられたと思っていたという。[2] これは恐ろしいことだっただろう。一八一六年の春か初夏に彼女は妊娠していたのだから。

しかしマックスウェル大尉のシナリオには議論の余地がある。一八一六年六月、ハリエットは姉イライザもいた父親の家で手紙を書いている。細君コーネリアが致命的な病に倒れていたニュートン氏に援助を申し出たもので、もし奥様とお子様たちにとって何らかの役に立つなら、「苦しんでいる方々のもとに慰めを与えに飛んでいきたい」。[3] 夏のどこかでハリエットはブラックネルにボインヴィル夫人を訪ね、夫人の姉妹が病気の間、彼女を慰めてもいる。ハリエットはメアリとシェリーのことを苦々しく話し、九月にここを訪れたゴドウィン夫人はその噂話で盛大にもてなされ、その結果、ファニーに冷淡にあたることになったわけである。こうしたハリエットのイメージは、情事真っ最中の女性とか、新しい恋人を引き留めようとしたり、その喪失を気にかけたりしている女性にはあてはまらない。

もう一つ、別の説明も可能だろう。乳児チャールズ・ビッシュが相続人として法廷に召喚され、様々な法的経済的取引を要求されており――もちろん、実際には彼は一度も現れなかったが――シェリーはハリエットと取引しなければならない立場にいた。そこで彼はチャペル通りを訪れる。ハリエットは未だ夫を愛しており、その魅力に惹きつけられていた。彼女の父が娘と孫たちを主に支えており、みなのために夫と妻の和解を望んでいた。若い夫婦が二人きりになれるよう、そして互いを再び愛することを学ぶよう、どんな機会でも与えたいと望んでいたのだ。クレアが後に断言したところでは、多くの喧嘩の後で、シェリーとハリエットは「抱擁した」。

そういうわけで、一八一六年春の訪問の折に——メアリはビショップスゲイトで赤ん坊の世話に夢中、クレアはバイロンとほっつき歩いている間に——シェリーが再び愛らしいハリエットに共感あふれる交際を見出し、未だ法律上の妻かつ若く美しい彼女を三回目に、これを最終回として、妊娠させたということは不可能ではないだろう。[4]

クラブ・ロビンソンは——ハリエットの妊娠を知り、後にシェリーの子どもたちの養育権問題（弁護士バジル・モンタギューがシェリーのために追求）に関係することになるのだが——こう述べる。「実に風変わりなことだ。シェリーが、自分は妻の生んだ子の父親ではないということをモンタギューに示唆しなかったとは。ゴドウィン夫人はそれを事実として私に断言したが、モンタギューはありそうもないと考えている」。[5] ここでの「子」はチャールズ・ビッシュ（相続人）を指しているのかもしれない。ハリエットはシェリーに棄てられる前から不実であったとゴドウィン夫人が示唆していたことを考えると。しかし「子」とは奇妙な表現である。存命の、名前のついている男の子に用いるには。それも彼自身の養育権の問題において。もしチャールズ・ビッシュがシェリーの子でないなら、シェリー家の相続人にはならないだろう。もしシェリーが、クラブ・ロビンソンが聞き及んだ子——ゴドウィン夫人がシェリーの実の子ではないと言ったという——の養育権のために訴訟を起こしていたなら、ロビンソンは前述の一節にそれをもっと多く織り込んだはずだ。彼の日記はかなり詳細に書かれているのだから。

というわけで、言葉は多様な解釈を秘め、日記では長い会話が速記されたのかもしれないが、次の解釈が可能になる。すなわち、シェリーは弁護士に、ハリエットは自分の子を妊娠したのではないと明言しなかったということを。これは奇妙なことだ。もし彼が少しでも疑問を持っていたとしたら。胎児はこの問題の争点ではなかったにもかかわらず、シェリーはハリエットを中傷する必要があった――そして結果的には彼の敵たるウェストブルック家を――可能な限り徹底的に。婚姻外で授かった子――たとえ結婚が紙上のものであり、シェリーが彼女を棄てていたとしても――は、妻の道徳を非難するために使うことができたはずである。

第二三章　ファニー

想像の中で、シェリーは社会や心理学における待望の革命を常に火山の爆発と見ていたが、現実には、火山とは破滅的になり得るものだった。一八一五年四月、スンバワ島（現インドネシア）でタンボラ山が噴火し、九二、〇〇〇人の死者を出す。噴火の結果、巨大な塵雲が生じ、一八一六年春にはヨーロッパ上空の成層圏に届いた。太陽光は宇宙にはね返され、雲の下の土地は暗く、湿っぽく、憂鬱な空気に包まれる。暗い春と夏の原因が明らかになったのは二〇世紀に入ってからだが、この影響はヨーロッパ中で認められた。

四月末、スコットランドから南下中のゴドウィンは深雪に遭遇した。ハンプシャーではジェイン・オースティンが湿ったコテージの壁や増水した池に思いを馳せ、最後の完成作となる小説のヒロイン、アン・エリオットの秋色を帯びた鬱状態と花盛りの喪失を描く。[1] 国中で雨が降り、有史以来最も寒い春を迎えた。ウルストンクラフトが亡くなった年は異常な嵐と乱気流に見舞われ、ファニーとメアリはこの印象深い年について多くを聞かされて育ったが、一八一六年はそれよりひどかった。

ファニーは亡き母の遺産の重みをずっしりと感じていた。ゴドウィン家の娘たちはウルストンクラフトの思想を共有し、男性同様、女性の知的努力の価値を認めていたが、男女間の違いも知っていた——あるいは今まさに学びつつあった。男女の語りの違い、女性にとっては自由恋愛が即妊娠に繋がる現実、そして事態が複雑になると家庭や国を飛び出してしまえる男性の力。混乱を極めた人生と厳しい理論というウルストンクラフトの遺産は、ときとして難しいものだった。さらに、ファニーにとってウルストンクラフトは、二度の自殺未遂を計り、娘の自分を棄てようと考えたことのある女性でもあった。

「人間知性は一種のバロメーターであり、それを取り巻く空気によって管理される」とゴドウィンは書く。[1]一八一四年、シェリー、メアリ、クレアが大陸に向けて出発すると、一人置いていかれたファニーはゴドウィンを感情と知性の錨として暮らすことになった。メアリ・ヘイズ——二〇年前のゴドウィン崇拝者——は「彼の理性を尊敬していましたが、共感を呼び覚ましたり、こちらの感情を完全に理解してもらうことができたかどうかは疑問が残ります」。ゴドウィンの娘メアリは友人に対し、父の「感情や情熱は……とても少ないのです。彼はすべて理性によって導かれるのだと明言しています。本の中に哀れで感傷的な一節を見つけると、馬鹿げていると言って飛ばしてしまうのです」。[2]人生と文学に感動する性質のファニーは、感じやすい心とあふれ出る共感によってゴドウィンをうんざりさせたに違いない。

そのゴドウィンはこれまでになく自己陶酔中だった。クラブ・ロビンソンによれば「あの男は不愉快なほど僕に劣等性を感じさせる」。あるときのゴドウィンは「元気だが上機嫌からは程遠い。わけもなく長いこと大声で笑い、わけのわからない陽気さとひどい短気が混ざった状態だ。猛烈で狭量な奴」。[3]コウルリッジはある会話をサウジーに伝えている。「『そうです、貴君！　まさにその通り！——サウジー氏について——まさに私が言った通り——』、そしてさらなるゴドウィン節——滑稽なほど奴専用の言葉で、君は楽しくなったことだろうよ——まるで一種の道徳的な『鏡』を覗き込んでいるみたいだった。それが何であるかを知らずに、ものすごくゴドウィンらしい姿を見て、陽気な自惚れでそれを君の名で洗礼したんだ。少しばかり僕やワーズワスも付け加えて」。意地悪な調子でコウルリッジは続ける。「心の中ではうんざりしていたよ。このウスノロ哲学殺しのカタブツの粗野で低俗な狂人ぶりに」[4]。ゴドウィンはワーズワス、コウルリッジ、サウジーを政府側に寝返ったと罵ったが、他の人々に対しては、それほど深刻なことでなくても苛立ったに違いない。そしてファニーは常に彼の近くにいたのだ。

不安と熱意が隣り合わせた気持ちで、ファニーは仲介者の役割を務める。シェリーやメアリ、ときにはクレアとの親しい関係に元気づけられることもあったが、彼らが自分の臆病さを揶揄し、自分の人生や将来を気にかけていないことも知っていた。メアリとシェリーがビショップスゲイトに快適に落ち着くと、ファニーの疎外感はさらに高まる。一時的な親密さは、彼らがファニーを必要としなくなると同時に消滅していた。

ウィルマウスが生まれると、シェリーは直ちにスキナー通りに報告し、少なくともファニーと義理の母は、メアリが無事と知って喜んでくれるだろうと苦々しく指摘する。メアリの第一子出産時、クレアとシェリーが街をほっつき歩いている間、ファニーは妹の傍に駆けつけ、赤ん坊が死ぬと、土砂降りの中、苦労して妹のもとを訪れたのだった。しかし今回は必要とされず、ファニーが小さな甥に初めて会ったのは一ヵ月後である。そのときも招待されないまま、自分の判断でビショップスゲイトに赴いたのだった。

到着したのは夜も遅く、シェリーとメアリは寝る準備をしていた。ファニーはドアをノックし、二人がどうしているかと思ってやって来たことを告げる。深夜三時半までおしゃべりに過ごし、二人が少しは眠れるようにと配慮して部屋を離れた。この時期、ファニーは自分の将来とダブリンの叔母たちとの関係について決断を下さなければならない状況にあり、二人に相談したかったのだろう。生まれたばかりの赤ちゃんに会うだけでなく。あるいは二人がその場で一緒に暮らそうと言ってくれるのを期待していたのかもしれない。クレアが不在であることを考慮に入れればなおさらである。ロンドンからビショップスゲイトまでは、若い女性が一人で旅するにはかなりの距離があり、旅代も安くはなかった。しかしメアリが一人の姉妹（クレア）を放り出したのは、もう一人の姉妹（ファニー）が飛び込んでくるのを迎え入れるためではなかった。

ファニーにはスキナー通りの家から逃げ出したい差し迫った理由があった。ゴドウィン家とシェリー家の問題が悪化しており、板挟み状態に苦しんでいたのだ。一八一六年二月、シェリーは父や債権者との議論に巻き込まれ、ゴドウィンからは例の二〇〇ポンド——前回の支払い時からゴドウィンが自分のものだと思っている金——を常にせっつかれ、小説の主人公フリートウッドを思わせる声を挙げる。「人間の溜まり場から一刻も早く旅立つつもりだ」[5]。ゴドウィンは仰天した。最も急を要する債権者ホーガンが三〇〇ポンドの返却を催促しており、友人ジョサイア・ウェッジウッドも——亡き兄トムほど忍耐強くないこともあり——ゴドウィンに長く貸していた五〇〇ポンドの返済を要求していたのだ。そこで彼はシェリーに友好的な態度を試みる。仲違いは残念だ。君がしでかしたことを許すわけにはいかないが、大目に見ることにしてもいい。

この努力には機転が欠けていた。シェリーは偽善やゴドウィンの厳しさ、残酷さ、そして自分たちが我慢しなければならない軽蔑といったものに飽き飽きしていたのだ。ゴドウィンはシェリーやメアリ、クレアのことを「娼婦と誘惑者」と呼んで困惑させた。「『大目に見る』のお話はご放念くださ い」とシェリーは突っぱねる。「僕の血は血管の中で煮えたぎっています」。シェリーはこれまで避けていた質問をゴドウィンに向ける。なぜ貴方はそれほど高潔なのですか？　金を手に入れるために、なぜ憎悪しているとご自身も認める相手と文通を続けるのですか——しかもこれほど傲慢な調子で。ゴドウィンの友人たち——クラブ・ロビンソンもその一人——は同様に困惑していた。

口論は高尚な文学調に昇華し、ゴドウィンの宣言によって決着をみる。「苦痛が、我々を引き裂いた行為の是認を、私から搾り取ることはできない」[6]。三月二四日、シェリーはスキナー通りを三回訪れるが、家には入れてもらえなかった。ファニーだけがメアリとシェリーを擁護しようとしている家が快適だったはずもないだろうが。

両家の関係が疎遠になるにつれ、ファニーは以前のように伝言を取り次ぐことができなくなり、代わりを務めるチャールズも近くにいなかった。ファニーは悩みの種の母に飽き飽きしており——一三歳のウィリアムは彼女を「飼い慣らされていない無法者」と呼んでいた——書店という「価値のない職業」にも嫌気が差していたのだ。蒸留酒製造業計画が頓挫した後、彼はシェリーの援助を得てフランスに渡り、以後誰に対しても手紙を書くことを拒む[7]。それはゴドウィン家と債権者にとっては大打撃だった。そしてファニーもこれまで以上に孤立状態に置かれることになる。最近はマーシャルでさえほとんど訪れなかった。彼も借金まみれだったのだ。その結果、ゴドウィン家とシェリー家の主な交渉役はトム・ターナーに回ってきた。

法学の勉強をゴドウィンに援助してもらっていたターナーが、チャールズとファニーに代わる人物と見なされたのは当然である。しかし二年前にシェリーが彼の美しい妻コーネリアを誘惑しようとしたことがあり、ターナーが関われば事態が悪化するのは目に見えていた。彼は忘れていなかったのだ。常に芝居がかったシェリーを好まないターナーは巧みにゴドウィンに働きかける。シェリーが現金を提供できないのは、力不足ではなく選択の結果だと。「もし本気で金策を考えたら、彼にはそうできる力があることに疑いの余地はありません」。[8] 当初、シェリーはターナーが「問題を完全に誤解している」だけだと考えていたが、五ヵ月後には「二枚舌」の行動を非難し、最終的にはターナーが「悪意ある感情」を持っており、それを満足させたかったのだと結論づけた。[9]

実際に旅をして交渉することはできなかったが、ファニーは依然として両家を繋ぐ主な社会的絆であり、ゴドウィンの要請を受け、委任される形でメアリとシェリーに手紙を書いていた。その結果、ターナーによって広がった亀裂の真ん中にいることをファニーは強く感じていた。彼女自身の考えがどのようなものであったにせよ、この口論においてはゴドウィン側の人間だと再び捉えられるようになる。怒り狂った手紙をファニーに書かせるゴドウィンは追伸を書く余地を与えなかったため、ファニーは二つの家族が対立してはいけないこと、自分はむしろ間違った側にいるように感じていることを表現できなかった。

メアリとシェリーが一八一四年に駆け落ちして以来、ファニーは心からの幸せを感じることは滅多になかったが、彼らとの関係が再びこじれてしまうと、以前よりさらに自分が無価値のように思えた。ゴドウィンはファニーと語り合うことをやめてしまったように見え、二人揃っての遠出や食事、劇場通いも少なくなっていた。ファニーはエヴェリーナ叔母から来たはずの行方不明の手紙に思いを馳せ、ゴドウィンがそれを受け取って返事を出したのかどうか考える。もしそうなら、何と書いたのだろう？　彼らは何を計画していたのだろう？　心の奥には常に、アイルランドの学校教師という先細りの将来が見えていた。スキナー通りの事態が悪化するにつれ、ゴドウィン夫人はファニーに出発の準備をするよう頻繁に言いつけたに違いない。

春にはエヴェリーナがゴドウィン家を訪れていた。おそらくファニーの将来と、例によってプリムローズ通りの不動産について話し合うためだろう。家賃は今や暴落していた。困窮状態にもかかわらず、叔母たちが未だファニーを引き取りたいと考えていたなら、二人とも急いでいなかったか、ファニーが乗り気でなかったのだろう。このとき、彼女はエヴェリーナと一緒にアイルランドに帰らなかったのだから。それよりも二人は互いに機嫌を損ねて別れた。イライザ叔母が体調を崩しており、姪に関する取引を一手に引き受けられなかったのは残念である。意気消沈したファニーのような人間にとっては、威丈高で不愉快なエヴェリーナは最善策ではなかった。ファニーの旅立ちの遅れはゴドウィン夫人の怒りを買ったことだろう。ファニーは二二歳になろうとしていたのだ。オースティンの『ワトソン家の人々』に登場する、妹に思いを巡らせる兄のように、ゴドウィン夫人もおそらく義理の娘に対し、家族の重荷になっているとはっきり伝えたことだろう。

ダブリンに戻ったエヴェリーナは、スキナー通りに長い手紙を書いていた。これが前述の行方不明になった手紙である。この手紙が届くのを待ちながら、ファニーは圧迫する沈黙を感じ、責められるべきは自分なのかと考える。エヴェリーナ叔母さんは私が躊躇したから気を悪くしたのかしら？　義理の母があれほど自分を手離したいと考えている以上——彼女自身の子どもたちが家にいない陰鬱な時期に——ファニーは必死で、唯一の近親者から離れてはいないことを示そうとする。

ついにエヴェリーナからメモが届き、ファニーは安心する。これまでの沈黙は先に送った手紙が紛失していたことと、叔母の「不安と苦しみ」によるものだった。エヴェリーナはファニーと同じくらいの年頃から心身の不調に不平をこぼしており、ウルストンクラフトはこの妹をよく叱咤激励したものだ。ファニーはウルストンクラフト家の気質や状況と多くを共有していることに気づいただろう。

ファニーは直ちに返事を認めるが、行方不明になった手紙の内容を知らなかったため、曖昧な調子になった。先の手紙は自分のアイルランド行きについてだろうと想像したが、そう思われないように、また、申し出を受けると相手に感じさせないように気を遣う。約束できるのは、紛失した手紙の写しが届いたら、「慎重かつ率直にお返事する」ことだけであり、今回の手紙の主な目的は次のような気持ちを伝えることだった。「おばさまの信頼と愛情に私はどれほど感動していることでしょう。これからの人生でたとえどれほどの不運に見舞われたとしても、私の振舞いと性質がおばさまにいただいた信頼と愛情を守ってくれることでしょう」。これ以前にどう感じていたにせよ、叔母二人は明らかに、ファニーの妹たちの突拍子もない行動に対する不安を克服していた。ファニーはメアリやクレアのスキャンダルからは影響を受けていなかったのだ。イライザは体調が思わしくなく、エヴェリーナは仕事に不安を抱えていた――姉の病が収入をさらに激減させていたのだ。イライザは若い頃にリューマチを経験しており、それが続いていたのだろう。ファニーは叔母たちの役に立ちたいとは思ったが、それは「不可能」だった。[10]

この言葉は解釈が難しい。叔母たちから遠く離れているため、何もできないということだろうか？　それとも、ゴドウィン家を離れることが「不可能」なのか？　奇妙なことに、彼女はエヴェリーナに具体的な援助を何も申し出ていない。おそらく押しつけがましいと思ったのだろう。あるいは、叔母たちに感謝していたにもかかわらず、愛するものすべてから引き離され、アイルランドに送られることを恐れていたのかもしれない。叔母たちの愛情をありがたいと思いつつ、彼女たちのもとに行くことを必死で避けようとしていた節もある。ファニーは渡仏さえ思い描いていた――シェリーとメアリが国を出るときに同行するのだ。二人はそうするつもりだと公言していたから。ファニーの頭は可能性でいっぱいであり、「大陸への旅」が病気がちのイライザ叔母のためになるかもしれないと示唆している。この提案は、もし受け入れられれば、イライザに昔を思い出させたことだろう。姉ウルストンクラフトが自分を救い出し、フランスへ連れて行ってくれることを何年にも渡って切望していたことを。

ファニーが叔母たちに返信を認める前日、ゴドウィンはエディンバラに出発した。新しい小説『マンデヴィル』を出版社と交渉するためで、彼はこの小説をまもなく完成させるつもりだった。一八一五年一二月、彼はコンスタブル——チャールズが弟子入りした相手——に対し、小説執筆に必要な心の平穏を得るために五〇〇ポンドの前払いを依頼していたのである。ゴドウィンは才能に自信を持っており、当時最も著名な小説家ウォルター・スコットと自分を比較し、「小説を書く才能は存命の著者の誰にもひけをとらない」と書く。[11] しかし老獪な出版業者はこの依頼を退け、印税の半額と引き換えにその額を申し出た。その金は一八一七年一月、ゴドウィンが二巻を出版社に手渡したときにようやく手に入ることになる。両者は合意し、エディンバラで契約を取り交わした。

ゴドウィンは喜び、「すべて順調」とスキナー通りに書き送る。一六年前のアイルランド滞在時同様、スコットランドでの歓迎ぶりは「光栄」で、多くの人が「怪物」を見たがってうずうずしている。[12] 彼は肖像画を描いてもらい、エディンバラの著名な文学者、ドゥガルド・ステュワートとフランシス・ジェフリーに会う。小説家ヘンリー・マッケンジーと食事をともにし、スコットのアボッツフォード屋敷に一泊し、ライダル・マウントに議論好きなワーズワスを訪ねる。一ヵ月ぶりにロンドンに戻りつつあるゴドウィンは再び重要人物になったように感じ、仕事に取り組む意欲に「燃えて」いた。彼はシェリーが解決策を講じ、自分の頭から金銭問題を追い払ってくれることを期待していた。

ところがこの望みは早々に木端微塵になる。スキナー通りの家に戻ったゴドウィンは、前日にシェリー、メアリ、クレア、そしてウィルマウスが逃亡したことを知ったのだ。シェリーはつねづね大陸旅行を計画していたが、クレアの説得により、直ちにジュネーヴ行きが決まったらしい。というわけでバイロンが英国を去って一週間後、シェリー、メアリ、クレアも旅人となる。バイロンはジュネーヴ滞在中ということだったが、彼らが到着してみるとそれは誤りだった。ドーヴァーからシェリーはスキナー通りに手紙を書く。「僕は英国を離れます。もしかしたら永遠に」。ゴドウィンが最初に霊感を与えたのだと彼は言う。「僕にとっては不運なことでした。貴方の性格の一部、最も優れていない部分が、僕が善とする行動の信念と出会ってしまったことは」。より核心に迫り、シェリーは述べる。「僕は父から何も受け取らないでしょう。慈善という形を除いては。死後払捺印金銭債務証書云々はきわめて怪しいと思います」[13]。ゴドウィンにとって恐ろしいことに、これは別れの手紙のように聞こえた。それでもシェリーはゴドウィン家のために、夏の間に三〇〇〇ポンドを約束する。

直ちにゴシップが生じた。またもや准男爵の跡取り息子が二人の若い女性と逃亡したのだ。しかも華やかな大陸のリゾート地、あの邪悪なバイロン卿も向かっているとされている場所に。新聞の大増刷が見込まれ、どこもかしこも噂だらけだった。バイロンはシェリー夫人とされる女性と不倫関係にあるとも言われていた。ゴドウィンは無慈悲にもシェリーを食い物にしたが、シェリーもゴドウィンを揶揄の対象とする方法を学んだようである。

ゴドウィンは怒り心頭に達していた。なぜ連中は私が帰ってくるのを待たなかったのか？　実は、彼の高潔な冷やかさと好戦的な要求に嫌気が差していたシェリーは、まさにゴドウィンを避けて出発日を選んだのである。秘密主義を非難されると、シェリーはこう答える。「僕が出発を決心した動機を詳細に説明しなければならないほど、我々は親しい間柄ではありません。ご相談すれば、きっと不安になられたことでしょう」[14]。

第二四章　ファニー

この二度目の出奔は、ファニーの世界を再びひっくり返してしまった。シェリーとメアリはまたもや相談することなく――自分を連れて行くことなく――逃亡したのである。そしてまたもや自分ではなくクレアを選び、今回はウィルマウスまで連れて行ったのだ。ファニーはこの子を愛するようになっていた。「ときどき、あの子は私の子のような気がします。私が年老いて、あの子が立派に成長する頃が楽しみ」と後に書いている。[1] ファニーとハリエットは取り残されてしまった。二人とも、自分に不満を持っている両親の家に暮らすことを余儀なくされて。同じカップルに悩まされている二人は、同じ理由を共有してはおらず、それぞれふさぎ込んでいた。

ファニーにとって、シェリーとメアリの出奔は、考え得る限り最悪の時期に到来した。彼女はメアリと喧嘩したばかりだったのだ。メアリはゴドウィンの財政状況を心配するファニー、彼に逆らって自分たちの側に立ってくれないファニーを「浅ましく無作法」と言い放つ。ファニーはこの非難にひどく傷ついた。ゴドウィンに対する一貫性のないメアリの態度には慣れていたが、彼女の父に忠実なために非難されるのはおかしいと感じたのだ。妹宛ての感情的な手紙でファニーは――生涯に渡ってゴドウィンを「パパ」と呼んでいたにもかかわらず――「貴女の父親」という鋭い表現を用いている。

シェリーたちの不意の退去はいかなる和解も妨げた。ゴドウィン夫人はシェリーとメアリの不在を利用し、ファニーの報われない忠誠と愛を嘲り、おそらくクレアが漏らした言葉からヒントを得たのだろう、ファニーは恋人たちの揶揄の対象で、彼らは絶えずファニーを笑いものにし、風刺していると言ってのける。メアリに浅ましく無作法と言われたことに加え、かくも軽蔑されている事実を知らされるのは、ファニーには耐え難いことだった。

それでも彼女は周囲の貧しく踏みつけにされた人々のために悲しみ、この国の何が間違っているのかを考え続けた。後に、メアリも大義の改革に「不熱心」だったことをしばしば批判されたと認めている。彼女はゴドウィンや亡き母、シェリーと異なり、世界をより善くしようという情熱は持ち合わせていなかった。人間がより善い存在になることは望んだが、それは自然に起こると考え、一八三八年にはこう認めている。「私は自由主義に反対する言葉を一言も書いたことはありませんが、公にそれを支持したこともありません」。ファニーはメアリと異なり、この点ではウルストンクラフトに近かった。母国の社会的苦悩を深く感じていた母に。ファニーは他者の苦難を常に我がことのように感じており、物事が迅速に変化できないことをひどく悲しんでいた。

しかしファニーは一歩引いて何が起こっているかを分析することもできた。問題の一部はこの暗い年の気象に起因し、既にタンボラ火山の影響が復讐の如く英国に届いていた。ノーリッチのある債権者は「国の災難に免じて」ゴドウィンの借金を帳消しにする。夏の終わりが近づいていたが、野原の作物は未だ青々としていた。「今年は作物を成熟させる太陽が現れないのではないかしら」とファニーは思いに耽り、実際、英国は一九世紀最低の収穫高に直面することになる。『カンブリアン』紙はヘレフォードシャーの林檎と洋梨の木が「胴枯病によって深刻な」打撃を受けており、産出量はきわめて少量であろうと伝える。[2]英国の夏の風物詩である苺もほとんど収穫できず、チャペル通りのハリエットは、冷春のため、療養中のニュートン夫人に夏の果物を送ることができないと嘆く。スキナー通りではゴドウィン一家が毎日暖炉の火を焚いていた。

政治的混乱がみじめな天気に追い打ちをかける。一八一五年、ウォータールーの勝利に湧いた後、英国の雰囲気は気難しくなっていた。もはやフランスに対する憎悪が愛国心を支えることはできず、人々は階級――それまで支持していた制度――にがんじがらめとなっている社会を注意深く観察するようになる。ファニーは落ち着かず、人々の苦しみがなぜ、どのように生まれたのかを知りたいと躍起になっていた。なぜ軍事的勝利が貧しい人々をさらなる困窮状態に陥れてしまったのだろうか？

穀物法が制定され、輸入量を規制していた。穀物の値段を高く設定することで、土地所有者の収入が突然崩壊するのを防ぐためである。この法が下の階級に及ぼす影響は厳しく冷酷なもので、特に戦時中の囲い込みによってわずかな土地から追いやられた人々は、共有牧草地の権利を手にしていた。莫大な公債は二二年に渡る戦争によって膨れ上がり、平和裏に支払われるためには経済繁栄が唯一の道だが、その徴候はほとんど見られなかった。クラブ・ロビンソンは頻繁にゴドウィン家を訪ね、「英国は運命づけられている。戦争の衝撃を生き延びた後、財政困窮に沈み込むことを。英国は『衰退』せねばならぬ」と述べる。[3]不足額は重税によって賄われた。

ファニーは民衆の悲哀についてゴドウィンと語り合い、周囲にひしめいている苦悩の原因を説明してもらいたいと願ったが、彼がそのような問題に注意を払っていないことに気づいた。ゴドウィンの想像図は抽象的、原理的なもので、社会経済より道徳に関するものだった。政府という概念にあれほど対立していたにもかかわらず、ゴドウィンは政府の「流儀」には近しかったとみえ、労働階級の扇動活動を道徳的思考の統制及び教会の建立によって避けることができると考えていた。シェリーも同様で、社会不平等に悩みつつも、それを誇張された言葉で捉える傾向があった。悲惨な者たちの呻きが富める者たちの忌まわしい歓楽のさなかに捨て置かれる、といった調子で。ときには悲哀の不満足な痕跡によって自らを満足させることもあった。彼は湖水地方で産業が「平和な谷」を汚染し、「人間の腐敗が『自然』の美しさを歪めている」ことに気づいていた。死せる子どもたちが川に浮かぶ。働く母親に殺されたのだ。[4] シェリーは勤勉な貧者を頻繁に援助したが、無責任な極貧者からはあとずさりした。しかしファニーは相手の価値にかかわらず、苦しむ人々に共感したのである。

ファニーは観察や新聞、知人の意見から要因と解決法を繋ぎ合わせる。知人にはデイヴィッド・ブース――メアリが三年前にスコットランドで出会った友人――も含まれていた。彼はファニーに、平和の到来とともに英国の手工業時代は幕を閉じたのだと語る。今や大陸は英国の産業と自由に競争でき、より安い賃金で自国製品を製造できるのだと。従って「我々の国の何百万という同胞が飢えに苦しむだろう」とファニーは考える。数ヵ月後、それが真実であることを、スコットランドに戻ったブースは知る。ダンディーで食物一揆を目撃したのだ。一方、英国海軍はもはやキャンバス地を必要とせず、ブースの義理の両親バクスター夫妻の事業は破綻し、窮乏に追い込まれ、雇用者は解雇される。

将来への希望さえ宙吊りになった。供給過剰な英国製品が七年を上限として用いられなくなったのである。それは長い期間だった。ファニーの人生の三分の一にあたる時間だ。スタフォードシャー及びシュロップシャーのアイアンブリッジとポッタリー――初期産業革命の中心地――では、ファニーが聴いたところによると、二六、〇〇〇人の失業者が出たという。一方、ビルストンの抗夫は石炭を積んだ巨大な荷馬車をミッドランドからはるばるセント・オルバンとオックスフォードまで引きずっていた。彼らはロンドンとカールトン・ハウスを目指しており、感動的な、しかし不首尾に終わることになる望みを抱いていた。依然として豪奢な生活を送っている摂政皇太子に謁見して訴えを聴いてもらい、物事を正しい方向に動かしてほしいと願っていたのだ。直接的な接近を好まなかった政府はセント・オルバンに治安判事を送り、抗夫たちをロンドンに入れないよう指示する。
ファニーはロバート・オーウェンのおかげで理解を深めることもできた。常に意見が一致するわけではなかったが。一八一六年夏、スキナー通りに食事にやって来た彼は、英国の現状についてファニーと長時間話し込む。彼女はオーウェンの言葉を考えてみた。政府高官の交替だけでは絶対に不足であることを十分理解できるほど、ゴドウィン思想に染まっていたのだ。求められているのは組織の変化である。しかし彼女はときおり、こう考えた。もしゴドウィンが主張する個人の心の変化を待つ代わりに、オーウェンの主張する父親的温情主義的(paternalistic)社会的視点に耳を傾ければ、国はよりよい方向に進むのではないかしら。個人主義の悪というものを徹底的に理解した上での視点なのだから。

工場の現状調査旅行を経て――一〇歳未満の子どもが暑く汚染された労働環境で一日一四時間も働かされ、手足が不自由になっていることが判明した――オーウェンは議会に対し、産業規制及び労働条件の改善を強く働きかけていた。彼には理想郷主義的な面も強くあった。すべての人間が平等になり、一日二、三時間の労働で済む時代を思い描いていたのである。これは魅力的に響いた。

しかしファニーはこうした思想があまりにも「ロマンティック」だという結論に達した。彼らが要求しているのはトップダウン式の行動だ。援助を必要とする人々から力を奪ってしまう上、富裕層が富をいつか手放すという目論みに依存し過ぎているのではないか。成功のためには、改革者は支配者と交渉しなければならない(ゴドウィンが嘆いていたように)。それに同胞の苦痛に「心を痛めている」としても、オーウェンの掲げる理想主義的平等はファニーを悩ませた。何が間違っているのか、彼女は明確な形で示すことができなかった。

この二人は教育についても話し合ったことだろう。ファニーは一八一二年にアーロン・バーとランカスター校を訪れたことを思い出した。この実験はオーウェンも支持していたのだ。教育法の一部には不安も覚えていたが。彼は自ら創設したニュー・ラナーク校によって自分も成長したと主張する。

スイスの教育改革者ペスタロッチから学んだオーウェンは、いかなる子どもも罰されてはならないと信じていた。教師への愛情のみが生徒を忠実にするのだと。子どもは「心地よい声と優しい物腰」によって話しかけられなければならない。こうした思想は繊細なファニーの心の琴線に触れたことだろう。人生の大半を、それとはだいぶ異なる扱いを受けて育ってきたのだから。こうした思想はまた、ウルストンクラフトの提案にも通ずるものがあった。カリキュラムの他の面もファニーを驚かせたことだろう――そして間違いなく、ゴドウィンを不愉快にしたことだろう。子どもは「本に悩まされてはいけない」とオーウェンは指示しているのだ。子どもは本ではなく打ち解けた会話によって導かれるべきで、歌や踊りのレッスンを楽しむべきだと。[5]

オーウェンは自分のやり方に従ってくれる教師を見つけるのは困難だと認めている。もしかしたらファニーは、ダブリンに渡って不愉快な叔母のもとで教師をするより、スコットランドの村の学校に赴任してもよいと思うほど絶望した（あるいはオーウェン流の理想主義的に染まった）時期があったのかもしれない。

第二五章　メアリ

英国を離れる際、クレアはバイロンに陽気な手紙を書く。もうすぐ「タヒチの哲学者一行」を迎えることになりますわ。この一節には近親相姦の香りがする。タヒチの哲学者――ディドロによる想像上のタヒチの賢人――は無制限のセックスを許容していたのだ。[1]バイロンからオーガスタについてのヒントを聴いていたクレアは、このほのめかし――バイロン自身の言葉かもしれない――が彼を喜ばせるだろうと思っていた。

私たちがジュネーヴに到着したら、貴方は私だけでなくメアリも抱くことができます、とクレアはバイロンに伝える。シェリーによって刺激も痛みも味わった三角関係を再び作るのだ。「貴方はきっとメアリと恋に落ちますわ。とても美人で愛想がよくて。間違いなく貴方はこの愛情から祝福を受けるでしょう」。クレアの想像力はさらにはねあがる。メアリを喜ばせるために、彼女をもっと大切にしますわ。なぜならメアリは、「貴方に愛されるほど祝福された人間である私の愛情が足りないことに耐えられないはずですから」。クレア自身はバイロンの（性的な関係を含まない）友人、あるいは従者であるだけで満足だ。「私は情熱を持っていません。貴方の愛人であるより、一〇倍も貴方の男友達になりたい」。[1]実のところ、バイロンは男女を問わず誘いをかけていたが、自由恋愛の共同体には憧れていなかった。特にこれほど芝居じみた参加者と一緒の共同体には。

シェリー三人組は活気に満ちあふれ、二年前より良い方法で英国を離れた。今回は徒歩やロバに揺られてではなく、シェリーの馬車で――未払いではあるものの――旅しているのだ。ただ、移動は以前より快適だったものの、天気は前回同様で快適とは言い難かった。一八一四年にロンドンを離れた日は、二人の少女が一六年間生きてきた中で最も暑い一日だったが、一八一六年の春と夏は、記憶にある中で最も雨の多い季節だった。

旅の途上、クレアはバイロンとの再会を待ち望み、メアリはシェリーを独り占めしたいと思っていた。クレアは他の男性に夢中になっているようだから。この旅でも彼らはウルストンクラフトの本を読み、日記や手紙や記録を書き続ける。傍らでは赤ん坊が泣き叫んでおり、ゴドウィンが仕事に集中できないとこぼしていた状況がこの三人組にももたらされていた。

出発間際の喧嘩にもかかわらず、メアリは長く詳細な手紙をファニーに書き、その大半の写しをとっておいた。今回の旅と二年前の旅の記録を出版するつもりだったのだ。これらは戦禍を被った地方や人々を描いた旅行記となり、自分たちの交流についてはほとんど触れられていない。

一八一四年の旅の折――ナポレオンの最後の冒険と敗北の前――に不機嫌だったフランス人は、一八一六年の旅の時点では徹底的に敵意に満ちていた。自分たちフランス人を征服し、憎むべきブルボン王室を再び押しつけた英国人に憤慨していたのだ。シェリーがピーコックに語ったところによれば、「フランス人の不満と不機嫌は絶え間なく顔を覗かせている」[2]。

アルプスの危険や寒さに耐えたシェリー一行はバイロンより先にジュネーヴに到着し、夫と妻、その妹という触れ込みで、セシュロンにある高価なオテル・ダングルテールに安い部屋をとる。このホテルは中心街から一マイルばかり離れたレマン湖北岸にあった。

二週間後、バイロンが英雄ナポレオンの馬車を模した堂々たる馬車で到着する。疲労困憊の彼はホテルの宿泊帳に一〇〇歳と記入し、クレアが直ちにつきまとった。その結果、バイロンはメアリやシエリーとの面会を躊躇し、いかなる関係もこの押しつけがましい恋人との絆を深めてしまうのではないかと訝しむ。しかしある日、湖の小舟から降りつつあるバイロンを認めたクレアは、シェリーとメアリを波止場に導く。著名な詩人に対する影響力を確実なものにしてくれるはずの面会をなんとしても実現しなければならなかった。

バイロンの侍医ジョン・ポリドリ——出版業者マレイに促され、この夏雇い主の生活記録をつけることになっていた——の目には、シェリーはスキナー通りでゴドウィンの娘たちをなぎ倒したカリスマ的な人物とはだいぶ異なって見えたらしく、「はにかみ屋で内気、肺病の気あり」と記している。シェリーの複雑な家庭生活については、「妻と別れ、ゴドウィンの二人の娘をものにしている。娘たちはゴドウィン理論を実践中。娘の一人はバイロン卿の理論も」[3]。

しばらくの間、クレアは計画が上首尾にいったと思っていた。バイロンが自分の気持ちを受け入れてくれたのだ。彼にしてみれば、後にオーガスタに綴ったように、自分と関係を持つ喜びを求めて八〇〇マイルも突進してきた少女を拒むのは難しかった。特に他にそういう機会があまり持てそうもない状況では。しかしまもなく、クレアは計算違いをしたことに気づく。最初の間の悪さが去ると、バイロンはクレアよりシェリーに興味を抱くようになったのだ。クレアの押しつけがましい自己卑下に飽き飽きして。

二人の詩人は際立った姿をしていた。背の高さと美しい——見事なというほどではなくとも——容貌の点ではシェリーの方が有利で、彼に比べるとバイロンは背が低めでがっしりしたつくりに厚く官能的な唇をしていた。しかしバイロンの声は甘美で柔らかく、シェリーの声は高く震えがちだった。子どもの声、とクレアは呼んだものだ。二人とも上流階級の出身で、貴族（男爵）たるバイロンは准男爵の跡取り息子シェリーを凌いでいたが、生まれはシェリーほど社会的に安定したものではなかった。シェリーは父の専制に不満を抱いていたにせよ、特権と重要性しか知らずに育ったが、バイロンは未だ貴族の肩書を持たなかったアバディーンでの幼少期、父はなく、息苦しい母のもとで育ったのだ。二人とも巨額の富に近いところにいたが、揃って金貸しから借金する身だった。

まもなく二人の詩人は連れ立って出かけ、長時間話し込むようになる。二人の若い女性を置き去りにして。かつてホッグとゴドウィンに対してそうしたように、シェリーはバイロンとポリドリのために自分の人生を新しく作り直そうとし、ポリドリは抑揚をつけてそのようなシェリーの人生を記録している。「死にかけていると思い込みつつ、多くの悲惨を乗り越え、寡婦資産を手に入れさせてやるためだけにある少女と結婚。回復。同意できないと判明。別居。ゴドウィンの借金を払い、娘を誘惑。彼が自分に会おうとしないことに驚く。妹は別の人物と一緒になるために父を棄てる。子ども誕生。なんとも賢いことよ」[4]。

メアリはスイスを愛した。スコットランドを思い出させてくれたのだ。彼女はファニーに熱狂的な手紙を書き、湖が天のように青く、黄金色の光線にきらきら輝いている様を描き出す。一瞬、天気が穏やかになり、鳥たちや花々、青白い月、バッタ、そして戸外で遊び、だんだん強くなっていくウィルマウスの姿が浮かび上がる。メアリとシェリーは、著述とラテン語やイタリア語の勉強の後、ホテルの庭を散歩するという生活を始める。シェリーがバイロンと一緒にいないときは、メアリはこれまでより多く彼を独り占めすることができた。

晴れ渡った天気はじきに去り、雨と雲の薄暗闇が戻ってきた。激しい雷鳴を伴う嵐とともに。六月初頭、シェリーとバイロンはオテル・ダングルテールの対岸、ジュネーヴから二、三マイル離れた場所にユラの景色を見渡せる宿を見つける。シェリーの家メゾン・シャピュイスは、現在は壊されてしまったが、コロニー近くのモンタレーグレという小さな村の湖近くにあり、人里離れた「葉隠れの鳥の巣」だった。バイロンは数百ヤード離れたヴィラ・ディオダーティに引っ越す。段地作りの庭と三方を見渡せるバルコニーがついた豪邸で、シェリーの家から真っ直ぐ上がってくることができた。

　この近さ――とその結果の交際――はオテル・ダングルテールのオーナーには都合がよく、彼はヴィラ・ディオダーティを呼び物の一つにした。望遠鏡を提供して、客が詩人たちと共有ハーレムの悪しき行動を覗き見し、愉快に身を震わせることができるようにしたのだ。想像は膨れ上がり、干されているバイロンのベッドのシーツやテーブルクロスが、スキャンダルにまみれたゴドウィン家の娘たちの不道徳な寝間着とされる。ある英国人国外居住者はこう記録している。「最近の偉大なる到着者はバイロン卿だ。女優と、きわめて怪しげな様子をしたもう一家族と連れ立って。一行のうち何人を彼は自分の好きにできるものやら……」。バイロンはまた、夜には町中の処女を襲うと言われていた[5]。彼自身の言葉を借りれば、「まったく――私は人々を仲違いさせるべく運命づけられているようだ」。

　彼らは他の英国人グループやスイス人社会から比較的孤立した生活を送っていた。「『英国人』に私を『避ける』機会は与えなかった」とバイロンは書く。「そうすれば、連中はその機会に飛びつくだろう」。そう言いつつ、ポリドリと連れ立って著名なスイス系フランス人作家、スタール夫人をコペット屋敷に訪ねる。[2] そこでバイロンが与えた影響は伝説的なものとなった。「本当だ――ハーヴェイ夫人（小説家）は、私がコペット屋敷に入ると失神したんだ」とバイロンは振り返る。「そして正気に戻った。この夫人の気絶について、ブログリー公爵夫人が叫んだものだ。『やり過ぎというものですよ――六五歳というお歳で！』」[6]。

これほど偉大な、型にはまらないご婦人たち——オースティンはロンドン滞在中、スタール夫人との面会を拒んでいる——の目には、メアリとクレアはみすぼらしい一〇代の少女、放蕩若者の取り巻き連と映ったことだろう。ゴドウィンは数年前にスタール夫人と食事をしたことがあったが、夫人はそのことをほとんど覚えていなかった。ゴドウィンの娘たちがコペットを訪れた記録も残っていない。

今やクレアはバイロンのベッドを温めるだけでなく、筆記者としても活躍していた。彼は夜に『チャイルド・ハロルド』第三巻を詩作し、訂正を加えた原稿を翌朝遅く、目覚めたときにクレアに渡し、彼女が美しい筆跡で写し取る。バイロンは朝食後にシェリーを訪れ、メアリ、シェリー、クレアはバイロンが一人で五時頃食事を済ませた後、ヴィラ・ディオダーティに歩いていく。雨の日には——頻繁にあったが——みなそちらに泊まった。

快適な日々だったが、バイロンはじきにクレアの役割に飽きてしまい、その気持ちを明らかにする。クレアは許しを請う手紙を書き、どんな時間でも、どんな目的でも、彼のもとに来ると申し出た。

『フランケンシュタイン』執筆を促した六月一六日の夜に関するエピソードほど、多く書かれたものはないだろう。その夜以前にもシェリー、バイロン、ポリドリは人間の本質や刺激的な新しい科学——生命とは肉体だけのもので、神の生気は不要であることを示唆した——について盛んに議論していた。もし魂が存在しないなら、肉体は人間の自由になるはずだ。人間が生命を創り出せないことがあるだろうか。女性が自然な方法で人間を創り出すことは、知的営為を通じて作られる生命という考えに比べたら退屈だった。

この発想はメアリを興奮させる。空想的な理想によって人間が家庭生活を台無しにするというテーマにも。というのも、新しい理論の背後にはメアリ自身の数々の経験があったからだ。亡き母、難しい父、そして彼の小説『フリートウッド』と『サン・レオン』。これらすべてから、メアリは環境の持つ凄まじい力を感じとっていた。人間は善としてこの世に生まれるが、悪しざまに扱われたら何が起こるのだろう？　特に、本来その人間を育むはずの家族にそう扱われたら、どのような悲哀と邪悪が生じるのだろう？

驚くほど冬めいた寒さが知的・感情的発酵に拍車をかけた。稲妻が山々に煌めく。電気が最も暴力的な姿をまとったものだ。自然現象が雰囲気を創り出し、彼らは夜を徹して、ドイツのゴシック物語のフランス語訳を読むことにする。死体の頭部を生き返らせる話だ。その後、銘々の物語を書くことになる。このようにしてすべては始まった――あるいは、そのように始まったのだと後に言われるようになる。[7]

数年後、一八三一年に――一八一六年の夏と『フランケンシュタイン』創世記が伝説となり、主な関係者が死に絶えてしまった頃――メアリは幽霊話を考えつくのに苦労した経緯を語り、偉大なるゴシック作品の正統な創世記として、自分が見た夢の描写を提供する。メアリが見た幻影は、創造主のベッド脇に立つ「黄色く水っぽい、しかし思索的な目」をした生き物で、創造主である父は恐怖に駆られ、自らの創造物である子から逃げ出す。[8]事実上孤児となった「生き物」は、自殺以外に逃げ場のない追放者となる。

シェリーも驚くべき幻影を見ていた――メアリに応える形で、あるいは一八三一年版に彼女が写すことになる手本をここで提供したのかもしれない。ゴシック物語の夜から二日後、ポリドリの日記によると、彼らは再びディオダーティに集い、シェリーがロンドンでクレアと分かち合った恐怖の夜を再現していた。真夜中に、コウルリッジの異様な詩「クリスタベル」にひどく感動したバイロンが、偽りの友のしなびた魔女のような胸の一節を繰り返す。シェリーはメアリを見つめ、乳首の代わりに目がついている女性を思い浮かべる（女性の身体のこの部分はシェリーを悩ませており、以前にも彼は、悪魔的なイライザ・ウェストブルックが胸をはだけ、「乳首の代わりに二つのぎらぎら輝く目」を見せたと主張していた）。[9] シェリーは叫びながら部屋を飛び出す。顔から水が滴り落ち、ポリドリがエーテルを処方する。驚いたバイロンは「何が彼を捉えたのかわからない」と書く。「臆病な男ではないのに」。[10]

二一歳になったばかりのポリドリも二人の詩人に魅了されていた。繊細で怒りっぽいポリドリは、バイロンの注目を得ようと躍起になり、彼と張り合ったりする。ポリドリは期待を込めて取り巻き連に加わったのだが、雇い主バイロンが自分を揶揄し、冗談の的にするので傷ついていた。夏の終わりには解雇され、英国に戻って自身の吸血鬼物語を出版することになる。それは有名な幽霊話の夜の後、バイロンが書いた断片にヒントを得たものだが、他者の生命の捕食性破壊者としてのバイロン自身にはるかに多くを負っていた。この物語はポリドリがディオダーティという社会――他者の天賦の才や社会的・心理的な力のもとで生きること――をどのように捉えていたかを示している。この物語は主人公の姉が「吸血鬼の渇き」を満たすことで幕を閉じる。一八一六年の夏、バイロンはポリドリがメアリに恋していると思っていた。この二人には共通点がある。ポリドリは間違いなくバイロンを吸血鬼に仕立て上げたのであり、メアリはシェリーがもたらす病的で心を掻き乱す効果を、同様に類型的な登場人物――フランケンシュタインと彼の「創造物」――に作り変えたのである。

バイロンにとって苛立たしいことに、出版社はポリドリの作品を「吸血鬼――バイロン卿による物収入はごくわずかだった。二年後、所持金をすべて賭博に費やした彼は、シアン化水素で自殺する。

一八一六年六月末、シェリーとバイロンはポリドリ、メアリ、クレアを置いて湖を巡りに出かけ、ルソーの『新エロイーズ』の情熱が共鳴している場所を訪れた。ある時点で小舟が沈みそうになり、バイロンはそこがジュリーと恋人サン・プルーが囚われの身となり、ともに湖に身を投げる気になった場所だと気づいてシェリーを喜ばせる。シェリーはこうした「愛の死」の瞬間に魅惑されていた。

この小旅行の間、二人はクレアの妊娠について話し合ったことだろう。メアリはクレアの妊娠に気づいていないようだった。帰宅したシェリーは、あわや難破の余韻が残っていたと見え――「死の可能性」は「複雑な感情」を生み出したとピーコックに手紙で述べている――六、〇〇〇ポンドをクレアに、そして同額を彼女が指定した人間――おそらく妊娠中の子――に与えるという遺書を作成する。合計一二、〇〇〇ポンドという破格の贈与だった。[11]

『政治的正義』でゴドウィンは、社会が完全化した暁には子の父親は知られなくなるだろうと書いていた。しかし不完全な時代には、バイロンはこの問題に当惑する。シェリー、メアリ、クレアがジュネーヴを去る時点では、シェリーがクレアとベッドをともにしていなかったことに彼は気づいていた。とすれば、クレアのお腹の子は自分の子ということになる。バイロンはかつて、シェリーとアイアンシーのように、子どもは晩年の「慰め」になるだろうと思っていたが、疑い深い友人に尋ねる。「そのガキは俺のか?」彼には疑う理由があった。避妊を心がけていたのだ。一八一六年四月二七日、ジュネーヴにやってくる予定だった友人ジョン・カム・ホブハウスに、「コンドームを忘れるなよ」

と促している[12]（けれどもやはり、コンドームがあろうとなかろうと、彼は一度ならず淋病にかかり、もう一人の私生児の父親となる羽目に陥った）。

クレアが相手の場合、疑うのは当然だった。シェリーが、ジュネーヴではクレアとベッドをともにしていないにもかかわらず、出産をサポートする心構えが完全にできていたことにバイロンは気づいていたのだ。生まれた赤ん坊アレグラに対する心遣いや、一八一八年にメアリの子クララの健康を犠牲にしてまでクレアのために行動しようとしたことを考えると、シェリーはクレアの子が自分の子だと考えていたのかもしれない。もちろん、クレアは自分が母親と家族のもとから連れ去った少女であり、バイロンがほとんど興味を示さなくなった今、自分の保護がなかったら町に放り出されてしまうかもしれず、シェリーは責任を感じていたに違いないが。アレグラが五歳で亡くなると、クレアの耐え難い嘆き——本来責められるべきはバイロンながら——がシェリーに向けられるようになる。しかし彼女の描いたシェリーの戯画には奇妙な言及もある。「彼はとても優しく微笑んでいる。小さなイエス・キリストが部屋で遊んでいるようだと言う。その後小さなナイフを掴んで、柔和な感じで、僕は静かにあの小さな子を殺そう」[13]。我々は抽象世界にいるのであって、小さなナイフは、シェリーが正統派宗教という「子」を破壊するという風刺だろう。あるいは、クレアは一瞬、シェリーが本物のナイフを無造作に扱って致命的なことになるという感覚を持ったのかもしれない。

彼らが何を信じていたにせよ、シェリーがメアリ、クレア両方とベッドをともにしていたという考え、そしてクレアの子の父であるという考えは、英国に戻った後もしつこくついてまわった。シェリー家を訪れたデイヴィッド・ブースは妻に宛てて書く。「彼らには小さな子どもがいる。『褐色の髪のお嬢さん』、君の父親は歴史を調達することができない。この子はクレアの子じゃないのか？　彼女とメアリは、シェリーがロンドンにいる間は交互に彼と暮らしており、そうした折には、ゴドウィン氏によると、クレアに母親と同じ屋根の下で一泊でもするよう説得することができなかったそうだ。クレアは、ゴドウィン氏が言うには（ひどく単純に）、幽霊に対する統御し難い恐怖があり、一人では寝ないとのこと。そこでシェリー家に毎晩通うのだそうだ」[14]。おそらくバイロンもシェリーも――あるいはクレアも――誰が父親なのかわからなかったのだろう。

メアリとシェリーはアルプスを巡る計画を立てた。バイロンは同行を拒み、メアリとシェリーは彼の絶え間ない拒絶に気落ちしたクレアを連れて行く。バイロンはスタール夫人とバンジャマン・コンスタンの関係の終わりを描いた「実話小説」を読んでいた。おそらくクレアとの情事に思いを馳せたバイロンはこう述べる。「不愉快な印象を残す作品だ――しかし愛していないということについてはきわめて一貫している」[15]。

七月末、ウィルマウスをスイス人乳母に預け、シェリー、メアリ、クレアは出発する。旅の起点はシャモニーで、英国人観光客であふれていた。二二年に及ぶ戦時中、英国人には閉ざされていたスイスの崇高な景色を求めてやって来たのだ。オテル・ド・ロンドラの宿泊帳にシェリーは自分たちを未婚者として別々に書き、ギリシア語で自身のことを地獄への途上の無神論者で民主主義者と宣言する。冗談か恐怖に対する反撃だろう。シャモニーからは松の合間に輝く氷と、雲がかったモン・ブランの頂上が見えた。「僕はこれまで、山というものをまったく知らず、まったく想像もしていなかった」とシェリーはピーコックに伝える。「空中に聳える広大な頂上が突然目の前に現れ、恍惚とした感動をもたらす――狂気に繋がる感動を」[16]。翌日、彼らはラバに乗り、山の絶壁を頂上に向けて登る。雨を通して、六マイルにも及ぶ氷の波に縁どられた「氷河の海」を眺めた。

その破壊的で増加する力を認めたシェリーは、スイスの氷河と山々を、侵食しつつある荒廃の鮮やかなイメージ、「必然性」の象徴と捉えた。彼にとってモン・ブランは、凍った血を持つ巨大な動物となったのだ。この山に霊感を受けて書いた詩の中で、シェリーは「静寂と孤独」は「空虚」であるかもしれないと思いを馳せる。あるいは、その空虚は人間の心の想像物とだけ共鳴するのかもしれないと。メアリは氷の破片のイメージを蓄えておき、そこに利己的なフランケンシュタインと彼が創造した怪物――フランケンシュタインの氷の如き無関心によって邪悪にならざるを得なかった生き物――を登場させた。

七月二七日の夜、ジュネーヴに戻った彼らはウィルマウスと再会し、手紙を受け取る。一通はフランスでのんびり暮らしているチャールズからで、シェリーに金銭援助を依頼してきた。もう一通はティモシー卿との取引に関するもので、直ちに帰国するようシェリーに要求していた。さらにビショップスゲイトの家の家具がおそらく借金のかたに売却されたという報告もあった。まもなくファニーとゴドウィンからの手紙も受け取る。もちろん、スキナー通りの問題の詳細を綴った手紙だ。ゴドウィンはエディンバラから帰って新たな借金をこしらえており、コンスタブルに直ちに前払いを頼み込み、二〇〇ポンドを分け与えられていた。新しい小説二巻を一月までに提出するという条件で。この金はそれ以前の出版計画支払いに消えたため、彼は「小説からはまだ何も得ていない」。ゴドウィンは「法律の恐怖」におびえており、シェリーに対して「これほど長いこと望んでいる心の平安」を切望していた。「もしこの件に失望したら、もし事業が駄目になり、これ以上持ちこたえられないとしたら、この小説は完成しないだろう」。ファニーは義理の父の大げさな言葉遣いに慣れていたが、今回はきわめて「深刻で危険な面」を持っているとシェリーたちに伝える。[17]

シェリーは大陸に旅立つ前にゴドウィンに一〇ポンドを送っていたが、今やチャールズにも一〇ポンドを送ってやった。[18] そしてメアリと一緒にジュネーヴに赴き、スイス製の金時計をファニーのために買い求める。これは適切な贈り物だった。予期せぬ貧困時に、シェリーは自分の金時計を容易に手放すが、他者に束縛されているファニーは時間を把握している必要があった。

八月二日、困惑したメアリを置いて、クレアとシェリーはディオダーティに赴く。おそらくクレアの妊娠について話すつもりだったのだろう。会話は満足のいくものではなかった。バイロンはこの子を認知する準備ができていたが、条件が二つあった。自分は子どもの母親と何の関係もないこと、そして母親は子どもの叔母であるように振舞うこと。バイロンはこの子を異母姉オーガスタのもとで――非慣習的なシェリー家の中ではなく――他の子どもたちと一緒に育てることを提案した。シェリーたちが乳幼児の育児に成功した試しがないことに気づいていたのだ。異母姉のもとでこの子が育つなら、自分の評判に傷はつかないだろう。オーガスタに引き取ってもらうよう説得するために、彼はこの子を「新生児B」と宣言する。[19]

バイロンは「きわめて悪意に満ちた、卑しい偏見の奴隷だ」とシェリーはピーコックに伝える。[20] ゆえに自分が妊娠中のクレアの世話をするつもりだと。事実、この段階で彼はクレアの子を自由主義原理にのっとって育てたいと考えていた節がある。メアリがこの考えを喜んだはずもないが。シェリーはしかし、バイロンの考えがどれほど奴隷的であるにせよ、クレアの子を認知し、援助するべきだと思っていた。クレアに子を生ませたというスキャンダルの影響は、バイロンよりシェリーにかかる度合いがはるかに大きかったのだ。

シェリー一行の留守中、悪名はさらに高まっており、多くの訪問者がジュネーヴを訪れ、バイロン、シェリーとゴドウィン家の娘たちを観光名所の一つとして楽しもうとしていた。詩人二人と取り巻き連は、「人間社会において最も神聖と思われているすべてのものを破るという協定を見つけたのだ。無神論、近親相姦、その他多くのことによって」[21]。この大騒乱に狼狽したメアリは、二度とディオダーティを訪れなかった。バイロンはシェリーの家にその後も来ていたが。クレアはバイロンの原稿を写し続ける。

八月二九日、メアリ、シェリー、クレア、ウィルマウスとスイス人乳母は英国に向けて旅立つ。このときにはメアリもクレアの妊娠に気づいていたが、誰が父親なのかは確信が持てなかった。メアリがバイロンについて何を知っていたのであれ、それによって彼への気持ちが薄らぐことはなかった。二人の詩人に注目されて幸せだったし、彼女も二人を尊敬し、愛していた。クレアは以前の恋人の軽蔑を刺激しただけだった。彼だけを愛しており、残りの人生すべて、彼だけを愛すると宣言することによって。

「私は彼女を一度も愛したことがなく、そういうふりをしたこともなかったが、男は男だ、そしてもし一八歳の少女が常時自分のところに飛び込んできたら、すべきことは一つしかないだろう」。ヴェネツィアへの旅を目前に控え、人生で最も乱交的な時期に入りかけていたバイロンは、一夫一婦制の感傷主義からは程遠い心境だった。彼はこの情事をオーガスタに要約してみせる。「愚かな少女が――私が何を言おうとしようと構わず――追ってくるだろう――というより、私より先に行ったのだ――ここで彼女を見つけたのだから――そして考え得る限り最もやっかいなことながら、彼女に戻るよう説得し――ようやく彼女は行ったのだ。さて――最愛の君――君には心から伝える――そうせずにおれないのだ――あれを防ぐためにできることはすべてやった――で、ようやくピリオドを打った。私は（あの子を）愛していない――他の誰のための愛も残っていない――しかし完全に『禁欲』を演じるわけにはいかなかったというわけさ」。バイロンの次なる愛人、ヴェネツィアのパン屋の妻は、嗜みはあるが知的ではなかった。しかしクレアのようにバイロンを「困らせる」ことはなかった。「なんと素晴らしいことだ」。[22]

何年も後、クレアは述べる。バイロンは「道徳的偉大さ」と絶縁した「知的偉大さ」の軽蔑すべき例だったと。[23] スキナー通りで受けた訓練は常に現れるのだ。

第二六章　ファニー

ファニーはゴドウィンの『思い出』を読み、自分が亡き母の親友ファニー・ブラッドにちなんで名づけられたことを知った。若い頃、ウルストンクラフトは残りの人生をこの親友と暮らそうと考えており、その後彼女がポルトガルで出産の床についたとき、苦痛に満ちてその死を見届けることになる。ウルストンクラフトはファニー・ブラッドの弟ジョージとも親しく、アイルランドで雇用主の貴族を憎みながら住み込みの家庭教師をしていたときは特にそうだった。ジョージはウルストンクラフトを「王女さま」と呼んで彼女を喜ばせる。そう呼ぶ理由はいくつかあった。数年間、ウルストンクラフトはジョージの無責任な両親の恩人であり、かなりの感情的、経済的犠牲を払っていたのだ。

著述家としてロンドンの知識人サークルに加わると、ウルストンクラフトはジョージを凌いでしまい、二人の連絡は途絶えた。一七九〇年頃、ジョージはエヴェリーナと結婚したいと思っていたが、彼女は相手を格下と思ったのか、結婚するほど好きではなく一人でいる方を好んだのか、拒絶する。断りの手紙を書く仕事を姉に任せて。

ウルストンクラフトの死後、ジョージは彼女の妹たちが想像したよりうまくやり、アイルランドで結婚して八人の子をもうけ、鉱山業社の会計士になった。一八一六年五月にロンドンを訪ねた折、彼はスキナー通りに食事にやってきた。そこで初めて、亡き姉にちなんで名づけられた少女に会う。

幼少期からゴドウィンの華やかで知的な友人に囲まれて育ったファニーは、亡き母の旧友が親切ではあるものの、どちらかというと洗練されていない様子に驚いた。「ジョージ・ブラッドは優れた知性に恵まれてはいませんが、素晴らしく豊かな感情と善良な心の持ち主です」。彼は未だウルストンクラフトに圧倒されており、自分にとって、そして世界にとって彼女がどういう意味を持っていたかを熱心に語る。彼はウルストンクラフトを「自分より優れた存在」として依然、深い敬意を抱いていた。

彼はファニーに、自分とウルストンクラフトが若い頃、歓迎されない世界の中でともに道を探ろうとしたことや、彼女が姉ファニーに抱いていた愛について語る。ファニー・ブラッドは素描や絵画や本の彩色に才能があり――ジョージはファニーに見せるためにいくつか作品を持参したかもしれない――それはファニー・ウルストンクラフトの才能の前兆となるものだった。彼宛てにウルストンクラフトが書いた手紙は親密で表現豊かで、驚くほど憂鬱で自己憐憫の調子が強い。もしファニーがこれらの手紙を読んでいたら、自分があれほど尊敬していた光り輝くイメージの母だけでなく、ファニーと同じくらいの年の頃には、母にも憂鬱な時期があったことを知っただろう。

ジョージの知的限界をおそらくウルストンクラフトよりすばやく嗅ぎ取ったファニーは、それでも亡き母とこれほど親しく、彼女を尊敬していた男性との出会いに深い感銘を受け、心に「香油」を受け取る。「母について語ってくれたすべてのことが、母の思い出への愛と崇拝の気持ちを高めてくれました」。ジョージが「ウルストンクラフトの娘たちが母にふさわしくあること」をあえて期待すると、ファニーはこの言葉に飛びつく。ゴドウィン夫人には不服従を咎められ、メアリとクレアには臆病さと弱々しい精神を非難されていたファニーは、度重なる批判に怒りより失望を感じていた――その程度があまりにも激しかったため、自分は妹メアリと同等の存在、際立って見事な女性の娘であると感じられなくなっていたのだ。ジョージの来訪に励まされたファニーは、「あれほど優れた母の恥とならないように生きることを決心しました」と宣言する。後から考えればこれは曖昧な決心であり、数ヵ月に渡って積み重なっていた、自分には価値がないという憂鬱な感覚を乗り越えるには不十分だった。それでも彼女は「欠点を克服しようと努力すれば、人々は私を愛し、好意を持ってくれるだろうということに気づきました」と付け加える。[1] これは状況を考えると奇妙な一節である。ファニーはこの言葉をシェリーとメアリに宛てて綴っているのだから。彼女が切望していたのは彼らの「愛と好意」だった。ゴドウィン夫人が、ファニーに対する彼らの軽蔑を伝えていたにもかかわらず。

ジュネーヴのシェリー一家が屈託なく慣習を無視した生活を営んでいることを聞き及んだゴドウィン夫妻は仰天する。スイスへの訪問者がゴシップを英国に持ち帰ったのだ。ゴドウィン家の財政状態は史上最悪で、シェリーの悪名高い留守中、ゴドウィンはまたもや債権者に追い回されていた。コンスタブルからはこれ以上借金できないため、頼みの綱はシェリーが約束した三〇〇ポンドのみ。切羽詰ったゴドウィンは金貸しウィリアム・キングドンに再び立ち向かい、この男は結婚の折に七五ポンド貸してくれた。[2] ゴドウィンはティモシー卿の借家人のために動いている弁護士との交渉も試みる。シェリーはティモシー卿に対し、将来長期貸付を約束していたのだ（死後払捺印金銭債務証書の発行禁止を避けるために）。ここから何か生まれるかもしれないとゴドウィンは信じていたが、「貴君の父君が貴君及び貴君のご子息より長生きするという緊急事態を考慮に入れた」計画を立てなければならなかった。シェリーが保管していた資料が必要となり、ゴドウィンはロンドンの住居をくまなく探したが、何も見つからなかった。「これが貴君の留守の最初の果実だ」と彼はシェリーに伝える。[3]

ゴドウィンが出版社に約束した小説『マンデヴィル』は、このような雰囲気の中ではかどるはずがなかった。それがどれほど素晴らしくファニーに――ゴドウィン自身にも――思えたとしても。この小説は恐ろしいほど憂鬱で、他者の耐え難い人間性に対する反応に呪われる人間という、ゴドウィンの恒例テーマを扱っている。主人公は「寂しさを愛した。自分の一部になっていたのだ。……現実には、彼は生きたというより、食べて寝ていただけだった。あまりにも長いことと受け身の姿勢で生きてきたため、他の生き方を支えられるだけの神経も気力も残っていなかった」。[4] マンデヴィルに仕える人々には主人の憂鬱が移ってしまう。ピーコックが後にこの小説の不機嫌な人間嫌いを揶揄したのも無理はない。

このようなテーマにもかかわらず、ゴドウィンは書かないよりは書いている方が幸せだった。書くのをやめれば状況は悪化する。キングドンからの借金は六月末までに返さなければならなかった。シェリーからの三〇〇ポンドの徴候がまったく見えないまま、支払期限が過ぎる。その結果、ゴドウィンは何にも、著述にすら集中できなくなった。みじめな気持ちでファニーは彼を見守る。何の役にも立てないことを悲しく思いながら。怒りにもかかわらず、ゴドウィンはビジネスレターの最後に添えられたシェリーからの挨拶を伝える。「ファニーによろしく。彼女のためにも、彼女の妹のためにも」。[5]

メアリから届く手紙は素晴らしい描写に満ちており、ファニーはそれを大切にしながらも、自分と関わりがないことに気づき、公の資料を手にしているような気持ちに駆られることもあった。メアリが「新しく羽の生えた鳥のように幸せ」で、「冬とロンドンの憂鬱さから逃れた」のは結構だが、ファニーはまだそこにいるのだ。[6] 氷の尖塔が憂鬱を切り裂いてくれることもなく、「英国はおそろしいほど侘しくて雨ばかりです」と彼女は五月末に書く。[7]

メアリの手紙は高くついた。私は自分のお金を一スーも持っていません、とファニーは依存状態に珍しく怒りを表す。シェリーは貧困のドラマを楽しみ、年五〇ポンドで暮らせると言い、紙幣で玩具の小舟を作ったりしていたが、その一方、信用が得られるというだけの理由で、支払うつもりのまったくない家具や生地を買い込み、借金まみれになっていた。彼はファニーが経験していたような、金銭の欠如が人間の力を奪うという感覚は何も知らなかったのだ。当時は手紙の受け取り手が郵便料を支払わなければならず、ファニーはメアリにもっと少なく書くよう頼まざるを得なかった。二枚目にまたがって費用がかさばらないように。ファニーが使うお金はすべてゴドウィン夫妻のものだった。

ファニーがメアリとシェリー宛てに一八一六年の夏にしたためた返信は、この決定的な時期の心境を最も鮮やかに映し出す窓である。健康状態や、受けた扱いによって揺れ動く気持ちが大半を占めるが、興奮や熱狂も垣間見える。落胆を示す部分もあるが、絶望的ではまったくなかった。

シェリーたちが去ってしまった衝撃で、当初は「無気力」に陥ってしまったとファニーは認める。しかしその後、ふだんは元気な自分がその時期はひどい風邪をひいていたためでもあると説明する。湿った、冷たい夏に震えて過ごしていたのだと。天気はロンドン同様ジュネーヴでも陰鬱で、その影響のもと、バイロンは「暗黒」という詩を書き、太陽がまったく戻らず、「氷のように冷たい大地が／闇夜の中で盲目的に揺れ、暗くなる」様を思い描く。[8] しかしファニーは物欲しそうに想像する。メアリとクレアにとって、冷たい天気は「喜びを持って思い返す冒険」になり得ると。彼女たちがスイスで書いた手紙はファニーの言葉を裏づけている。精神を鼓舞する暴力的な嵐のドラマを描いてみせたのだから。しかし英国ではつまらない天気でみな気分が落ち込んでおり、ファニーも例外ではなかった。

ファニーの「無気力」の告白は、非難と要求に満ちたゴドウィンの冷たい手紙の最後に、メアリとシェリーに宛てて書かれたものである。ゴドウィンはファニーに言葉を付け加えるための余白を与えていた。別の紙に書くより経済的だったのだ。しかしメアリが自分の従順さを軽蔑していることに慎重なファニーは、「パパ」の許可を得てこれを書いているけれども、彼は私の言葉を読んでいないと主張し、自ら手紙の封をする。そしてゴドウィンは良心的にも――あれほど頻繁にファニーを使って金の無心をしながら――ここでは好きなように書くことを許した。その結果は、ゴドウィンの冷たさと、ひどい風邪と暗い気持ちにもかかわらず滲み出るファニーの愛情の奇妙な並列である。

最初、ファニーは金銭問題を脇に押しやり、「必要以上に干渉はしません」と認める。手紙の主題は自分のことで、シェリーたちに対する態度は硬くなりつつあった。自分を理解し、評価してもらおうと必死の思いで、ファニーは言葉を綴る。

ジョージ・ブラッドの訪問を語って楽しませる努力をした後、ファニーはメアリとの最近の喧嘩に触れる。その瞬間を追体験しながら、子どもの頃ゴドウィンに教えられた手紙の形式が崩れつつあることに気づく。ファニーはむせび泣かんばかりである。「信じて、愛しい友よ、貴女への愛情は貴女自身の価値と才能から生まれたもので、それにたぶん、世間に捨てられたことを知って、私はさらに貴女を愛したのでしょう」。ファニーは苦々しく謙虚な調子を続け、妹の冷たい言葉によっていかに打ちのめされたかを明らかにする。「どんな欠点があるにしても、私は『下劣』でも粗野でもないわ。私は『貴方たちだけ』のために貴方たちを愛します」。ゴドウィンへの深い愛情を考慮に入れると、こうした言葉を書くのは難しかったに違いない。ファニーは知っていたからだ。ゴドウィンがシェリーを「愛する」のは、彼から得られるものによってであったことを。まもなく、彼はシェリーへの嫌悪を公に認めることになる。

ゴドウィンは自己憐憫は無価値であると説いており、ファニーは手紙を結ぶ前に自分を取り戻し、もとの役割に戻る。小さなウィリアムにキスを「何度も何度も」送るよう伝え、ゴドウィンの冷たい手紙を詫びる。それは「大きな親切と興味」を包むものだと取り繕って。ファニーは喧嘩の仲裁や他者の生活の潤滑油としての役割にあまりにも慣れていたため、こうしたコメントは自動的に出てくるのだった。

詩人や山々に囲まれているメアリは、異父姉が置かれた異例なほど孤立した傷つきやすい状況や、彼女が感じていた拒絶の痛みを理解するのは難しかった。ファニーの言葉を借りれば、「いつも苦しんでいるひどい精神状態、それを取り除きたいと努力しながら、どうしてもできない」という状況を理解することは。確かに、ゴドウィンのものに付け加えられた、この書き散らした手紙は悲惨であり、後の手紙でファニーは、「不機嫌な」手紙を書いたことを謝る。[9] しかし、ひどい風邪を除いて、ファニーにできた唯一の説明は、四方から悩まされているということだった。

深い愛情表現にもかかわらず、メアリは感銘を受けなかった。陰気な調子や、苦悩を盛大に書くのはやめて、と彼女はファニーに伝える。

ファニーは言いつけに応じた。七月末に再び手紙を書いたとき――シェリー、メアリ、クレアがアルプス旅行から戻ってきたとき――には風邪は治っており、ファニーは元気を取り戻していた。彼女はシェリーたちにロバート・オーウェンの来訪を伝える。彼の言葉をさらに深く考えながら、ファニーはお気に入りの主題に戻りつつあるのがわかった。（男性の）天才と、我々人間がそれに負っているものについて。オーウェンの平等思想はそのことを考慮に入れていなかった。

「すべての天才や才能や高揚した大らかな感情が英国から消えるまで生きていたくありません」とファニーは書く。彼女はオーウェンの魅力的な未来図――すべての人々に食糧が行き渡るという――

をあきらめ、「『詩人』や画家や哲学者」という考えを育むための平易なマナーに到達しようとする心の準備ができていた。ファニーの人生はある意味で天才への奉仕に基づいていた。おそらく亡き母への、そして間違いなく、ゴドウィンとシェリーへの奉仕に。もし天才という考えが無意味なら、ファニーの目的は何だったのだろう？　今も彼女は手紙を書くことによって苦しんでいるのだ。ゴドウィンはお金を必要としており、お金にふさわしい存在であるという信条に基づいて。それは彼が「最高の」小説を執筆中だからだ。ファニーはシェリー同様、理想主義者だった。

シェリーの詩はファニーに深い影響を及ぼしていた。彼女はそれが一種のセラピーのように治癒力を持ち得ると感じ、ゴドウィンの芸術同様、シェリーの詩も強い献身にふさわしいと考えた。シェリー同様、彼女は詩が「自身の本質を通じたより神聖な本質の相互浸透……それは我々が知覚するものを感じるよう、そして我々が知っていることを想像するよう働きかけ、宇宙を新しく創造する」と信じていた。[10] シェリーがこうした言葉を実際に書く前に、会話で用いるのを間違いなく聴いていたファニーは、内なる確信を述べると同時に、シェリーの注意を引くために懇願していたのである。自分にとって詩は人類の一種の善行だと。「『詩人』が同胞にもたらす善を言い尽くすのは不可能です――（少なくとも感じる心を持った人々にとって）」と彼女は書く。「読書をしている間、私は詩人です――よい感情に霊感を与えられるのです。私の中により永久的な善を生み出す感情に。世の中で日々行われるすべての説教よりも」。詩だけが平凡な日常生活を耐えられるものにし、自分と人類の将来に希望を与えてくれる。ファニーがここで言う詩とは、旧式の、死につつある白鳥や溜息をつくデリラであふれたものではなく、新しいロマン主義的な韻文を意味していた。ワーズワスやコウルリッジ、シェリー、そしてバイロンの。

手紙や他の面でも、ファニーはシェリーの芸術の幻想的で超越的な面を捉えていた。地上の妨害にあれほどもどかしい思いをさせられているシェリーの芸術。それはファニーの心に真っ直ぐ響いた。彼があまり詩を書いていないとメアリから聞いたファニーは悲しむ。シェリーは書かなければならない。「神聖な」使命を続けなければならない。ゴドウィンとシェリーはファニーの想像宇宙の二つの極点だったが、彼女がそこに住みたいと熱望するのはシェリーの世界だった。

シェリーとメアリは本、特にコウルリッジの詩集を所望していた。「クリスタベル」が与えた鋭い影響のために、原著を欲しがっていたのだ。ファニーはこの要求に熱心に応じようとしたが、「クリスタベル」も「クーブラ・カーン」も入手できなかった。他の本に関しては、ファニーは彼らのために使えるお金をまったく持っていないことを認める。彼女は「言葉のあらゆる意味において、他者に依存している存在」だった。

彼らに長めの、詳しい手紙を書いてもらおうと、ファニーは文学的なゴシップを多少提供する。コウルリッジはアヘンを入手しようと努力している。この習慣を統制する医者と一緒に暮らしているにもかかわらず。政治家で劇作家のシェリダンは亡くなった——ゴドウィンと息子は葬儀に参列したが、ファニーは行かなかった。シェリダンの冷笑的な作品や飲酒癖が好きではなかったのだ。「詩人」への憧れにおいて、クレア同様ロマン主義者だったファニーは、同時に芸術が道徳的価値に関わるという古い一八世紀の考えに忠実だった。それはゴドウィンが娘たち全員に育んだものだった。

メアリとシェリー宛ての長い手紙には、仲間に加えてもらいたいという懇願が率直に現れている。「できることなら、人生全部をジュネーヴの人たちと一緒に生きたい……」とファニーは書く。「ヴェネツィアとナポリを訪れてみたい」。ファニーは叔母イライザとの接触がほとんどなく、妹メアリの人生を共有したいという切望が、叔母イライザの熱望——姉ウルストンクラフトの華やかなパリ生活の一部になりたい——とどれほど似通っていたか知る由もなかった。メアリとシェリーが暮らす刺激的な世界のニュースを希うファニーは、彼らが家族水入らずで、小さなウィリアムを湖に浸したりして楽しんでいる様を想像する。この手紙はウルストンクラフトがイムレイに宛てた手紙を彷彿とさせる。母もまた、手の届かない快適な家庭生活を思い描いていたのだ。妹メアリは手紙の中で、ファニーの「霊的な部分」が「魔法の言葉」によって旅してくるよう招待していたが、ファニーが求めていたのはもっと現実的な招待だった。

ファニーはバイロンに魅せられ、彼の顔や声、習慣の描写、つまり何でもいいから可能な限りのゴシップやエピソードをせがむ。彼女はレマン湖畔での生活を思い浮かべた。バイロンがシェリーたちの家に無頓着で親しげな、ちょっと顔を出すといった感じでやってくる生活を。スキャンダラスな噂は本当なの？　ファニーはバイロンが本当は「嫌悪すべき人間」ではないことを望んでいた。この詩人が好きだったので、人間としても尊敬したいと思っていたのだ。バイロンは何を書いているの？　書いた詩を英国に送っているの？　彼に伝えて、とファニーは書く。「貴方には友人があります。楽しみをほとんど持たないこの友人は、ジュネーヴで書かれた詩を読むのが待ちきれません、と」。ファニーはかなり前に『チャイルド・ハロルド』第一巻を見たことがあったが、最近は『トルコ物語』を読んでいた。深い物思いに沈み、妄想にとり憑かれた主人公が、罪や苦悩を癒すためには死しかないと思いつめる物語を。ファニーはこれらの詩を読んで、陰鬱な時間のいくばくかを「元気づける」ようにしていたのである。

しかし、どれほど詩に没頭できたとしても、一八一六年の夏はファニーにとって痛みと孤独の時期だった。成長した子どものうち、自分だけがスキナー通りから逃れることができなかったのだ。メアリとクレアはジュネーヴにおり、チャールズからは一年間、何の便りもなかった。彼が手紙を書かなかったのは、海外での快楽的な生活を恥じていたからだが、ファニーにとっては彼も自分を忘れてしまったことを意味していた。そしてゴドウィン夫人はファニーを馬鹿にしていた。

ロンドン滞在中、ジョージ・ブラッドはファニーがアイルランドに来て暮らすことについて話しており、シェリーとメアリから招待されていない以上、ファニーにはアイルランド行きしか出口がないように思われた。クレアがファニーに及ぼした悪影響を心配していたにもかかわらず、ウルストンクラフトの妹たちはゴドウィン家との関係をある程度回復していた。八月初旬に彼女たちはロンドンを再訪し、ファニーの将来について話し合う。プレイスがほのめかしたように、ゴドウィンは成長した娘たちをそろそろ働かせる時期だと考えており、ファニーもその瞬間が到来したことを知っていた。彼女はメアリに伝える。叔母たちの訪問によって、「私の将来の運命は決まるでしょう」。そして「私の不幸な人生が何に費やされることになるか」を知ることになるでしょう。

ファニーは拒絶も抱擁も恐れた。そして今や、彼女は叔母たちと一緒に暮らし、つまらぬ学校教師の仕事を受け入れることを躊躇していた。というのも、叔母たちが長く逗留したにもかかわらず、ファニーが彼女たちとほとんど会っていないのが奇妙だからだ。ファニーは隠遁を好んでいたわけではない。芸術が好きだったし、最近、ゴドウィンと連れ立ってポール・モールの英国研究所にイタリアの風刺画や絵画の展覧会を観に行っていた。例によってゴドウィンはファニーの注意をラファエロ的でない風刺画「魚の奇跡的な風」から、パウロがアテネで説教しているものに向かわせたが。「一緒にいたパパは私をすぐ南館に向かわせました」[11]。ファニーはゴドウィンの判断に同意する。力強い言葉によって聴衆の心に訴えかける聖パウロは、ファニーにとってもう一人の天才となった。ファニーは閉幕前にもう一度この展覧会に行くつもりだった。今度は自由に見て回れるように、たぶん一人で。夏も終わる頃、彼女はテムズ河南岸のダルウィッチ・アート・ギャラリーに旅をし、ムリーリョ、グイード、ティツィアーノの絵画を鑑賞する。というわけで、ファニーが叔母たちを訪問しなかったのは奇妙だ。もしかしたら、彼女は自分の立場を明らかにするのを避けていたのかもしれない。

第二七章　メアリ

九月初頭に英国に戻った頃には、シェリーとメアリは『政治的正義』が主張する率直性を放棄していた。秘匿が何より重要だった——すべての人が、ゴドウィン夫妻も例外ではなく、クレアのお腹の子の父親はシェリーだと疑っていたのだ。事情を知らないファニーはシェリーたちのロンドン到着を待ちわびる。以前使い走りをしていた頃のように、頻繁に会えるようになることを期待して。

しかし彼らはやって来なかった。ファニーの生誕地ル・アーヴルを経由し、二六時間の船旅を経て直接ポーツマスに向かったのだ。そこからメアリと妊娠中のクレアは——クレアモント夫人という触れ込みで——真っ直ぐバースへ向かった。ロンドンの友人たちに対しては、クレアの体調が思わしくなく、バース行きが処方箋として勧められたということにして。

二人の女性はパンプ・ルーム近くのアビー・チャーチヤード五番地に快適な宿を借りる。しかしメアリはバースという町が好きではなかった。退屈で華やか過ぎたのだ。この町に来ることになったのは、ひとえにシェリーがクレアを気遣った結果で、メアリのためではなかった。文学においてバースは微妙な苦悩を抱えた貴婦人のための場所で、再び社交界にまっとうな様子で戻れるようになるまでの隠れ家だった。

メアリはシェリーが約束していた通り、クレア抜きで暮らすことを望んでいた。今や彼女はシェリーに懇願する。二人きりで山岳地方に行って暮らしましょう——ウェールズの夢よ再びというわけだ。彼は将来はそうしようと約束する。しかし今はあまりにも面倒なことに巻き込まれており、引っ越しは無理だった。その代わり、自分が差し迫った所用でロンドンに行っている間、妊娠中の義理の妹の面倒を見てほしいと期待する。ハリエットの場合同様、シェリーは女性に対する期待がいつも高かった。

不満なメアリは、ファニーが新たに味わっている孤立の苦しみを和らげる努力をしなかった。ロンドンを離れている理由を姉に説明しなかったのだ。ジュネーヴではクレアがバイロンに夢中になっていたおかげで、シェリーと過ごすことができて幸せだった。しかし英国に戻った今、クレアはこれまで通り悩みの種となっている。それにシェリーがクレアをどこかに送るという機会もすぐにはなさそうだった。それでもメアリはいい方向に物事が進むことを望んでいた――シェリーがいつか近いうちに、どこか山岳地方に落ち着くつもりだと言ってくれたから。

その後、いつもの急激な気持ちの変化で、シェリーはマーロウに住むピーコックの近くに引っ越すべきだと決心する。彼はロンドンからそちらに直行し、三日後の九月一五日、ピーコック宅の自分に合流するようメアリに綴る。二人で新居を探そう。ウィルマウスは乳母とクレアに任せて。クレアにとってはあまり嬉しくない義務だが――ファニーと違い、クレアはこの坊やに夢中ではなかった。

メアリはマーロウ訪問を楽しんだが、ハリエットに忠実なピーコックはメアリを心から歓迎したわけではなかった。マーロウ滞在中、メアリはロンドンのファニーを訪れることはなかった。ファニーがメアリのためにビショップスゲイトまで旅したほどの距離ではなかったにもかかわらず。ファニーはスキナー通りで待ち続ける。ジュネーヴ出発前に口喧嘩をして以来、メアリには会っていなかった。

第二八章　ファニー

一八一四年、さまよえる夫シェリーに手紙を書きながら、ハリエットは彼の健康を案じていた。数年後、メアリがバースを発ってマーロウに向かった折、クレアはメアリに、シェリーが厚手のオーヴァーを着るよう、そして散歩をし過ぎないように注意してほしいと伝えている。ファニーもシェリーへの関心を隠さず、彼の健康を気遣っていた。ロンドンへのお忍び旅行の折にシェリーに会ったファニーは——彼は未だ債権者に追われていた——体調があまりよくないみたいねと相手に伝える。もっと身体を大切にしなければ。彼は確かに病気のように見えることが時折あったが、三人の女性の絶え間ない情熱は、シェリーの健康を気遣うことによって所有権を主張したり、彼の注意を引こうとしたことを示唆している。

シェリーがロンドンに来たのは父との財務取引を完了し、『チャイルド・ハロルド』続巻を出版業者ジョン・マレイに託すためだった。クレアが書き写したバイロンの原稿だ。シェリーは以前住んでいたマーチモント通りの家に滞在する。「同伴者は過去の亡霊のみ。そのすべてが何らかの非難をしようとするが、それに対する答えはない」[1]。シェリーがロンドンに来たのは新しい遺書に署名するためでもあった。

ファニーがシェリーに自分のニーズを強調しなかったのは明らかだろう。というのも、彼はファニーとゴドウィンを除く全員のことを覚えていたからだ。クレアに対する巨額の遺産を別にして、残りの財産をメアリに、六、〇〇〇ポンドをハリエット用に信託とし、夫妻の子アイアンシーとチャールズに五、〇〇〇ポンドずつ、バイロンとホッグに二、〇〇〇ポンドずつ、ピーコックには現金で五〇〇ポンド、年金受領資格を購入するために二、〇〇〇ポンド。

シェリーは相続にあたって抵当も準備していた。いずれ追加分の三、五〇〇ポンドを入手するために。これはティモシー卿との合意によって取り決められた額で、息子の（かなりの額の）新たな借金を返済することによって、父親は財産をさらなる要求から解放したいと思っていた。借金は（父親から債権者に）直に返済されるべきであり、息子はその金の支配権を持ってはならない。しかしシェリーはゴドウィンに約束した三〇〇ポンドを支払うために十分な資金を望んでいた。

ファニーはこの遺書から自分が外されていることや、シェリーの複雑な相続事情について何も知らなかったが、九月一〇日――ウルストンクラフトの命日――の夜、あるいは二四日に再会したとき、シェリーは入手しやすい取り分についてファニーにもほのめかしたかもしれない。彼女はこの二日間、シェリーに会うことができて嬉しく、自信を持って相手を楽しませようとした。彼とメアリにもう一度気に入られたいと懇願しながら。メアリの手紙にはバースでウィルマウスと過ごす家庭的な生活が描かれており、ファニーには魅力的に響いていたのである。

九月一〇日と二四日の両日、ファニーはスキナー通りのニュースを持ってやって来た。キングドンからの借金に対するゴドウィンの痛々しい不安も含まれていたが、ファニーは『マンデヴィル』の進展についても熱心に語る。義理の父の芸術を信じていなければ、絶え間ない無心をシェリーに懇願するという役目を受け入れるのは難しかっただろう。ファニーはキャロライン・ラム令夫人がバイロンとの情事を元に書いた実話小説のゴシップ話をし、二回目にシェリーに会ったときには、不親切な義理の母について多少愚痴をこぼす。ゴドウィン夫人はブラックネルにボインヴィル夫人を訪ね、大荒れの状態で帰還したのだ。世間が自分たちについて言っていることを聴かされて。

その後、ファニーは懇願調になる。遠まわしに、しかし明白に。シェリーたちが「穏やかで哲学的な習慣」に従ってバースで学問に励み、満ち足りた生活をしていること――スキナー通りの不安だらけの冷たい家庭とはあまりにもかけ離れている――を聞き及んでいたファニーは、私も貴方たちのような生活を味わってみたいと言う。ウィルマウスが元気に暮らしていることを聴くのがファニーは大好きだった。

シェリーは自分が他者に及ぼす影響の大きさや、意図したよりはるかに大きなことを相手に唆してしまう可能性に気づかないことが度々あった。ホッグとエリザベス・ヒッチナーに起こったのはまさにこの状況である。ということはおそらく、明確にではなくとも、シェリーはファニーの心に、歓迎してもらえるという考えの種を蒔いてしまったのかもしれない。しかし、たとえ自分やメアリに対するファニーの感情依存の証拠を十分持っていたとしても、彼はファニーがゴドウィンに寄せる忠誠心もよく知っていたため、バースの現状をあえて彼女に伝えることはしなかった。というわけで、またもやはっきりとした招待はもたらされず、ファニーは一人残されてしまう。困窮時にはあれほど役に立った自分が、シェリーたちの羽振りがよくなった今、なぜ無視されてしまうのかと自問しながら。

というのも、ファニーは確かに彼らの羽振りがよくなったと考えていたのだ。大金が手に入る見込みに有頂天になったシェリーは、自分が未だ奔走中の債務者であり、債権者を避けてお忍びでロンドンを訪れ、手に負えないほど借金まみれのゴドウィンを援助する身であることを忘れてしまったのだろう。そこで、シェリーが送った財政的なメッセージを彼の意図より肯定的に捉えたファニーは、ふだんより多くの希望を持つに至る。シェリーの大げさな言葉遣いという習慣を忘れていたのだ。

自宅に戻ったシェリーはバイロンに手紙を書き、合流するよう誘いをかける。自分とメアリが暖炉の傍で読書をし、猫と子猫がソファの下におり、ウィルマウスが眠っているという快適な家庭生活を描いて。おそらくこれと同じような内容をファニーに話して聞かせたのだろう。しかしバイロンはヴェネツィアで新たな恋愛の真っ最中だった。シェリーの招待が含むものを知っていた彼は、クレアに会うつもりは二度となかった。

シェリーがロンドンでファニーに会った日、エヴェリーナとイライザはダブリンに向けて旅立つ。その直前、ゴドウィンが彼女たちを訪ねたが、ファニーは同行しなかった。まもなく叔母たちのもとで長い休暇を過ごすことが決まっていたにもかかわらず。その休暇の後、ファニーの将来に関する決断が下されるだろう。両者の側にどのような疑いがあったにせよ、そして後に何が主張されたにせよ（メアリ・ハットンは、大嫌いなエヴェリーナがファニーを拒絶したのだと断言した）、特にこれといった侮辱があったわけではなく、叔母たちの出発でファニーが狼狽したこともなさそうである。計画中の取り決めにおいて、いったい誰が審査されていたのかは定かではない。

シェリーと叔母たちの出発後、ファニーはメアリに手紙を書く。叔母たちの窮状に「胸が痛みます」。特にこの損失が彼女たちをひどく悩ませているので。しかしここでもファニーが最も気にしているのは、自分がアイルランドで始めるかもしれない新生活についてではなく、メアリとシェリーのことだった。シェリーに会った折にほのめかしたことを補強するために、彼女はこの手紙を使って、救出されたいという切望を明らかにする。

より説得力を持たせるために、ファニーは魅力的で知的な仲間として自分を描き出そうとした。これまで長いこと務めてきた、役に立つ人間というイメージに加えて。クレアがピアノを持っていることを聞き及んだファニーは、彼女に送る楽譜を探すつもりだと綴る。シェリーはスイスで書いた新しい詩「モン・ブラン」のことをファニーに話してくれ、その「恍惚たる驚異」は彼女に強い影響を与えていた。もしかしたらシェリーは、最近会った折にその詩を朗詠したのかもしれない。ファニーはシェリーに詩の写しを送ってくれるようにせがむ。彼がモン・ブランに寄せた思いを描写したピーコック宛ての手紙も。「それが私にとってどれほどの宝物になるか、貴方には考えも及ばないでしょう」とファニーは付け加える。

ダルウィッチのアート・ギャラリー訪問は、絵画と詩について考えるきっかけをファニーに与えてくれた。絵画は自然そのものではない。自然の貧しい二番煎じのように見え、彼女を満たしてくれなかった。詩は別だ。「詩人」という主題は未だ彼女を魅惑していた。「詩人だけが、同胞の永遠の恩人なのです」と彼女は書く。「本物の詩人は、私たちに可能な限り最高の喜びをもたらしてくれます。私の考えるところ、詩は自然と芸術が一つになったものです――ですから、必ず私たちに喜びをもたらしてくれるのです」[2]。このような考えは刺激的で喜びに満ちたものだ。崇高な詩を読み、それを書いた天才たちと親しくなるのは素晴らしいことだった。彼らが物理的に遠くにいるとしても。ファニーの単調な日々は陰鬱だったかもしれないが、詩的想像力に彩られた想像的な生活は実に豊かなものになり得たのである。

しかし数日後、すべてが変わった。シェリー、メアリ、クレアがスイスに逃亡したときの鬱状態がファニーの中で再び悪化し、それを追い払うには詩だけでは不十分だった。これには三つの主な要因があった。

一つには、そして最も重要なことは、仲間に加えてほしいというファニーの訴えに対する返事がまったくなかったことである。訴えに応えてくれる熱意は何もなかった。一〇月三日、メアリとシェリーにもう一度手紙を書いたファニーは、彼らの拒絶を心の奥底まで感じとっていた。

二つ目には、スキナー通りの財政危機がさらに悪化したことである。シェリーが父親と交渉していた巨額の取引――主に過去の借金に片をつけるための――にもかかわらず、即金二四八ポンドしかないことが判明した。一八一六年の不満に満ちた夏の間ずっと、ゴドウィンは約束の三〇〇ポンドを当てにして債権者と煩雑な交渉をしており、この三〇〇ポンドのみが自分を破産から守ってくれていると常に公言していた。それが今や、一〇月二日、シェリーがゴドウィンに、その三〇〇ポンドが見つからないと話したのである。送ることのできる金額は――この状況では寛大な額だったが――二〇〇ポンドで、シェリーは四八ポンドを自分のためにとっておいた。それが必要だったのだ。クレアはまもなく別の住まい、ニュー・ボンド通り一二番地に引っ越し、バイロンの言葉を借りれば「お忍びの母親」[3]になる予定だった。シェリーは二世帯の支払いをすることになっていたのだ。

この衝撃は甚大で、ファニーは自宅でそれを目撃する。シェリーの手紙を読むゴドウィンの表情が暗くなり、「青天の霹靂」に見舞われたようだった。ファニーは呆気にとられる。シェリーが前もって知らせてくれなかったからだ。実際のところ、彼が楽天的だったためにファニーはゴドウィンの期待を膨らませてしまった。なぜシェリーは私を騙したのだろう？　私が責任を感じること――そしていかなる誤解についても非難されること――をシェリーは見通せるはずだったではないか。

ファニーはゴドウィン夫人から受ける侮辱には慣れていたが、今やゴドウィン――目前に監獄が見えている――も夫人の側についた。ファニーは必死でシェリーとメアリ、そして自身の弁護を試みる。「私は貴方たちのことを大切に思っています。そしてパパも私と同じように貴方たちのことを思いやってくれるよう、本当に、本当に切望しています。貴方たちとパパのために」。ファニーはこの新たな不安がゴドウィンの小説執筆の妨げとなっていることに狼狽する。彼の心は著述のために「自由で開放されて」いるべきなのに。もちろん、ゴドウィンはファニーの肩越しにこの言葉を見張っていただろうが、情熱的に彼の作品を信じていたファニーは、自分の思いも表現していた。才能あふれる男性を援助するために力を尽くすのは、シェリーとメアリの義務である――結局のところ、思い返してみれば、ファニーがまさにその役もこなしているのだ。この手紙に見られる情熱的な強調――ゴドウィンは「『彼自身』と『世界』のために」援助を受けなければならない――は、ファニー自身が抑制していた強い願望をゴドウィンに投影していることを示している。

そしてさらなる問題が生じた。シェリーから送られてきた予定より少額の小切手が、第三者ではなく直接ゴドウィンに向けられていたのだ。第三者を経由することが、シェリーに対するスキャンダラスな依存状態を隠すための計略だったのに。ゴドウィンは激怒し、小切手を送り返す。より曖昧な受取人宛ての複製を返信で送るよう要求して。彼の手紙は冷酷で、相手を苛めるような調子である。「貴君があつらえた小切手で、私の名が含まれているもの」は受け取らないと彼はシェリーに伝える。[4]

ファニーの急激な意気消沈には三つ目の要因があった。シェリーとおしゃべりに興じていた折、彼女には珍しく、義理の母に対する正直な気持ちを話したことがあったが、シェリーとメアリを嫌い、街中でも彼らに対する辛辣な言葉を吐いていたゴドウィン夫人は、シェリーたちが笑い話で友人をもてなしているということを今や知ったのである。その笑い話の中で、ゴドウィン夫人は『ケイレブ・ウィリアムズ』に登場する残酷な貴族に比せられているが、この人物は高潔な奉公人を虚偽によってほとんど死に至らしめるのだ。この話は、とゴドウィン夫人は考えた。ファニーとシェリーのゴシップ話から出たものに違いないわ。もしかすると彼女は今初めて、二人が会っていたことを知ったのかもしれない。以前、メアリとシェリーが初めて大陸に旅立ったとき同様、ゴドウィン夫人は義理の娘に向けて憤怒を爆発させる。

自分より普遍的に尊敬されていた先妻から受け継いだ少女に対する、積年の苛立ちが表面化した。ファニーは誕生以来、迷惑以外の何ものでもなかった——その存在によって母ウルストンクラフトは冒険者イムレイに感情依存せざるを得なかったのだし、二度目のゴドウィン夫人はこの孤児を養育するために健康を害した。結局のところ、ゴドウィン夫妻の財布にふさわしい、ファニーより彼らに近い人々があまりにもたくさんいた。もしかしたら、怒りに駆られたゴドウィン夫人は、ウルストンクラフトの妹たちの要求をここで持ち出したのかもしれない。ファニーが家にいるせいで——ゴドウィン夫人とは血が繋がっていないこの若い女性のせいで——実娘クレアが追放されるべきだという要求をつきつけられたことを。

六ヵ月前、ゴドウィンは妻に対するファニーの愛情を信じており、ヨークで書いた手紙にそれが明らかである。「手紙を書いてほしいという願いを忘れないように。特にママの健康と精神状態、それから彼女があえて書こうとしないことを書いておくれ。不必要に私を驚かせないこと、しかし何も知らせないということはしないでほしい。この手紙を書いたことを彼女には知られないように」[5]。しかし今やファニーは、ふだんはあれほど慎重ながら、「ママと私は仲良しではありません」と公言する。ゴドウィン夫人は「情熱に駆られて」私に暴言を吐きました。あの方は、「公平」でも「愛想がよい」のでもありません。

今やファニーが腹を立てる番だった。一度も好きだったことのないゴドウィン夫人に対してではなく、好きだったシェリーに対して。彼とともに味わった自由――ファニーは彼もその価値を理解してくれていると思っていたが――は相手の心に届くどころか、裏目に出たのだ。シェリーはファニーの信頼を裏切ったのである。

ファニーはシェリーのメロドラマ的な物語に慣れていた。彼がスキナー通りに現れる前から聞いていたほどだ。凡庸な父ティモシーをオペラの如く大げさな暴君に仕立てた物語を。ホッグが述べるように、「シェリーは全体的に見て、いかなる人間関係であれ、厳格で正確な真実に則り、実生活のありのままの現実を記録することはできなかった」[6]。しかしそのシェリーにしたところで、ゴドウィン夫人が自分とメアリを「追い回す」と非難するのが賢明ではないことくらいわかるはずだ。特にその情報がファニーのせいにされる可能性があるならば。彼とメアリが、スキナー通りのファニーの不安定な立場や、自分たちはサポートしようとしていないゴドウィン家の困窮に思いを巡らせたはずもない。

私がシェリーにうまく話を伝えられなかったか、彼が私の言ったことにほとんど注意を払っていなかったのでしょう。貴女を楽しませるために、想像力で飾り立てることにして。そして貴女もそれを心の中で色づけしたのでしょう。そして「まったく偶然」に「一度だけ」起こったことを、ケイレブ・ウィリアムズ流に「猟犬が狐を追うように、ママが貴方たちを追いかける」という話にしたのでしょう。

不愉快なゴドウィン夫人でさえ、いくらかは美徳を持っているとファニーは宣言し、上の空で付け加える。「貴方たちのどちらに対しても、意図的で致命的な傷を与えることは決してないでしょう」。[7]メアリとシェリーの関係は古いスキャンダルだったため、「致命的な」ゴシップとはシェリーとクレアに関するものだったかもしれない。もし有害な話が広がっているなら、とファニーは続ける。ハリエットから出たものかもしれません。あるいは、もっとありそうな出所は、貴方たちの奉公人ではありませんか。メアリとシェリーはいつも手紙を誰の目にも入るようなところに置いていたのである。

ファニーは無愛想であけすけに書いており、いつもと違う自分の調子に不安を覚える。自分の無気力や不機嫌、憂鬱を責めたこともあったが、今やそこに立腹が加わった。短い人生の中で、自分に対してほとんど認めたことのない感情だ。これは気分を害した手紙だが、絶望的というものではまだなかった。

この手紙を受け取ったメアリは「馬鹿げている」と言い、ファニーに叱られたことに苛立つ。[8]「美徳」と義理の母を同じ文脈で語るのは愚かなことだった。

ゴドウィンからの小切手名称変更依頼に対し、シェリーは直ちに返事をしなかった。その間、年老いた男は、おそらく横柄な調子が行き過ぎたと考えたのだろう。ゴドウィン夫妻の喧嘩が増え、誰にでも粗探しをするようになったのは当然かもしれない。

実際のところ、シェリーは「特に」気分を害したわけではなかった。ゴドウィンの短気には慣れていたのだ。シェリーは先方の要求通り、一〇月七日、ゴドウィンの名のついていない新しい小切手を送ってやった。

しかしこの小切手が届く前にファニーは行動を起こしていた。これ以上、非難も侮辱も受けない。誰の道具にもならない。ファニーは自分の将来を自分で決めることにする。他の人がみなそうしてきたように。彼女はゴドウィン家とスキナー通りから永遠に去ることにしたのだ。

第四部

第二九章　ファニー

彼女はどこに行こうとしていたのか？

後にゴドウィン夫妻は、ファニーが叔母たちに会いにダブリンに行く途中だったと世間が信じてくれることを願った。しかしこれはありそうもない話である。もし叔母たちが、いかなる形にせよ彼女の来訪を拒んでいたのなら、ファニーはなぜ彼女たちのところへ行こうとするのだろう？　逆にもし拒んでいなかったのなら――実際、ゴドウィンの手紙にはそのようなことは記されておらず、むしろファニーが叔母たちのもとへ行くかどうかを話し合っている最中だと述べている――なぜ彼女は旅のための十分なお金を持っていなかったのだろう。シェリーはもちろん、ゴドウィンでさえ、そのような目的のためなら援助したはずだ。ファニーかゴドウィンが叔母たちに来訪の旨を事前に知らせ、ファニーが到着しなければ山ほど手紙が舞い込んだはずである。それに、ロンドンからダブリンへの最短かつ最も安価なルートはホリーヘッド経由であり、バース経由ではなかった。

後にゴドウィンは、ファニーが死に赴くことを予期していたと主張する。自分の妻からの度重なる虐待に苦しんでいたファニーが極端な反応を示すことを想像していたのかもしれない。しかしこれは現実にはありそうもない話である。ファニーはゴドウィンに書置きを残していかなかった。二年前にメアリが実家を抜け出したときは書置きを残していったが。それに、出発後ファニーから送られてきた手紙には不吉な要素は何もなかった。

ファニーがバースに行ったことは間違いない。とすると、すべては彼女がシェリーとメアリに会いに行ったことを示しているように思われる。

シェリーたちのスイス滞在中、ファニーはずっと憂鬱で、彼らの帰還を待ち侘びていた。長い手紙や素敵な金時計を送ってもらった彼女は、シェリーたちが英国に戻ってきたらまた自分に注意を向けてくれると期待していた。

一八一六年夏の間中、彼女はシェリーの詩が自分にとってどれほど大きな意味を持つか、そして彼やメアリが送っているような哲学的な生活を自分も送り、遠い場所を訪れてみたいと熱心に書いていた。帰国したメアリと会えなかったことには驚いたが、シェリーはロンドンを訪れる度にファニーに会いに来てくれたので、彼女はこの嘆願を繰り返す。しかし彼らの帰国から一ヵ月が経っても明白な招待はなかった。

最後に会った折、ファニーとシェリーは親しく語り合っており、その後彼女が出した不機嫌な手紙もこの事実を消すことはできない。過去に彼女はシェリーを叱ったこともあった。彼が前置きもなしにゴドウィン夫妻を置き去りにしたときのことで、シェリーはこの叱責を穏やかに受け止めていた。今回の非難が彼を過度に傷つけたということはないだろう。シェリーもメアリも、ファニーが義理の母に促されて手紙を書いていることを知っていたはずだから。ファニーはメアリのみならず、クレアとも姉妹のように断続的に付き合っていた。そういう自分がバースで歓迎されないということはまずないだろう。ファニーはまもなく到着することを彼らに知らせるつもりだった。

もし彼女がスキナー通りを去る前にメアリとシェリーに手紙を書いたのだとしたら、馬車に乗り込む前に投函できただろう。バース行きの平日便はラッド・レインにある「二つの首の白鳥」宿から夜七時三〇分に出て、バースのラム・インに翌朝九時三〇分に到着する。しかしおそらくファニーはバースに着くまで待ち、自分で手紙を送ったのだろう。後にこの手紙は一〇月八日付と主張され、メアリは同日に受け取ったことを記録している。[1] 苛立たしい内容だったかもしれないが、過度に心配するようなものではなかったとみえる。メアリとシェリーはこの手紙を受け取った後も日常の仕事を続けたのだから。メアリは絵のレッスンを受け、クラレンドンの英国革命史を読み、シェリーと連れ立って散歩に出かけた。

出発前、ファニーは旅に備えてこざっぱりとした服装に身を包んだ。Gのマークがついたストッキングと、MWのマークがついた亡き母の帯。クレアは解放された女性として帯を脱ぎ捨てていた。おそらく『マブ女王』に登場する「道徳」が「きつい帯に飾り立てられ」、「うんざりするような姿」を垣間見せているという一節を読んでいたのだろう。しかし帯は見栄えをよくしてくれることもあり、ファニーは亡き母同様、それを身に着けることにした。

帯の上に青の格子柄スカートと白いベストを身に着け、その上に茶色の外套を羽織る。白絹の線と明るい茶色の毛皮で縁どりされたものだ。この出で立ちに似合う帽子も持っていた。ポケットにはメアリとシェリーが送ってくれたスイス製金時計、そして小さな袋には赤絹のハンカチとブラウンベリー色のネックレス、手持ちの少額を入れた革製の財布をおさめる。感じのよい印象を与える身支度は整った。

バースはロンドンから一〇六マイルの距離だった。ファニーはおそらく一〇月七日月曜の午後一時頃出発する馬車に乗ったのだろう。もしそうなら、スキナー通り近くのスノウ・ヒルにある「サラセンの頭」宿に至る、見慣れた道を歩いたことだろう。この馬車は早便ではなく、旅は一九時間かかった。ファニーはバースの「グレイハウンド」宿に一〇月八日火曜の朝八時頃到着し、その後まもなくシェリーとメアリは彼女の手紙を受け取ることになる。彼らに会うまでに、ファニーには丸一日あった。

おそらくこの手紙（現在は消失）でファニーは全員に会いたいと伝えたのだろう。しかしそれは問題外だった。クレアは今や六ヵ月の身重であり、姿を見られるわけにはいかない。それにメアリもジュネーヴ行き前にファニーと喧嘩別れしており、最近彼女から叱られたこともあって、気分を害していた。クレア以外の姉妹との付き合いも、シェリーをこれ以上他者と分かち合うことも嫌だったに違いない。自宅にファニーを招き入れるわけにはいかなかった。おそらくシェリーが一人で馬車宿に赴き、そこで待っているファニーに会うことになったのだろう。そしていかにしてかは知る由もないが、彼はファニーの気持ちを損ねることになる。

というわけで、こざっぱりと装って熱心なファニーは、数週間前にロンドンであれほど無防備におしゃべりに興じた相手とは異なる男性をシェリーの中に見出した。シェリーは長いこと、政治熱のために迫害されていると信じ込んでいたが、この国に流れている噂によって、今や感じていた――あるいはそう感じるようメアリに説得されたのかもしれない――ゴドウィンにあれほど長くつきまとった社会不安というものを。シェリーは相続人チャールズの養育権をめぐるハリエットとの闘いに巻き込まれており、自らの評判に配慮しなければならなかった。それはクレアとメアリの評判とも深く結びついていた。ファニーがゴドウィンに忠実であることはシェリーもよく知っており、もしファニーが義理の妹の膨らんだお腹を見れば、ゴドウィンと妻に自分たちの実情を伝えるだろうとシェリーは考える。クレアの評判を守るためには、ファニーは拒絶されなければならなかった。

この最後の面会に関する散文の記録は残っていないが、シェリーは強烈で複雑な感情を詩的断片に注ぎ込んでいる。この面会で何が起こったのかを伝え得る唯一の手がかりである。

この詩的断片の中でファニーはシェリーに気持ちを訴えるが、彼への愛を直接的には伝えていない。後に彼はその気持ちを信じるようになるのだが——クレアが常に気づいていたように。激しく剥き出しの苦しみを理解できないシェリーは、ファニーが必要としていた愛情が切迫したものであることを見抜けなかった。彼は自分を抑え、ファニーの訴えを無視し、彼女を一人で立ち去らせたのである。

責任を感じつつも目を逸らそうとしたシェリーは、詩的断片を最初はこのように始める。

友よ　もし君の密かな悲しみを僕が知っていたら
僕たちはあのように別れただろうか

しかし彼は心を変え、代わりにこう書く。

彼女の声は震えた　僕たちが別れたとき
けれど僕は気づかなかった　その心が傷ついていたことに
その心からあの声が現れたのだ——そして僕は出発した——
その折に語られた言葉を心に留めることなく
苦悩よ——おお苦悩よ
この世は君にとってあまりにも広過ぎたのだ！

彼の韻文は弱まり、奇妙な一節に流れ込む。「秘かな悲痛のいくらかは僕自身のものでもあった――」。彼は始め「悲嘆」(grief) と書いたが、「悲痛」(woe) の方がファニーが感じていたかもしれない感情に近いように思われた。そして最後に、彼女の苦境を理解する。「孤独で疲弊した人たちには／人生の道は長く憂鬱だ」。この詩的断片は次の言葉で幕を閉じる。「いくらかの希望が僕の心に埋葬され／その亡霊が悲しみとともに僕にまとわりつく」[2]。

ファニーには今や、死以外に何も残されていなかった。彼女は自分が愛した人々、しかし自分のことを十分愛してはくれなかった人々の目が届かないところに行きたかった。

クレアはファニーの感受性に気づいていた。ウルストンクラフトも同じ資質を自らの内に認めており、その両刃の性質を嘆いていた。感受性は芸術や自然だけでなく、苦しみへの道も開くからである。未だキリスト教的な、今世の苦しみを解明する来世という希望に支えられていた折、ウルストンクラフトは次のように書いていた。

洗練された天賦の才――そして私の魂が本能的に愛する魅力的な才能が、この世の苦しみを生むのです――喜びよりはるかに多くの痛みを。ならばなぜそれらは「ここで」自らを開花させるのでしょう？　もし無益なら、心の「探究者」である優しき「父」が、より好ましい状況で花開くまで、なぜその天才を閉じ込めてしまわなかったのでしょう。より好ましい状況のもとでなら、厳しい突風が開きつつある花を枯らすこともないでしょうに。感受性は義務の道をもつれたものにするのです――そして闘いを「はるかに」厳しいものにします――「特別な」みじめさに、感受性のバランスを保つ何かがあります。[3]

ファニーにはこのような希望や信仰、「特別なみじめさ」のバランスをとるものは何も残されていなかった。メアリ・シェリーの伝記を書いたF・A・マーシャルは、ファニーの苦境のこの面を部分的な事実とともに要約している。

あふれんばかりの温かさと愛情、そして理想主義的な向上心。あらゆる詩に共感し、あらゆる芸術作品が想像力に訴えかけてくる。ファニーはこの性質と生活環境によって運命づけられていたのだ。何をも理想化せず、あらゆる対象を自分に示された通りに、きわめて一般的な光の下で見るようにと。[4]

ファニーは傷つきやすい性質だったが、それによって「運命づけられて」はいなかったと私は思う。彼女の場合、環境が不利に働いたのだ。ファニーは貧しく、依存状態にあり、他者のためにあれほど多くの重荷を背負っていたにもかかわらず、自分のことを重荷と感じるように仕向けられたのである。そしてチャールズまで姿を消したスキナー通りで、ゴドウィン夫妻の気難しい心配事の重荷を背負う人間が他に誰もいなくなった喪失感に苦しんでおり、頼みの綱はシェリーとメアリへの共感と希望だけだった。「残念なことに、ファニーの愛情は彼らの側にある」とゴドウィンは書いていたが、今やその愛情が途絶えてしまったのだ。シェリー同様、理想主義者だったファニーは、親切に接してもらうことを望んでおり、これ以上の失望に耐えることはできなかった。最低限の満足状態で二年間暮らした後で、ついに許し難い類の撃退を被ったのである。

亡き母の著作と義理の父の『思い出』を読んだ瞬間から、ファニーは自殺に流されがちな性向という遺産を受け継いだことを知っていた。二年前のパトリックソンの自殺も知っていた――彼女はゴドウィンの理性的見解を吸収して育ったのだ。ファニーにとって自殺は、敬虔なキリスト教徒が考えるような、乗り越えるべき悪魔の誘惑ではなかった。もし『政治的正義』が述べるように「暗殺者は短剣同様、自らが企図する殺人を免れることはできない」なら、自殺は彼女の行動に対する道徳的な責任を欠いているはずだ。

ファニーにはまた、この世ならぬ欲望や言うに言われぬもの、そして一種の透明性への憧れを謳ったシェリーの詩があった。「死は生者が命と呼ぶヴェールだ／生者は眠っており、ヴェールは上げられている」[5]。「死はまどろみであり／目覚め生きている者たちのめくるめく思いを／死の姿が上回る」[5]。メアリはシェリーのゴドウィン的な啓蒙思想と結びついており、クレアはシェリーの不気味で奇妙なゴシック的要素と結びついていた。二人の脳は「理想主義については眩暈がするほど回った」が[6]。そしてファニーは、シェリーの詩作品に表れるこの理想主義という面に最大の価値を見出していたのだ。彼女はその中で死への紛うことなき憧れに出会ったのである。身体的、物質的な人生からの出口として。幻影の人生への欲望と恐れが合わさったものとして。

ファニーの死は、『アラストー』の詩人のような光喜に包まれたものにはならないだろう。この詩全体が巨大な遺書を思わせる。しかし作品の存在と力がファニーの想像力に訴えかけ、死が生に対する一つの選択肢であるという考え方を受け入れるのに役立ったことだろう。彼女自身、「鎖と苔むした壁」に飽き飽きしていたときに。

山々に囲まれていれば、自分が深く思う通りに自分のことを思い描くことができたかもしれない。しかし色彩と荘厳性を欠く世界――鉛色の空の下の汚い道――でファニーを薄汚い世界から引き上げてくれるのは、他者の空想だけだった。山や雪は汚れることがあるかもしれないが、純粋な瞬間もある。しかしファニーの陰鬱な心と環境にそういう瞬間が訪れる見込みはなさそうだった――空想の源泉である詩人との接触がない限りは。この最後の面会で、シェリーは自らの真実をファニーに信じさせることができたかもしれない。「我々はなり得る／自らが夢見る幸福で、高潔で、荘厳なものすべてに」[7]。しかし彼はそれを試そうとしなかった。

ファニーはゴドウィン夫妻、シェリーとメアリに、自分が何をしようとしているか、そしてその理由を知ってほしかったが、彼らがこの行動を阻止することはできないようにしたかった。全員に手紙を書いた上で、消印が示す場所から離れなければならない。邪魔されないように。彼らが簡単には見つけられない街の部屋が必要だった。

バースからの主要な馬車ルートの次の停留所はブリストルで、わずか一四マイル先にある。馬車を見つけるのは容易だった。頻繁に行き来があり、所要時間はわずか二時間。ブリストルに到着したファニーは、おそらくコーン通りのブッシュ酒場に一泊したのだろう。これは南ウェールズ行きの馬車が発着する宿の一つである。

ファニーは今や、自殺するための手段を必要としていた。この娘に先立つこと二一年前、一七九五年に自殺未遂から救い出された後、ウルストンクラフトは溺れている最中の恐怖を描写している。その前年には薬か毒、おそらくアヘンチンキで自殺を試み、イムレイの素早い行動で救い出されていた。小説『マライア』で自殺を思い描いた折、ウルストンクラフトはヒロインにアヘンチンキを与えている。ファニーは平穏な、しかし決定的な死を、母が試したような、そしてシェリーの詩があれほど切望していたような形で目指していた。そのためには強力な薬と邪魔の入らない場所が必要だ。

アヘンチンキは広く流通しており、鎮痛剤として使われていたが、それによって自殺を図るのは容易ではなかった。敗退したナポレオンがこれで自殺を試みた例にもあるように。しかし十分な量を服用すれば、徐々に昏睡状態に陥る。身体を損なわないため、女性はこの手段を選ぶことが多かった。ファニーは必要量を知っていただろう。知人の中に一日平均一、二オンス服用する中毒者がいた。コウルリッジは――彼のアヘンの習慣についてファニーはシェリーを楽しませるために言及したことがあった――一日にアヘンを上限五オンス服用していたために、瞳孔が常に開き、肌が青白く、鉛がかっていた。ファニーはおそらく、「狂人」という詩も知っていただろう。亡き母の旧友で、美しいが手足の不自由な「パーディタ」ロビンソンが、リューマチの痛みを紛らわすために八〇滴のアヘンチンキを呑み込んだ後、狂気じみた錯乱に陥って口述筆記させた作品である。(1)

そこでファニーは旅のある時点で、わずかな所持金を使ってアヘンチンキを買う。ブリストルのブッシュ酒屋と同じ通りにハッサル・ウィリアムズという薬局があった。当時最も広く流通していた処方箋は「シデナム・アヘンチンキ」で、一七世紀半ばに考案されたものである。濾したアヘンにシナモン、クローブ、サフラン、カナリアワインを混ぜたもので、値段は一オンス八ペンスだった。

翌一〇月九日の早朝、ファニーはシェリーとゴドウィンに手紙を書き、二人に宣言する。「私は目的地へ直ちに出発します。そこから二度と離れることのない場所へ」。彼女は特にゴドウィン夫妻に対し、「人生が嫌になった」ことを伝える。彼らが自分の人生をそのようにしたのだと匂わせて。シェリーに対しては、この手紙が届く頃には私は死んでいるでしょう、でも貴方に埋葬してもらいたいのですと書く。[8] 誰にも気づかれない墓の悲哀に、彼が深い思いを寄せていることを知っていたのだ。シェリーはよく、自分の死体やそれを安置する土地を想像していた。債権者に追い立てられていた頃には、湿った独房で「餓死させられる」自分の姿を、そして厳しい書評に傷ついた折には、誰にも知られない自分の墓を思い浮かべていた。『アラストー』の詩人の死体は、落ち葉を一時的に積み上げたものによってのみ示されている。

それ以前の多くの手紙と異なり、ブリストルでファニーが書いた手紙は——他者の資料の中にほんの少し切れ端として残っているだけだが——彼女一人によって書かれ、投函されたものである。肩越しに覗き込む人間はおらず、誰かの口述筆記をしているのでもない。ファニーのペンを導くゴドウィンも、メッセージを誇張したり曇らせたりするゴドウィン夫人もいない。ファニーはメアリとシェリーの生活に加わりたいという度重なる懇願に失敗し、彼らを失ってしまっていた。今やある意味で、ゴドウィン夫妻——あまりにも長いこと忠誠を尽くした相手——をも失おうとしている。ファニーはこれまでほとんど不平を漏らさなかったこと——大人になってからの短い人生の大半に降りかかってきた非難——に思いを馳せる。以前は手紙によって相手の機嫌をとろうと試みたこともあったが、今や彼女は率直になっていた。文通相手がこれらの手紙を処分したのも無理はない。

ブリストルで寝床に入る前、ファニーは翌朝のスウォンジー行きカンブリアン馬車を予約する。毎週水曜朝六時に出発する便だ。スウォンジーは彼女が二年前にウェールズを訪れた際に通ったかもしれない町であり、ロンドン馬車はブリストルを経由して到着することになる。旅は一六時間かかった。

グロスター下のセヴァーン河を渡るのは容易ではなかった。その地点以降には橋がないのだ。しかし下流のニュー・パッセージには三マイルを横切るフェリーがあった。難しく、風の強い、不愉快な場所で、旅人はオープン・ボートに到着すべく岸を横切る際、「ぬるぬるした泥の中を滑り、滑走し、倒れ、もがいた」[9]。厳しい天候のため、旅が広告よりはるかに長時間かかることもあった。パターソンの『道』（一八二二年）によれば、四輪馬車を運ぶフェリー代は一二シリングである。そのため運賃が高くなり、切符代を支払った後、ファニーの手持ちは八シリング六ペンスになった。おそらく馬車内部の席で旅したのだろう。外側の安い席を選んで節約する必要はもうなかったのだから。

ファニーの友人アーロン・バーが、英国滞在中に遭遇した公共馬車での旅にまつわる多くの事故や不便さを記録している。席を予約するための必死の奪い合い、前金で支払った旅行者を乗せずに出発してしまう馬車、数マイル行く度に酒や娘っ子のために止まってしまう御者。しかし今回ブリストルとスウォンジーを結ぶ一〇〇マイルの馬車旅には事故もなく、ファニーは落ち着いて振舞う。悲しみは渇き切り、石のようになっていた。自制に慣れていた彼女の様子に相客はおかしなところを何も認めず、ファニーはスウォンジーからアイルランドに渡る予定だと彼らに話す。

しかしもちろん、彼女はそれを実行するつもりはなかった。自分が選んだ道に関する手紙を既に書いていたのだから。シェリーはよく水辺の死を思い描いており、スウォンジーはその発想に合っていた。しかし馬車旅での死、どこかへの途上の死の方が、根無し草的な存在というファニー自身の感覚にふさわしい。根無し草とは、シェリーのように常に旅してまわるのではなく、自分がどこにも属していないという感覚だった。「私は疲れた子どものように身を横たえる／そして辛いことばかりの人生を泣き暮らす……『死』が『眠り』のように静かに訪れるまで」[10]。

カンブリアン馬車はスウォンジーの馬車宿、ウィンド通りのマックワース・アームズに一〇月九日水曜夜一〇時に到着した。ファニーは上階の部屋を所望する。宿の主人ウィリアム・ジョーンズはこの「大変きちんとした」婦人を支払いができる客だと判断し、部屋を準備させる。マックワース・アームズは立派な舗装道路に面しており、それはスウォンジーの主要な往来道だった。立地的にも設備的にもよい宿と考えられており、特に街で商用をする者にとっては有益で、トウモロコシや魚、野菜等の取引所に近く、肉屋の市場が開かれるセント・メアリ通りにも近かった。宿は賑やかで、下階には絶え間ない行き来があり、一人になりたがっている若い女性に注目する人はいなかった。

この宿に到着したファニーはロビーでお茶を飲む。そして部屋に上がる前、メイドに伝える。私はとても疲れているので、蝋燭の火は自分で消します。お手伝いは要りません。ファニーはブリストルでシェリーとメアリ、ゴドウィン夫妻に手紙を書いた際、既に遺書を準備していたかもしれないが、宿に到着したこの時点で書いた可能性の方が高いだろう。自分の遺書は新聞に掲載されると考えていたかもしれない。自殺の書置きは一八世紀に人気が高いジャンルで、検死陪審で読み上げられた後、新聞に掲載されることが多かった。ファニーも生存中、多くの遺書を見たことがあるに違いない。それらは書き手の財産と見なされることが多かったが、ファニーは無頓着だった。彼女の場合、最も価値のある財産はおそらくスイス製の金時計だろう。

自分の気持ちを明確に書く一方で、ファニーは母がイムレイに宛てた脅迫めいた態度──「仕事や官能的な快楽のさなかに、私は貴方の前に現れるでしょう」──は避けた。ファニーは誰に対しても影響を与えるという希望を既にあきらめていたのだ。死においてさえも。

ずっと前から決めていました。最善の方法は私という存在をこの世から断ち切ってしまうことだと。不幸にも誕生してしまった私を幸せにしようと手を差し伸べてくださった方々が、そのために健康を害しました。私の人生は彼らにとって苦痛の連続でしかなかったのです。私の死はあなたがたに苦痛を与えるかもしれません。でも幸いなことにすぐお忘れになるでしょう。このような人間が存在したということを

不幸な誕生への言及はウルストンクラフトを思わせる。彼女は幼児向けレッスン集を、もともとは「私の不運な少女のために」書いたのだ。怒りに満ちた母の遺書と異なり、ファニーは文学ではなく、人生を引用した――家族の劇化癖には飽き飽きしていたのだ――そしてその内容にはメアリ・ジェイン・ゴドウィンの響きがある。ゴドウィンの子どもたちとの奮闘によって「若さと美を不自然なほど早く」失ってしまったと主張するゴドウィン夫人の。ファニーの幼馴染だったヘンリー・レヴェリーは、間接的に判断してこう述べる。「ゴドウィン氏がクレアモント未亡人と再婚した後、この義理の母に無視され、ひどい扱いを受けたファニーは、絶望に追いやられた」[11]。

しかしこの悲劇にはそれ以外の人間の存在も暗示されている。自殺の書置きの前半がスキナー通りの人々に向けて書かれたとしても、後半についてはそれほど明らかではない。ゴドウィン夫妻が強い「苦痛」を感じるとはファニーは想像しなかっただろう。この言葉はおそらく妹のメアリ、あるいはより高い可能性としては、シェリーに宛てて書いたのだろう。ファニーがこの書置きを認める直前に会った唯一の人物であるシェリーに。彼は多少悲しみを感じるに違いないが、あまり長くは続かないだろう。憐れみの感情をふんだんに持っていたが、ゴドウィン同様、自己憐憫の方が強かったから。

シェリーの理想郷的な夢は常に自己を中心としていたのだ。

　自殺の書置きをこの時点で、あるいは少し前に書いたファニーは、アヘンチンキを飲み、着替えずにベッドに身を横たえる。『アラストー』でシェリーは地上最後のヴィジョンをこう想像していた。「偉大な月が西方の地平上空にかかり／広大な世界に彼女の強力な角笛がぶら下がる」。[12] 季節は秋で、あたりはかなり暗かった。ファニーが人生の最後に目にした光景は宿の小部屋で、自分で蝋燭を吹き消す前、その部屋はおそらく弱い蝋燭の光に照らされていたことだろう。


　翌朝発見された死体の装いはつつましいものだった。ブラウンベリー色のネックレスは別として、彼女の所持品は哀れな人生を物語っていた――家出人にしては少額のお金、今や無益となった時計――贈り主の特別な愛情の証拠とはならなかった品。自らの身体と人生が母のものと結びつけられていることを示す帯。自分を養育したとは言い難い家族から与えられたストッキング。彼女は書置きにファニー・ゴドウィン、もしくはF・Gと署名しただろう。あるいは誕生時の名、イムレイと書いたかもしれない。自分が誰であるか疑問の余地がないようにするために。新聞が彼女の遺書の後に五つのアスタリスクをつけたところをみると、記者はそれがFannyだったことを知っていたかもしれない。彼女は手紙をいつもその署名で結んでいた。身元を明らかにしていたのだから、自分の死体が捜索されるとは予期していなかっただろう。もしシェリーに自分を埋葬してほしいと手紙を書いていたのだとしたら、奉公人や検死官の手による埋葬よりその方がよいと考えていたのだろう。

　アイルランド南部に渡るスウォンジー発ミルフォード・ヘイヴン行きの馬車は翌日、一〇月一〇日木曜に出発した。ファニーがこの馬車に乗って旅する予定だと聞いていた人々は、彼女が現れなかったので驚いたことだろう。宿の主人と奉公人は不安になる。彼女の部屋をノックし、返事がなかったのでドアをこじ開けて入ると、ファニーは死んでいた。テーブルの上には自殺の書置きとアヘンチンキの残りが入った壜があった。

地元の新聞、『カンブリアン』紙の営業所はウィンド通りにあり、マックワース・アームズから近かった。この人気ある七ペンスの週刊紙は地元と国のニュースを取り上げていた――スウォンジー近くの溺死者やノッティンガムの反体制派、専売特許薬の広告や不動産の売買、キリスト教知識協会のような宗教団体の会合、そして競合する馬車ルート等々。この新聞は毎週土曜朝にマレイ・アンド・リースによって発行されていた。木曜夜遅くに入ってきたニュースも、金曜丸一日をかけて印刷し、土曜朝の発行に間に合ったことだろう。[13]

記者は宿の主人と話すために通りを二、三マイル下るだけで済み、おそらく検死陪審にも立ち会ったと見られる。新聞がこのニュースを載せた時点で自殺の書置きには既に名が記されていなかった。それは「引きちぎられ、焼かれていた」。おそらく記者は死体を見たが、それに関する事実は宿や検死陪審の初期段階で入手したのだろう。検死陪審は死体発見後、すぐに行われていたのである。翌週、『カンブリアン』紙は一〇月一一日の評決――ファニーは「死亡」であったというもの――を掲載し、一〇月一二日号は検死陪審が終わる前に印刷に回された。

第三〇章　シェリーとゴドウィン

シェリーとメアリはファニーが最初に書いた手紙を一〇月八日に受け取る。おそらくこの日にファニーはバースでシェリーと会ったのだろう。翌日、一〇月九日の夕方、「きわめて憂慮すべき」手紙が届く。これはファニーがスウォンジー行きカンブリアン馬車に乗り込む前に、スキナー通り宛てのメモと一緒に投函したものだった。ロンドン行き郵便馬車は午後四時にブリストルを出発し、二時間後にバースで郵便を下ろし、そのまま快速の旅を続け、翌朝八時にロンドンに到着した。

つまり二通目の手紙がシェリーに届いたのは、ファニーが九日の夜遅く、マックワース・アームズにチェックインするよりずっと前のことだった。この手紙の絶望的な、そしてどこか咎めるような内容に衝撃を受けた彼は「さっと立ち上がり、髪をかきむしり」、「すぐに行かなければ」と叫ぶ。[1] メアリとクレアをバースに残し、彼は手紙が投函されたブリストルに向けて出発した。死の追求はシェリーの詩（及びゴドウィンとメアリの小説）にあまりにも不変のモチーフであり、ここでもまた人生が文学を侵食しているようだった。

わずか一週間前に仕事でブリストルを訪れていたシェリーは、馬車や乗客の動向を照会できるつてを持っていたことだろう。ブリストルにファニーがいないことはすぐ判明した。そもそも彼女は死に場所をどこか遠くに求めると書いていたのだ。ファニーに関する情報が入り次第伝えるよう、シェリーはメッセージを残す。

彼はバースに一〇日深夜二時には戻っていた。ファニーがアヘンチンキを過剰服用する直前か直後だ。メアリとクレアは彼の帰りを待っていた。最悪の事態を恐れながら。もしかすると、既にそれが起こったことを想像したメアリが、シェリーに注意するよう促したのかもしれない。またもやスキャンダルが起こりつつあるが、それは彼ら全員に最悪の注目をもたらすことになると。クレアの評判を恐れた彼は、要点を理解した。

　この事件をもみ消すには資金が必要だった。埋葬の準備を一手に引き受けるなら、そのためにも。シェリーが銀行に手紙を書き、返信便で送金するよう依頼したのはこのような理由によるものだろう。

　まもなく彼はブリストルに戻り、ファニーの行き先に関して「より確かな痕跡」を見つける。彼女がスウォンジーに向かったことがわかったのだ。

　その先のことについては、状況を解きほぐすのが難しい。もしファニーがウェールズにいると知ったなら、なぜシェリーはブリストルから直接そちらに向かわなかったのだろうか？

　もちろん、そうした可能性はある。とすれば、記者や当局がファニーの死を知る前にシェリーはスウォンジーに到着し、死体と自殺の書置きを発見したことだろう。しかしこれは現実にはありそうにない。メアリの日記によれば、シェリーは彼女のもとにその夜一一時には戻っていたのだから。

　夜の一部をバースで過ごした彼は一一日早朝に出発し、郵便馬車に乗ってスウォンジーを目指す。馬車の出発時間や木材を積んだ重い乗り物に煩わされることなく、シェリーは最寄りのフェリーでウエールズに渡り、ファニーの公共馬車よりはるかに速いスピードで旅を続けることができた。馬車宿に詳しい彼は、スウォンジー到着後にファニーの居場所を突き止めようと街中を駆け巡ることなく、真っ直ぐマックワース・アームズに向かう。そこで直ちに、ブリストルからの馬車を降りた立派な若い女性が自殺し、検死陪審が開かれていることを知る。数年後、シェリーはヘンリー・レヴェリーにこう伝えている。僕はファニーを「郵便馬車で」追いかけたが、「宿で追い着いたとき、彼女は既に死体になっていた」[2]。シェリーは『カンブリアン』紙がその日遅くにこの話を三面記事に印刷し終わる前に、宿に着いていたことだろう。

ファニーの検死審問は検死官ジョン・チャールズ・コリンズによって行われた。彼は要請に従って直ちに二四人の男性を招集する。少なくとも一二人の陪審員が必要だった。暴力の有無を調べるために死体を見たが、その形跡はなく、外科医は呼ばれなかった。おそらく死体はまだ宿にあったのだろう。二四時間前に発見されたばかりだったから。宿の主人は死体をできるだけ早くその場から引き取ってほしかったのかもしれない。その場合、死体は近くの刑務所か救貧院――古城の手つかずの部分に配置されていた――に運ばれていたのだろう。

目撃者が呼ばれた。宿で死体を発見した人々と、ファニーと旅をともにした人々である。彼らは陳述し、尋問を受け、陳述記録に署名した。殺人の疑いが消え、陪審員と検死官が納得すると、残る問題はこれが自殺か、狂気か、あるいは事故死かということだった。

自殺に対する残酷な刑罰が未だ施行されており、ウェールズでは特にそうだった。階級が常にものを言ったが。裕福な自殺者はウェストミンスター寺院に入ることができたという記録が残っている。ファニーの死の直後、スウォンジーではコリンズ氏率いる陪審員団が八〇歳近くの元水夫、ジェフリー・ヴァレットを「自殺」(Felo de se) と宣言した。他の選択肢がなかったのだ。「この白髪の気の毒な御仁は、自らを破壊しようという決意があまりにも固かったため、天井の留め金から自分を吊るす綱に油を差して滑らかにした。発見されたとき、彼の足は床に届いていた」。彼の死体は夜明けに十字路に埋められた。

検死陪審では痛ましい物語が浮かび上がることもあった。農夫の娘を愛した若い職工の例のように。彼女の心が別の男性のものであることを知った彼は、口論の後、自分の思い出のために絹のハンカチを受け取ってくれるよう懇願する。娘は拒絶した。後で牛の乳搾りに行った彼女は、恋人が柳の木で首を吊っているのを発見する。彼女が拒絶したハンカチにぶら下がって。

このように明白な場合を除くと、自殺の刑罰を避けたい陪審員は「狂気」という評決を下すことが多かった。同年、中部ウェールズのカップルが砒素で自殺した折もその評決が適応されている。ファニーの場合、自殺の書置きとアヘンチンキにもかかわらず、陪審員はさらに親切だった。自殺でも狂気でもなく、ただ「死亡」としたのである。

検死官は死体の埋葬許可を与えた。検死陪審の終わりには資料が巡回法廷に送られたが、それはスウォンジーで翌週行われることになっていた。

というわけで、この日、一一日金曜のどこかで、スウォンジーにいるうちに、シェリーは決断を下さなければならなかった。死体の身元確認をしてファニーにまっとうな埋葬を与えるか、それとも関わりを拒否してウルストンクラフトの娘を会葬者なしに一人で埋葬されるままにし、ゴドウィン夫妻と今や自分自身もしがみついている世間体の残滓を保持するか。

明らかに、彼は決断を下したのだ。死体は身元確認されなかったのである。数ヵ月後、メアリの友人デイヴィッド・ブースが「シェリーは間違いなく狂人だ。悪名を馳せるためにできることは何でもしている」と述べている。しかし、このケースは違った。シェリーがゴドウィン夫妻と同じ考えを持っていた、数少ない機会の一つだったのだ。シェリーは以前アイルランドで書いた熱烈な言葉を無視していたのである。「いかなる目的のためであれ、悪い手段を用いることを許容するような道徳体系はきわめて自由主義的なものだ」[3]。シェリーはむしろ、青年時代に感動した小説、チャールズ・ブロックデン・ブラウンの『オーモンド』を思い出していたのだろう。この小説では、拒絶されたヘレナが主人公に自殺の書置きを残し、アヘンチンキで命を絶つ。彼は葬儀の準備を悲しみに耐え得る人々に託す。「僕にはとてもできない」と宣言して。

「真実の評決」を下し、「いかなる恐怖、好意、愛情を与える」こともしないという陪審員の宣誓にもかかわらず、こうした理由すべてによって——ときには賄賂によっても——影響を受ける検死陪審が数多くあった。クレアの言葉を借りれば「無頓着な」雰囲気を持つ紳士シェリーは、折に触れてその要素を振るい落とそうと努めることもあったが、たいていの場合、相手の目には重要人物と映り、地位と信用によって強い印象を与えていた。彼はMWの印がついた帯とスイス製金時計を死体から取り除くことはできなかったが、これらの品が新聞記者も含む他者にファニーの身元に関する注意を喚起することはないだろう。彼女の名は自殺の書置きに記されており、シェリーがこの時点でそれを取り去った可能性はある——おそらく彼と検死官との間で、後には記者との間で金銭のやりとりがなされて。新聞は奇妙な詳細を報じていた。遺書の署名が引きちぎられ、焼かれていたという。これは容易だっただろう。誰でも蝋燭を入手できるのだから。しかし火に魅惑されていたシェリーは火口箱(tinder box)を持ち歩いており、その炎を、指に火傷するまで握っているのが好きだった。

彼は一〇月一一日の夜、スウォンジーに留まり、一二日土曜の新聞記事を読み、「最悪の報告」を携えてバースに戻る。彼は葬儀に出席せず、何にせよ「まっとうな」ことのために支払いをした形跡もない。そうした行動のためには少なくとも偽名が必要で、もしそのような事実があれば、翌週、検死陪審の結果を掲載した『カンブリアン』紙が間違いなく言及したことだろう。
ゴドウィン夫妻も、ファニーがブリストルで投函した、自殺をほのめかした手紙を受け取ってい
た。手紙がスキナー通りに到着したのは一〇日の朝で、同種の手紙がバースのシェリーとメアリに届
いた翌日である。ゴドウィンはブリストルに向けて馬車で出発した。おそらくラッド・レインから出
る郵便馬車の夜行便に乗ったのだろう。お茶の時間にはまだスロウのソルト・ヒルだった。もしバー
ス経由の郵便馬車で旅したのであれば、翌朝一一時にブッシュ・インに到着したはずだ。その日そこ
で食事したことを記録している。情報も収集しようとしたのだろう。ファニーが二日前にカンブリア
ン馬車に乗ったことを聞き及んだかもしれない。そして別の男性も彼女を探しており、彼女を追って
スウォンジーに向かったことも。
とすれば、ゴドウィンの次の行動は説明がつく。バースに戻ったのだ。より多くの情報を求めると
同時に、シェリーの軽率な行動を阻止し、スキャンダルが世間に漏れるのを防ごうとしたのだろう。
バース到着後、ゴドウィンはメアリ、シェリー、クレアに手紙を書き、慎重に振舞うよう指示する
(受取人たちは間違いなく慎重だった、この手紙は現存していないのだから)。そして彼はサーカス
(円形広場)やクレセント(三日月形の街路)まで歩いて気分を落ち着け、夜はヨーク・ハウスに泊
まる。アビー・チャーチヤードのメアリとシェリーの家に近い宿だった。
翌朝、シェリーたちを訪ねる代わりに、ゴドウィンはロンドン行きの馬車に乗る。立ち去りたくて
たまらなかったのだ。前日の指示の手紙を受け取ったシェリーが連絡をとってくることを恐れて。ウ
ィルトシャーのカーンで朝食を、レディングで正餐をとったゴドウィンは、夜にはロンドンに戻って

自宅のベッドで眠る。この旅で辿った道筋を、連れの乗客名とともに注意深く日記に書き残して。

明朝、彼はシェリーの手紙でファニーの死を知る。そこにはゴドウィン夫妻の苦しみに対する同情が示されていた。死体の身元確認はしないが、スウォンジーには戻るつもりだとシェリーは書く。おそらくファニーをきちんと埋葬するために。この意向にはっとしたゴドウィンはすぐ返信を認め、「スウォンジーには行かぬよう、静かな死者を掻き乱さぬよう」命令する。

ファニーから受け取ったのはブリストル発の手紙だけだったゴドウィンは、彼女がバースに立ち寄ったことを知らなかったようだ。そこで彼は、ファニーの死に対する責任は自分と妻に全面的に降りかかると信じ込んだ。自殺の書置きが妻との関係を示唆していたことをシェリーが伝えていたとすればなおさらだ。他者の評価を病的に気にしていたゴドウィンは、シェリーがこれ以上何かしでかすのを止めようと気も狂わんばかりになる。「私の助言と心からの祈りは、いかなることであれ、世間に知られることに通じる言動を貴君が避けることだ」。彼はシェリーの同情など欲しくなかった。「同情が私にとって何の役に立つとも思えない」と彼は書く。

> 彼女があれほど望んでいた隠遁を壊すようなことも何もしないでくれたまえ。今はそれが保たれているのだから。前にも言ったが、隠遁があの子の最後の願いだった。そのためにロンドンからブリストルへ、そしてブリストルからスウォンジーに行ったのだ。
>
> ……妻と私の状況を考えてくれたまえ。末っ子（息子ウィリアム）以外のすべての子どもを奪われてしまった我々のことを。我々を無為な質問に晒さないでくれたまえ。苦悩する心にとって、あらゆる試練の中で最も厳しいものなのだから。

今のところ我々は躊躇している。最初の衝撃の中で、彼女がアイルランドの叔母たちのもとに行ったことを言わないでおくべきかと。これはずっと計画されていたことだ。我々から、慎重さを守ろうとする力を奪わないでくれたまえ。明日また連絡する。

私が最も恐れているのは新聞だ。貴君の慎重さに感謝する。

我が家の誰一人、真実に関するいかなる不安も抱かないよう、細心の注意を払ってきた。我々の感情は乱れているというより、むしろ深刻なものだ。[4]

シェリーはゴドウィンの依頼に同意する。スウォンジー訪問はなし、死体の身元確認もなし、公的な埋葬準備もなし。スイス製金時計は周囲の注意を引かなかった。シェリーはそれを葬儀代に使うよう示唆したかもしれないが、そのような取引の記録はない。ファニーの棺と埋葬は教区によって賄われたのだろう。

スウォンジーのミケルマス四半期巡回法廷は一〇月一五日、ファニーの死から五日後に始まり、一部はマックワース・アームズで行われた。議事録によれば、検死官コリンズへの請求書（一六ポンド一五シリング六ペンス）は、ファニーが死んだ部屋から数階離れたところで承認された。自殺であれ事故死であれ、発見された死体は可能な限り名を記録することになっていた。一八一六年の四半期巡回法廷目録には一四人の死体が挙げられており、大半は溺死である。ファニーの死体は匿名のうちの一つだったのだろう。一〇月一〇日付のある紙面には「マックワース・アームズの死体」と明記されている。ファニーの死体にかかる検死官の出費は一ポンド九ペンスだった。これは検死陪審用か、安価な貧困者用葬儀の費用も含んでいたのだろう。大都市では、死体は「過密腐敗（dense-pack'd corruption）」という埋葬法で一二かそこらが一つの墓に運ばれており、一九世紀末にはスウォンジーでも一〇かそれ以上の死体を町の貧民墓地に埋葬していた。[5]

貧困者の埋葬は傍観者の目には恐怖と映った。極貧者でさえこの格下げを避けようと、なけなしの金を埋葬団体に投資していたほどだ。教区葬儀を描写したチャールズ・ラムは、粗野に組み立てられた裸板の棺を思い浮かべる。死体を隠すための覆いもなく、酔っ払った男たちによって運ばれていく棺を。その光景は、死者が悪い人生を送った人間で、キリスト教儀式にふさわしくない人間であるという印象を与えた。こうした「貧弱な葬列」の一つに遭遇したラムは、「その日はずっと不機嫌で憂鬱だった。ああいう葬列は残酷で不吉な面を持っている」[6]。

死の直前、ウルストンクラフトはこのような埋葬の悲哀を描いている。

貧困者の葬儀に出会ったとき、表現しようのないほど衝撃を受けました。三、四人の醜い連中の肩に乗って運ばれていく棺……早く死体を隠そうとしつつ、道すがらこの犠牲者のことで喧嘩をしているのです。私たちがどのようにこの大地に委ねられるかということに、大した意味がないことはわかっています。でもこの残酷な無関心に接すれば、動物でさえ強く心を動かされ、この哀れで見捨てられた死に注意を向けることでしょう。[7]

彼らの喧嘩はおぞましい事実と結びついていた。友人や親族にないがしろにされ、さっさと埋葬される貧困者や自殺者の死体は、それを盗んで解剖学校に売る「死体発掘人」によって、新鮮さが珍重されていたという事実と。

石の上で彼の骨がガラガラ鳴る
奴は誰も認めないただの貧困者さ

第三一章　ゴドウィン

クレアはバイロンに手紙を書き、ファニーの死に苦しんでいることを伝える。「私は人生最初の一四年を彼女と一緒に過ごしたの。その長さに見合うような深い愛情を抱いていたとは言えないけれど、知り合いの中で最初に死んだ人で、しかもあんなに恐ろしい死に方だったのですもの……」。ファニーは折に触れてクレアに愛情を注ぎ、母親のように接していたが、クレアはファニーの人生の中で、メアリやシェリー、そしてゴドウィンが占めていたほどの場所は持っていなかった。

バースでファニーが最終的に拒絶されたとき、クレアはその出来事に占める自らの役割を知らずにいたことだろう。老年を迎えるまでファニーについて公言することのなかったクレアは、シェリーとメアリが自分の感情を考え、ファニーの死を数ヵ月知らさなかったと主張している。バイロン宛ての手紙はこの主張と相容れず、話をそのように変えたのは、クレアも不幸なことに、この出来事に関わっていたという名残を示しているのだろう。そして後のクレアの回想――ファニーのように、偉大なるシェリー流恋物語の余白に漂っていた自分に気づいて――は、義理の姉メアリの役に立つかもしれない。「私が学んだ苦い経験を忘れることができるでしょうか……地位や富、そして保護者となる親類の男性を持たない女性は、感情も権利も踏みにじってもよい相手だと男性から見られるのだということを」[1]。

ゴドウィンはかつてはファニーに深い愛情を抱いていたが、原理に従い、公に彼女を追悼することはなかった。ウルストンクラフトの死に際しても素早く自分の人生を再開した彼は、娘のメアリが子どもを亡くして嘆いていた折も叱責している。悲しみは人間を「地上のいかなる生物にとっても無益な、無気力と衰弱の餌食にする」。ファニーの死から一週間後、ゴドウィンは『マンデヴィル』執筆を再開していた。ファニーがあれほど完成を待ち望んでいた、憂鬱感に満ちた小説だ。日記に彼はただ一言、「スウォンジー」と記す。

シェリー宛ての手紙に明言したように、ゴドウィンの恐怖は、ファニーの自殺が万が一明るみに出た場合に起こり得るスキャンダルだった。一七九八年、亡き妻が他の男性に書いた恋文を出版した男は、一八〇九年には友人の日記を死後印刷することに「最も強い嫌悪」を抱いていたのである。今やゴドウィンは、私生活への世間の介入を避けるためなら極端な措置をとることも厭わなかった。ファニーの失踪を事実以外のあらゆる方法で説明しようとした彼は、ファニーは長い休暇に出かけたのだと主張する。

大陸にいたチャールズ・クレアモントにさえこの話があてがわれた。それもだいぶ遅くなってからのことだ。クレアは一八一六年一二月に彼に手紙を書いたが、ファニーの自殺には言及していない。一八一七年八月、チャールズはファニーのことを尋ねる。ゴドウィン夫妻からお金を引き出すために協力してほしいと思ったのだ。彼はシェリーに、頻繁にファニーに会っているかどうか尋ねる。この問い合わせは彼女の死後一〇ヵ月も経って寄せられたのだ。その後丸一年経って、メアリはシェリーを急き立てる。「貴方、手紙を書いた？……（尋ねるのが怖いことを）Ｃ・Ｃに？」（後にクレアは、この一連の出来事のかなり異なった版を創り出している。ファニーの死にあまりにも狼狽した兄が病気になり、鬱状態に陥り、回復のためフランスに行ったというものだ）。[2]

エヴェリーナとイライザに手紙が届いたのは、ファニーが死んで六週間近くも経ち、最初の噂が消えた後のことだった。その頃になってようやくゴドウィンとメアリが手紙を書いたのだ。エヴェリーナは直ちにメアリに返事を書くが、ゴドウィンには書かなかった。両者は後に再び連絡を取り合うようになるのだが。二〇年近く経った後、彼女の姪で、長兄エドワードの娘エリザベス（オーストラリア在住）がエヴェリーナ叔母と文通し、従妹ファニーのことに触れる。エリザベスはファニーの死についてできる限り多くを知りたかったが、この話が叔母に未だ大変な苦痛を与えることもよくわきまえていた。

ファニーの留守があまりにも長いことに疑いを持った人々、あるいは驚きを示した人々に対し、ゴドウィンは彼女がウェールズで亡くなったことを認めるが、死因は風邪と説明した。バクスター夫妻に対しては、一八一七年春に真実と嘘を混ぜ合わせた手紙を書く。「メアリの致命的な駆け落ち以来、ファニーの心は乱れていましたが、義務感が彼女を我々のもとに留めていました。しかし残念ながら、彼女の愛情は彼らの側にあったのです。昨秋、あの子はウェールズの友人宅を訪問しましたが、そこからダブリンの叔母たちのもとに行き、しばらくそちらで過ごす計画ができていました。しかしウェールズで風邪を引き、あっという間に炎症性の熱にかかり、それが彼女の命を奪ってしまったのです」[3]。ゴドウィンは「炎症性の熱」という具体的な用語が気に入り、義理の娘について手紙を書くときにはしばしばこの表現を用いた。

他の人々はファニーがアイルランドで死亡したと思い込まされた。中には真実を聞き及んだり、疑ったりした人もあり、チャールズ・ラムは「ファニー・ゴドウィン、というより、ファニー・ウルストンクラフトの死」が彼女自身の手によるものであったことをクラブ・ロビンソンに伝えている。二年後、メアリ・ヘイズはファニー――ここではイムレイと呼ばれている――がアイルランドには足を踏み入れておらず、英国で首を吊ったのだと彼に伝えた。以前『政治的正義』の崇拝者だったロビンソンは、ファニーの自殺はゴドウィンの初期作品に非難が帰せられるべき大惨事の一つだと述べる。ファニーは「ゴドウィンの意見を受け入れていたのだ。あの娘は同情され、尊敬されていた」。日記に彼はこう綴る。「可哀そうなゴドウィン！　なんと悲しいことか。彼は家庭で、自らの初期作品がばらまいた空論の誤りに見舞われてきたのだ」[4]。

ゴドウィン夫妻は協力して自分たちの物語をこしらえた。可能なときには、夫が展開した線を妻が受け継ぎ、ファニーは「一時期、実母の親戚と暮らしていた」ことにする。ファニーの自殺を認めなければならなくなると、夫は妻のアイディアに倣い、ファニーはシェリーを愛していたが、彼は常にメアリを愛していたために、傷心のあまり自殺したということにした[5]。（意味深いことに、ゴドウィンは自身と妻に降りかかるであろう非難を逸らすために、ファニーの叔母たちによる拒絶という理由を一度も使っていない。）クレアも、ファニーがシェリーを愛していたと考えていた。彼女は同じことを母からだけでなく、シェリー自身から聞いたかもしれない。彼らの誰も、確実なことを知っていたとは考え難い。ファニーには一人も相談相手がいなかったのだから。

第三二章　ハリエット

ハリエット・シェリーはファニーとの交流がほとんどなく、二人が親しく話したことは一度もなかった。ファニーが愛する人々にしがみつくにつれ、二人の間の距離はさらに広がっていたのだ。どのような共通の大義がこの二人の間にあったところで、それはファニーの不安定な人生の感情的基盤をさらに不安定にしたことだろう。しかしファニーの自殺の噂は間違いなくハリエットにも届いており、ゴドウィンやシェリーから学んだ進歩的な考えを強めることになった。自殺に罪はなく、自殺を脅かす来世もないのだということを。

ファニーがスウォンジーに死出の旅に向かっていた頃、ハリエットは出産間近だった。お腹の子の父親がシェリーだとしても、自分はいずれ彼に棄てられる身なのだと自分に言い聞かせなければならなかった。彼はジュネーヴに旅立つ前も、帰国後も彼女を求めてこなかったのだから。ただ、ハリエットは知る由もなかったが、一一月にシェリーはフッカムを通じて彼女の居場所を突き止めようとしていた。理由は定かではない――おそらく自分の行動の結果を恐れ、ハリエットが出産間近ではないかと疑っていたのだろう。[1]

シェリーはハリエットの居場所を突き止められなかった。というのも、その頃には彼女は行方不明になっていたのだ。唯一の明白な事実は、九月初旬に彼女が両親の家を去ったことである。おそらく両親の同意を得ての行動だろう。父の友人でウィリアム・アルダーという名の配管工の助けを借りて引っ越したのだから。彼女はエリザベス通りの一フロアを借りた。メアリの第一子が生まれたハンス・プレイスから少し離れた通りである。ここでハリエットは「スミス夫人」と名乗る。お腹の子の父が誰であれ、事情が世間に知れたら汚名を着せられるだろうと考えてのことだ。ロンドン中が、ハリエットの夫はゴドウィンの二人の娘と暮らしていることを知っていた。ウェストブルック氏はシェリーとの和解を望んでいた――だからこそ娘の二度目の結婚式に参列したのだ。しかしハリエットがこの和解を実現できず、シェリーか他の誰かの子を妊娠したことが明らかになると、父は口やかましくなり、娘に家から出て行ってもらいたいと考えるようになったのかもしれない。ただ、ハリエットが即座に追放されたという証拠はない。彼女は姉と親しい関係を保っており、物質的にも困窮していなかった。実家からのお金もシェリーからの手当てもあり、引っ越し先の住まいも広々として立派なものだった。

新しい家主夫人とメイドによると、ハリエットは世間の目を避けてひっそりと暮らしていた。憂鬱で体調もすぐれず、ほとんどの時間をベッドで過ごしていたという。アルダー氏によれば、彼女は数ヵ月間、「気分の落ち込みに苦しんでいた」[2]。苦悩の中で、ある日彼女はボインヴィル夫人に手紙を書き、すぐ会いに来てほしいと頼む。来てくれないなら自殺すると。ボインヴィル家の伝承によれば、この手紙は配達が遅れたそうだ。

一一月九日午後四時に手早く夕食を済ませた後、ハリエットはエリザベス通りの家を出る。家主夫人は彼女を二度と見ることがなかった。アルダーも同様だ。ウェストブルック夫妻は娘の失踪を知り、不安に駆られる。一週間後、地元の池をさらうようアルダーに依頼するが、何も見つからなかった。

一二月一〇日、死体がサーペンタイン池で発見される。この池は「人生の悲哀に疲れた」ロンドン市民共通の避難所だった。死体はフォックス・ブル酒場に運ばれる。自殺者を見張る王立人文科学協会の受付場所である。一二月一一日付の『サン』紙によると、死体は「まっとうな女性」のもので、「指には高価な指輪をはめていた」。この詳細は強盗行為がなかったこと、従っておそらく殺人ではなかったことを示している。死体は「出産間近の状態」だった。アルダーが身元を確認し、衝撃を受けたフッカムは――ハリエットを探し続けていたのだ――このニュースをシェリーに伝える。

実際に何が起こったのかについて、話はまちまちである。水面に漂っている死体を発見した人物は、それが水中に何日か――数週間ではなく――横たわっていたと考えていた。死体はハリエットと確認ができる状態だったようで、もし一ヵ月も水中にあったとしたら、いかに保存状態がよくても身元認識できる状態ではなかっただろう。ハリエットの指輪が身元確認に使われることはなかったが、もし死体がはるかに損傷していれば、そういう手段がとられたはずだ。これらの点が示すのは、クレアが(ゴドウィン夫人経由で)伝えた話であり、それによればハリエットは一一月九日以降もちゃんと生きており、その日はただ出産のために新たな住居に移っただけというものである。なぜその必要があったのかは明白ではないが。この説明によればハリエットは一二月七日まで自殺しておらず、発見されたとき、死体はそれほど長く水中にあったのではないということになる。

一方、ゴドウィンはハリエットが一一月九日に死んだものと信じていた。数週間に及ぶ苦しみの後、エリザベス通りの家から失踪した日だ。検死陪審もこの線を考えたようで、もしハリエットが行方不明になっていなければ、なぜイライザが――両親と暮らし、常に愛する妹と連絡を取り合っていた姉が――一一月半ばにアルダーが近くの池をさらうという行為を黙認したのか? 土地に置かれた死体は一ヵ月もすれば腐敗が進むだろうが、冷たい水の中ならそれなりに保存されるだろう。もしかすると、石の重みが死体が表面に浮かび上がるのを妨げたのかもしれない(一八一六年は飛び抜けて寒い年だった）。そしてある時点で石が離れ、死体が水面に浮かんできたのかもしれない。
またもやシェリーに弄ばれたためか、彼の非慣習的な原理に倣うことによって陥った苦境に絶望したためかは定かではないが、ハリエットは間違いなく自殺したのだ。そして発見された死体は明らかに彼女のものだった。時間のかかる、しかし部分的な検死陪審が開かれたが、彼女の知人はみな慎重だった。おそらくウェストブルック氏が、事実の全貌が新聞に漏れないよう計らったのだろう。
ファニー同様、ハリエットにも「死亡」という親切な陪審員評決が下された。死体が運び込まれた宿の主人の娘がハリエットを知っていたため、死体は「優しく」「丁寧に」横たえられた。ピーコックによれば、ハリエットの死体は葬儀前に父親の家に運ばれたという。彼女は「ハリエット・スミス」として埋葬された。[3]
ファニーと同じことがハリエットの身の上にも起こる。シェリーとゴドウィン夫妻はこの事件に関する物語を迅速に創り上げ、そこに行きつくような人生を編み出した。女ペテン師ハリエットが、若く裕福な紳士を結婚に丸め込んだという話を仕立て上げたのだ。シェリーはハリエットの最期を、自分に非難が降りかからないような形で語った。それによるとハリエットは「父親の家から追い立てられ、娼婦にまで身を落とし、最後には下男と暮らす羽目に陥った。野蛮な毒蛇である姉イライザが――ハリエットと僕の関係から利益を得ることができなかったために――親父の財産を自分のものにしたことは間違いない。その親父さんは今や死にかけている――この可哀そうな女性が殺されたことで」。シェリーはメアリに、後にはバイロンに対しても、ハリエットは父親の財産のため、多かれ少なかれ姉イライザに殺されたのだと主張した。しかしこの中傷にもかかわらず、自分の子、アイアンシーとチャールズ・ビッシュを要求する手紙をイライザに書いたとき、シェリーはメアリ「だけ」が

「貴女の妹さんの破滅の原因」だと思われることを認めている。彼はイライザや他の誰に宛てた手紙でも、妻の妊娠が別の男によるものとは言及していない。

ハリエットと、彼女との間に生まれた子どもをこれほど長く支えてきた姉イライザを中傷する一方、シェリーは自らの高潔さを主張する。「かってこれほど深く結びつけられた人間に降りかかった、これほど恐ろしい惨事に対する単なる衝撃以上に、後悔することはほとんどない。あらゆる人々が僕に公平に接し、彼女に対する僕の行為は高潔で寛大だったと証言してくれる」。ハリエットの「暗く恐ろしい死」に衝撃を受けたことを認めつつ、シェリーはファニーの死の方が「はるかに激しい苦しみ」を自分にもたらしたと信じていた。[4]

シェリーの死後何年もの間、家族は汚れなき聖人のようなイメージを彼に与えようとしていた。シェリー家の友人エドワード・ダウデンによる初期の伝記を読んだマーク・トウェインはこう述べる。「パーシー・ビッシュ・シェリーは、他の男の場合なら深刻な犯罪と呼ばれることをやってのけたのだ。それが犯罪とならなかったのは、他の男たちならこういうことをするときに考えるようなことを、シェリーは考えなかったからだということが示されなければならない」。[5] メアリはこう書く。「私はシェリーの思い出を擁護し、彼のありのままの姿について話しました――同胞の人間に取り巻かれた天使として――この世からはるか高いところに引き上げられた存在として――天の精霊がこの世に与えられ、奪われてしまったのです。私たちが彼にふさわしくなかったために」。この描写はハズリットによるシェリー像とはかけ離れている。彼によればシェリーは赤ら顔で甲高い声の男、「目には炎、血には熱、脳には蛆虫、話には紅潮した動揺、すべてが哲学的狂信者であることを物語っている」。[6]

ハリエットの悲しい話は受動的で聖人然としたシェリーのイメージと相容れなかったため、この先妻は人生最後の数ヵ月を貧困の中で男から男へと飛び回り、最後には娼婦に近い状態で亡くなったという風に描かれた。大した落ちぶれ方で、シェリーは彼女のお腹の子の父であったにせよなかったにせよ、この話を信じたかもしれない。しかしピーコックはハリエットについて、「妻としての彼女の行為は純粋で真実で、非の打ちどころがなかったと確信している。そうした行為が恐怖のうちに行われる人々同様に」。例によって、真実はどこか中間あたりにあるのだろう。

ファニー同様、ハリエットも自殺の書置きを残していた——あるいは、「おそらく」残していただろう。というのも、筆跡が彼女のものかどうか疑わしいからだ。ベッド脇に残されていたファニーの書置きと異なり、ハリエットの書置きには宿主夫人やメイドが言及しておらず、検死審問でも公開されず、ウェストブルック夫妻はそれを後の養育権裁判でも用いなかった。この書置きは一八九五年に売りに出されたのである。しかし真実の響きを持っており、悲しくもファニーの真正の書置きを思わせる。ハリエットの書置きは恋人には触れておらず、「私の最愛の、大好きな姉イライザ」に宛てられている。「貴方がた全員にとって、悩みと苦痛のもとでしかなかった人間の喪失を、どうか後悔しないでください。私はあまりにもみじめで、あらゆる人々の目に落ちぶれたと映る自分自身を奮い起こすことはできません。過去の思い出によって辛い思いをしたみじめな存在を、これからも引きずって生きなければならないのでしょうか。未来への一縷の望みも残されていないのに」。この書置きは「親愛なる」シェリーにも呼びかけており、変わらぬ愛を明言している。「私は貴方を拒むことはできませんでした」。書置きには署名があり、誰もそれを引きちぎりはしなかった。「ハリエットS——」という署名を。[7]

ファニーの自殺と異なり、ハリエットの自殺はゴドウィンによって公表された。この出来事のおかげで娘メアリに「よい縁組」が約束されたことになるからだ。ファニーの死によってゴドウィンとシェリーは固く結びつき、一八一四年以来、どの出来事も実現し得なかった和解をもたらしていた。ハリエットの死はその和解をさらに深めたのである。

ゴドウィンはメアリをスキナー通りに呼びつけた。今や彼女の恋人はこの家に歓迎されるのだ。シェリーは結婚には相変わらず乗り気でなかったが、ゴドウィン夫人によれば、メアリが彼を結婚に引き込んだ。「もし結婚してくれなかったら、私はハリエットと同じことをする」と言って。シェリーは真っ青になり、同意した（ゴドウィン夫人によるもう一つの版では、夫人自身が主要な役を演じている。それによれば、彼女自身がシェリーに対し、もしメアリと結婚しなければ彼女は自殺すると脅迫したことになっている）。ハリエットの溺死から二週間後、前夜以来初めてスキナー通りで食事をした後、メアリとシェリーはシティのブレッド通りにあるセント・ミルドレッド教会で結婚した。

誇らしげなゴドウィン夫妻が結婚式に参列する。メアリはいずれシェリー令夫人になり、「将来の准男爵位の誇りとなる」とゴドウィンは書く。バクスター夫妻とブース夫妻にはこの出来事を簡潔に描写した。「貴方がたが私から得る、初めての喜ばしいお知らせです。シェリー夫人が先月一一月に亡くなられ、一二月三〇日にシェリーは我が娘を祭壇に導きました」。これはスコットランドのピューリタン一家に強く訴えかける書き方ではなかった。彼らはゴドウィンがシェリーを「准男爵のご子息と呼んで」おべっかを使うのを見るのも嫌だったのだ。[8] 弟に対しては、ゴドウィンは打ち解けた調子で伝える。

メアリの夫はサセックス州フィールド・プレイスのティモシー・シェリー卿、准男爵の長男だ。というわけで、世間の低俗な考えに従えば、メアリはよい結婚をしたわけさ。この若い男性がメアリのよい夫になることを心から望んでいる。君は不思議だろうね、一ペニーの財産もない少女がどうしてこれほどいい縁組に出会えたのかと。でもこれが世の中の浮き沈みというものさ。私自身は富にはほとんど興味がないが、尊敬され、有徳で満ち足りた人生を送れるかどうかは、メアリの運命ということになるな。[9]

ゴドウィン夫人も同様に、「快いお知らせ」を送るのに熱心だった。ゴドウィンの出版業者宛てに彼女は書く。「嬉しいお知らせがありますわ。ゴドウィン氏の娘メアリがパーシー・ビッシュ・シェリー氏と結婚いたしましたの。この方はサセックス州ホーシャムのフィールド・プレイスの准男爵、ティモシー・シェリー卿のご長男ですのよ」[10]。

第三三章　メアリとシェリー

ファニーの死がメアリに与えた影響を正確に測るのは難しい。後にメアリは人々が「個人名や私生活を世間に引きずり出し」、「出版したり、詮索したり、スキャンダルを言いふらす日々」の恐怖について書き、慎みと「共有の沈黙」を賞讃している。[1]「彼女の声は震えた／僕たちが別れたとき」で始まるシェリーの詩を出版したとき、メアリは説明を加えず、この詩をファニーの死に結びつける要素のほとんどを省いた。ファニーの自殺を知った日、メアリは日記にただ「みじめな日」と記している。[2]彼女は喪服、あるいはおそらく喪服用の生地を買い、数日を縫物に過ごす。数ヵ月が経ち、ハリエットが死んだ後、メアリはこう述べる。「可哀そうなファニー、もしこの瞬間まで生きていたら、救われたでしょうに。私の家が彼女の避難所になったでしょうに」。ファニーが自分たちと一緒にいたいと願っていたことをメアリは知っていたのだ。

自らの女児の一周忌、メアリは「死者が生きている」夢を見る。もしかしたらファニーが死んだ姪と一緒にメアリの枕元に立ったのかもしれない。[3]しかしメアリはこの夢を自分の胸に留めておいた。『六週間の旅』を出版したとき、メアリはこの作品の母体である手紙の受取人が姉であったという言及を避けている。後に父の伝記を書こうとした折も、母ウルストンクラフトに対する父の率直さを見倣わず、父の最初の結婚については、妻の連れ子ファニーに一切触れていない。メアリの友人エドワード・トレローニーに至っては、幼少期についての彼女の話から、メアリだけがウルストンクラフトの実子で、スキナー通りの他の子どもたちはみな二人目のゴドウィン夫人の子だと思っていたほどである。

しかしメアリにも痛みはあったに違いない。『マンフレッド』で、異母姉オーガスタとの関係が悲痛きわまる終わりを迎えたことを思い出しながら、バイロンは最終的にあり得たかもしれないファニー・メアリ姉妹の関係を想像的に捉えている。

貴女の目に　私の通り過ぎる姿が　映らなくても
貴女の目は　私を感じることでしょう
目には映らなくとも　貴女の傍にいる存在として
これまでもずっと傍にいた存在として

ファニーの死から約一年後、クレアの娘が生まれ、メアリはシェリーに手紙を書く。クレアの娘の瞳には自分が知っているファニーではなく、母の『北欧からの手紙』に描かれたファニー――知的な目をした、生命力あふれる小さな子――を思わせるものがあると。もしかするとメアリとシェリーは、死んだファニーを再びこの忘れられない、圧倒的な本に結びつけていたのかもしれない。「でもこれは憂鬱な話題ね」とメアリは結ぶ。[4] 結局のところ、クレアとこの子のためにファニーは拒絶されたのだ。

日記や伝記の秘密は、フィクションにおいては隠し続けることができなかった。ファニーがバースを経由して死に赴く際、メアリが書いていた作品が『フランケンシュタイン』である。
物語では若いヴィクター・フランケンシュタインが愛情あふれる家庭で育つ。スキナー通りでは娘たちの中でファニーだけが核家族とその「家庭的な愛情の親しみ深さ」を支持していた。一八一八年版の『フランケンシュタイン』序文が幸せな家庭の雰囲気を描いているように。間違った本を読み、間違った野心——全人類に尊敬されようという——を抱いたフランケンシュタインは、愛情に満ちた家族から自らを引き離し、理想主義的な夢を追って一人で学問に励み、ついに醜い死体からそれと同じくらい醜い生物を創り出し、恐怖のあまり逃げ出してしまう。彼の逃亡はこの生物に災いをもたらす。ゴドウィン的指針に則り、この生物は人生の打撃には弱くとも、生来は慈悲深い存在だった。度重なる拒絶に怒った生物は、自らの無慈悲な創造者を、彼が愛する者たちを使って傷つけることができるかもしれないと考える。そこで彼はヴィクターの幼い弟ウィリアムを殺す。メアリの父、弟そして息子と響き合う名だ。ヴィクターという名にもこだまが聴こえる。シェリーが幼い頃、妹エリザベスとともに出版した詩の中で使った名だ。

『フランケンシュタイン』第五章は、ファニーの自殺直後にバースで書かれたものだが、ジュスティーヌの新しい話で幕を開ける。

これもまた残酷な養育についての物語である。フランケンシュタインの母キャロラインも、彼が妻に望む孤児エリザベスも滅私的な女性であり、二人とも若くして死ぬ。愛らしいジュスティーヌも同じ運命にあるが、彼女は生においても死においても二人より不運である。激しやすいカトリックの母親は「娘に我慢がならず」、あらゆることにおいて——妹や弟の不幸さえ——ジュスティーヌに責任を感じさせるよう仕向ける。ちょうどファニーが非難されたように。一二歳で——ゴドウィンがファニーに身の上を説明した頃——ジュスティーヌはフランケンシュタイン家に加わる。半ば娘として、半ば召使として。親切で率直で感謝に満ちた彼女は特にヴィクターに気に入られるが、エリザベスのように将来の妻として認められることは絶対にない。おそらく階級、容貌、そして気質の問題だろう。フランケンシュタイン家に養女に迎えられたことが、彼女の転落の始まりだった。ジュスティーヌは幼いウィリアムを愛し、ヴィクターの母を敬愛する。この母が病気になるとジュスティーヌが看病するが、彼女が死を迎えたとき、ジュスティーヌの深い悲しみにヴィクターとエリザベスはほとんど気づかない。始めの頃の生き生きとした性質と喜びは消え去る。

「生物」は幼いウィリアムを殺すと、彼の首にかけられていた母親の細密画をジュスティーヌに押しつける。そこで彼女が殺人の罪に問われ、裁判にかけられ、処刑される。多くの人がジュスティーヌを不憫に思うが——判決が不正であることを知っていたから——しかし彼女を救おうと行動を起こす者はいなかった。エリザベスは気遣いと瞬間的な罪の意識を表明して法廷の賞賛を勝ち取る。「貴女と一緒に死にたかった」と叫びながら。

このジュスティーヌという新しい登場人物——「生物」の身代わり、ある意味で彼の分身でもある——の中にファニーの姿を認めることができるだろう。実在の女性も小説の女性も自ら命を絶つ。というのも、ジュスティーヌの無気力と完全な受け身の姿勢がこの結果に結びついたのだから——精神の落ち込みによって、そして世間の不正から逃れようとして。自分が無実であることを知っていたにもかかわらず、ジュスティーヌは罪を告白した。ファニー同様、あまりにも度々非難されていたのだ。あたかも、無実の痛みにこれ以上耐え切れず、人生から逃げ出したいと思っていたかのように。それまでの細やかな配慮や善良な意図にもかかわらず、母親の細密画を身に着けていたこと、そして他の子たちに害を与える要因となったことで責められる可能性があり、「不運な」誕生によって始まった人生から抜け出したいと思っていたかのように。失われた家族の代わりになるものは何もないとこの小説は言っているようだ。義理の母は実母にはなり得ず、ジュスティーヌはフランケンシュタイン・サークルの中で「生物」に劣らず不安定な立場にいた。しかし「生物」が他者を殺し、最後には自殺するのに対し、女性であるジュスティーヌは自分だけを殺すのである。

メアリとの結婚の日、シェリーはクレアに手紙を書く。「関係者でいっぱいのスキナー通りがどれほど恐ろしく憂鬱に見えるか、君には伝えないよ。最も恐ろしいのは、どうしたらみんながここで陽気になれるかってことだ!」[5]。侮辱、揶揄、無関心——全員にその罪がある——が彼の心を苦しめる。しかし友人や食事、そして不慣れながら、歓迎される名声といったものが気分を紛らわせてくれた。それに時期が来れば、彼も陽気になれるだろう。

しかしファニーの死が、折に触れてシェリーの心に深い影を落とした。彼はバイロンにそう伝える。ロンドンで、そしてほぼ間違いなくバースでもファニーに会っていたシェリーは、同世代のうち、存命中の彼女を知っていた最後の一人である。おそらく今になってファニーの情熱を受け入れた彼は、詩的演劇性をもって自分が彼女を拒絶したことに気づいた。それ以前に救った人々の誰より差し迫った訴えを退けてしまったのだ。

たとえ現実世界でファニーの死がほとんど波紋を広げなかったとしても——シェリーは『ドン・キホーテ』を読み続け、健康にとり憑かれており、食べたものをグラム単位で記録し始めていた——自分が多くの時間を過ごしていた想像上の世界では、彼女の死を重要なものとして受け入れることができた。ファニーを救わなかったことも、埋葬しなかったことも、自分が何か悪いことをしたわけではない。ファニーは自らの解放を選んだのであり、地上に残るものは重要ではないからだ。彼女は死を

――彼自身、その謎を見破りたいと常に切望していた――甘受したのであり、罪悪感も悲しみも必要ではない。しかしファニーは恍惚とした探求精神の中で死に赴いたのではなく、むしろ立腹と絶望のもとで赴いたのだ。シェリーは実際に知っていた人間のために苦痛を感じることはできた。この世に生き、この世から無視され続けた人間のために。彼女の死とそこに自分が占める位置によって、シェリーが「新しく生まれ変わった男」（クレアの報告）にならなかったとしても、彼はおそらく、しばらくの間は「女性に対し、より注意深く」行動しようと心がけたことだろう。[6]

「彼女の声は震えた／僕たちが別れたとき」という一節――メアリには見せなかった言葉――を書いた紙の裏に、シェリーは繰り返し、下降階段を素描している。この階段は墓に通じているのだろうか――彼がファニーに与えることのできなかった墓に？　シェリーは萎れつつある花も描く。ある花は鉢の中で、肉づきのよい、口のような形をした球根にむさぼり食われている。成長していく場所で殺される植物だ。

いたずら書きの間にはこんな一節がある。「汝の永続の眠りを壊す」。その下には「みじめな」という語。さらにその下には「僕が悪かったのではない――僕のせいにされるべきではない」。おそらく彼は罪悪感を消してしまったのだろう。もしかしたら、彼はピーコックが気づいていたような策略を用いていたのかもしれない。シェリーの「想像力は彼にしばしば過去の出来事を思い浮かばせた。ありのままではなく、そうであったかもしれない形で」。あるいは、シェリーは非難されることを恐れたのかもしれない。「詩人」が――ファニーが書いたように――「決して過ちを犯さない」としても、人間は過ちを犯していたのかもしれないと。

ゲーテの『ファウスト』第一部はファウストの幻想で幕を閉じる。彼が誘惑して棄てた女性が、自分の子を殺した罪で処刑を待っているという幻想だ。破滅の運命にあるこの女性に関する一節を翻訳したとき、シェリーは二ヵ所、微かな変更を加えた。

彼女の目は新鮮な死体の目のようだ
その目を最愛の手は閉じることがなかった　ああ！

ゲーテの原文、「死んだ誰か」(someone dead) は、シェリーの翻訳では「新鮮な死体」(fresh corpse) になり、「愛情に満ちた手」(loving hand) は「最愛の手」(beloved hand) になっている。こうした修正を施したとき、シェリーがファニーのことを考えなかったとは想像しにくい。

「彼女の声は震えた／僕たちが別れたとき」を書いた紙にいたずら書きと素描を残してから数ヵ月——ひょっとすると一年——が経った頃、シェリーはこの原稿に戻り、植木鉢にこう刻みつける。「僕はこの植木鉢を一八一六年一〇月に描いた。そして今は一八一七年だ」。他の素描の上に彼はこう書く。「これらは忘れ得ない——何年経とうとも」。そして、以前書いた「僕が悪かったのではない——僕のせいにされるべきではない」という言葉の上に付け加える。「いつ僕はこう言ったのだろう?」。一瞬、彼は一種の恥を感じたに違いない。他の何ではなくとも、自分の書いたこの言葉に対して。

シェリーは再び『北欧からの手紙』を読んでいた。ファニーの幼少期の希望を最もよく表しており、シェリーとゴドウィンの両方を魅惑した本を。この中でウルストンクラフトは、生き生きとした娘ファニーと数週間引き離されていたある晩、どのように「天国」の夢を見たかを描写している。彼女の「小さな天使」が母親の胸に顔をうずめており、「崖の方から、彼女の可愛らしい囁き声が私の心に響くのが聞こえ、彼女の小さな足跡が砂の上にあるのが見えました」。

シェリーの心の中では、こうした幻影がウルストンクラフトの最後の作品『マライア』の言葉と混ざり合っていた。この小説では深い悲しみにくれる母親が、乳であふれんばかりの胸を抱え、失われた乳児に思いを馳せる。「彼女には娘が半ば話し、半ば囁いているのが聞こえた。そして娘の小さなきらきら光る指が、燃えている自分の胸の上に感じられた」[7]。乳児と死んだ女性、母と娘、テクストと身体、現実の、そして表象されたファニーが融け合い、シェリーはこう書く。

砂上の君の小さな足跡
遠くの寂しい岸辺の――
君の小さなきらめく手
蛆虫がこれ以上食むことはない
愛と喜びが混ざり合った君の面差し
「ある人」が君を見つめたときの――

砂上の足跡は消え去り
君の瞳は暗く――君の手は冷たい
そして彼女は死んだ――そして君は死んだ――

明らかに、こうした記憶の相互作用に不満足だったシェリーは、言葉や素描を書いたこの紙を何度も折り曲げた。[8] 誰か別の人がこの紙をまっすぐ伸ばしたのだ。シェリーの作品は、ゴドウィンのもの同様、常に重要だったのである。

後書き

ヴェネツィアの宮殿で愛人、猿、犬、孔雀の群れに囲まれていたバイロンは、クレアの娘アレグラの誕生を知る。急いで母娘に会う必要はなかった。メアリはシェリーとの結婚後も「クレア抜き」で暮らせないことを悟る。クレアとアレグラはマーロウに住んでいたメアリとシェリーのもとに身を寄せ、そこではゴドウィンを含む数名の傍観者がアレグラはシェリーの子だと考えていた。実のところ、ゴドウィンはこの考えに固執しており、バイロンがアレグラの責任を引き受けた後でさえ、噂は続いた。

『マンデヴィル』——ファニーがあれほど熱心に信じていた小説——が仕上がった頃、ゴドウィンは娘の『フランケンシュタイン』も読んでいた。娘の小説が瞬く間に成功する一方、ゴドウィンの作品は平凡で執拗で退屈という評価が下される。陰鬱な気分で、彼はシェリーの新しい詩、「レイオンとシスナ」に思いを馳せる。この詩はゴドウィンに賛辞が捧げられており、その「強力な精神」の前には「騒然たる世間」も沈黙すると綴られていた。バイロンと異母姉、またシェリーとクレアの関係が取り沙汰されていたことから、ゴドウィンはこの詩に見られる近親相姦という主要テーマに感銘を受けなかった。「レイオンとシスナ」が『イスラムの反乱』に昇華されると、前述のテーマは表向きは姿を消すが、いずれにせよこの作品はシェリーの悪名を完全に確立することになる。

一八一七年九月、メアリが娘クララを生む。明くる年の三月、彼らはイタリアに赴いた。一つにはバイロンにアレグラを認知してもらうためであり、この子は今や彼のもとに送り届けられていた。この出発はゴドウィンの怒りを買い、昔ながらのドラマが繰り返される。出発前、シェリーは別の高価な死後払捺印金銭債務証書を入手したが、常に金欠のゴドウィン夫妻が手にしたのはそのうちのほんのわずかだった。叱責と冷淡が続き、まもなくゴドウィンは義理の息子を公に罵るようになる。

イタリアでクレアは明らかに馬鹿げた、しかし面倒な噂に直面する。それは、バイロンがアレグラを育てるのはいずれこの娘を堕落させるためでしかないという噂だった。娘に会おうと必死のクレアは、シェリーたちの仮住まいバーニ・ディ・ルッカから一緒にヴェネツィアへ渡ることを主張する。クレアと二人で行けばバイロンが怒り狂うことを知っていたシェリーは、メアリと子どもたちも一緒だというふりをする必要があり、彼らにすぐ後からついてくるよう要求した。わずか一歳のクララは身体が弱っており、長旅に耐えられなかった。ヴェネツィア到着後、クララは発作を起こし、母親の腕の中で息を引き取る。慰めるつもりでゴドウィンはメアリにこう伝える。「この種の災難に長く沈み込むのはきわめて平凡な連中か、臆病な人間だけだ。我々が鬱状態や喪に長く甘んじることは滅多にない。そうすることに何か特別に洗練されたものがあり、それによって栄誉が与えられるのだと密かに考える場合を除いては」[1]。

クララの死から三ヵ月後、エレナ・シェリーと呼ばれる子がナポリで生まれ、シェリーとメアリの子として登録された。この子はシェリーが無名の女性、あるいはクレアに生ませた子かもしれない。この子の誕生の数日前、クレアがヴェスヴィウス山に登っていたこと、また後にメアリが、生存中の我が子の命にかけて、エレナはクレアの子ではなかったと誓っていることを考えると、クレア母親説には難がつく。しかしクレアは山まで運ばれたのかもしれず、メアリは真実を知らされていなかったのかもしれない。解雇された召使は、シェリーとクレアの間には確実に子があり、捨て子病院に送られたのだと自らの知る人すべてに宣言している。バイロンはこれに対し、クレアとアレグラの一切の接触を禁じ、後にアレグラを修道院に預ける。エレナ・シェリーは一七ヵ月で命を閉じた。

シェリーたちは旅を続ける。ローマではいつも通り貴族の館に滞在し、肖像画を描いてもらおうと粘っていた。幼いウィルマウスは元気だが繊細で、蒸し暑いローマの気候は合わなかった。メアリは涼しい北部に行きたいと熱心に願うが、その実現前にウィルマウスがマラリアにかかり、一八一九年七月七日に命を落とす。死体はプロテスタント墓地に埋葬されたが、まもなく別の場所に移される。従って、彼をあれほど愛した叔母ファニー同様、ウィルマウスの墓もどこにあるのかわからない。

子どもを亡くしたメアリはまたも妊娠していたが、新たな、より深刻な鬱状態に陥っていた。そのためシェリーと疎遠になり、彼はメアリが性的な関係から引きこもったことに憤慨し、彼女が自分を「この憂鬱な世界に一人置き去りにする」ことを恐れ、「悲しみの最も暗い住居」にメアリを追い求めることは一切しないと決心する。自分を取り巻く人々から引き離されたメアリは――クレアには依然として苛立ちを感じていた――しばしば自殺を考える。おそらくファニーやハリエットの姿が心に浮かんだことだろう。以前にはなかったような形で。そうであったとしても、メアリは相変わらず慎重だった。手紙や日記にはファニーもハリエットも出てこない。

自らの問題に首まで浸かっていたゴドウィンは――家賃未払いのため、スキナー通りから立ち退くよう脅されていた――シェリーから金を得る以外のことはほとんど何も考えられなかった。またもや彼は娘メアリの過度で自己中心的な悲しみを非難する。もしかすると、この悲しみのためにメアリは母や姉に倣って自殺を試みるかもしれない。この子も結局は「ウルストンクラフト家の人間」なのだから。人間らしい共感をほとんど得られない中で、メアリは自らの苦難に関する著述に心を向ける。

それは『マチルダ』という憂鬱な短い小説で、亡き妻に生き写しの娘に対する、父親の近親相姦的な愛を描いたものである。情熱のため二人の人生は荒廃し、父親は自殺する。娘はシェリー的な詩人を拒絶した後――自分を単に詩の材料として使うのではないかと恐れたのだ――父の死に対する良心の呵責に耐えかね、自らも死を望むようになる。メアリはこの作品をゴドウィンに送るが、彼は「不愉快で忌まわしい」と断言する。[2]

一一月にメアリとシェリーの第四子かつ最後の子が生まれ、パーシー・フローレンスと名づけられた。一家はピサに引っ越し、マウント・カシェル令夫人の近くの快適な住居に滞在する。令夫人はクレアを説得して一時期をフィレンツェで暮らすように仕向け、メアリに平安をもたらしてくれた。クレアを恋しがり、メアリと距離のできていたシェリーは、若いエミリア・ヴィヴィアーニと戯れるようになる。彼はこの女性を値の張る修道院から救い出そうと計画していた。激しく性的な詩『エピサイキディオン』――自由恋愛を賞讃したもの――を書いた後、シェリーの一時的な感情は去り、エミリアは見合い結婚をする。ほぼ同時期、シェリーとメアリはエドワード・ウィリアムズと彼の内縁の妻ジェインに出会う。彼女は際立って魅力的な、黒髪の、男性の意のままになる女性で、シェリーは激しく情熱を掻き立てられる。メアリはこの戯れを物憂げに眺め、唯一残った子を育てることでこの状況に対処しようとする。

憂鬱な自己非難を『マンフレッド』に注ぎ込んだバイロンは、今やかわるがわる「バイロン風」になったり風刺的になったりしており、最後の長詩『ドン・ジュアン』第一巻を一八一九年に書き終え、一八二一年には『カイン』を書き始めていた。華やかな乱交はやめており、イタリアの伯爵夫人で、丸みを帯びた愛らしいテレーザ・グイッチョーリとの奇妙な関係に落ち着いていた。彼女の家族はオーストリア帝国の支配に対抗する政治運動家である。ジュネーヴに逃亡するというテレーザを思い留まらせたシェリーは、彼女とバイロンをピサに来るよう急き立てる。メアリは二人の到着を歓迎した。義理の妹を遠ざけていられるからだ。ピサ郊外を旅していたクレアは、一行を引き連れてナポレオン式馬車に乗ったバイロンとすれ違う。

この月の終わりにクレア、シェリー一家とウィリアムズ夫妻はラ・スペツィア近くの村レリチにある込み合った家に引っ越す。クレアはアレグラを修道院から誘拐しようという突拍子もない計画を立てていたが、行動を起こす前にこの子は四月一九日、腸チフスで死んでしまう。この知らせは五月二日まで母親には伏せられていた。後にクレアは書く。「この世では、人間は苦痛のために何度も死ぬ。本物の死を迎える前に」[3]。予期せぬことながら悲しみにうちひしがれたバイロンは、アレグラは英国に埋葬されるべきだという布告を出す。ハーロウの教会墓地に、アレグラの名を刻んだプラークを立てて。しかし教区委員に希望をくじかれてしまった。私生児の追悼は若いハーロウ校生徒にとって悪い前例になってしまうとの理由で。

翌月、メアリは流産で死にかける。まだ体調が回復せず、鬱状態にあった頃、七月八日にシェリー、エドワード、そして若い英国人船乗りがボートで出発し、嵐に見舞われ、溺死する。シェリーは二九歳だった。『クーリエ』紙が述べるように、「今や彼は神が存在するか否かを知る」。腐敗して手足が切断されたシェリーの亡骸は、バイロンと友人たちが見守る中、海岸で火葬に付された。

同年、シェリーとハリエットの友人エリザベス・ヒッチナーが死ぬ。混乱の時期を経て再生した彼女は住み込みの家庭教師として大陸に赴き、オーストリア人陸軍将校と結婚し、すぐ別れる。英国に戻った彼女はエドモントンで姉妹と学校を設立した[4]。あいかわらずローマ共和国の歴史に強い興味を持っていた彼女は、その多くの実例を自身の作品『謎』に用いる。子どもや家族向けの謎々をおさめたものである。二八番目の謎で難破船を描いた折、彼女はおそらくシェリーたちと過ごした時期を思い出したことだろう。

見てごらん、見てごらん、渦巻きが大きく口を開けているよ
みんなを飲みこもうとして！
致命的な影響を受けて　みんなが引き寄せられていく
虚しくも助けを求めて叫びながら

しかし、最後の詩に先立つ「弁明の連」では、知的に恵まれない幼少期を嘆いた後、彼女は「賢明で偉大で美しい」人物の「幻影」によって目覚めたと宣言する。この人物は「最も高尚で崇高な歌を生み出し／そのかぐわしい韻律に、汝の最も荒々しい風も調和する」。あたかもシェリーのために最後まで蝋燭を掲げていたようだ。[5]

シェリーが死んだときまだ二四歳だったメアリは、自己を切り裂くような激しい自責の念に駆られ、冷たい無視や逸らせた目、閉じた心を後悔する。シェリーはただちに「天の精霊」、これまで存在した人類に匹敵する者のない男性となった。しかしメアリは続く数ヵ月をバイロンの近くで暮らし、彼の存在によって心を動かされ、刺激を受ける。クレアがかつてそうであったように。そして彼女に倣い、バイロンの詩の写しをとる。「抽象的で理想的」なものに喜びを見出すシェリーと異なり、現実に喜びを見出す男性の傍にいることで、メアリは多少の安らぎを得ることができた。[6]やがてバイ

ロンは去り、翌年、政治論争とおそらくテレーザにも飽きた彼は、トルコ占領軍に対して戦うギリシア反乱者に援助を申し出る。ギリシア・ローマ時代のヘルメットで装備した彼はギリシアに船出し、戦闘遠征に備える。しかしその前に病気になり、追放され、出血のため脱水症状を起こし、一八二四年四月一九日に死亡する。三六歳だった。

バイロンの亡骸はロンドンに運ばれる。一八二三年八月に帰国していたメアリは、窓越しに葬儀の列が通り過ぎるのを見守った。彼女は今や、パーシー・フローレンスをごく一般的な紳士に育て上げようと決心していた。シェリーがいなければ、息子がごく一般的な人間に成長する可能性は十分あるだろう。ジェイン・ウィリアムズも帰国しており、まもなくハリエットやメアリ同様、シェリーの友人ホッグに求婚され、彼の内縁の妻となった。

メアリはゴドウィン夫妻の近くに宿を構える。彼らはスキナー通りを去り、ストランドの混雑した部屋でもとの事業を続けていた。フランシス・プレイスの言葉を借りれば、ゴドウィンはシェリーの死後「しばらくぎこちなかった」。そして一八二五年に破産し、「児童文庫」は廃業する。あまり大したことではなかったらしく、友人たちは両方の出来事を、とうの昔に予定日が過ぎていたと述べる。『マンデヴィル』の失敗にもかかわらず、ゴドウィンはさらに二冊の小説を書いた。両方とも古いテーマを繰り返したもので、両方とも失望に終わる。一八三二年、息子ウィリアム――そこそこのジャーナリストになっていたが、チャールズ・クレアモント同様、高潔なゴドウィン流基準に達することができずにいた――がコレラに感染して死亡する。

二年後、老朽化した旧急進主義者は政府の閑職を手に入れる。年収二二〇ポンドで、ゴドウィン夫妻はこれまでより快適に暮らせるようになるが、夫人は相変わらずメアリに敵意を持ち、彼女と夫の復縁を嫌っており、メアリも義理の母を依然として「大変煩わしい」と考えていた。[7] しかし一八三六年四月にゴドウィンが八〇歳で亡くなると、二人の女性は奇妙な親しみを見せるようになる。おそらくメアリはすでに軟化していたのだろう。一八三一年版の『フランケンシュタイン』で義理の母に対する非難の言葉を取り除いており、この頃書かれたとみられる「死すべき不滅——ある物語」では、醜い年寄りの母が、恋人と逃げようとする養女バーサを不愉快な言葉で留めようとするが——「鳥籠に戻りなさい——鷹が外にいますよ!」——実際、彼女は正しかったのだ。この恋人は魔法使いの弟子であり、不滅の生命を持っていたのだから。彼が若さを保つ一方、バーサは年を取り、気難しくなり、粗野で嫉妬深くなる。ある意味で彼女の義理の母のように。[8]

ゴドウィンはセント・パンクラス教会墓地のウルストンクラフトの隣に埋葬された。メアリとシェリーがスキャンダラスな愛を最初に実らせたと言われている場所だ。メアリ・ジェインは知性が鈍り、一八四一年に死ぬと、夫及び先妻と並んで埋葬された。二年後にはエヴェリーナもこの教会墓地に埋葬される。エヴェリーナやゴドウィンが、ファニーの父に再会した可能性は低いだろう。ギルバート・イムレイという名の男性が一八二八年に七四歳で亡くなっている。ジャージー島という、英仏を行き来した怪しげな商人に相応しい場所で。墓碑銘には家族への言及はないが、通行人に対して、社会がいかに発展しつつあるかを死者に伝えるよう要求している。「束の間の希望は、墓の中でさえかすかに輝く」のだから、と。[9]

ティモシー卿がシェリーの詩作品出版禁止令を解くと、メアリは四巻に及ぶ作品集を編集し、それによって夫を当時最も偉大な天才の一人として確立した。慎重を期し、彼の政治的・性的な思想は、精神を高揚させる霊的なメッセージの中に密かに織り込まれる。注には、ゴドウィン、ファニー、ハリエット、そしてクレアへの言及がなかった（ピーコックとホッグが、『マブ女王』に付されていたハリエットへの献呈辞をメアリが削除したことに抗議すると、彼女はその韻文を復元する。「可哀そうなハリエット、彼女の悲運に私自身の多くの深い哀しみを帰します。彼女の死に運命づけられた償いとして」と叫びながら）。[10] また、『ケイレブ・ウィリアムズ』新版でゴドウィンを紹介する折、メアリは不愉快な『思い出』同様、彼の話からファニーの存在を消し、自分が慣習的な両親の唯一の娘であり、両親は自分を妊娠する前に結婚したのだと示唆する。同様に、『フランケンシュタイン』序文ではハリエットの存在も消した。シェリーと自分は一八一六年にスイスに向かう前から夫婦であったとほのめかすことによって。過去は、現在の必要性に順応させなければならなかった。

自分と息子パーシーを支えるため、メアリは小説を書き続ける。『フランケンシュタイン』ほど人気の高いものは一つもなかったが。これらの小説に登場する主人公はどれも驚くほどバイロン卿に似ている。クレアが侮蔑を込めて、「貴女ほどの天才」がその持てる力を「虚栄心、愚かさ、あらゆるみじめな弱さの単なる寄せ集め」を飾り立てることに費やすなんて、と述べたように。『ロドア』（一八三五年）でメアリは初めてファニーという名を用いる。この作品は自分とシェリーが債権者や執行吏から逃げ回っていた頃のことを描いたもので、おそらくそのために好意的な仲介者ファニーを思い出したのだろう。この小説では、並みの器量のファニーは可愛らしいヒロインの引き立て役である。ファニーは才能があり、家庭を愛し、親切で忠実でありながら、粗野な母には価値を認めてもらえない。ファニーは風変わりな父に優しく仕え、彼は娘を教育する。後に彼女は主人公のカップルを慰め、支えることになる。ファニーはいかなるときも、抑圧された人々のために闘う。物語の終わりでファニーはパートナーを持たぬまま、「汚染しない」悲しみという変化に富んだ運命に向けて歩み出すことになる。メアリは小説のファニーに、実物にはなかった利点を一つ与えた。自立を可能にする遺産を。

自らの人生とファニーの名を用いることによって、記憶がどっと押し寄せてきたのだろう。翌年、メアリは「成り上がり女」という短編でまたファニーの名を用いている。ここでの「ファニー」はメアリのように美しく、貴族の男性に愛される女性である。この男性は絶えず金銭のことで彼女の軽率な家族に悩まされている。ついにこの家族は、彼女の夫の愛を破壊してしまう。しかしここには本物のファニーを思わせるものが一つある。メアリのヒロインは貴族階級の浪費癖がないために、夫から「浅ましい」(sordid) と呼ばれている。これは、ファニーが自殺する少し前にメアリが実際に使い、ファニーをひどく狼狽させた言葉だ。

シェリーの溺死後、クレアはウィーンの兄チャールズのもとに身を寄せる。兄妹は急進世代の危険分子として神経質な政府から見張られる。二年後、クレアはロシアでモスクワ宮廷大臣の家庭教師となっていた。過去の政治思想や急進主義は胸に秘めて。少なくとも一つ結婚申し込みを退けた彼女は、一〇分間の「幸せな情熱」が、それ以上続く愛に対する予防接種になってくれていたのだと宣言する。[11] その後はドイツ、フランス、イタリア、そして英国で家庭教師や話し相手として働いた。ときには病気になり、ときには明るく幸せで、場合によっては幸せがなくとも幸せになることを学び、しばしばふさぎ込み、今やファニーやその母ウルストンクラフトが依存状態に抱いた恐怖を理解していた。実際、友人の一人は家庭教師になるくらいならと自殺してしまったのだ。クレアはよくメアリに手紙を書いたが、会う度に喧嘩した。アレグラの死後、メアリがバイロンと親しくなったことを絶対に許さなかったのだ。義理の姉メアリと一緒にいると、クレアはあたかも「死の虫」が血管の中を這いまわっているかのように感じ、一方メアリは、クレアが自分を「どんな人間より不愉快な気持ちにさせる」[12]。メアリによれば、クレアは「若い頃の私の人生を毒した……私にとって『天国』という考えはクレアのいない世界だった」。メアリは晩年にクレアと二人だけで取り残されることを恐れるが、姉妹はともにいることが運命づけられていた。[13]必要な折には互いに寛大であり、連絡が途絶えると心配し合う。クレアは常に、様々な気持をこめて、メアリは「偉大な著述家」であり、スキナー通りの家族の中で父の期待を実現できた唯一の人間だと認めていた。

一八四四年、ティモシー卿が九〇歳で亡くなり、多くが抵当に入ったため激減した財産を遺す。シェリーがハリエットに生ませたチャールズ・ビッシュはとうの昔に死んでいたため、パーシー・フローレンスがパーシー卿となった。まっとうで禁欲的な、堅実な英国人である。宗教的には正統とは言い難い見解を持っていたが――父シェリーの、キリスト教に対する転覆的な著作出版に同意したのだから――しかし大筋において、パーシーは他者とまったく同じように考える人間だった。この点で彼は自分に相応しい妻ジェインに助けられていた。年上の未亡人で、母メアリが大変気に入った女性である。ジェインもクレアを徹底的に認めなかった。パーシー夫妻には子がなく、ジェインは持てる力を夫の家族の名声と評判を確保することに捧げる。彼らを告発しかねない文書を処分することによって。邪悪な天才に魅惑されていた摂政時代は、はるか昔のことだった。今や著述家の私生活は、この上なく高い家庭的基準に引き上げられなければならなかった。

メアリはロンドンで一八五一年二月一日、五三歳で亡くなる。肥大する脳腫瘍に何年も苦しんだ後のことだった。パーシー卿は自分たち夫妻が暮らしていた海辺の町ボーンマスに母メアリを埋葬する。彼はまた、今や敬意を受ける対象となっていたゴドウィンとウルストンクラフトもセント・パンクラス教会墓地から掘り起こし、母メアリの隣に埋葬する手はずを整えた。三人の傍らにはシェリーの心臓も埋葬される。イタリアの海岸で火葬に付された折、炎の中から取り出されたものである。クレアの憤慨したことに、母メアリ・ジェイン・ゴドウィンはセント・パンクラス教会墓地に取り残された。周囲に建設が始まっていた新しい鉄道に平安を乱されて。

クレア自身は、義理の姉メアリがかろうじて手に入れた社会的な地位に手が届くことはなかった。娘アレグラを亡くした彼女は、幼いパーシーを「ペルチーノ」「可愛い坊や」と呼んで愛し、この子が父シェリーのような存在となることを夢想したが、成人したパーシー卿はクレアを「シェリー家の余所者」として退けたのである。[14] クレアはおそらく恋人を得てパリに引っ越した。ティモシー卿の死によって、クレアはシェリーが彼女とアレグラに遺した巨額の遺産を受け取るが、そのほとんどを誤った取引によって失ってしまう。おそらくヘイマーケットのオペラボックス席賃貸もそこに含まれるだろう。一八五〇年にチャールズが亡くなると、クレアは兄の未亡人とその子どもたちを寛大に援助する。兄はゴドウィンと同じくらい蓄えが無かったことが判明したのだ。クレアは一八四五年に英国に戻るが、ここでも、またフランスでも以前同様の放浪生活を続け、一八五九年にはフィレンツェに戻り、一八七〇年には非慣習的でシェリーめいた姪ポーラインが私生児を連れてクレアに合流する。二年後、マサチューセッツ州セイレムからの旅人、エドワード・オーガスタス・シルスビー——シェリーの変形する詩の情熱的な崇拝者——が彼女たちの家を訪れ、偉大なるロマン主義詩人たちの原稿を入手したいと熱望する。クレアが保管していると推測してきたのだ。何年もの間、叔母と姪はシルスビーの注目を得ようと競い合い、彼はクレアが語るとりとめのない、断続的なシェリーの思い出をノートに記録する。それによれば、シェリーは常に自らの原理に忠実であり、その行為は常に正当化され、「不滅の精神、痛みや『死』に対する軽蔑、富への無頓着さ……高潔な思想との絶え間ない交流から生まれる落ち着いた威厳」によって記憶されている。[15]

シルスビーの質問によって、シェリーの中に悪魔的なバイロン、ファニー、メアリ、ハリエット、ゴドウィン、そしてメアリ・ジェイン、波瀾万丈の時代のあらゆる役者の姿がかすかに浮かび上がる。ヘンリー・ジェイムズはこの追跡劇を『アスパンの恋文』（一八八八年）という作品に仕立て上げた。ここではクレアはジュリアーナ・ボルドローとなっている。実在のクレアは一八七九年三月一九日、八〇歳で亡くなった。遺言により、遺体はシェリーが彼女に半世紀以上も前に与えたショールとともに埋葬された。

【原注】および（訳注）

注番号を原注は【　】で、訳注は（　）でそれぞれ囲んである。

〈参考文献の省略表記〉

Abinger MSS: Abinger manuscripts held in the Bodleian Library, University of Oxford

BLJ: *Byron's Letters and Journals*, ed. Leslie A. Marchand, Vol. 5: *1816–1817*, '*So late into the night*'; Vol. 6: *1818–1819*, '*The flesh is frail*' (London: John Murray, 1976)

BWH: Berry, Wollstonecraft and Hay papers, State Library of New South Wales (ML MSS 315/90: CY Reel 3150)

CCC: *The Clairmont Correspondence: Letters of Claire Clairmont, Charles Clairmont, and Fanny Imlay Godwin*, ed. Marion Kingston Stocking, Vol. 1: *1808–1834*; Vol. 2: *1835–1879* (Baltimore, London: Johns Hopkins University Press, 1995)

CCJ: *The Journals of Claire Clairmont*, ed. Marion Kingston Stocking (Cambridge, Mass.: Harvard University Press, 1968)

CKG: Charles Kegan Paul, *William Godwin: His Friends and Contemporaries*, 2 vols. (London: H. S. King, 1876)

Crabb Robinson: *Henry Crabb Robinson on Books and Their Writers*, ed. Edith J. Morley, 3 vols. (London: Dent, 1938)

Hogg: Thomas Jefferson Hogg, *The Life of Percy Bysshe Shelley* (London: Routledge, 1906)

MSJ: *The Journals of Mary Shelley: 1814–1844*, ed. Paula R. Feldman and Diana Scott-Kilvert, 2 vols. (Oxford: Clarendon Press, 1987)

MWL: *The Collected Letters of Mary Wollstonecraft*, ed. Janet Todd (London: Allen Lane, 2003)

MWSL: *The Letters of Mary Wollstonecraft Shelley*, ed. Betty T. Bennett, Vol. 1: '*A part of the elect*' (Baltimore: Johns Hopkins University Press, 1980); Vol. 2: '*Treading in unknown paths*' (Baltimore: Johns Hopkins University

Press, 1983); Vol. 3: '*What years I have spent!*' (Baltimore: Johns Hopkins University Press, 1988)

MWW: *The Works of Mary Wollstonecraft*, ed. Janet Todd and Marilyn Butler, 7 vols. (London: William Pickering, 1989).

N&M: *Collected Novels and Memoirs of William Godwin*, ed. Mark Philp, 8 vols. (London: Pickering & Chatto, 1992)

PBSL: *The Letters of Percy Bysshe Shelley*, ed. Frederick L. Jones, Vol. 1: *Shelley in England*; Vol. 2: *Shelley in Italy* (Oxford: Clarendon Press, 1964)

PBSP: *The Poems of Shelley*, ed. Geoffrey Matthews and Kelvin Everest, Vol. 1: *1804–1817* (London and New York: Longman, 1989); Vol. 2: *1817–1819* (London and New York: Longman, 2000)

Peacock: Thomas Love Peacock, 'Memoirs of Percy Bysshe Shelley', in *The Works of Thomas Love Peacock*, ed. H. F. B. Brett-Smith and C. V. E. Jones, Vol. 8 (London: Constable, 1934)

PPW: *Political and Philosophical Writings of William Godwin*, general ed. Mark Philp (London: Pickering & Chatto, 1993), Vol. 2: *Political Writings II*; Vol. 3: *An Enquiry Concerning Political Justice*; Vol. 7: *Religious Writings*

SC: *Shelley and His Circle 1773–1822*, Vols. 3 and 4, ed. Kenneth Neill Cameron (Cambridge, Mass.: Harvard University Press, 1970); Vol 5, ed. Donald H. Reiman (Cambridge, Mass.: Harvard University Press, 1973); Vol. 10, ed. Donald H. Reiman and Doucet Devin Fischer (Cambridge, Mass.: Harvard University Press, 2002)

SPP: *Shelley's Poetry and Prose*, ed. Donald H. Reiman and Neil Fraistat, 2nd edn (New York and London: W. W. Norton & Co., 2002)

〈第一一章〉

【一】W. Clark Durant, *Memoirs of Mary Wollstonecraft, edited, with a preface, a supplement chronologically arranged and containing hitherto unpublished or uncollected material* (London: Constable, 1927), pp. 218–19; *Letters of Anna Seward written between the years 1784 and 1807*, ed. A. Constable (Edinburgh, 1811), Vol. 3, p. 117.

【二】*The Spirit of the Age*, in *The Selected Writings of William Hazlitt*, ed. Duncan Wu (London: Pickering & Chatto, 1998), Vol. 7, p. 88.

【3】*Morning Chronicle*, 10 January 1795.
【4】PPW, Vol. 3, pp. 453–4.
【5】'Thoughts Occasioned by the Perusal of Dr Parr's Spital Sermon', PPW, Vol. 2, p. 165.
【6】Harriet Boinville in SC, Vol. 3, p. 274.

（1）James Wilkinson (1757–1825) はアメリカの軍人、政治家。アメリカ独立戦争ではゲイツ将軍の副官を務め、戦後ケンタッキー州に移住した。一八〇三年のルイジアナ購入後、北部地域の総督に就任。アーロン・バーによる陰謀事件（第八章訳注（2）参照）ではバーを裏切り、計画をトマス・ジェファーソン大統領に通告した。バーは証拠不十分で釈放されたが、ウィルキンソン自身は疑われ、軍事裁判及び連邦議会の調査を受けた。スペインとの密接な関係を隠し、ニューオーリンズ司令官の地位を保ったが、軍事指揮の失敗から軍役を退いた。（ブリタニカ国際大百科事典）

（2）Mary Wollstonecraft, *Letters Written during a Short Residence in Sweden, Norway and Denmark* (1796) はギルバート・イムレイに宛てた書簡という形式を取るが、実際には発送されていないと見られ、おそらく出版を目的として旅行中に書かれた日誌がその土台と思われる。なお旅行中に実際にイムレイに送られた書簡はウルストンクラフトの死後、ゴドウィンによって編集、出版されている。イムレイはアメリカ独立戦争に従事した陸軍大尉で、戦後は土地投機に携わり、地誌や小説も著した。革命後のフランスに渡って政治や商業に関わり、一七九三年春にパリでウルストンクラフトと出会う。翌一七九四年五月一四日、二人の娘ファニーが生まれる。翌年四月にウルストンクラフトはイムレイを追ってロンドンに戻るが、彼が貿易事業と他の女性のために自分を見捨てたことを知って絶望し、五月末に自殺未遂を起こす。そのわずか二週間後、イムレイの求めに応じて、彼の失踪した貨物船の補償請求の代理人として北欧に赴く。船の失踪についてはデンマーク王立委員会が調査中だったが、イムレイの立場は法律上微妙だった。英国は革命フランスと北欧中立諸国の貿易を封鎖していたが、彼の貨物船はその封鎖令を犯していたのである。ウルストンクラフトが彼の提案に応じて北欧に赴いた理由は、転地療養、フランス革命に対して中立姿勢を取った北欧諸国への関心、イムレイの仕事を手伝うことが二人の関係修復に繋がるのではという希望、そしてロンドンを離れイムレイへの感情依存から逃れたいという気持ちなどであったと思われる。また渡航と旅行記出版は経済的自立を求める手段という意味合いもあったと考えられる。石幡直樹訳『ウルストンクラフトの北欧からの手紙』（法政大学出版局、二〇一二年）、二八六〜二八七頁を参照。

（3）Douglas Jerrold (1803–1857) は英国の劇作家、ジャーナリスト。若い頃は船乗りだったが、後に文学に転じた。笑劇や喜劇を得意とし、主な作品には *Black-Eyed Susan* (1829), *The Bride of Ludgate* (1831), *Beau Nash* (1834), *Time Works Wonders* (1845) 等がある。一八四一年に週刊誌「パンチ」編集陣に加わってからはジャーナリズムに専心した。*The Cambridge Guide to Literature in English*, 3rd edn., ed. Dominic Head (Cambridge: Cambridge University Press, 2006), p. 574 を参照。

〈第三章〉

【1】Percy Bysshe Shelley in MSJ, p. 6.

【2】CCC, Vol. 2, p. 615; Edward Dowden, *The Life of Percy Bysshe Shelley* (London: Kegan Paul, 1886), Vol. 2, p. 547. マウント・カシェル令夫人に宛てたゴドウィン夫人の手紙はクレア・クレアモントが写しを取り、数回にわたって編集した。そのためすべてが必ずしも原文通りとは言えない。これらの引用及び要約は Appendix B of Dowden's *Life of Shelley*, Appendix D of R. Glynn Grylls, *Claire Clairmont, Mother of Byron's Allegra* (London: John Murray, 1939) を参照。

【3】Robert Gittings and Jo Manton, *Claire Clairmont and the Shelleys, 1798–1879* (Oxford: Oxford University Press, 1992), p. 15.

【4】Percy Bysshe Shelley in MSJ, Vol. 1, p. 7.

【5】Miranda Seymour, *Mary Shelley* (London: John Murray, 2000), p. 99.

【6】CCJ, p. 31.

【7】'Journal of Cl. Clairmont written in the year 1814', SC, Vol. 3, pp. 350–51.

【8】MSJ, Vol. 1, pp. 20–1; *History of A Six Weeks' Tour* (London: T. Hookham, 1817), p. 69.

【9】Grylls, *Claire Clairmont*, p. 274.

（1）Laurence Sterne, *A Sentimental Journey Through France and Italy* (1768) は著者の大陸旅行に基づく作品だが、土地についての記述はほとんどなく、旅の途上で出会った人々についての心情が吐露されている。従来の旅行記は客観的な視点で書かれ、古典教育の影響が色濃く反映されていたが、本作品では私的な趣味や情感、マナー、道徳等が重視されている。

（2）Helen Maria Williams (1762–1827) は英国の詩人、小説家。「センチメンタル・ヘレン」の呼び名の通り、女性的感受性を全面に押し出した著述スタイルで知られる。フランス革命の急進主義に共鳴してパリに居を構え、革命の進展を観察し、書簡形式のルポルタージュ *Letters Written in France* (1790–96) を綴り続けた。

（3）William Shakespeare, *King Lear*, Act 1, Scene 1, 'Cordelia: [aside] What shall Cordelia do? Love, and be silent.'

〈第四章〉

【1】*Letters from Sweden, Norway and Denmark*, MWW, Vol. 6; William Godwin, *Memoirs of the Author of a Vindication of the Rights of Woman*, ed. Richard Holmes (London: Penguin Books, 1987), p. 249.

【2】MWL, pp. 239, 272, 279, 281.

【3】*Letters from Sweden, Norway and Denmark*, MWW, Vol. 6, p. 269; *Letters to Imlay*, MWW, Vol. 6, p. 421.

【4】MWL, pp. 326–7. この手紙を出版する際、ゴドウィンは固有名詞をダッシュに置き換えた。

【5】Ibid., p. 336.

（1）メアリ・ウルストンクラフト著、石幡直樹訳『ウルストンクラフトの北欧からの手紙』（法政大学出版局、二〇一二年）、五八頁。邦訳はすべてこの版による。

〈第五章〉

【1】Henry W. Reveley, 'Notes and Observations to the "Shelley Memorials", after October 1859', SC, Vol. 10, p. 1136; Amelia Opie to Mary Wollstonecraft, 28 August [1796?], Abinger MSS, Dep. b. 210/6; Hannah Godwin to William Godwin, Abinger MSS, Dep. c. 811/1.

【2】MWL, p. 359.
【3】CKG, Vol. 1, pp. 237–8, 240.
【4】MWL, pp. 416–20.
【5】*The Wrongs of Woman; or, Maria*, MWW, Vol. 1, pp. 90, 95.
【6】Gilbert Imlay to Joseph Johnson; Joseph Johnson to William Godwin, Abinger MSS, Dep. b. 229/1 (b).
【7】Everina Wollstonecraft to Elizabeth Berry, 30 September 1835, BWH.
【8】Dowden, *Life of Shelley*, Vol. 2, pp. 50–52.
【9】Everina Wollstonecraft to Elizabeth Berry, 30 September 1835, BWH.
【10】*Political Justice*, PPW, Vol. 3, p. 92.
【11】CKG, Vol. 1, p. 325.
【12】William Godwin to an unnamed recipient, 2 January 179[8], Abinger MSS, Dep. b. 227/8.
【13】Letter to the editor of the *Monthly Magazine*, 10 November 1801, PPW, Vol. 2, p. 212; William Austin, *Letter from London: Written During the Years 1802 & 1803* (Boston, Mass.: Printed for W. Pelham, 1804), p. 203.
【14】Louisa Jones to William Godwin, Abinger MSS, Dep. c. 508.

〈第六章〉

【1】Godwin, *Memoirs*, pp. 242, 257.
【2】'A Lancashire Woman, R. W.' to William Godwin, 26 January 1799, Abinger MSS, Dep. b. 214/3.
【3】メアリ・キングの生涯に関しては私の著作〝*Rebel Daughters: Ireland in Conflict 1798* (London: Viking, 2003); *Daughters of Ireland* (New York: Ballantine Books, 2004) を参照。
【4】*St Leon*, ed. Pamela Clemit, N&M, Vol. 4, p. 48.
【5】Ibid., pp. 36, 241.
【6】*Mary Shelley's 'Literary Lives' and Other Writings*, Vol. 4: *Life of William Godwin*, ed. Pamela Clemit (London: Pickering & Chatto, 2002), p. 108.

【7】MWL, p. 353.
【8】Elizabeth Inchbald to William Godwin, [27?] December 1799, Abinger MSS, Dep. c. 509.
【9】Mary Shelley, *Life of William Godwin*, p. 109.
【10】CKG, Vol. 1, p. 294.
【11】William Godwin to Maria Reveley, undated, Abinger MSS, Dep. c. 513.

（1）ウィリアム・ゴドウィン著、白井厚・堯子訳『メアリ・ウルストンクラーフトの思い出』（未来社、一九七〇年）、八九頁及び一一四頁。邦訳はすべてこの版による。

〈第七章〉

【1】CKG, Vol. 1, pp. 325–6.
【2】*Fleetwood*, ed. Pamela Clemit, N&M, Vol. 5 (London: Pickering & Chatto, 1992), p. 166.
【3】*Collected Letters of Samuel Taylor Coleridge*, ed. Earl Leslie Griggs (Oxford: Clarendon Press, repr. 2000), Vol. 1: 1785–1800, p. 553.
【4】Harriet Shelley to Catherine Nugent, 4 August 1812, quoted in PBSL, Vol. 1, p. 320.
【5】Postscript to Thomas Holcroft's letter, 20 June 1800, Abinger MSS, Dep. c. 511.
【6】*Collected Letters of Samuel Taylor Coleridge*, Vol. 1, pp. 619, 588.
【7】Abinger MSS, Dep. c. 606.
【8】Everina Wollstonecraft to William Godwin, 24 February 1804, Abinger MSS, Dep. b. 214/3.
【9】William Godwin to James Marshall, 11 July 1800, Abinger MSS, Dep. b. 214/5.
【10】William Godwin to James Marshall, 2 and 3 August 1800, Abinger MSS, Dep. b. 214/5.
【11】CKG, Vol. 1, p. 366.
【12】William Godwin to James Marshall, 14 August 1800, Abinger MSS, Dep. b. 214/5.
【13】Charlotte Howell to Everina Wollstonecraft, 2 January 1843, Abinger MSS, Dep. c. 767/1.

【14】Archibald Hamilton Rowan to Everina Wollstonecraft, 8 March 1805, Abinger MSS, Dep. b. 214/3.
【15】Elizabeth Berry to Everina Wollstonecraft, April 1835, Abinger MSS, Dep. c. 811/2.
【16】MWL, p. 330. See Burtin R. Pollin, 'Fanny Godwin's Suicide Re-examined', *Etudes Anglaises*, 18:3 (1965), pp. 258–68.
【17】*St Leon*, N&M, Vol. 4, pp. 47, 114.
【18】William Godwin to W. T. Baxter, 8 June 1812, SC, Vol. 3, p. 101.

（1）Mary Wollstonecraft, *Original Stories from Real Life; with Conversations, Calculated to Regulate the Affections, and Form the Mind to Truth and Goodness* (1788). 一七九一年版にはウィリアム・ブレイクによる挿画が添えられた。物語の主人公メイソン夫人 (Mrs. Mason) はウルストンクラフトの代弁者であり、二人の子どもに世の中の現実を冷静に厳しく教える女性として描かれている。

〈第八章〉

【1】CKG, Vol. 2, p. 58.
【2】CKG, Vol. 1, p. 325.
【3】See William St Clair, *The Godwins and the Shelleys: the Biography of a Family* (London: Faber, 1989), p. 253.
【4】Crabb Robinson, Vol. 1, p. 105.
【5】Mary Jane Godwin to William Godwin, 30 August 1811, Abinger MSS, Dep. c. 523.
【6】William Godwin to Mary Jane Godwin, 28 October 1803; Mary Jane Godwin to William Godwin, September 1805, Abinger MSS, Dep. c. 523.
【7】William Godwin to Mary Jane Godwin, 5 June 1806, Abinger MSS, Dep. c. 523.
【8】*Fleetwood*, N&M, Vol. 5, p. 82.
【9】Francis Place to Edward Wakefield, 23 January 1814, BL MSS, Add. 35, 152. f. 30.
【10】*The Fate of the Fenwicks: Letters to Mary Hays, 1789–1828*, ed. A. F. Wedd (London: Methuen, 1927), pp. 19–21,

215.
【11】William Godwin to E. Fordham, 13 November 1811, Abinger MSS, Dep. b. 214/3.
【12】CCC, Vol. 2, p. 627.
【13】William Godwin to Mary Shelley, quoted in PPW, Vol. 7, p. 79.
【14】CCC, Vol. 2, pp. 617–18.
【15】Don Locke, *A Fantasy of Reason: the Life and Thought of William Godwin* (London: Routledge & Kegan Paul, 1980), p. 231.
【16】Graham Wallas, *The Life of Francis Place: 1771–1854* (London: Longmans, 1898), quoted in *Lives of the Great Romantics III. Godwin, Wollstonecraft & Mary Shelley by Their Contemporaries*, Vol. 1, ed. Pamela Clemit (London: Pickering & Chatto, 1999), p. 278.
【17】フランシス・プレイスによる知人たちの素描。Written 27 November 1827, BL MSS, Add. 35, 145, ff. 28–36.

（1）Charlotte Smith (1749–1806) は英国の詩人、小説家。素朴な自然描写に秀でる一方、フランス革命思想に共鳴し、*Desmond* (1792) のような急進的な作品も著している。借金まみれの夫と多くの子どもを支えるために詩や小説を書き続けた。若い頃のワーズワスに甚大な影響を及ぼしたソネット詩人としても知られる。

（2）Aaron Burr (1756–1836) はアメリカの政治家。独立戦争ではジョージ・ワシントンの幕僚を務めた。一八〇一年、ジェファーソン政権の副大統領となったが、ニューヨーク州知事選挙をめぐって政敵アレクサンダー・ハミルトンと決闘になり、相手を殺めたため逃亡者となる。フィラデルフィアでジェイムズ・ウィルキンソン（第二章訳注（1）参照）と出会い、メキシコ侵略及びニューオーリンズを首都とする西部帝国建設を計画するが、ウィルキンソンの裏切りにより陰謀が発覚。裁判にかけられたが釈放され、数年を国外で過ごす。帰国後は弁護士として晩年を送った。（ブリタニカ国際大百科事典）

〈第九章〉
【1】CKG, Vol. 2, p. 98.

【2】*Conversations of James Northcote Esq. R. A. by William Hazlitt* (London: Frederick Muller Ltd., 1949), p. 2.
【3】Charles Lamb to William Hazlitt, 10 November 1805, *Letters of Charles and Mary Anne Lamb*, ed. Edwin W. Marrs (Ithaca: Cornell University Press, 1976), Vol. 2: 1801–1809, p. 188.
【4】CCC. Vol. 1, p. 295.
【5】Ibid., p. 2.
【6】Seymour, *Mary Shelley*, p. 55.
【7】William Godwin to Mary Jane Godwin, 24 May 1811, Abinger MSS, Dep. c. 523.
【8】*The Private Journal of Aaron Burr* (Rochester, NY: printed for private distribution, 1903), Vol. 2, p. 341.
【9】*Correspondence of Aaron Burr and His Daughter Theodosia*, ed. Mark Van Doren (New York: Covici-Friede Incorporated), p. 264.
【10】*The Private Journal of Aaron Burr*, Vol. 2, p. 339.
【11】Thomas Turner to William Godwin, 4 July 1803, Abinger MSS, Dep. c. 508; Maria Gisborne, diary entry for 22 August 1820, quoted in PBSL, Vol. 1, p. 456.
【12】このセクションに見られるアーロン・バーの観察については *The Private Journal of Aaron Burr*, Vol. 2, pp. 286–7, 326, 351, 376, 398 を参照。
【13】Ian Donnachie, *Robert Owen: Owen of New Lanark and New Harmony* (East Linton: Tuckwell, 2000), p. 116.
【14】CKG, Vol. 2, p. 186.
【15】Thomas Holcroft to William Godwin, 10 September 1797, Abinger MSS, Dep. c. 511.
【16】William Godwin to Francis Place, 5 September 1813, BL MSS, Add. 35, 145. ff. 39–40.

（1）原著では 'using carrots and no sticks'（馬の鼻先に人参をぶらさげて走らせる様子から）。日本語の「飴と鞭」に相当。
（2）Joseph Lancaster (1778–1838) は英国の教育者。子ども同士が教え合う集団教育法（助教法）の創始者の一人。貧民の子弟のために少額で済む教育の必要性から生まれたこの方法は広く欧米諸国で採用された。（ブリタニ

カ国際大百科事典）

（3）Robert Owen (1771–1858) は英国の社会改革者。産業革命期にマンチェスターの紡績工場支配人として成功し、スコットランドのニュー・ラナークに労働者の福祉を目指す大工場を経営した。空想的社会主義者として社会や教育の改革事業に先鞭をつけ、環境が人間を規定するという立場から資本主義社会の反自然的状態を批判し、共産主義的な共同体を想定し、その実現を試みた。（ブリタニカ国際大百科事典）

〈第一〇章〉

【1】H. R. Woudhuysen, ‘A Shelley Pamphlet Come to Light’, *Times Literary Supplement*, 14 July 2006, p. 12.
【2】PBSL, Vol. 1, p. 42.
【3】See Richard Holmes, *Shelley: The Pursuit* (London: Flamingo, 1995), p. 26.
【4】Louise Schutz Boas, *Harriet Shelley: Five Long Years* (London: Oxford University Press, 1962), p. 20.
【5】Amelia Opie, *Adeline Mowbray*, ed. Shelley King and John B. Pierce (Oxford: Oxford University Press, 1999), p. 236.
【6】このパラグラフ及び前述の二つのパラグラフにおける引用は PBSL, Vol. 1, pp. 80, 131, 140, 163 に拠る。
【7】Harriet Shelley to Elizabeth Hitchener, 14 March 1812, quoted ibid., p. 273.
【8】On ‘Memoirs of Prince Alexy Haimatoff’, *The Prose Works of Percy Bysshe Shelley*, ed. E. B. Murray (Oxford: Clarendon Press, 1993), Vol. 1, p. 142.
【9】*The Cenci; A Tragedy in Five Acts*, PBSP, Vol 2, p. 858.
【10】PBSL, Vol. 1, p. 231.
【11】Dowden, *Life of Shelley*, Vol. 2, p. 542.
【12】William Godwin to Percy Bysshe Shelley, 30 March 1812, quoted in PBSL, Vol. 1, pp. 278, 307.
【13】Harriet Shelley to Elizabeth Hitchener, 27 February 1812, quoted ibid., p. 265.
【14】Ibid., p. 196.
【15】Ibid., p. 314.

【16】Ibid., p. 336.

【17】See Roger Ingpen, *Shelley in England: New Facts and Letters from the Shelley-Whitton Papers* (London: Kegan Paul, 1917), pp. 552–3 and Kenneth Neill Cameron, *The Young Shelley. Genesis of a Radical* (London: Victor Gollancz Ltd, 1951), p. 366 n. 61.

【18】Harriet Shelley to Mrs Nugent, 14 November 1812, quoted in PBSL, Vol. 1, p. 331.

【19】Thomas Love Peacock, *Nightmare Abbey / Crotchet Castle*, ed. Raymond Wright (London: Penguin Classics, 1986), p. 83.

（1）James Henry Lawrence (1773–1840) は英国の作家。ジャマイカの土地所有者の息子として生まれ、英国のイートン校とドイツで教育を受けた。主な作品に *A Picture of Verdun, or the English Detained in France* (2 vols. 1810), *The Etonian Out of Bounds* (1828), *On the Nobility of the British Gentry* (4th edn., 1840) 等がある。『ナーヤル帝国』(*The Empire of the Nairs; or, The Rights of Women. An Utopian romance*, 1811) は始めドイツ語で書かれ（*Das Paradies der Liebe*, 1801, リプリント版 *Das Reich der Nairen*, 1802）、後に著者自身によって英仏語に翻訳された。副題が示す通り、ウルストンクラフトの『女性の権利の擁護』の影響を色濃く受けている。Nair は Nayar とも綴られ、インド南西部のカーストの一つ。「ナーヤル・システム」とはそのカーストにおける婚姻形態を指し、母系社会に生きる女性は何人もの「夫」を持つことが許されている。詳細に関しては *Modern British Utopias 1700–1850*, ed. Gregory Claeys, 8 vols. (London: Pickering & Chatto, 1997), vol. 5 (1806–1811), p. 3, n. 2, n. 4 及びE・キャスリーン・ガフ著、杉本良男訳「ナーヤルと婚姻の定義」（村武精一編『家族と親族』、未来社、一九八一年、二四～五二頁）を参照。

〈第一一章〉

【1】William Godwin to Percy Bysshe Shelley, 7 July 1812, quoted in PBSL, Vol. 1, p. 313.

【2】Ibid., p. 372.

【3】Harriet Shelley to Mrs Nugent, 16 January 1813, quoted ibid., p. 350.

【4】St Clair, *The Godwins and the Shelleys*, p. 348.
【5】Harriet Shelley to Mrs Nugent, October 1812, quoted in PBSL, Vol. 1, p. 327.
【6】Ibid., p. 259.
【7】Tatsuo Tokoo, *The Bodleian Shelley Manuscripts*, Vol. 23: *A Catalogue and Index of the Shelley Manuscripts*, p. 233.
【8】CCC, Vol. 2, p. 657. See also Edward Augustus Silsbee's notes in the Silsbee Family Papers 1755–1907, Peabody Essex Museum, Salem, Mass., box 7, file 2.
【9】Jane Austen to Cassandra Austen, 21–22 May 1801, in *Jane Austen's Letters*, ed. Deirdre Le Faye (Oxford: Oxford University Press, 1997), p. 89.
【10】PBSL, Vol. 1, pp. 337, 291, 298, 136.
【11】Ibid., p. 338.

〈第一一章〉

【1】See Holmes, *Shelley*, pp. 187–198.
【2】Harriet Shelley to Mrs Nugent, quoted in Boas, *Harriet Shelley*, p. 121.
【3】*Queen Mab* and 'To Ianthe', PBSP Vol. 1, pp. 270, 431.
【4】*Maria*, MWW, Vol. 1, p. 85.
【5】この話の出所はシェリーの義理の娘、シェリー令夫人である。彼女はこの話をトマス・ラヴ・ピーコックから聞き及んだ。
【6】Peacock, p. 69; Hogg, p. 526.
【7】PBSL, Vol. 1, p. 384.
【8】Hogg, p. 527.
【9】Ibid., p. 491.
【10】Harriet Boinville to Thomas Jefferson Hogg, 11 March 1814, SC, Vol. 3, pp. 274–5.
【11】シェリーはラテン語で書いており、話し手の性別は必ずしも明確ではない。

【12】 PBSL, Vol. 1, pp. 384, 402.
【13】 MSJ, Vol. 1, p. 34.
【14】 Grylls, *Claire Clairmont*, Appendix D, p. 279.
【15】 Peacock, p. 90 ; PBSL, vol. 1, p. 402.
【16】 Reveley, 'Notes and Observations', SC, Vol. 10, pp. 1134–5.
【17】 'Stanzas. – April, 1814', PBSP, Vol. 1, pp. 441–2.

〈第十三章〉

【1】 Dowden, *Life of Shelley*, Vol. 2, p. 542.
【2】 CKG, Vol. 1, pp. 289–90.
【3】 See his Essay XX, 'Of Phrenology', *Thoughts on Man, his Nature, Productions and Discoveries* (London, 1831).
【4】 CKG, Vol. 1, p. 294.
【5】 William Godwin to E. Fordham, 13 November 1811, Abinger MSS, Dep. b. 214/3.
【6】 'Julian and Maddalo: A Conversation', PBSP, Vol. 2, p. 663.
【7】 Everina Wollstonecraft to Elizabeth Berry, 30 September 1835, BWH.
【8】 *A Defence of Poetry*, SPP, p. 535; Godwin, *Life of Geoffrey Chaucer, the Early English Poet* (London: Richard Phillips, 1803), Vol. 1, p. 370.
【9】 William Godwin to John Philpot Curran, 3 February 1801, Abinger MSS, Dep. b. 227/2.
【10】 *A Defence of Poetry*, SPP, p. 513.
【11】 Quoted in Susanne Zantop, 'The Beautiful Soul Writes Herself: Friederike Helene Unger and the "Grosse Goethe"', *In the Shadow of Olympus: German Women Writers Around 1800*, eds. Katherine R. Goodman and Edith J. Waldstein (Albany: State University of New York Press, 1992), p. 29.
【12】 Edith Waldstein, 'Goethe and Beyond: Bettine von Arnim's Correspondence with a Child and Günderode', ibid., pp. 95, 100.

【13】*Correspondence of Fräulein Günderode and Bettina von Arnim* (Boston, Mass.: T. O. H. P. Burnham, 1861), pp. 194–7.
【14】*Prometheus Unbound*, PBSP, Vol. 2, pp. 522–3.

（1）Bettine (Bettina) von Arnim (1785–1859) はドイツの女性作家。若い頃ゲーテと交わした書簡をもとに小説『ゲーテとある子どもの往復書簡』(*Goethes Briefuechsel mit einem Kinde*, 1835) を著した。（ブリタニカ国際大百科事典）
（2）パーシー・ビッシュ・シェリー著、石川重俊訳『鎖を解かれたプロメテウス』（岩波書店、二〇〇三年）、九七頁を参照。

〈第一四章〉
【1】'The Mourner', *Mary Shelley: Collected Tales and Stories*, ed. Charles Robinson (Baltimore and London: Johns Hopkins University Press, 1976), p. 92.
【2】William Godwin to W. T. Baxter, 8 June 1812, SC, Vol. 3, p. 101.
【3】*Conversations of James Northcote*, p. 2.
【4】Edward J. Trelawny, *Records of Shelley, Byron, and the Author* (New York: The New York Review of Books, 2000), p. 155.
【5】*Political Justice*, PPW, Vol. 3, p. 454.

〈第一五章〉
【1】James Wollstonecraft to William Godwin, 25 March 1805, Abinger MSS, Dep. b. 215/1 and Lydia Wollstonecraft to William Godwin, 10 September 1805, Abinger MSS, Dep. b. 214/3.
【2】もう一つの可能性として考えられるのは、ペンブロークシャーのクレッセリー (Cresselly) である。当地に暮らす紳士階級のアレン一家 (Allens) と、ゴドウィン及びウルストンクラフト家は知己を得ていた。

【3】MWSL, Vol. 2, p. 213; Everina Wollstonecraft to Elizabeth Berry, 30 September 1835, BWH.

〈第一六章〉

【1】Hogg, p. 567; Peacock, p. 91.
【2】Mary Shelley, ed., *The Poetical Works of Percy Bysshe Shelley* (London: E. Moxon, 1839), Vol. 3, p. 35.
【3】PBSL, Vol. 1, pp. 402–3.
【4】Harriet Shelley to Mrs Nugent, 20 November 1814, SC, Vol. 4, p. 773.
【5】Holmes, *Shelley*, p. 233; PBSL, Vol. 1, pp. 388 n.2, 391 n.3.
【6】Mark Twain, *In Defense of Harriet Shelley, and Other Essays* (New York & London: Harper & Brothers, 1918), p. 6.
【7】MWSL, Vol. 1, p. 296.
【8】Seymour, *Mary Shelley*, p. 96.
【9】Dowden, *Life of Shelley*, Vol. 2, p. 544.
【10】Charles Brockden Brown, *Ormond; or, The Secret Witness*, ed. Mary Chapman (Ontario: Broadview Press, 1999), pp. 133, 134, 165.
【11】*Political Justice*, PPW, Vol. 3, p. 56.
【12】MWL, p. 327.
【13】St Clair, *The Godwins and the Shelleys*, pp. 361–2.
【14】PBSL, Vol. 1, p. 403.
【15】Peacock, pp. 91–2.

（1）Charles Brockden Brown (1771–1810) は「アメリカ小説の父」と言われる。弁護士としてキャリアを始めたが後に文筆に転じ、雑誌編集の傍ら翻訳、政治論文等を発表。ゴドウィンの影響を受け、英国のゴシック小説に倣って人間の異常な心理を巧みに描く恐怖小説を次々に発表し、ポーやホーソーンの先駆となった。主な作品に *Wieland* (1798), *Ormond* (1799), *Edgar Huntly* (1799), *Arthur Mervyn* (1799–1800) 等がある。（ブリタ

ニカ国際大百科事典〉

〈第一七章〉

【1】CCC, Vol. 1, p. 103.

【2】Thomas Constable, *Archibald Constable and His Literary Correspondents. A Memorial by His Son Thomas Constable* (Edinburgh: Edmonston & Douglas, 1873), Vol. 2, p. 67.

【3】Dowden, *Life of Shelley*, Vol. 2, p. 546.

【4】*Political Justice*, PPW, Vol. 4, p. 174.

【5】Crabb Robinson, Vol. 1, p. 211.

【6】CCC, Vol. 1, p. 63.

【7】Everina Wollstonecraft to Elizabeth Berry, 30 September 1835, BWH.

【8】CCC, Vol. 2, p. 628.

【9】Dowden, *Life of Shelley*, Vol. 2, p. 549.

〈第一八章〉

【1】PBSL, Vol. 1, pp. 394–5, 397–400.

【2】Harriet Shelley to Mrs Nugent, 25 August, 20 November, 11 December 1814 and 24 January 1815, quoted in PBSL, Vol. 1, pp. 393, 421–2, 424.

【3】MSJ, Vol. 1, p. 50.

〈第一九章〉

【1】Crabb Robinson, Vol. 1, p. 56.

【2】CCJ, p. 53.

【3】Locke, *A Fantasy of Reason*, p. 209.

【4】Ibid., p. 259; Gittings and Manton, *Claire Clairmont*, p. 23.
【5】CCJ, p. 59.
【6】MSJ, Vol. 1, p. 44.
【7】Ibid., p. 53.

〈第二〇章〉

【1】MWSL, Vol. 1, p. 3.
【2】*Mary Wollstonecraft, 'Mary' and 'Maria'; Mary Shelley, 'Mathilda'*, ed. Janet Todd (London: Penguin Classics, 1992), p. 166.
【3】PBSL, Vol. 1, p. 408.
【4】Ibid., p. 412.
【5】Peacock, p. 92.
【6】CCJ, p. 58.
【7】シェリーの病気に関してはNora Crook, *Shelley's Venomed Melody* (Cambridge: Cambridge University Press, 1986), pp. 102–3を参照。
【8】PBSL, Vol. 1, p. 54.
【9】Percy Bysshe Shelley in MSJ, Vol. 1, pp. 32–3, 37; CCJ, p. 49.
【10】Percy Bysshe Shelley in MSJ, Vol. 1, p. 35; CCJ, pp. 50–51.
【11】CCJ, p. 58.
【12】MSJ, Vol. 1, p. 44.
【13】Ibid., pp. 45, 55, 56.
【14】MWSL, Vol. 1, p. 9.
【15】MSJ, Vol. 1, p. 72.
【16】Ibid., pp. 68–72. ただし、彼らが——あるいはクレア自身が——『タイムズ』紙に求職広告を出した可能性は

ある。Newman Ivey White, *Shelley* (New York: Alfred A. Knopf, 1940), Vol. 1, p. 694 n.116 を参照。

【17】CCC, Vol. 1, p. 10.

【18】Dowden, *Life of Shelley*, Vol. 2, p. 549.

【19】St Clair, *The Godwins and the Shelleys*, pp. 497–503.

（1）ヤマネ (dormouse) は当時シェリーとメアリの間で使われていたメアリの愛称の一つ。アルヴィ宮本なほ子編『対訳シェリー詩集』（岩波書店、二〇一三年）、三二七頁を参照。

（2）当時の英国では成人年齢が二一歳だったため、誕生日は盛大に祝われた。なお一九六九年には成人年齢が一八歳に引き下げられている。

〈第二一章〉

【1】Grylls, *Claire Clairmont*, p. 276.

【2】Dowden, *Life of Shelley*, Vol. 2, p. 545.

【3】PBSL, Vol. 1, p. 402.

【4】*Epipsychidion*, SPP, p. 402; 'To Constantia', PBSP, Vol. 2, p. 338.

【5】Dowden, *Life of Shelley*, Vol. 2, p. 549.

【6】CCC, Vol. 1, pp. 9–10.

【7】CCC, Vol. 2, p. 319.

【8】CCC, Vol. 1, pp. 9–10; MSJ, Vol. 1, pp. 78–9.

【9】MWSL, Vol. 1, pp. 15–16.

【10】Ibid., p. 22.

【11】*A Defence of Poetry*, SPP, p. 532.

【12】PBSL, Vol. 2, p. 153.

【13】Mary Shelley, *Poetical Works of Percy Bysshe Shelley*, Vol. 1, p. 139.

【14】BLJ, Vol. 5, pp. 91, 228.
【15】CCC, Vol. 1, pp. 24–5; BLJ, Vol. 5, p. 59.
【16】William Graham, *Last Links with Byron, Shelley, and Keats* (London: L. Smithers & Co., 1898), p. 81.
【17】'Stanzas for Music', *Lord Byron, The Complete Poetical Works*, ed. Jerome J. McGann (Oxford: Clarendon Press, 1986), Vol. 3, p. 379.
【18】*Maria*, MWW, Vol. 1, p. 123.
【19】CCC, Vol. 1, p. 241.
【20】Ibid., p. 36.
【21】Ibid., p. 38.

（1）Percy Bysshe Shelley, 'To Constantia, Singing' の中の 'The blood is listening in my frame' を指す。

〈第二二章〉
【1】MWSL, Vol. 1, p. 23.
【2】CCC, Vol. 2, pp. 631–2.
【3】Harriet Shelley to John Frank Newton, 5 June 1816, quoted in PBSL, Vol. 1, p. 477.
【4】ボアズはこのケースを *Harriet Shelley* で論じている。これに対する反論は SC, Vol. 4, pp. 788–802 を参照。
【5】SC, Vol. 4, p. 777; Crabb Robinson, Vol. 1, p. 211.

〈第二三章〉
【1】'Thoughts Occasioned by the Perusal of Dr Parr's Spital Sermon', PPW, Vol. 2, p. 170.
【2】Mary Hays, *Memoirs of Emma Courtney* (London, 1796), Vol. 1, p. 71; Trelawny, *Records of Shelley*, p. 157.
【3】Crabb Robinson, Vol. 1, pp. 14, 177.
【4】*Collected Letters of Samuel Taylor Coleridge*, Vol. 2: *1801–1806*, p. 1072.

【5】PBSL, Vol. 1, p. 450.
【6】Ibid., p. 459; William Godwin's reply, 7 March 1816, quoted ibid., p. 461.
【7】Locke, *A Fantasy of Reason*, p. 270.
【8】Thomas Turner to William Godwin, 25 February 1816, SC, Vol. 4, p. 613.
【9】PBSL, Vol. 1, pp. 454, 491, 509.
【10】CCC, Vol. 1, p. 23.
【11】Constable, *Archibald Constable and His Literary Correspondents*, Vol. 2, pp. 70, 72.
【12】CKG, Vol. 2, pp. 235–6.
【13】PBSL. Vol. 1, pp. 471–2.
【14】Ibid., p. 477.

（1）Jane Austen, *Persuasion* (1818). 准男爵ウォルター・エリオットの次女アンと、貧しいが大志を抱く海軍士官フレデリック・ウェントワースは愛し合っていたが、アンは代母とも慕う女性の説得を受け入れ、ウェントワースと別れてしまう。八年の歳月が流れ、没落の一路を辿るエリオット家はケリンチ邸を海軍提督に貸し出す。ところが彼の妻の弟はウェントワースであった。今や出世し、経済的にも恵まれたウェントワースは、花盛りの過ぎた二七歳のアンと再会を果たす。互いを意識しつつもすれ違いが続く二人だが、物語の終幕でウェントワースはアンに手紙を書き、変わらぬ愛を告白する。

〈第二四章〉
【1】CCC, Vol. 1, p. 59.
【2】The *Cambrian*, 13 July 1816.
【3】Henry Crabb Robinson to Mary Hays, 27 February 1815.
【4】PBSL, Vol. 1, p. 223.
【5】Donnachie, *Robert Owen*, o. 166.

〈第二五章〉

【1】CCC, Vol. 1, p. 43.

【2】PBSL, Vol. 1, p. 347.

【3】*The Diary of Dr. John William Polidori: 1816, Relating to Byron, Shelley, etc.*, ed. William Michael Rossetti (London: Elkin Mathews, 1911), p. 101.

【4】Ibid., p. 107.

【5】Seymour, *Mary Shelley*, p. 153.

【6】BLJ, Vol. 5, p. 92; Vol. 6, p. 127.

【7】幽霊話で有名な夜を記念して、近くの小さな公園がByron's fieldと名づけられ、静寂を乱さぬよう読者に指示を与えている。しかしヴィラ・ディオダーティの側に取りつけられたプラークにはシェリー、メアリ、クレアの名がなく、バイロンのみが『シヨンの囚人』及び『チャイルド・ハロルドの巡礼』の著者として記され、その第三巻が示されている。

【8】Mary Shelley's introduction to the 1831 edition of *Frankenstein*, quoted in *The Novels and Selected Works of Mary Shelley*, Vol. 1: *Frankenstein; or, The Modern Prometheus*, ed. Nora Crook (London: William Pickering, 1996), p. 180.

【9】Reveley, 'Notes and Observations', SC, Vol. 10, p. 1135.

【10】BLJ, Vol. 6, p. 126.

【11】PBSL, Vol. 1, p. 483; SC, Vol. 4, pp. 702–15.

【12】BLJ, Vol. 5, pp. 71, 162.

【13】CCJ, p. 184.

【14】David Booth to Isabel Booth, 9 January 1818, SC, Vol. 5, p. 391.

【15】BLJ, Vol. 5, pp. 86–7.

【16】PBSL, Vol. 1, p. 497.

【17】Ibid., pp. 479, 503 n.2; CCC, Vol. 1, p. 58.

【18】PBSL, Vol. 1, p. 479.
【19】BLJ, Vol. 5, p. 141.
【20】PBSL, Vol. 1, p. 491.
【21】PBSL, Vol. 2, p. 328.
【22】BLJ, Vol. 5, pp. 92, 141.
【23】CCC, Vol. 2, p. 341.

（1）Denis Diderot, *Supplément au voyage de Bougainville, ou Dialogue entre A et B sur l'inconvénient d'attacher des idées morales à certaines actions physiques qui n'en comportent pas* (1796). タヒチの自然人とヨーロッパからの訪問者とのコミカルな対話形式で書かれた小説。フランス人航海家ブーガンヴィルが報告するタヒチ人の原始生活と、堕落したヨーロッパの習俗を対置する形で、一八世紀フランスの文明批評が展開される。ドゥニ・ディドロ著、濱田泰佑翻訳『ブーガンヴィル航海記補遺』（岩波書店、一九五二年）及び中山久定訳（岩波書店、二〇〇七年）を参照。

（2）Madame de Staël (1766–1817) はフランスの作家。本名は Anne-Louise-Germaine Necker, baronne de Staël-Holstein. ルイ一六世の財務長官ネッケルの一人娘で、才気煥発なためサロンで注目を浴びた。ナポレオンの迫害を受け国外に逃れ、スイス、ドイツ等で亡命生活を続け、一八一五年のナポレオン失脚後に帰国。その間、ヨーロッパの一流知識人と交わり、高い声価を得た。文学の第一条件は自由であるとし、評論『ドイツ論』(*De l'Allemagne*, 1810) においてはロマン主義的なゲルマン文化を紹介し、フランス・ロマン主義の発展に大きく寄与した。（ブリタニカ国際大百科事典）

〈第二六章〉
【1】CCC, Vol. 1, p. 49.
【2】St Clair, *The Godwins and the Shelleys*, pp. 407, 552 n.10.
【3】CCC, Vol. 1, p. 49.

【4】*Mandeville*, ed. Pamela Clemit, N&M, Vol. 6, p. 41.
【5】PBSL, Vol. 1, p. 478.
【6】MWSL, Vol. 1, p. 18.
【7】CCC, Vol. 1, p. 48.
【8】*Lord Byron. The Complete Poetical Works*, Vol. 4, p. 40.
【9】CCC, Vol. 1, pp. 49, 54.
【10】*A Defence of Poetry*, SPP, pp. 532–3.
【11】CCC, Vol. 1, pp. 55–8.

〈第二八章〉

【1】PBSL, Vol. 1, p. 505.
【2】CCC, Vol. 1, p. 75.
【3】BLJ, Vol. 5, p. 228.
【4】William Godwin to Percy Bysshe Shelley, 28 June 1816, Bodleian MS Engl. Lett. c. 461 f. 144.
【5】William Godwin to Fanny Godwin, 9 April 1816, Abinger MSS, Dep. c. 523.
【6】Hogg, p. 314.
【7】CCC, Vol. 1, p. 80.
【8】MSJ, Vol. 1, p. 138.

〈第二九章〉

【1】Lady Shelley to Alexander Berry, 11 March 1872, CCC, Vol. 1, p. 85 n.1.
【2】Bodleian MS Shelley adds c. 4, Box 1, f. 68.
【3】MWL, pp. 121–2.
【4】Mrs Julian Marshall, *The Life and Letters of Mary Wollstonecraft Shelley* (London: Bentley & Son, 1889), Vol. 1, pp.

158–9.

【5】*Prometheus Unbound* and 'Mont Blanc. Lines Written in the Vale of Chamouni', PBSP Vol. 1, p. 545, Vol. 2, p. 592.

【6】*The Diary of Dr John William Polidori*, p. 121.

【7】'Julian and Maddalo: A Conversation', PBSP Vol. 2, p. 672.

【8】Silsbee Family Papers 1755–1907, box 8, file 4.

【9】The *Cambrian*, May 1825.

【10】'Stanzas Written in Dejection—December 1818, near Naples', PBSP Vol. 2, p. 450.

【11】CKG, Vol. 2, p. 187; Reveley, 'Notes and Observations', SC, Vol. 10, p. 1139.

【12】*Alastor; or, The Spirit of Solitude*, PBSP Vol. 1, p. 486.

【13】一八四五年九月六日号の広告欄を参照。次のコラムには九月五日（金）という日付がある。「手紙及び広告をお送りいただける方々には心より感謝申し上げます。ただし次の点にご留意ください。近年とみに郵送の速度が高まりましたため、従来より五、六時間早く新聞を印刷に回さなければなりません、従いまして、いかなる短信であっても木曜夜七時までにお届けいただく必要がございます」。言い換えれば、彼らは少なくとも木曜深夜〇時までは新着情報を受け取っていたのである。

（1）Mary Robinson (1758–1800) は英国の舞台女優、詩人、小説家。シェイクスピアの『冬物語』のヒロイン、パーディタ（Perdita, イタリア語で「失われた女」）を演じた折に英国皇太子の目に留まり、公認の愛人となる。皇太子の寵愛を失った後は著述で生計を立てた。トマス・ゲインズバラを始め、多くの画家がロビンソンの肖像画を描いている。

〈第三〇章〉

【1】Silsbee Family Papers 1755–1907, box 7, file 2.

【2】Reveley, 'Notes and Observations', SC, Vol. 10, p. 1139.

【3】*Proposals for an Association of Philanthropists*, *The Prose Works of Percy Bysshe Shelley*, Vol. 1, p. 47.

【4】William Godwin to Percy Bysshe Shelley, 13 October 1816, Abinger MSS, Dep. c. 524.
【5】*The Cemetery: A Brief Appeal to the Feelings of Society in Behalf of Extra-Mural Burial* (London: William Pickering, 1848), p. 11を参照。この情報はキム・コリスからいただいた。
【6】'On Burial Societies; and the Character of an Undertaker', the *Reflector*, No. 3, Article 11 (1811).
【7】*Maria*, MWW, Vol. 1, p. 119.

〈第三一章〉
【1】CCC, Vol. 2, p. 628.
【2】CCC, Vol. 1, p. 108; Grylls, *Claire Clairmont*, p. 274; MWSL, Vol. 1, p. 54.
【3】William Godwin to W. T. Baxter, 12 May 1817, quoted in White, *Shelley*, Vol. 1, p. 473.
【4】Crabb Robinson, Vol. 1, pp. 203, 234, 235.
【5】Maria Gisborne's journal entry for 9 July 1820, quoted in CCC, Vol. 1, p. 88 n.5.

〈第三二章〉
【1】ハリエット・シェリーの胎児に関する最初の説はボアズが*Harriet Shelley*で論じている。Nicholas Roe, *Fiery Heart: the First Life of Leigh Hunt* (London: Pimlico, 2005), p. 281も参照。
【2】SC, Vol. 4, p. 778.
【3】Henry Davis, *The Memorials of the Hamlet of Knightsbridge*は死後、兄弟のチャールズによって出版された。デイヴィスはハリエットの墓を発見している。彼女の死の全貌に関しては'The Last Days of Harriet Shelley', SC, Vol. 4, pp. 769–802を参照。
【4】PBSL, Vol. 1, pp. 520–21, 530.
【5】Twain, *In Defense of Harriet Shelley*, pp. 4–5.
【6】'On Paradox and Common-Place', *Selected Writings of William Hazlitt*, Vol. 6, p. 130: MWSL, Vol. 3, p. 284.
【7】SC, Vol. 4, pp. 805–6.

【8】 William Godwin to W. T. Baxter, 12 May 1817, quoted in White, *Shelley*, Vol. 1, p. 489; David Booth to Isabel Booth, 9 January 1818, SC, Vol. 5, p. 390.
【9】 William Godwin to Hull Godwin, 21 February 1817, Abinger MSS, Dep. c. 523.
【10】 Constable, *Archibald Constable and His Literary Correspondents*, Vol. 2, p. 84.

〈第二三章〉
【1】 MWSL, Vol. 3, p. 284.
【2】 MSJ, Vol. 1, p. 141.
【3】 MWSL, Vol. 1, pp. 24, 32.
【4】 Ibid., p. 52.
【5】 PBSL, Vol. 1, p. 526.
【6】 Silsbee Family Papers 1755–1907, box 7, file 2.
【7】 *Maria*, MWW, Vol. 1, p. 85.
【8】 'Her voice did quiver as we parted', PBSP, Vol. 1, pp. 552–3. G. M. Matthews, 'Whose Little Footsteps? Three Shelley Poems Re-addressed', in *The Evidence of the Imagination*, ed. Donald H. Reiman, M. C. Jaye and Betty T. Bennett (New York: New York University Press, 1978), pp. 254–60; B. C. Barker-Benfield, *Shelley's Guitar. An Exhibition Catalogue* (Oxford: Bodleian Library, 1992), no. 61 を参照。

〈後書き〉
【1】 William Godwin to Mary Shelley, 27 October 1818, Abinger MSS, Dep. c. 524.
【2】 Seymour, *Mary Shelley*, p. 236.
【3】 Grylls, *Claire Clairmont*, p. 268.
【4】 See *The Complete Works of Percy Bysshe Shelley*, ed. Roger Ingpen and Walter E. Peck, 10 vols. (London: Ernest Benn, 1926–1930), Vol. 8, pp. 28–9.

【5】Elizabeth Hitchener, *The Weald of Sussex, a Poem* (London: Black & Co., 1822).

【6】Mary Shelley, *Poetical Works of Percy Bysshe Shelley*, Vol. 1, p. xii.

【7】MWSL, Vol. 1, p. 572.

【8】'The Mortal Immortal: A Tale', *Mary Shelley: Collected Tales and Stories*, p. 223.

【9】Cited by Richard Garnett in 1903; Durant, *Memoirs*, pp. 245–6.

【10】MSJ, Vol. 2, p. 560. 実際のところ、一八二一年に海賊版からこの献呈辞が抜けているのを見て、シェリー自身も喜んでいた。「亡き妻への馬鹿げた献呈辞が出版されていたら、さぞ恥ずかしい思いをしたことだろう」。
PBSL, Vol. 2, p. 298.

【11】CCC, Vol. 1, pp. 240–41.

【12】CCJ, p. 432.

【13】MWSL, Vol. 2, p. 271.

【14】Gittings and Manton, *Claire Clairmont*, p. 238.

【15】CCJ, p. 435.

【推奨文献】

〈散文及び韻文作品〉

Jane Austen, *Mansfield Park*, ed. John Wiltshire (Cambridge: Cambridge University Press, 2005)

George Gordon, Lord Byron, *The Prisoner of Chillon, Turkish Tales, Childe Harold*, in *Lord Byron. The Complete Poetical Works*, ed. Jerome J. McGann (Oxford: Clarendon Press, 1986)

Kubla Khan and *Christabel*, in *The Complete Poetical Works of Samuel Taylor Coleridge*, ed. Ernest Hartley Coleridge (Oxford: Clarendon Press, 1912), 2 vols.

William Godwin, *Caleb Williams, Fleetwood, St Leon* and *Mandeville*, in *Collected Novels and Memoirs of William Godwin*, general ed. Mark Philp (London: Pickering & Chatto, 1992)

William Godwin, *Political Justice*, in *Political and Philosophical Writings of William Godwin*, general ed. Mark Philp (London: Pickering & Chatto, 1993)

William Hazlitt, *The Spirit of the Age*, preface by Michael Foot (Grasmere: The Wordsworth Trust, 2004)

Henry Mackenzie, *The Man of Feeling*, ed. Brian Vickers (Oxford: Oxford University Press, 2001)

Amelia Opie, *Adeline Mowbray; or, The Mother and Daughter: A Tale*, ed. Shelley King and John Pierce (Oxford: Worlds Classics, 1999)

Thomas Love Peacock, *Nightmare Abbey* and *Crotchet Castle*, ed. Raymond Wright (London: Penguin Classics, 1986)

Jean-Jacques Rousseau, *Julie; ou La Nouvelle Héloïse* (Paris: Garnier Frères, 1960)

Mary Shelley, *Frankenstein, Lodore* and *Matilda*, in *The Novels and Selected Works of Mary Shelley*, general ed. Nora Crook with Pamela Clemit (London: William Pickering, 1996)

Mary Shelley, *History of a Six Weeks' Tour* (Otley: Woodstock, 2002)

Mary Shelley: *Collected Tales and Stories*, ed. Charles Robinson (Baltimore and London: Johns Hopkins University Press, 1976)

Percy Bysshe Shelley, *Alastor; or, The Spirit of Solitude* and *Queen Mab*, in *The Poems of Shelley*, ed. Geoffrey Matthews and Kelvin Everest (London and New York: Longman, 1989)

Percy Bysshe Shelley, *A Defence of Poetry*, in *Shelley's Poetry and Prose*, ed. Donald H. Reiman and Neil Fraistat, 2nd edn (New York and London: W. W. Norton & Co., 2002)

Robert Southey, *Thalaba, The Curse of Kehama*, in *Poems of Robert Southey*, ed. Maurice H. Fitzgerald (Oxford: Oxford University Press, 1909)

Mary Wollstonecraft, *Lessons, Letters from Sweden, A Vindication of the Rights of Woman* and *The Wrongs of Woman; or, Maria*, in *The Works of Mary Wollstonecraft*, eds. Janet Todd and Marilyn Butler (London: William Pickering, 1989)

〈回想録、手紙及び日記〉

The Private Journal of Aaron Burr (Rochester, NY: printed for private distribution, 1903)

Byron's Letters and Journals, ed. Leslie A. Marchand, 12 vols. (London: J. Murray, 1973–82)

The Clairmont Correspondence: Letters of Claire Clairmont, Charles Clairmont, and Fanny Imlay Godwin, ed. Marion Kingston Stocking, 2 vols. (Baltimore and London: Johns Hopkins University Press. 1995)

The Journals of Claire Clairmont, ed. Marion Kingston Stocking (Cambridge, Mass.: Harvard University Press, 1968)

Collected Letters of Samuel Taylor Coleridge, ed. Earl Leslie Griggs, 6 vols. (Oxford: Clarendon Press, repr. 2000)

Henry Crabb Robinson on Books and Their Writers, ed. Edith J. Morley, 3 vols. (London: Dent, 1938)

William Godwin, *Memoirs of the Author of a Vindication of the Rights of Woman*, ed. Richard Holmes (London: Penguin Books, 1987)

Thomas Love Peacock, 'Memoirs of Percy Bysshe Shelley', in *The Works of Thomas Love Peacock*, ed. H. F. B. Brett-Smith and C. V. E. Jones, Vol. 8 (London: Constable, 1934)

The Journals of Mary Shelley: 1814–1844, eds. Paula R. Feldman and Diana Scott-Kilvert, 2 vols. (Oxford: Clarendon Press, 1987)

The Letters of Percy Bysshe Shelley, ed. Frederick L. Jones, 2 vols. (Oxford: Clarendon Press, 1964)

Shelley and his Circle, 1773–1822, eds. Kenneth Neill Cameron et al., 10 vols. (Cambridge, Mass.: Harvard University Press, 1961–2002)
Edward J. Trelawney, *Records of Shelley, Byron, and the Author* (New York: The New York Review of Books, 2000)
The Collected Letters of Mary Wollstonecraft, ed. Janet Todd (London: Allen Lane, 2003)

〈伝記〉

Louise Schutz Boas, *Harriet Shelley: Five Long Years* (London: Oxford University Press, 1962)
Kenneth Neill Cameron, *The Young Shelley: Genesis of a Radical* (London: Victor Gollancz, 1951)
Edward Dowden, *The Life of Percy Bysshe Shelley*, 2 vols. (London: Kegan Paul, 1886)
Robert Gittings and Jo Manton, *Claire Clairmont and the Shelleys, 1798–1879* (Oxford: Oxford University Press, 1992)
Lyndall Gordon, *Mary Wollstonecraft: a New Genus* (London: Little, Brown, 2005)
R. Glynn Grylls, *Claire Clairmont, Mother of Byron's Allegra* (London: John Murray, 1939)
Thomas Jefferson Hogg, *The Life of Percy Bysshe Shelley* (London: Routledge, 1906)
Richard Holmes, *Shelley: the Pursuit* (London: Flamingo, 1995)
Charles Kegan Paul, *William Godwin: His Friends and Contemporaries*, 2 vols. (London: H. S. King, 1876)
Don Locke, *A Fantasy of Reason: the Life and Thought of William Godwin* (London: Routledge & Kegan Paul, 1980)
Fiona MacCarthey, *Byron: Life and Legend* (London: John Murray, 2002)
Thomas Medwin, *The Life of Percy Bysshe Shelley*, 2 vols. (London: 1847)
Nicholas Roe, *Fiery Heart: the First Life of Leigh Hunt* (London: Pimlico, 2005)
William St Clair, *The Godwins and the Shelleys: the Biography of a Family* (London: Faber, 1989)
Miranda Seymour, *Mary Shelley* (London: John Murray, 2000)
Janet Todd. *Mary Wollstonecraft: a Revolutionary Life* (London: Weidenfeld & Nicolson, 2000)
Claire Tomalin, *The Life and Death of Mary Wollstonecraft* (London: Weidenfeld & Nicolson, 1974)

訳者後書き

本書はJanet Todd, *Death and the Maidens: Fanny Wollstonecraft and the Shelley Circle* (London: Profile Books, 2007) の全訳である。著者ジャネット・トッド氏は英国女性作家研究の第一人者であり、メアリ・ウルストンクラフト及びジェイン・オースティン全集の編集者として広く知られる。ウェールズで生まれ、ケンブリッジ大学ニューナム・コレッジで英文学を修めた後、アフリカ、アメリカ、インド、英国（イングランド及びスコットランド）で先進的な研究・教育活動に邁進した彼女は、二〇〇八年からケンブリッジ大学ルーシー・キャヴェンディシュ・コレッジの学寮長として七年間の任期を精力的に務め、ケンブリッジ大学唯一の成人女性コレッジに飛躍的な発展をもたらした。二〇一三年にはエリザベス女王よりＯＢＥ（大英帝国勲章）を授与され、学寮長職の任期満了後には小説家としてのデビューも予定されている。本書はそのような学術的・創造的才能に恵まれた著者が、学寮長という激務に就く直前に出版した作品であり、ファニー・ウルストンクラフトという実在の人物を中心に据えた学術的伝記であると同時に、小説家の視点が光る独創的な作品である。出版されたばかりの本書を読んだ私は深く感銘を受け、いつかこの世界を日本語で表現し、日本の読者に届けたいと願うようになった。その後幸いなことに著者が学寮長を務めるコレッジに一年間学ぶ機会を得た。

二〇〇九年五月、ルーシー・キャヴェンディシュ・コレッジ学寮長室で初めてお会いした折、ご自身の秘蔵っ子とも言うべき本書の翻訳を私のような駆け出しの研究者に任せ、その後進捗を辛抱強く見守ってくださったジャネット・トッド先生。帰国後、校務に忙殺され、なかなか翻訳が進まずにいた私を精神的に支えてくださった早稲田大学の恩師、西山清先生、木村晶子先生、上智大学の小川公代氏、東京国際大学のスティーヴン・ティムソン氏、同志社大学のデイヴィッド・チャンドラー氏、国際ワーズワス学会のリチャード・グラヴィル氏、アントニー・ハーディング氏、ケンブリッジ大学クイーンズ・コレッジのレベッカ・クレメンツ氏。昨年及び今年の夏、ケンブリッジの自宅を書斎として私に自由に使わせてくれ、本書の完成を温かく見守ってくれたヴェンカ・オシュタヴィク氏。そして本書の出版にご尽力いただいた音羽書房鶴見書店の山口隆史氏。以上の方々に特筆して感謝を捧げる。

最後に、幼い頃から本の虫だった私を常に支えてくれた父と母、そしてスイス在住の弟家族に心からの愛と感謝を込めて。

二〇一五年一二月二四日

平倉　菜摘子

マ行

ヤ・ラ・ワ行

タ行

ナ行

ハ行

サ行

カ行

索　引

ア行

Janet Todd
Death and the Maidens:
Fanny Wollstonecraft and the Shelley Circle

Japanese translation published by arranged with
Janet Margaret Todd through The English Agency (Japan) Ltd.

死と乙女たち
――ファニー・ウルストンクラフトとシェリー・サークル

2016年7月1日　初版発行

著　者　ジャネット・トッド
訳　者　平倉 菜摘子
発行者　山口 隆史
印　刷　株式会社太平印刷社

発行所　株式会社 音羽書房鶴見書店
〒113-0033 東京都文京区本郷 4-1-14
TEL 03-3814-0491
FAX 03-3814-9250
URL: http://www.otowatsurumi.com
e-mail: info@otowatsurumi.com

Printed in Japan
ISBN978-4-7553-0289-3
組版　ほんのしろ／装幀　吉成美佐（オセロ）
製本　株式会社太平印刷社